Kate Anthony

Das Glück zum Greifen nah

W0307041

Buch

Rachel Bidewell ist glücklich verheiratet. Dachte sie jedenfalls, bis ihr Mann Dom sie mit einer wesentlich jüngeren Frau betrügt und sie verlässt. Nun steht sie da, ohne Job und muss nicht nur ihr eigenes gebrochenes Herz kitten, sondern auch die Herzen ihrer drei Kinder. Doch vor allem braucht sie dringend Geld, deswegen tritt sie eine Stelle im Clifton Avenue Pflegeheim an. Die sehr intensive Arbeit als Pflegekraft wirkt sich aber auch auf ihr Privatleben aus und bietet ihr überraschenderweise genau das, was sie nach der Trennung von ihrem Exmann vermisst hat: Anerkennung.

Als sie bei der Arbeit Philip kennenlernt, einen der Bewohner des Heims, der mit dem Tod seiner Mutter seine einzige Bezugsperson verloren hat, gibt sich Rachel die größte Mühe, an den jungen Mann heranzukommen. Und bald fasst Philip Vertrauen zu ihr, was der Beginn einer unerwarteten, aber wunderbaren Freundschaft ist …

Autorin

Kate Anthony ist in den Midlands von England aufgewachsen. Nach ihrem Studium begann sie, als Sozialarbeiterin zu arbeiten, zuerst mit straftätigen Jugendlichen, später mit schutzbedürftigen Erwachsenen. Danach bekam sie einen Job bei der BBC, wo sie einige Jahre als Produzentin von Komödien tätig war, bevor sie zu einer unabhängigen Produktionsfirma wechselte. Sie lebt mit ihrer Familie in der Nähe von Brighton.

Das Glück zum Greifen nah ist Kate Anthonys erster Roman.

Kate Anthony

DAS Glück ZUM GREIFEN nah

Roman

Aus dem Englischen
von Bettina Spangler

blanvalet

Die Originalausgabe erschien 2014 unter dem Titel »Beautiful Day«
bei Penguin Books, published by the Penguin Group, London.

FSC
www.fsc.org
MIX
Papier aus verantwortungsvollen Quellen
FSC® C014496

Verlagsgruppe Random House FSC® N001967
Das für dieses Buch verwendete FSC®-zertifizierte
Papier *Holmen Book Cream* liefert
Holmen Paper, Hallstavik, Schweden.

1. Auflage
Deutsche Erstausgabe August 2015 bei Blanvalet Verlag,
einem Unternehmen der
Verlagsgruppe Random House GmbH, München
Copyright © 2014 by Kate Anthony
Copyright © 2015 für die deutsche Ausgabe
by Blanvalet Verlag, in der Verlagsgruppe Random House, München
Umschlaggestaltung und -illustration: www.buerosued.de
Redaktion: Babette Mock
LH · Herstellung: sam
Satz: KompetenzCenter, Mönchengladbach
Druck und Bindung: GGP Media GmbH, Pößneck
Printed in Germany
ISBN: 978-3-7341-0010-9

www.blanvalet.de

Für Sheila, Sarah und Nicholas

Teil 1

Kapitel 1

Hey ho, hey ho …

Das Vorstellungsgespräch hatte ich im Hauptgebäude des Sozialdienstes in Hammersmith, daher war ich vor meinem ersten Arbeitstag in der Clifton Avenue nie zuvor dort gewesen. Im Geiste hatte ich immer diese edwardianische Villa vor Augen gehabt, hübsch gelegen an der Kreuzung zweier Vorstadtstraßen. Ich war schon mindestens hundert Mal daran vorbeigefahren. Das Gebäude wirkte licht und freundlich mit den hellen Vorhängen vor den Fenstern, und der Garten war einfach nur zauberhaft. Ich klingelte an der Tür, und ein Mädchen, vielleicht Anfang zwanzig, machte auf. Sie machte einen gepflegten Eindruck und sah mich aus freundlichen Augen abwartend an.

»Hallo?«

»Hallo! Ich bin Rachel Bidewell.« Wir begrüßten uns mit einem warmen Händedruck. »Ich hoffe, ich komme nicht unerwartet. Man hat mir gesagt, ich solle nach Rob fragen.«

Das Mädchen wirkte erstaunt und blickte nachdenklich vor sich hin. »Tut mir leid, aber sind Sie wegen Lily gekommen? Ich befürchte, die sind frühestens in einer Stunde hier.«

Wir sahen uns ratlos an.

»Nein. Ich bin die neue Pflegerin. Man hat mir gesagt,

ich solle heute einfach vorbeikommen, um mich mal umzusehen.« Ich fing an, in meiner Tasche nach dem Schreiben zu suchen, in dem man mir die Stelle zugesagt hatte.

»Sie wollten doch nicht etwa ins Wohnheim Clifton Avenue, oder?«

»Doch. Ist das hier nicht …?«

Meine nette neue Kollegin lachte. »Nein, nein. Das hier ist Clifton Park – ein Altenheim. Sie müssen in die Clifton Avenue, das ist etwa fünfzig Meter die Straße rauf rechts.«

»Na, so was. Und ich dachte immer, das hier wäre … Tut mir wirklich leid. Gleich die Straße hoch rechts sagen Sie? Entschuldigen Sie vielmals.«

Und damit schloss sich die Tür wieder, und ich wandte mich um. Es hatte zu tröpfeln begonnen. Zu meiner Rechten entdeckte ich jetzt tatsächlich ein Gebäude, bei dem es sich zweifelsohne um das Wohnheim Clifton Avenue handeln musste. In den Siebzigerjahren als reiner Zweckbau errichtet, wirkte das Gebäude mittlerweile schäbig und heruntergekommen. Auf einer Seite bestand die Wand vollständig aus Glas, was sicher irgendwann mal total modern gewesen war. Doch sobald die Heimbewohner eingezogen waren, hatte es ihnen vermutlich an Privatsphäre gefehlt, weshalb man einen langen Netzvorhang aufgehängt hatte. Leider ruinierte das den futuristischen Effekt. Inzwischen war der Vorhang stark angegraut und an einigen Stellen aus der Schiene gerissen. Jetzt hatte man ihn zur Seite geschoben, und davor hatte jemand auch noch einen schäbig aussehenden Teewagen abgestellt. Darauf lagen stapelweise Puzzles und Brettspiele. Das Fenster war mit den Jahren blind geworden vor Schmutz und Staub vom Straßenverkehr. Der Garten war verwildert.

Alles wirkte trist und lieblos, und während das Nieseln jetzt in einen richtigen Regenguss überging, überkam mich der Drang, mich auf der Stelle umzudrehen und abzuhauen.

Ich wühlte in meiner Tasche und zog das Schreiben noch einmal hervor. »Pflegeassistentin für hilfebedürftige Personen … Sollte die Fähigkeit besitzen, souverän und sachverständig mit verschiedensten Behörden zusammenzuarbeiten … Sollte in der Lage sein, fürsorgliche, professionelle und tragfähige Beziehungen zu einem anspruchsvollen Klientel mit besonderen Bedürfnissen aufzubauen.« Die hatten doch eindeutig nicht nach mir gesucht? Der Einzige, der für diesen Job in Frage kam, war Nelson Mandela.

Die Tür ging auf, und Denise stand vor mir, die Leiterin des Heims und meine neue Chefin. Sie war am Tag meines Vorstellungsgesprächs makellos gestylt gewesen, und ich war davon ausgegangen, dass sie sich für die Gelegenheit extra zurechtgemacht hatte. Aber ich hatte mich wohl getäuscht, denn auch heute war sie genauso chic gekleidet. Sie trug ein eng anliegendes Kostüm und dazu auf Hochglanz polierte Pumps. Haar und Make-up saßen perfekt, der Lippenstift leuchtete so rot, als hätte sie ihn gerade erst aufgelegt, kurz bevor sie die Tür öffnete.

»Rachel! Willkommen, meine Liebe. Kommen Sie doch rein ins Trockene. Scheußlich, dieses Wetter, nicht wahr?«

»Ja, schrecklich«, bestätigte ich grinsend und schüttelte ihr die Hand. Sie war knochig und etwas glitschig, da sie offenbar gerade Handcreme aufgetragen hatte.

»Nun, mir ist ja bewusst, dass Sie heute nur vorbeigekommen sind, um sich hier etwas umzusehen. Es ist gerade recht ruhig, weil die Bewohner im Tageszentrum oder bei der Arbeit sind. Besser geht es im Grunde nicht! Ich lasse Sie also allein mit Rob, meinem Stellvertreter. Er geht mit Ihnen das Organisatorische durch und erklärt Ihnen genauer, wie der Laden hier so läuft. Doch vorher möchte ich Ihnen noch sagen, wie sehr wir uns freuen, Sie bei uns zu haben.«

»Vielen Dank«, erklärte ich erfreut und folgte ihr dann einen Flur hinunter, der von grellen Leuchtstoffröhren erhellt war. Ihr enger Rock raschelte, da sich das Futter an ihren Oberschenkeln rieb. Der robuste braune Teppich war flauschig und aus Acryl, sodass Denise mit ihren glatten, glänzenden Schuhen richtiggehend darüberzugleiten schien. Die Luft war heiß und trocken. Ich spürte, wie die statische Ladung durch meine Fußsohlen kroch, und überlegte beunruhigt, ob mein Haar mir wohl gleich in alle Richtungen vom Kopf abstehen würde.

Denise klopfte an eine Tür, woraufhin wir einen Raum betraten, der nach Verwaltungsbüro aussah. Darin befanden sich zwei Computer, zwei Schreibtische und eine Reihe von riesigen Pinnwänden, an die veraltete Flyer und Flugblätter zu Themen wie Gesundheit und Sicherheit sowie Gewerkschaftsvereinbarungen geheftet waren. An der Rückseite der Tür hing ein riesiger laminierter Kalender, auf dem groß die Überschrift !!!DIENSTPLAN!!! prangte.

»Hallo, Sie müssen Rachel sein, ich bin Rob«, sagte ein Mann, der hinter einem der Schreibtische saß. Er wirkte richtig schottisch und ziemlich nett. Wir reichten uns die Hand, und sofort bekamen wir beide einen Stromschlag ab. »Berufsrisiko«, meinte er. »Das liegt an den Teppichen. Wenn man die Türklinke der Waschküche anfasst, spürt man das in den Zahnfüllungen.«

Als ich etwa elf Jahre alt war, waren meine Eltern mit einer Familie namens McCormack befreundet. Mit denen hatten wir ein paar Jahre hintereinander unsere Ferien in Devon verbracht. Irgendwann kam deren ältester Sohn in die Pubertät, und von diesem Tag an nannte mein Vater und schließlich wir alle ihn nur noch den Jungen mit dem Poflaum.

Als ich jetzt Rob ansah, erinnerte er mich sofort an den McCormack-Jungen mit dem Poflaum. Eine lückenhafte Linie spärlicher Stoppeln zeichnete sich vage über seiner Oberlippe ab. Als wäre seine Erscheinung im Großen und Ganzen nicht schon erbärmlich genug gewesen, bemerkte ich auch noch, dass ihm die Hose nur bis knapp zu den Knöcheln ging, als er jetzt aufstand, um mir Tee anzubieten und den Wasserkocher in der Ecke des Zimmers anzuwerfen. Doch trotz seiner Aufmachung sah er nicht gerade wie einer der Jungs aus einer Boygroup aus. Alles in allem wirkte Rob eher wie einer der Heimbewohner, und einen kurzen Augenblick lang war ich verunsichert.

»Eine Sache, die Sie sich bitte heute noch ansehen sollten, ist der Dienstplan«, erklärte Denise. »Der steht für den kommenden Monat bereits fest. Und bitte, beachten Sie auch die Wochenenden, für die ich Sie eingetragen habe. Nun, der Großteil der Belegschaft will ständig Wochenenden aufteilen und Dienste tauschen, was uns erhebliche Unannehmlichkeiten bereitet. Daher würde ich es sehr zu schätzen wissen, wenn Sie sich die Dienste ansehen und sich möglichst an den Plan halten.« Sie warf Rob einen Seitenblick zu, der darauf hindeutete, dass auch er schon des Öfteren um ein freies Wochenende gebeten und damit unnötiges Chaos verursacht hatte. Er grinste mich über ihre Schulter hinweg an und zog leicht die Augenbraue hoch. Doch ich war viel zu nervös, um sein Grinsen zu erwidern. Folgsam holte ich meinen Kalender raus und fing an, mir die Zeiten zu notieren.

Denise stolzierte schließlich gut gelaunt aus dem Zimmer, und Rob begann, mir die Arbeitsabläufe zu erklären und was man von mir erwartete. Schon als Teenager und während der Semesterferien als Studentin hatte ich ähnliche Jobs gehabt, daher hatte ich eine recht gute Vorstellung davon, wie es hier so ablief. Es schien mir alles recht einfach, aber je mehr Rob redete, desto mehr wuchs meine Überzeugung, dass dies ein Schritt in die falsche Richtung war. Dass ich noch nicht bereit war. Ich trank den letzten Schluck von dem mittlerweile kalt gewordenen Tee und spürte, dass mein Mund voller Kalkstückchen war, die zwischen meinen Zähnen knirschten. Mit Müh und Not schluckte ich das Ganze runter.

Und während Rob noch den Arbeitsalltag in der Clifton Avenue schilderte, kam ein Mann mit Downsyndrom ins Zimmer geschossen. »Rob! Rob! Irgendein Mistkerl hat meine Jacke geklaut. Irgend so ein verdammter Mistkerl hat meine Jacke.« Er war eher kleingewachsen, so rund wie Humpty Dumpty und trug eine dicke Brille.

»Schon gut, Malcolm, beruhige dich. Welche Jacke? Und von wo wurde sie geklaut?«, hakte Rob sanft nach.

»*Meine* Jacke! Irgend so ein diebischer Mistkerl hat sie sich gekrallt.«

»Welche Jacke hattest du denn an, als du heute herkamst?«

Malcolm schüttelte unwirsch den Kopf.

»War es die grüne? Die dicke Jacke? Meinst du die? Komm schon, wir gehen sie suchen. Vielleicht hast du sie ja irgendwo liegen gelassen.« Resigniert wollte Rob das Büro verlassen.

»Möchten Sie, dass ich suchen helfe? Mein Name ist

Rachel, ich arbeite jetzt auch hier.« Meine Stimme klang etwas angespannt und bemüht freundlich.

»Sie ist nicht da!«

»Sehen wir uns doch noch einmal um, okay?« Rob nickte mir dankbar zu, und ich folgte Malcolm, der aus dem Büro raustrampelte und auf eine Garderobenleiste im Flur zusteuerte. Das Einzige, was daran hing, war eine Damenunterhose in Übergröße, die über zwei Haken drapiert war.

»Seht ihr! Nicht da!«, empörte Malcolm sich.

»Das ist richtig, aber nach der hier habe ich dafür schon überall gesucht.«

Ich schnappte mir den riesigen Schlüpfer und hielt ihn mir an die Hüften. Malcolm bedachte mich mit einem vernichtenden Blick und erklärte gereizt: »Die gehört Theresa.« Und damit trampelte er zurück ins Büro. »Sie ist nicht *da*. Mrs. Wheeler wird nach mir suchen, und meine Mum wird sich fragen, wo ich hier eigentlich gelandet bin. Ich werde es ihr erzählen, Rob. Ich werde ihr erzählen, dass so ein diebischer Mistkerl aus diesem Wohnheim sie genommen hat.«

»Hat deine Mum dich heute Morgen hergefahren, oder hat Mrs. Wheeler dich gebracht?«, wollte Rob wissen.

»Meine Mum.«

»Wenn du mit dem Auto gekommen bist und nicht auf den Minibus warten musstest, dann hattest du vielleicht bloß deinen Pullover an. Hast du möglicherweise vergessen, eine Jacke anzuziehen?«

Schweigen. Dann machte sich ein riesiges, reumütiges Grinsen auf Malcolms Gesicht breit. »Wenn mein Kopf nicht festgewachsen wäre, würde ich ihn wohl auch noch vergessen, nicht wahr, Rob? Würde glatt auch noch den eigenen Kopf vergessen. Ich bin mit meiner Mum gekommen. Ich hatte gar keine Jacke *dabei*!«

»Was machst du bloß für Sachen«, meinte Rob lachend und boxte den Mann in die Seite. »Und jetzt wollen wir euch mal offiziell bekanntmachen: Malcolm, das ist Rachel, sie wird in Zukunft bei uns arbeiten. Rachel, Malcolm besucht uns mittwochs und wann immer seine Mum ein bisschen Ruhe braucht.«

Malcolm lachte immer noch in sich hinein und schüttelte ungläubig den Kopf. »Hallo, Süße, vor mir musst du dich in Acht nehmen – stimmt's, Rob?«

»Ja, in der Tat.«

»Ich bringe nichts als Ärger, so ist das. Auf mich musst du wirklich aufpassen, Rachel.« Malcolms leuchtend blaue Augen funkelten, als er mir seine rundliche Hand hinhielt, um sie sich schütteln zu lassen. »Würde auch noch meinen Kopf vergessen, wenn er nicht festgewachsen wäre.«

Nun erschien eine freundlich wirkende Frau mittleren Alters an der Tür – Mrs. Wheeler, nahm ich an. »Hallo! Versteckt Malcolm sich bei euch da drinnen? Los, gehen wir, mein Hübscher, sonst denkt deine Mum wieder, wir sind durchgebrannt. Ich hab deine Jacke. Du hast sie heute Morgen im Bus liegen lassen.«

Malcolm zuckte zusammen, klatschte sich die Hand an die Stirn und warf Rob einen schuldbewussten Blick zu. »Mrs. Wheeler hat meine Jacke.«

»Verstehe!«, entgegnete Rob lachend.

»Ich komme, meine Liebe«, trällerte Malcolm und vollführte einen kleinen Sprung à la Fred Astaire auf Mrs. Wheeler zu. »Wir sehen uns, Rachel. Bye, Rob. Mrs. *Wheeler* hat meine Jacke.«

Rob seufzte schwer, drehte sich dann zu mir um und meinte: »Willkommen in der wunderbaren Welt der Clifton Avenue.«

Als ich das Heim verließ, war es bereits dunkel, und das Licht im Bus leuchtete derart grell, dass ich auf mein eigenes zerzaustes Spiegelbild starrte, statt aus dem Fenster zu sehen. Ich versuchte mir ein klares Bild zu machen von meinen ersten Arbeitsstunden seit mehr als zehn Jahren. Es war wohl offensichtlich, dass der heutige Tag nicht unbedingt ein überwältigender Erfolg gewesen war. »Es ist einfach noch zu früh, um was sagen zu können«, betete ich mir innerlich vor, mein mickriges Mantra, das mir half, meine Ängste und Vorbehalte und die schiere Panik im Zaum zu halten, die das Ganze zu sabotieren drohten.

Den Rest des Abends hatte ich verplant unter der Voraussetzung, dass ich mit dem Bus ungefähr eine halbe Stunde nach Hause brauchen würde. Dabei hatte ich leider nicht berücksichtigt, dass jetzt Stoßzeit war und der Bus so gut wie nicht vorwärtskam. Ob ich zu Fuß wohl schneller wäre? Wir waren noch meilenweit von meinem Zuhause entfernt, aber der Verkehr konnte ja kaum auf der gesamten Kilburn High Road so schlimm sein? Oder doch? Mich überkam ein ganz ungutes Gefühl. Alle anderen im Bus wirkten resigniert und müde, und ich sah von einem zum anderen in der Hoffnung, irgendjemandes Blick zu begegnen und darin die gleiche Panik zu erkennen, die mich ergriffen hatte. Vielleicht würde sich ja sogar jemand zu mir rüberbeugen und mir zuraunen, dass dieses kurze Stück immer der reinste Albtraum war. Sobald man diese Ampel hinter sich habe, würde es ganz schnell gehen. Ich hatte noch exakt zwölf Minuten, um rechtzeitig nach Hause zu kommen. Dom hatte darauf bestanden, früh von der Arbeit heimzugehen, weil es ja mein erster Tag im neuen Job war. Er wollte die Kinder von der Schule abholen. Deshalb hatte ich Marlene, dem Au-pair-Mädchen, heute Abend freigegeben. Dom hatte gemeint, er müsste um halb sieben weg, daher bemühte ich mich, ruhig zu bleiben und die Kontrolle zu behalten und rechtzeitig daheim zu sein.

Ich kramte mein Handy hervor, in dem noch ein letzter Rest Leben war, vielleicht gerade noch genug Saft für einen einzigen Anruf. Doch ich beschloss, mir das aufzusparen und stattdessen zu beten. Und dann – herrje! – fiel es mir wieder ein: Ich hatte vergessen, für Alec eine Einwegkamera zu besorgen für seine Klassenfahrt – fünf Tage in Swanage mit der gesamten sechsten Klasse, von Insidern als 6KF bezeichnet. Es war sein erstes Mal weg von daheim. Der gesamte Jahrgang – doch Alec ganz besonders – war vor Aufregung und Vorfreude völlig außer sich. Die Kamera war das Einzige, was ihm auf seiner Checkliste noch fehlte, und er musste sie spätestens morgen abgeben, da sie als Wertgegenstand betrachtet wurde und die Lehrer deshalb die Verantwortung dafür tragen mussten. Den Schülern war es nicht gestattet, Handys mitzunehmen, und Alec hatte noch keine eigene Kamera. Dom ließ ihn nicht mal in die Nähe der seinen, daher hatte er sich richtig darauf gefreut, für diese Fahrt endlich eine zu bekommen. Das war noch so eine Sache, wegen der die Kinder derart aus dem Häuschen waren. Kurz entschlossen sprang ich aus dem Bus und eilte ins nächste Zeitungsgeschäft.

Der Mann hinter dem Tresen sah aus wie General Gaddafi und schien verärgert, weil ihn Kundschaft störte.

»Verkaufen Sie Einwegkameras?«, fragte ich und hatte das Gefühl, als hinge mein Leben von seiner Antwort ab. Ich musste das blöde Ding ja nicht nur kaufen, nein, wenn ich jetzt hier keine bekam, hatte ich keinen blassen Schimmer, wo ich noch hinsollte und ob ich es dann je pünktlich nach Hause schaffen würde.

»Nein. Keine Kameras«, sagte er und sah mich an, als hätte ich mich nach einem Päckchen Scheiße erkundigt.

»Haben Sie vielleicht eine Ahnung, wo ich so eine hier in der Nähe kriegen könnte?«

Es folgte eine ausgedehnte Pause. »Schon möglich, Dixons?«

»Nein. Ich will keine richtige Kamera. Nur eine Wegwerfkamera. Sie wissen schon, diese Dinger, die man einfach wegwirft, nachdem man den Film vollgemacht hat?«

»Tankstelle«, meinte er und deutete müde mit dem Daumen in Richtung der Shell-Tankstelle etwa eine halbe Meile weiter. Dann widmete er sich wieder seiner Zeitung.

Mist, Mist, Mist. Ich würde Dom anrufen müssen. Mittlerweile war es schon achtzehn Uhr zweiundzwanzig, eigentlich sollte ich längst zu Hause sein. Stattdessen war ich noch meilenweit davon entfernt und hatte keine Kamera.

Nachdem ich Doms Nummer gewählt hatte, meldete er sich mit einem blasierten »Hallo?«, so als hätte er keinen Schimmer, wer da in der Leitung war. Wie mir das auf die Nerven ging, schließlich wurde ja mein Name auf dem Display angezeigt, wenn ich ihn anrief.

»Ich bin's.«

»Wir wollen gleich los. Wo steckst du?«

»Scheiße. Hör zu, ich muss für Alec eine Ka…« Und damit war die Leitung auch schon tot, und es war schwer zu sagen, wer von uns beiden mich in diesem Moment für die miesere Mutter hielt, Dom oder ich.

Ich rannte los. Und zwar richtig: Knie hochgezogen, mit pumpenden Armen. Die Shell-Tankstelle wirkte hell und einladend im Dunkeln, aber leider war sie auch ewig weit weg. Als ich eintrat, musste ich mich entscheiden zwischen zwei Schlangen gelangweilter, grauer Autofahrer. Ich wählte die kürzere, in der blöderweise auch Leute mit Einkäufen standen. Ich stellte mich auf die Zehenspitzen und streckte mich zum Anfang der Schlange, wie ein Windhund vor dem Startschuss. Als würde es dadurch irgendwie schneller gehen. Als die Reihe an eine pferdegesichtige Frau kam, bemerkte sie, dass der Milchkarton leicht feucht war, weshalb sie Bedenken hatte, er könnte einen Riss haben. Daher ließ sie uns jetzt alle, die wir hinter ihr standen, warten und zog los, um sich einen neuen zu holen.

»Oh, Mist!«, entfuhr es ihr dann vor dem Milchregal. »Ich wollte doch Fettarme Milch, das muss die letzte Packung gewesen sein.«

»Kein Problem, meine Liebe«, sagte die hilfsbereite Frau hinter dem Tresen. »Wir haben bestimmt noch welche im Lager. Raj? *Raaaj?* Kannst du mir ein paar Packungen Fettarme Milch bringen?«

Raj, von dem nichts zu sehen war, rief von hinten: »Fettarme Milch?«

»Ja, mein Lieber. Fettarme Milch.«

»Die Fettarme?«

»Ja, mein Lieber. Genau die.«

Unfassbar. Ich dachte schon, ich müsste gleich aus der Haut fahren.

Panisch suchte ich die Regale ab, in der Hoffnung, irgendwas zu entdecken, das auch nur annähernd nach Einwegkamera aussah inmitten all der Schmerzmittel- und Zigarettenpackungen. Als ich schließlich dran war, fragte ich: »Haben Sie Einwegkameras?«, wie eine Süchtige, die sich nach Heroin erkundigte.

»Wissen Sie …«, meinte die Frau nachdenklich, »früher hatten wir die … Vielleicht sind ja noch welche da. Haben Sie schon da drüben bei den Straßenkarten geguckt?«

Ich spurtete los und schoss wie wild durch die Gänge. »Wo? Hier?«

»Nein, links von Ihnen, meine Liebe. Sehen Sie da welche?«

»Nein, hier?« Ich drehte mich mit ausgestreckten Armen hektisch im Kreis. »Hier?«

Sie tauchte unter dem Tresen durch und kam zu mir, um mir suchen zu helfen. Jetzt war es an mir, sämtliche Blicke der verbliebenen Leute in der Schlange auf mich gerichtet zu spüren, mit einer Mischung aus Frust und Verachtung.

»Hier haben wir sie ja. Wir haben die eigentlich nicht mehr im Sortiment, also ist das Ihr Glückstag, nicht wahr?«

Auf einem Regal lagen noch zwei einsame Wegwerfkameras.

»Oh, vielen Dank. Ich danke Ihnen vielmals. Sie sind meine Rettung.«

Allem Anschein nach handelte es sich um zwei Restexemplare aus einer Disney-Promoaktion, da sie nämlich aus rosa Plastik waren mit einer kleinen Prinzessin auf der Seite. Aber was soll's, das war mir jetzt egal. »Danke. Vielen Dank.« Damit folgte ich der Frau zurück an den Tresen und blätterte stolze sieben Pfund neunundneunzig für meine fette Beute hin.

Ich rannte hinaus auf die Straße, wo soeben ein Taxi auf

mich zugefahren kam. Schnell warf ich mich auf die Rückbank und versuchte, wieder normal zu atmen. Was das jetzt kostete, war mir egal, ich wollte nur noch nach Hause. Bitte, lieber Gott, lass Dom nicht vor mir daheim sein. Bitte, lieber Gott, mach, dass er noch nicht da ist.

Als das Taxi in die dunkle Straße abbog, sah ich Doms Wagen draußen vor dem Haus stehen. Ich schickte mich an, den Taxifahrer zu bezahlen, kramte nach meinen Schlüsseln und versuchte, mich zusammenzureißen. Meine Hände zitterten, als ich den Schlüssel ins Schloss steckte und eintrat. Ich steckte den Kopf zur Wohnzimmertür rein, wo die Kinder gelangweilt vor dem Fernseher saßen.

»Hi, Leute.« Drei kleine Köpfe hoben sich und lächelten mich an.

»Hi, Mum.«

»Und, wie war's?«, erkundigte Alec sich.

»Noch zu früh, um was zu sagen«, erklärte ich und gab mir alle Mühe, einen möglichst begeisterten Eindruck zu machen.

Ich ging weiter in die Küche, und da war Dom, auf Socken stapfte er auf und ab und hielt dabei eine Tasse Tee umklammert, als wäre er nie weg gewesen. Als wären die vergangenen sechs Monate nicht geschehen.

»Es tut mir so leid, Dom. Anlaufschwierigkeiten. Ich muss das mit dem Timing erst noch hinkriegen …«

»Schon gut. Kein Problem. Aber jetzt muss ich mich beeilen. Ich dachte, du würdest zusehen, dass du zeitig wegkommst …«

»Hab ich ja. Aber dann musste ich für Alec noch was besorgen, eine Einweg…«

»Na ja, jetzt bist du ja hier. Tut mir leid, dass ich ihnen

noch nichts zu essen gemacht habe. Keine Ahnung, was du für sie kochen wolltest. Soll ich dir helfen? Mir bleiben noch fünf Minuten.«

Wir hatten so gut wie nichts im Haus – der Lieferdienst von Tesco sollte erst Dienstag wiederkommen –, daher würden wir uns mit dem begnügen müssen, was der Kühlschrank so an Resten hergab. Mir war sehr daran gelegen, dass Dom verschwand, ehe das allzu offensichtlich wurde. Aber nein, dass er jetzt das erste Mal seit Monaten der moralisch Überlegene war, war eine seltene Genugtuung für ihn, und die wollte er so weit wie möglich auskosten.

Er warf einen Blick in den Kühlschrank, dann sah er in die Schränke, ehe er wieder zum Kühlschrank zurückkehrte und in die Knie ging, um die entlegeneren Ecken in Augenschein zu nehmen. Als könnte da in der Zwischenzeit wundersamerweise ein gebratenes Hühnchen oder vielleicht ein Steak-and-kidney-Pie aufgetaucht sein, seit er das letzte Mal nachgesehen hatte. Es hatte erst eine schreckliche Auseinandersetzung geben müssen, ehe er damit aufhörte, einfach wann immer er wollte ins Haus zu kommen, nachdem er uns verlassen hatte, und jetzt stand ich hier ganz zerknirscht in der Ecke, während er meine Küchenschränke durchwühlte und in meine Brotbox schaute. Der alte Dom wäre fuchsteufelswild geworden, jetzt aber tat er ganz nett und geduldig, was fast noch schlimmer war.

»Hör zu, geh du doch einfach«, erklärte ich versöhnlich. »Sie kriegen schon was. Ich wollte eh nur eine Kleinigkeit machen.«

»Sie haben Hunger, Rachel, richtig Hunger. Da reicht eine Kleinigkeit nicht aus. Du hättest was sagen sollen, dann hätten wir ihnen was besorgt.«

Ach, hätten *wir* das, dachte ich.

»Ich weiß, dass du das nicht gerne hörst«, fuhr er fort, »aber wir können euch helfen. Ich weiß ja, dass das alles ziemlich schwer ist für dich im Moment, und ich wünschte, es wäre anders. Aber du musst das nicht alles alleine schaffen. Außerdem ist es nicht fair den Kindern gegenüber, uns nicht anzurufen, wenn du Hilfe brauchst.«

Nicht *fair?,* hätte ich am liebsten gefaucht in diesem bescheuerten Flüsterton, in dem wir uns neuerdings miteinander verständigten. *Fair?* Es ist *nicht fair,* dass ihr Vater am anderen Ende von London wohnt und das mit Gott weiß wem. Es ist *nicht fair,* dass ich jetzt irgendeinen bescheuerten Job annehmen muss, nur damit wir über die Runden kommen …

Stattdessen atmete ich tief durch und sagte: »Sieh mal, das ist nur dieses eine Mal schiefgegangen. Ich hab ja jetzt auch Marlene. Wir müssen nur erst etwas Routine bekommen. Tut mir wirklich schrecklich leid, aber jetzt kannst du ja gehen.« Unterdrückte Wut und Scham sorgten dafür, dass mir die Stimme versagte und mein Kinn bebte. »Das war mein erster Tag …«

Dom entschied sich für demonstratives Resignieren. »Also okay. Hör zu, ich muss los. Deborah sitzt im Wagen, weil Alec Angst hatte, du könntest dich aufregen, wenn sie hier mit reinkommt.«

»Ja, nun, da hat er vollkommen recht.«

Das war dann wohl der peinlichste Moment des Tages, zu wissen, dass Deborah gemütlich in ihrem warmen Auto gesessen war und vermutlich Radio gehört hatte, während ich hektisch aus dem Taxi kletterte, dabei meine Geldbörse fallen ließ und dann auf das Haus zurannte. Und jetzt würde

Dom zu ihr in dieses Auto steigen und ihr erklären, was für ein nichtsnutziges, dämliches Ding ich doch war, dass ich es nicht rechtzeitig nach Hause schaffte und noch nicht mal was zu essen im Kühlschrank hatte. Und Deborah würde vermutlich eine Woge der Liebe für ihn überkommen, weil er ja ach so umsichtig und so gut im Umgang mit seinen Kindern war.

Ich wusste genau, was die Kinder brauchten. Ich wusste, dass dieses ganze Chaos und eine völlig hysterische Mutter nicht gerade gut für sie waren. Das alles war mir absolut klar, doch ich konnte nichts anderes tun, als mich noch mehr anzustrengen und zu hoffen, dass ich mich in einer fernen Zukunft wieder besser fühlen würde, und dann wäre auch für sie wieder alles okay.

Kapitel 2

Nur die Harten kommen in den Garten

Um drei Uhr am folgenden Morgen schlief ich gerade tief und fest vor Erschöpfung, als Jessie zu mir ins Bett gekrochen kam. Ich machte keine Anstalten, sie davon abzuhalten, weil ich nicht richtig wach werden wollte, daher umschlang ich stattdessen ihren warmen kleinen Körper und schmiegte mich mit der Nase an ihren Nacken. Erst in dem Moment wurde mir klar, dass sie hinten total feucht war. Ich sprang auf und scheuchte sie aus dem Bett.

»Hast du etwa in die Hose gepinkelt?«, fragte ich.

»Nein«, winselte sie, »aber mein Bett ist ganz nass, und ich kann nicht mehr einschlafen.«

»Na komm, wir ziehen dir ein frisches Nachthemd an.« Ich bemühte mich, ruhig zu klingen, doch meine Stimme krächzte, und ich war immer noch so verschlafen, dass ich Schwierigkeiten hatte, scharf zu sehen. Also knipste ich das Licht an, und sofort fühlte es sich an, als würde man mir Nägel in die Augen treiben.

»Ich hab nicht Pipi gemacht. Ich bin schon fünf! Ich pinkle nicht mehr in die Hose!« In Jess' Fall war es nicht so, dass sie aus Angst nun wieder ins Bett machte. Sie hatte von vornherein nie damit aufgehört, ins Bett zu pinkeln. Sie schlief immer so tief und friedlich, dass wir ihr die Windeln nie richtig abgewöhnt hatten. Diese Woche hatten wir es probeweise ohne versuchen wollen, doch offensichtlich war dieser Versuch ordentlich in die Hose gegangen.

Total schlapp hielt ich Jess die Hand hin, und sie ergriff sie und trottete hinter mir her. Es gelang mir, das Ganglicht zu finden – ich war immer noch nicht ganz wach –, dann schleppte ich mich schwerfällig und benommen den schmalen Flur entlang. Als wir in ihr Zimmer kamen, entdeckte ich, dass sie in dem Moment, in dem ihr das kleine Malheur passierte, leider so gelegen hatte, dass sie nicht nur die Bettdecke, das Laken und die Matratze durchnässt hatte, sondern auch noch ihr Kissen und ihre Upsy-Daisy-Puppe. Ich stapfte also zum Wäscheschrank und holte frisches Bettzeug raus. Jess war jetzt hellwach und folgte mir überallhin, wobei sie fröhlich vor sich hinschnatterte.

Seit Dom uns verlassen hatte, waren wir ein Haus voller Bettnässer. Tatsächlich war ich die Einzige, die regelmäßig bis zum frühen Morgen durchhielt. Luke rief mir dann immer aus seinem Bett zu: »MUM! MUUUUM! ICH HAB INS BETT GEPINKELT!« Und anschließend ging ich immer zu ihm und ließ mir von ihm seinen durchnässten Schlafanzug reichen. Sobald sein Bett frisch bezogen war, schlief er in der Regel wieder ein. Bei Luke weiß man immer, woran man ist. Er ist ein offener und ehrlicher kleiner Mensch und kann unheimlich süß sein und natürlich auch unglaublich garstig, aber man weiß einfach immer, was Sache ist. Er setzt sich gern zu mir ans Bettende und sagt dann: »Mum, ich mach mir Sorgen. Richtig Sorgen. Ich soll in der Schule bei der Morgenandacht ein Gedicht vortragen, aber ich glaube, ich schaff das nicht …« Und dann gibt man ihm einen Ratschlag und sagt ihm, was er tun soll, und man hat das Gefühl, ordentlich Punkte zu machen in Sachen guter Erziehung. Er pinkelt ins Bett, ich kümmere mich darum, und er schläft wieder weiter, ohne noch einen Gedanken daran zu verschwenden.

Alec dagegen würde keinen Ton sagen. Ihn ertappte ich immer nur zufällig dabei, wie er das Laken in die Waschmaschine stopfte, in der Hoffnung, er könnte es im Schnellwaschprogramm säubern, dann trocknen und das Bett wieder damit beziehen, ehe ich irgendwas davon mitbekam. Nicht etwa weil er es verheimlichen wollte oder es ihm peinlich gewesen wäre oder er Angst davor hatte, es ihm zu sagen. Nein, er tat das, weil er nicht wollte, dass ich mir Sorgen machte. Er ist schon elf und Luke erst acht, daher lässt sich das zu einem gewissen Teil auf den Altersunterschied schieben, aber andererseits sind die beiden auch so recht verschieden. Ich bin heilfroh, dass ich mehr als nur ein Kind bekommen habe, weil ich manchmal das Gefühl habe, dass man das erste Kind erst richtig kennenlernt, wenn man ein zweites kriegt. Wenn ich Luke nicht gehabt hätte, hätte ich vielleicht geglaubt, dass alle Sechsjährigen geschlagene zwanzig Minuten brauchen, um einen einzigen Schokoriegel zu essen, oder dass alle Neunjährigen der Ansicht sind, Jeremy Clarkson müsste wie ein Gott verehrt werden. Vielleicht hätte ich dann niemals erfahren, wie direkt und durchgeknallt und unkompliziert und fröhlich Luke ist, oder wie unglaublich lieb und rücksichtsvoll und verschroben – und auch zerbrechlich – Alec ist.

Mittlerweile war ich hellwach. Seit Dom weg war, bedeutete das immer das Ende der Nacht, wenn mich irgendwas weckte. Dann konnte ich nicht wieder einschlafen. Ich ging also runter in die Küche und machte mir eine Tasse Tee. Aus schierer Verzweiflung las ich den Business- und dann den Reiseteil der Sonntagszeitung. Eine Doppelseite war den billigsten und besten Urlaubsorten für Familien auf den britischen Inseln gewidmet. Es gab einen Artikel über einen Campingplatz in Cornwall, auf dem wir im vergangenen Jahr gewesen waren, dazu ein Foto von dem dazugehörigen, wirklich wunderschönen Swimmingpool im Sonnenlicht. Kinder vollführten Arschbomben und spritzten ausgelassen um sich und stürzten sich kreischend ins kühle Nass. War das wirklich erst letztes Jahr gewesen? Ich dachte an die Schnappschüsse aus dem Urlaub, auf denen wir alle total erholt und glücklich aussahen. Und in all der Zeit hatte Dom sich schon heimlich davongeschlichen und Deborah angerufen, um ihr zu sagen, wie sehr er sie vermisste und wie gern er doch bei ihr wäre und dass es nicht mehr lange dauern würde, bis sie zusammen würden leben können …

Ich vergrub das Gesicht in den Händen und versuchte die vertraute Woge der Panik und der Einsamkeit abzuwehren. Ich rief mir den Standpunkt meines Vaters in dieser Sache ins Gedächtnis; von wegen, Selbstmitleid sei reine Zeitverschwendung, das mache wirklich keinen Sinn. Und wieder einmal schwor ich mir, dass ich ab morgen wieder ein bisschen mehr wie mein altes Ich sein würde.

In letzter Zeit hatten wir es ein wenig schleifen lassen, was das pünktliche Eintreffen in der Schule betraf. In der Regel verließen wir das Haus gut zehn Minuten zu spät, in totaler Hektik, während wir die Schultaschen noch vollstopften mit Schwimmzeug, Sportsachen, Hausaufgaben und Formularen, auf denen stand: »Ja, ich möchte gerne an dem diesjährigen

Walkaton teilnehmen«, obwohl er tatsächlich schon am Tag zuvor stattgefunden hatte. Und dann trabten wir die Straße runter, mit zerzausten Haaren, während ich in barschem Militärton brüllte: »LOS, BEWEGT EUCH.« Ich rannte immer durch den Park und legte dabei einen Mix aus Galopp und Power-Walk hin, die ächzenden Kinder im Schlepptau, und wir trafen trotzdem nur wenige Sekunden vor dem Gong in der Schule ein. Dabei kam ich immer angerannt wie Roger Bannister, wenn er eben seine eine Meile in vier Minuten vollendet, nach Luft japsend und würgend wie eine Katze, die gerade ein Gewölle auskotzt.

Es scheint völlig egal zu sein, zu welcher Uhrzeit wir aufstehen. Manchmal, wenn ich mir besonders Mühe geben will, wecke ich die Kinder sogar fünfzehn Minuten früher. Ich seh auf die Uhr, alles ist gut, ein neuer Tag bricht an. Ich schreie nicht. Ich bin vollkommen ruhig. Tatsächlich kommt aus meinem Mund nicht viel mehr als ein Flüstern. Wir haben noch etwa zwanzig Minuten Zeit, um zu frühstücken, unsere Sachen zusammenzusuchen und uns die Zähne zu putzen. Also würde mir jetzt bitte um HIMMELS WILLEN jemand erklären, was da zwischen sieben Uhr fünfundvierzig und acht Uhr passiert, dass ich um acht Uhr fünf brülle: »Was meinst du damit, du hast das Buch aus der Bibliothek in den Wäschekorb gesteckt? Und überhaupt, da IST ES NICHT!« Es ist wirklich völlig egal, wie gut ich alles im Griff zu haben glaube und wie groß der zeitliche Vorsprung ist.

Nach dem Chaos mit Dom am vorangegangenen Abend und in dem Wissen, dass ich nur wenige Stunden geschlafen hatte, wollte ich den Tag nun ruhig und effizient angehen. Heute war Donnerstag, und an Donnerstagen hieß es immer:

früh aufstehen. Luke musste vor der Schule zum Laufklub, daher setzten wir ihn immer dort ab, und dann gingen Alec, Jess und ich in das Café gleich bei der Schule, um heiße Schokolade zu trinken, bis der Unterricht anfing. Aber jetzt wurde es schon wieder später und später, und alles würde schiefgehen wie üblich.

Luke ist ein Frühaufsteher und war deshalb schon um sechs Uhr dreißig wach gewesen. Es war mir ein Rätsel, dass er immer als Letztes fertig wurde, obwohl er doch als Erster aufstand. Auch wenn sie ständig trödelten waren Jess und Alec um zehn vor acht fertig für den Aufbruch – gar nicht mal so schlecht –, doch dann verschwand Luke plötzlich noch mal nach oben mit den Worten: »Bin gleich wieder da«. Was hatte er denn in den achtzig Minuten, seit er aufgestanden war, nur getrieben? Ich überlegte. War ja nicht so, als hätte ich eines Tages beim Aufräumen unter seinem Bett ein Modell des Taj Mahal gefunden, erbaut aus lauter abgeschnittenen Zehennägeln, und er hatte sich auch nicht zwischenzeitlich selbst Mandarin beigebracht.

»Luke!«, brüllte ich die Treppe hoch. »*Luuuke!* Komm jetzt! Wir müssen los!« Schließlich kam er zwei Stufen auf einmal nehmend die Treppe runtergeeiert und verkündete, er könne seine Turnschuhe nirgends finden. Wir fingen alle hektisch an zu suchen, bis er schließlich entschied, dass er sie beim Judo vergessen haben musste. »Na, dann kannst du aber heute nicht beim Laufklub mitmachen, oder?«, sagte ich.

Luke zuckte lediglich die Schulter und meinte: »Ich lauf einfach in meinen normalen Schuhen.« Und wieder einmal war es ihm gelungen, diesen geheimen Schalter umzulegen, den alle Mütter irgendwo in ihrer Brust verborgen haben und der sie in Stresssituationen völlig aus dem Lot bringt, sodass sie ihren Nachwuchs am liebsten killen würden.

»Nein, Luke, das geht nicht! Du kannst doch nicht in deinen guten Schuhen laufen!«

»Warum denn nicht?«

»Oh, jetzt fang nicht wieder so an. Tja, vielleicht sollte ich dir das dann mal erklären.« Ich beugte mich vor, sodass mein Gesicht nur wenige Zentimeter von seinem entfernt war, und fuhr dann in einem finsteren Flüstern – man denke an Gollum – fort: »Diese Schuhe waren teuer, die sollten noch das ganze Schuljahr halten, und ich kann dir versichern, dass sie bald auseinanderfallen, wenn du sie einfach so als Laufschuhe verwendest, wann immer es dir beliebt, weil du schlicht zu faul warst, deine richtigen Turnschuhe vom Judo mit heimzubringen.« Dabei gab ich mir alle Mühe, einigermaßen ruhig zu bleiben.

Trotzig wandte er sich ab und rannte die Treppe hinauf. »Wohin willst du denn jetzt?«, rief ich hinter ihm her. Er kam zurückgetrampelt, mit hochrotem Kopf und offenbar ziemlich wütend.

»Ich zieh einfach meine alten an.«

»Na toll, die alten. Die alten, von denen du behauptet hast, sie würden nicht mehr passen und du könntest sie nicht eine Minute länger ertragen, weshalb ich noch am selben Tag losrennen und dir für ein Heidengeld neue kaufen musste.«

Wieder verschwand Luke und kam mit den alten Turnschuhen zurück. Er setzte sich auf den Boden und zwängte seine Füße hinein. Wie immer aber war er zu faul, die Schnürsenkel zu öffnen, daher entschied er sich, hineinzuschlüpfen wie in Pantoffeln, die Fersen heruntergetreten.

»Wie oft muss ich dir noch sagen, dass du die Schuhe nicht so anziehen sollst, Luke? So kannst du doch nicht laufen!« Ich schubste ihn zurück auf die Treppe und fing an, mit nicht gerade sanfter Gewalt seine Füße in die viel zu engen Turnschuhe zu zwängen.

Endlich waren wir bereit zu gehen, und während ich den Flur runterhechelte, klaubte ich noch Jess' Roller auf, der den Weg blockierte. Dabei knallte er mir an den Knöchel. Wem das selbst noch nie passiert ist, dem kann ich versichern, dass ein Kinderroller aus Metall, der einem gegen den Knöchel knallt, Schmerzen verursacht, die nur noch getoppt werden von den Schmerzen bei der Geburt oder wenn man sich die Haut zwischen den Fingern an den Klickverschlüssen des Kinderwagens einklemmt – oder wenn man barfuß auf das Schlachtschiff aus dem Monopoly-Spiel tritt.

Wenn ich Jess gewesen wäre, wäre ich an diesem Punkt zu Boden gesunken und hätte zu flennen begonnen. Ich hätte nach Blut Ausschau gehalten und dann ein Pflaster verlangt, ganz gleich ob ich welches entdeckt hätte oder nicht. Aber ich bin ja erwachsen, daher lehnte ich mich nur an die Wand, rieb mir kräftig über den Knöchel und atmete tief durch. Mit fünf kann man noch heulen, weil sofort jemand angerannt kommt, um alles wieder heile zu machen. Mit achtunddreißig dagegen kann man so viel schreien, wie man will, man kommt sich hinterher nur total bescheuert vor, und dann verspätet man sich nur noch mehr.

Schließlich verließen wir doch noch das Haus. Wir würden den Wagen nehmen müssen, um auch nur annähernd eine Chance zu haben, es pünktlich zu schaffen. Alle quetschten sich rein, Luke und ich immer noch ziemlich mies drauf, und während ich rückwärts aus der Einfahrt stieß, war ein grässliches Knirschen zu hören, als der Seitenspiegel einen Pfosten rammte, abfiel und auf dem Bürgersteig in tausend Stücke zerbrach.

Jetzt würde ich auch noch einen neuen Seitenspiegel besorgen müssen, der würde sicher wieder ein Vermögen kosten. Ich würde Don bitten müssen, zu fragen, ob das über die Versicherung abgewickelt werden konnte, und dann würde er den Kopf schütteln und Deborah brühwarm erzählen, was ich schon wieder Bescheuertes angestellt hatte. Ich hatte es so satt, ständig zu spät zu kommen und gehetzt zu sein und dauernd zu nörgeln, und auch dass ich mir jedes Mal sagte, ich würde meinen Ärger nie wieder an den Kindern auslassen, nur um mich erneut dabei zu ertappen. »Gut gemacht«, rief ich. »Wirklich toll. Ihr seid alle mit schuld, dass wir zu spät dran sind! Weil ihr immer rumtrödeln müsst. Wir hätten schon vor zwanzig Minuten aus dem Haus sein müssen. Und, war *ich* es, auf die ihr alle warten musstet? Nein, ich bin rechtzeitig aufgestanden. Ich hab das Frühstück vorbereitet. Sind wir meinetwegen zu spät dran? Ist es so? Also, Jess, dann leg jetzt deinen Sicherheitsgurt an.«

»Als würden *wir* das Auto fahren«, meinte Luke schmollend.

»Was hast du gesagt?«, fauchte ich. »Was hast du da gerade gesagt?«

Luke wirkte leicht panisch, weil ihm gerade klar wurde, dass es unklug gewesen war, was zu sagen. Alec boxte ihn in die Seite, und Jess fing an zu flennen.

»Ich will zu Dad!«, jaulte sie. »Ich will einfach nur zu meinem Dad!« Das kriegte ich von Jess ständig zu hören, ich war schon fast taub für diese ewige Leier und ertrug es inzwischen irgendwie. Aber nicht so heute Morgen.

Ich spürte, wie ich vom ganz normalen morgendlichen Schulbringstress innerlich hinüberglitt in einen Zustand unbändiger Wut, und da verlor ich vollends die Nerven. »Ja, stell dir vor, ich auch. Ich auch! Aber weißt du was, Jessie?« Jetzt konnte ich mich selbst nicht mehr bremsen. »Er ist verdammt noch mal nicht hier, okay? Und er wird auch so bald nicht zurückkommen, weil er Gott weiß wo ist mit der lieben Deborah, die ihr ja offenbar alle so super findet. Jetzt müsst ihr also mit mir vorliebnehmen. Also tu verdammt noch mal das, was ich verdammt noch mal sage, und leg endlich den Gurt an. *Sofort!* HAST DU MICH VERSTANDEN?«

Jetzt saßen alle mucksmäuschenstill da und lauschten meinen hektischen Atemzügen sowie Jess' kleinen Fingern, die sich abmühten, den Gurt anzulegen.

Etwa zehn Minuten später fuhren wir vor der Schule vor und kamen trotz allem gerade noch rechtzeitig für das Lauftraining. Als ich den Motor abgestellt hatte, blieben alle schweigend sitzen. Ich wusste gar nicht, wo ich anfangen sollte, um ihnen zu erklären, wie sehr ich mich schämte.

»Tut mir leid, Mum«, sagte Luke mit Tränen in den Augen, und er glitt nach vorne auf meinen Schoß und quetschte sich umständlich zwischen das Lenkrad und mich. Alec streckte vom Rücksitz aus den Arm nach mir aus und drückte meine Schulter, und dann tat Jess es ihm gleich.

»Nein, mir tut es leid«, sagte ich. »Ich bin nur gerade etwas dünnhäutig, jetzt, da Dad nicht mehr bei uns ist, deshalb ...«

»Rastest du manchmal einfach aus«, meinte Luke.

Ich lachte bedrückt. »Genau, Darling, da raste ich manchmal einfach aus.«

Zu meinem Entsetzen bemerkte ich in diesem Moment aus dem Augenwinkel, wie etwa zweihundertfünfzig Meter entfernt Miss Sharp und der Laufklub die Schule durch den Seiteneingang verließen.

»Oh nein, ich hab sie verpasst«, erklärte Luke resigniert.

Auf keinen Fall! Ich würde das mit gestern Abend wiedergutmachen, und auch das von heute Morgen. Ich würde ausnahmsweise mal das Richtige tun. Also schaltete ich in den Wir-schaffen-das-Modus, trat aufs Gas und fuhr mit quietschenden Reifen los, über komplizierte Umwege und durch Einbahnstraßen bis zum Parkeingang, in der Hoffnung, die Läufer unterwegs abzufangen. Wir stiegen aus dem Wagen aus und sahen uns aufmerksam um. Doch offenbar kamen wir zu spät. Wie wachsame Erdmännchen in Alarmbereitschaft beobachteten wir den Horizont, bis wir die Laufgruppe in einer Entfernung von etwa fünfhundert Metern vor uns entdeckten. »Los, kommt!«, rief ich. »Die holen wir locker ein.« Und damit flitzte ich los, wild entschlossen, sie noch zu erwischen, während die Kinder mir mit rudernden Armen und Beinen folgten.

Ich hatte natürlich nicht einkalkuliert, dass es sich um einen Laufklub handelte, und da die Höchstgeschwindigkeit, die wir hinbekamen – ich auf High Heels –, kaum schneller war als deren Laufgeschwindigkeit, konnten wir natürlich noch so lange laufen, wir kamen und kamen einfach nicht näher.

»Miss Sharp!«, schrie ich. »Miss Sharp! Bitte warten Sie!« Wir rannten weiter, bis Jess sich mit schrecklichem Seitenstechen am Boden krümmte. Ich hatte einen derart großen Vorsprung, dass ich das noch nicht mal mitbekam, daher musste Luke einen heldenhaften Sprint hinlegen und aus fünfzig Metern Entfernung brüllen: »Wir haben jemanden verloren! Wir haben jemanden verloren!« Ich rannte zurück zu ihr, hob sie hoch und nahm die Verfolgung wieder auf.

In dem Moment bemerkte uns ein kleingewachsener, spindeldürrer Kerl am Ende der Gruppe und rief Miss Sharp etwas zu, sodass wir sie mit letzter Kraft einholten. Miss Sharp joggte jetzt genervt auf der Stelle, daher nickte ich ihr nur kurz zu – unfähig, einen Satz herauszubringen – und bedeutete Luke, er solle sich zur Gruppe gesellen. Sobald ich ihn ihr übergeben hatte, brach Alec zusammen und lag wie ein Fisch an Land nach Luft japsend mit dem Gesicht voraus auf dem Boden. Da stellte ich Jess ab, krümmte mich vornüber, hielt mir den Bauch und bemühte mich, nicht loszureihern. Das wirklich Tragische aber war, dass auch Luke am Ende seiner Kräfte war und Miss Sharp nun der Ansicht war, er sei nicht fit genug, um mitzulaufen, und ihn zu uns zurückschickte. So saßen wir kurz darauf alle schweigend nebeneinander auf einer Bank und versuchten, wieder zu Atem zu kommen. Mittlerweile war es auch zu spät für heiße Schokolade, aber immer noch zu früh für die Schule. Also saßen wir einfach bloß mit trockenen Kehlen und hämmernden Herzen da und waren uns darin einig, dass Miss Sharp eine blöde Kuh ist.

Die nächsten paar Tage nahm ich mich zusammen und gab mein Bestes, mich in Geduld zu üben. Ich hatte die große Hoffnung, damit in eine neue Phase einzutreten, in der ich mithilfe von Marlene und dem neuen Job bei klarem Verstand blieb und meinen eigenen Frust nicht mehr an meinen Kindern auslassen würde. Mein erster Tag in der Clifton Avenue war zwar nicht eben ermutigend gewesen, doch ich wollte das Ganze nicht auf der Basis eines einzigen Nachmittags beurteilen und war entschlossen, wenigstens ein kleines bisschen Begeisterung an den Tag zu legen für meinen nächsten Einsatz. Bis dahin würde ich mich darauf konzentrieren, unser Haus auf Hochglanz zu bringen wie noch nie zuvor.

Nachdem ich von der Schule zurück war, trat ich durch die Tür, voller Sehnsucht nach einer Tasse Tee. Mir blieben noch fünf Minuten mit der kostenlosen Abendzeitung von gestern, was mich stärken würde für den Kampf mit unserem alten Staubsauger. Es war eiskalt, doch ich war entschlossen, die Heizung tagsüber, solange die Kinder in der Schule waren, nicht anzustellen. Also ließ ich einfach meinen Mantel an. Ich stellte den altersschwachen Wasserkocher an und steckte eine Scheibe Toast in den uralten Toaster, der sich nur von Alec und mir bedienen ließ. Wenn jemand anderer einen Toast machen wollte, spuckte er immer nur schwarze, verkohlte Quadrate oder labbrige, ungetoastete Klumpen aus. Ich bekam immer einen richtig schönen Toast, weil wir uns schon seit Jahren kannten und das Ding wohl den Eindruck hatte, ich würde es gernhaben – obwohl es in Wirklichkeit so war, dass ich einfach nur wusste, dass man den Knopf ganz kräftig runterdrücken musste. Wie dem auch sei, es gab keinerlei Rechtfertigung, einen neuen zu kaufen, solange er noch halbwegs funktionierte.

Ich bestrich eine Scheibe Vollkorntoast mit Butter und dann mit Marmite und sah gebannt zu, wie beides miteinander verschmolz und zu dampfen begann. Die Vorfreude darauf, mich in Ruhe hinzusetzen mit einem Toast, einer Tasse

Tee und der Tageszeitung von gestern, hob meine Laune gewaltig, als ich plötzlich schwere Schritte auf der Treppe hörte. Es war Marlene.

Sie war jetzt seit vierzehn Tagen bei uns und belegte einen Teilzeitkurs an der örtlichen Sprachschule. Der Deal war der, dass sie die Kinder an den beiden Abenden unter der Woche, an denen ich arbeiten musste, von der Schule abholte und ihnen ihr Abendbrot zubereitete. Dafür bekam sie von mir Kost und Logis und ein kleines Gehalt. Allerdings stellte sich jetzt heraus, dass sie einen Gelegenheitsfreund hatte, bei dem sie vorher in New Cross gewohnt hatte und mit dem sie zusammen war, sobald ich sie brauchte, und dann wieder nicht. Ich hatte ja gehofft, dass sie mir im Haus etwas zur Hand gehen würde, auch wenn sie gerade nicht offiziell arbeiten musste, und dass sie vielleicht auch mal zu Hause bleiben würde, um den Klempner reinzulassen oder sonst irgendwie aushelfen könnte. Doch leider war sie nie da, nur wenn sie Dienst hatte. Sie war die beste Freundin des Au-pair-Mädchens meiner Freundin Mel, und die hatte gemeint, sie würde hart arbeiten, stamme aus einer anständigen Familie und »liebe kleine Kinder«. Mich beschlichen allmählich so meine Zweifel, doch ich redete mir lieber ein, es sei noch alles ganz neu hier für sie und daher völlig normal, dass es erst mal nicht ganz so rund lief.

Selbst wenn sie da war, blieb Marlene allerdings am liebsten in ihrem Zimmer, wenn es nicht zwingend notwendig war, dass sie rauskam. Mittlerweile verständigten wir uns fast nur noch über Zettel auf dem Küchentisch. Meine lauteten ungefähr folgendermaßen: »Marlene, HALLO! Hab ganz vergessen, dir zu sagen, dass mein Mann einen alten Fernseher hat, den du für dein Zimmer haben kannst. Er bringt ihn später vorbei. Hoffe, dir geht's gut, Rachel xx.« Während die von ihr eher in die Richtung gingen: »HABEN KEINE EIER MEHR.«

Als Marlene in die Küche kam, verzog sie bei meinem Anblick das Gesicht. Doch sie tat ganz erfreut – wir bemühten uns immer noch um einen zivilisierten Umgang miteinander, und ich hoffte, dass die Spannungen zwischen uns sich bald legen würden. Ihre Schultern waren gebeugt, und sie hatte die Arme fest vor der Brust verschränkt. Sie trug einen Schlafanzug, einen Morgenmantel, dicke flauschige Socken und einen langen Schal, den sie sich hochgezogen hatte bis über den Mund. Ein bisschen fühlte ich mich schuldig wegen der Heizung. Ich glaube, sie dachte darüber nach, ob sie kehrtmachen und wieder in ihr Zimmer gehen sollte, doch der Hunger auf ein Frühstück gewann die Oberhand.

»Hallo«, sagte ich. »Wie geht's?«

»Nicht so gut«, meinte sie tapfer. »Meine Regelschmerzen sind diesmal besonders schlimm.«

»Oh, du Arme. Soll ich dir eine Wärmflasche machen?«

»Nein, danke. Die hab ich schon, aber ich brauch dringend einen Toast.«

Genau in dem Moment sprang meine zweite Scheibe Toast geräuschvoll aus dem Toaster. »Oh, du kannst meinen haben«, sagte ich und fing an, ihn für sie mit Butter zu bestreichen. »Möchtest du Marmite drauf?«

»Was ist denn Marmite?«

»Du kennst Marmite nicht? Dann mach dich gefasst auf etwas unglaublich Leckeres, Marlene. Eine absolut britische Erfindung, dieses Marmite.«

Sie trat einen Schritt vor, nahm das Glas zur Hand und schnupperte daran. Sie wirkte nicht recht überzeugt, wollte aber auch nicht unhöflich erscheinen. »Okay, ich probier's.« Damit griff sie nach dem Messer und strich die Masse dick auf den Toast.

»Tja, wenn ich ehrlich bin, gehört das zu diesen Dingen, die man entweder liebt oder hasst. Vielleicht keine so gute Idee, gleich so viel davon draufzuschmieren, wenn du ...«

Sie nahm einen großen Bissen, hielt kurz inne und wandte sich dann mit einem Gesicht zu mir, als würde sie gleich eine Kröte auskotzen.

Sie rannte zum Abfalleimer und spuckte mit großem Tamtam das Ganze wieder aus. Würgend blieb sie über den Eimer gebeugt stehen. Schließlich drehte sie sich zu mir um und meinte: »Das Zeug ist ja widerlich. Ich kann das nicht essen.«

Ich war überrascht festzustellen, dass sie richtig wütend war. Ich aber beging den Fehler, die Sache runterzuspielen und darüber zu lachen. »Tja, ist wohl recht gewöhnungsbedürftig. Tut mir leid, ich dachte, du würdest ...«

Doch sie war stinksauer. Sie rauschte zur Küche raus, trampelte die Treppe hoch zurück in ihr Zimmer und schlug lautstark die Tür hinter sich zu.

Ich beschloss, ihr deshalb nicht gleich den Wasserkocher an den Hinterkopf zu schleudern. Ein richtiges Kindermädchen konnte ich mir nicht leisten, daher war ein Au-pair für mich die perfekte Lösung. Doch nach dieser kleinen Showeinlage gerade eben war mir der Gedanke, meine Kinder an zwei Abenden die Woche diesem kratzbürstigen kleinen Biest zu überlassen, absolut zuwider. Ich würde mir eine Alternative suchen müssen, und wenn ich mich im neuen Job erst mal eingelebt hatte und die Dinge wieder ein bisschen glatter liefen, würde ich das auch garantiert tun.

In der Zwischenzeit würde ich mich bemühen, nett zu ihr zu sein. Ich bekam schon wieder Schuldgefühle. Sie war ja erst achtzehn, weit weg von daheim, in einem fremden Land, vielleicht brauchte sie bloß ein bisschen Liebe und Zuwendung. Klar kannte ich auch Leute, für die war die ganze Au-pair-Kiste ein Riesenerfolg gewesen; man hatte die Mädchen zu Taufpatinnen der Kinder gemacht und gemeinsame Urlaube in Tschechien verbracht bei den Verwandten des Au-pairs. Hatte ich jetzt als Einzige eine Niete gezogen, oder lag es einfach nur daran, dass ich mir nicht genügend Mühe mit ihr gab? Vielleicht war die Familie Bidewell ja auch nicht unbedingt ein Volltreffer. Sie hatte Lukes Zimmer bekommen – er und Alec mussten sich jetzt eines teilen –, deshalb klebten überall am Bett Transformers-Aufkleber, die ich nicht runtergekriegt hatte, nicht einmal mit einem Messer. Die Decke war dünn und der Heizkörper war zwar laut, brachte aber kaum Leistung. Ihre Chefin war ständig mit den Gedanken woanders und zeigte kaum Interesse an ihr, und mit den Kindern hatte man auch alle Hände voll zu tun.

Ich stiefelte also die Treppe hoch und klopfte an ihre Tür. In der Hand hatte ich eine Packung Schmerzmittel und ein Glas Wasser. Sie hatte ein großes »Bitte nicht stören«-Schild an den Griff gehängt, und daran hielten wir uns auch immer. Sie hatte mir erklärt, ich müsse bei ihr nicht aufräumen, sie wolle das selbst übernehmen. Auch okay für mich. Doch als sie jetzt an die Tür kam, war ich doch neugierig zu sehen, was sie wohl aus dem Zimmer gemacht hatte. Ich lugte also an ihr vorbei, doch sie hatte die Tür nur einen winzigen Spaltbreit geöffnet und war wohl entschlossen, mir keinen Blick ins Innere zu gewähren.

»Ich hab dir Nurofen mitgebracht. Das ist echt gut gegen Regelschmerzen.«

»Danke, aber ich hab noch Schmerzmittel von daheim.«

»Ach so, okay. Tja, ich hoffe, du fühlst dich bald besser.«

»Danke«, meinte sie noch, ehe sie die Tür so schnell wieder zuschlug, dass sie fast meine Nase erwischt hätte. Was versteckte sie da drinnen vor mir? Eine Marihuana-Plantage? Einen ausgewachsenen Tiger?

Als ich wieder nach unten ging, hörte ich noch, wie sie wieder eins ihrer endlosen Telefonate mit einer ihrer Freundinnen begann. Wenn sie telefonierte, klang sie wie ein ganz anderer Mensch, so als würde ich sie gar nicht richtig kennen. Sie lachte und plauderte fröhlich und juchzte und seufzte, und ich fragte mich, warum sie ihr wahres Ich derart vor mir verbarg. Misstraute sie uns denn wirklich so sehr? Mochte sie uns denn gar nicht?

Am folgenden Tag holte Marlene die Kinder von der Schule ab, und ich hatte von vier bis zehn Uhr abends Dienst, meine erste komplette Schicht in der Clifton Avenue. Sämtliche Bewohner schienen es wieder nach Hause geschafft zu haben von ihren diversen Jobs und aus den Tageszentren, und Rob mit den Hochwasserhosen riet mir, einfach so durchs Haus zu gehen und mich den Leuten vorzustellen. Er gab zu, dass er mir eigentlich sämtliche Pflegepläne geben und ich sie mir alle durchlesen sollte. Doch er war der Ansicht, es sei viel sinnvoller, von jedem Bewohner schon mal vorab einen ersten Eindruck zu bekommen, ehe man sich von der Einschätzung und Beurteilung durch andere beeinflussen ließ. Da ist was dran.

Die Erste war Nettie, eine Dame, die mich an ein älteres

Buschbaby mit kleinen, klauenartigen Händen und großen, wild umherhuschenden braunen Augen (und nicht eben wenig Gesichtsbehaarung) erinnerte. »Hallo, meine Liebe«, sagte sie. Als käme sie direkt von einer Castingagentur, hatte sie einen südirischen Tonfall in der Stimme. »Sind Sie nicht bezaubernd? Sie sind wirklich bezaubernd, das sind Sie.« Sollte sie je ein künstliches Gebiss besessen haben, so hatte sie es wohl schon vor langer Zeit in den Tiefen irgendeiner Handtasche verloren, doch das schien ihr nichts auszumachen. Als sie nun lächelte, entblößte sie nichts als glänzend feuchtes Zahnfleisch, und irgendwie schienen ihre Lippen nicht mehr zu ihrem Mund zu passen. Sie verschoben sich unkontrolliert, während sie glucksend ihre Brille rausholte, um mich kurz von oben bis unten zu mustern. Sie roch nach Lavendel und nach Butterkeksen.

»Ich wette, Sie haben einen Freund, nicht wahr, meine Liebe?« Dann fügte sie mit einem durchtriebenen kleinen Lachen hinzu: »Natürlich haben Sie jemanden. Ein nettes junges Ding wie Sie? Ich wette, Sie haben gleich Hunderte.« Sie sprach mit mir, als wäre ich nicht viel älter als sechzehn, und in dem Moment fühlte ich mich auch so. Sie beugte sich vor, ergriff meine Hand und drückte sie zärtlich. Ich war unheimlich gerührt von dieser einfachen Geste und drückte die ihre ebenfalls. Sie sah mir in die Augen und setzte nun ein absolut ernstes Gesicht auf. »Denn *Sie* sind wirklich nett, das sieht man. Einfach nur nett. Viel netter als die anderen Schlampen hier drinnen.« Und dann rief sie mit einer weit ausholenden, theatralischen Handbewegung und mit erhobener Stimme: »Sind nichts als Schlampen hier drinnen.«

Rasch ging ich weiter, um mir die Küche anzusehen, als

Pete, der Koch, der nicht viel älter aussah als Alec, gerade den Kopf zum Fenster rausstreckte, um den letzten Rest Leben aus einer brennenden Zigarette rauszusaugen. Ich sagte Hallo, doch er schien mich nicht gehört zu haben und schnippte die Kippe gekonnt in einen Mülleimer, der bestimmt drei Meter entfernt auf der anderen Seite des Raums stand. Dann faltete er sorgfältig seine Ausgabe des *Daily Mirror* zusammen und steckte sie sich in die hintere Hosentasche. Gerade, als es mir langsam etwas peinlich wurde, hob er den Kopf und schenkte mir ein breites Lächeln. »Du musst Rachel sein.«

In dem Moment entdeckte eine der Bewohnerinnen, ein stämmiges, unbeholfenes Mädchen namens Theresa, das angerannt kam wie ein aufgeschreckter Vogel Strauß, Pete.

»Peeete!«, tönte sie lautstark quer durchs Wohnzimmer. »Da ist Peeete!« Unzählige Gesichter reckten sich in unsere Richtung, um sich selbst davon zu überzeugen, dass dem so war. Und ja, tatsächlich, Halleluja, da war Peeete. Vier oder fünf Bewohner sprangen auf die Füße und kamen rüber zur Küchendurchreiche.

»Hallo, Kumpel!«, sagte Malcolm und beugte sich vor, um Pete auf den Rücken zu klopfen, eine brüderliche Bekundung seiner Zuneigung. Theresa stand jetzt in der Küche und sagte: »Hi, du Rumtreiber. Wo hast du denn gesteckt?«

Mittlerweile hatte sich eine kleinere Menschentraube an der Durchreiche gebildet, und ohne Ausnahme waren alle froh darüber, Zeuge zu werden von Petes wundersamer Rückkehr. Er küsste diverse Ladies, klatschte einige von den Männern ab und verkündete, wie toll es doch sei, wieder hier zu sein.

Als sich die allgemeine Aufregung wieder etwas gelegt hatte und jeder widerstrebend an seinen Platz zurückgekehrt war, wobei man Pete den nach oben gereckten Daumen zeigte, zwinkerte er mir zu und meinte: »Ich hatte gestern frei.«

Wir hatten ein sehr anregendes gemeinsames Abendessen, bei dem ich allen vorgestellt wurde. Dabei bemühte ich mich, die Leute mit Gewichtsproblemen davon abzuhalten, ihre Teller zu sehr mit Fritten zu beladen, und im Gegenzug die zu dürren Personen eben dazu zu animieren. Da ich neu war, hielt ich mich noch etwas zurück, doch es machte mir Mut zu sehen, mit wie viel Warmherzigkeit, Humor und Effizienz Pete und insbesondere Rob das Ganze handhabten. Als der letzte Gang abgetragen war, bat Rob mich, mit ihm ins Büro zu kommen.

»Und, wie läuft's so?«, wollte er wissen.

»Gut. Alles bestens.«

»Mit wem hast du so gesprochen?«

»Mit Nettie und …«

Rob zuckte zusammen. »Unsere liebe Nettie hat nicht eben eine hohe Meinung von unserem Haus.«

»Wohl weniger vom Haus als von den Angestellten.«

Rob lachte. »Sie will nichts anderes, als wieder zu ihrer Schwester in Morden zu ziehen. Sie lebt schon seit zehn Jahren nicht mehr dort, doch ihre Schwester und ihr Schwager nehmen sie etwa einmal im Jahr einen Nachmittag lang dorthin mit und machen ihr allerhand Versprechungen, wann sie wieder zu ihnen kommen kann, nur um des lieben Friedens willen. Das ist nicht fair, da sie nämlich keinerlei Absicht hegen, sie wieder zu sich zu holen. Sie wollen sie ja nicht mal zu Weihnachten bei sich haben. Als Nächstes wird sie versuchen, dich dazu zu bringen, für sie einen Brief an sie zu schreiben.«

»Und was soll ich tun, wenn sie mich darum bittet?«

»Erklär ihr einfach, dass du mit ihnen reden wirst. Ich bin für sie verantwortlich, daher hasst sie mich mehr als den Rest der Belegschaft zusammengenommen.«

»Du Ärmster.«

»Nein, die Ärmste. Ach, wo wir schon bei ihr wären, da du ja Teilzeit arbeitest und meistens am Wochenende hier sein wirst – wo keine Zeit für den Papierkram bleibt –, wollen wir dir als Pflegerin für den Anfang nur einen Bewohner zuteilen. Ist das in Ordnung?«

»Klar.«

Wenn man einen bestimmten Bewohner betreute, bedeutete das, dass man innerhalb der Belegschaft der Ansprechpartner dieser Person war. Dann wurde von einem erwartet, dass man eine gute Beziehung zu dem Menschen aufbaute, dass man dafür sorgte, dass er sich gut um sich kümmerte, dass die Zahnbürste nicht zu abgenutzt war, dass er saubere Socken und Unterwäsche hatte. Doch in erster Linie war man für den Pflegeplan der Person verantwortlich und überprüfte, was für Fortschritte sie im Verlauf der kommenden Monate machen sollte, welche Pflegestufe nötig war. Außerdem war man dafür zuständig, sich mit den anderen Mitarbeitern und auch mit den Verwandten des Klienten kurzzuschließen, um diese Ziele durchzusetzen.

»Nun gut«, fuhr Rob fort, »im Augenblick sind alle ganz gut eingewöhnt, daher überlege ich, dir einen neuen Bewohner zuzuteilen, der in den nächsten Tagen zu uns kommen soll. Philip Johnston lautet sein Name. Er ist Ende dreißig, wie wir annehmen.«

»Ihr nehmt es an?«

»Ja, er hat sein ganzes Leben mit seiner Mutter zusammengelebt, bis vorigen Dienstag, da ist sie verstorben. Die Behörden hatten absolut keinen Schimmer von seiner Existenz.«

Ich machte ein entsetztes Gesicht.

»Es ist nicht so, als hätte sie ihn in einem Schrank versteckt gehalten, nur hat er nie eine Schule besucht, und es gibt keinerlei medizinische Unterlagen zu ihm. Er ist ein recht korpulenter Mann – seine Mutter hat ihm fast nur Toastbrot zum Essen gegeben, zwei bis drei ganze Packungen am Tag, dick mit Butter beschmiert, aber sonst nicht viel anderes.«

»Du machst Scherze.«

»Nein, man hat ihn notfallmäßig in einem Heim in einer anderen Gemeinde aufgenommen, und die mussten sich eine Extraladung geschnittenes Weißbrot kommen lassen, um ihn zu beruhigen. Ich hab ihn vorhin dort das erste Mal getroffen. Er kann sich nur ganz schlecht verständigen, aber er ist natürlich auch schwer traumatisiert – er hat ganze zwei Tage bei der Leiche seiner Mutter gesessen, ehe er dem Milchmann gestand, was geschehen war, der arme Kerl. Es gibt gewisse gesundheitliche Aspekte, um die man sich kümmern muss – ich glaube, seine Mum war schon eine ganze Weile krank, deshalb hat er nie das Haus verlassen. Es wird also obendrein unser Job sein, ihn wieder mit der Welt da draußen vertraut zu machen. Er war noch nie in einem Kino oder am Strand, vermutlich nicht mal in einem Supermarkt. Hat einfach nur fast vierzig Jahre in einem Haus mit seiner Mutter verbracht, den ganzen Tag ferngesehen und Toastbrot gegessen. Ein Nachbar hat alles Lebensnotwendige für sie besorgt und ein Auge auf sie gehabt. Ach ja, und Philip hat eine fiese Beule an der Stirn, keiner weiß, wo die herkommt, aber die werden wir beobachten müssen.«

»Denkst du, ich kriege das hin?«, fragte ich.

»Wer kann das schon so genau sagen? Heute ist dein erster richtiger Tag – vielleicht hältst du noch nicht mal die Woche durch. Die wenigsten kommen nach dem ersten Dienst wieder! Der Nachteil ist, dass ich dir vielleicht etwas zu viel zumute, aber es hat auch den Vorteil, dass du dir den Respekt von Denise verdienst, wenn du einen guten Job machst, und ohne den kannst du sowieso gleich wieder einpacken und nach Hause gehen. Ich gehe also hier ein ziemliches Risiko ein für dich. Nimmst du die Herausforderung an?«

Er brachte mir die Akte mit den Unterlagen zu Philip Johnston und ließ sie mit einem dumpfen Geräusch auf den Tisch fallen. Ich fuhr erschrocken hoch, und wir beide lachten. Allmählich gefiel mir Rob immer besser, und ich war ihm echt dankbar, dass er wenigstens ein bisschen an mich glaubte. Philip Johnston. Ich spürte, wie eine Woge der Aufregung in mir hochstieg. Doch das Gefühl war rasch wieder verflogen; ein kurzes, grelles Aufblitzen in der Magengegend, das nur eine Nanosekunde anhielt. Aber der Anfang war gemacht.

»Ja, das tu ich. Auf jeden Fall tu ich das.«

»Gut, ich bin dein Supervisor und überwache deine Einarbeitung – wenn es also irgendwelche Probleme gibt, kommst du zu mir.«

Der darauffolgende Tag verstrich rasend schnell, indem ich Hausarbeiten erledigte und vier Cottage Pies zubereitete – einen für heute und drei für die Gefriertruhe. Das gehörte alles zu der neuen Ordnung, die herrschte, jetzt, da ich arbeitete. Von nun an würde der Kühlschrank immer voll sein mit selbstgekochten Mahlzeiten und der Wäschekorb im Gegenzug dafür leer.

Schließlich war es an der Zeit, die Kinder abzuholen. Als ich den Pausenhof überquerte, um Jess zu holen, wurde ich plötzlich ganz kleinlaut beim Anblick von Alessandra. Alessandra war die schönste Mutter der Schule. Sie war nicht nur eine feingliedrige, zierliche Erscheinung mit dichtem goldblondem Haar in der Farbe von Cornflakes, sondern trug auch noch eleganten, schlichten Schmuck, und ihre Klamotten waren perfekt geschnitten und sahen richtig teuer aus.

Ich mochte sie, soweit das irgend möglich war bei jemandem, mit dem man so gar nichts gemeinsam hatte und dessen Beine in etwa da endeten, wo bei mir die Achselhöhlen anfingen. Wir sind nicht eben beste Freundinnen, aber sie war für mich doch mehr als nur eine Bekanntschaft. Dom und ich waren schon zum Abendessen bei ihr daheim eingeladen gewesen und zu ausgedehnten, ausgelassenen Mittagessen im Kreis der Familie. Ihr Mann Mark ist zwar ein rechter Blödmann, aber er brachte mich immer zum Lachen und war im Grunde jemand, mit dem man gern zusammen war. Zu ihr war er allerdings ziemlich gemein und stichelte die ganze Zeit gegen sie, bloß schien sie das noch nicht mal mitzukriegen, oder es machte ihr einfach nichts aus. Sie stammte aus Italien, ihr Sohn ging mit Luke in die Klasse. Sein Name ist Lorenzo, aber sie spricht es wie »Lorennnnnzo« aus. Ich muss zu meiner Schande gestehen, dass es mir immer eine tierische Genugtuung bereitete, wenn beim Abholen sämtliche Lehrer und Schüler im Chor riefen: »Bis morgen, Loz.« Dann zuckte sie immer zusammen.

Die ganze Woche schon lag Luke mir in den Ohren mit

den Worten: »Am Sonntag sehe ich Lorenzo!«, und ich hatte das nicht groß registriert. Ich sollte arbeiten, und Dom nahm die Kinder, daher würde er ja eh nicht zu ihm gehen können. Doch als er jetzt mit dem Arm um Lorenzo aus dem Klassenzimmer stolperte, meinte er gerade: »Und, hast du eine Wii? Was für Spiele hast du?«

»Hallo«, sagte ich, und die beiden Jungs blickten hoch, aneinandergeklammert, als würden sie an einem Dreibeinlauf teilnehmen.

»Kann ich am Sonntag mein *Guinness Buch der Weltrekorde* mit zu Loz nehmen?«

»Nein, Liebling. Ich hab dir doch gesagt, du bist am Sonntag bei Dad.« Mir war bewusst, dass Alessandra jetzt neben mir stand. Ich warf nur einen kurzen Blick auf sie, und sofort überkam mich ein ungutes Gefühl. Sie holte tief Luft und meinte ein wenig verlegen: »Na ja, sie kommen am Sonntag tatsächlich zu uns.« Sie gab sich alle Mühe, das ganz beiläufig klingen zu lassen, wie eine völlig harmlose Sache. »Mark hat vor vielen Jahren mit Deborahs Vater zusammengearbeitet, sie sind in Kontakt geblieben. Du verstehst es sicher, dass Mark meinte, sie sollten doch alle zu uns zum Essen kommen am Sonntag, als …« Sie führte den Satz nicht zu Ende. Ich spürte, dass sich mein Mund zu einer seltsamen Grimasse verzog und dass ich rot wurde.

»Verstehe. Klar. Natürlich.« Ich schnappte mir Luke und steuerte ihn auf den Ausgang zu. Jess trottete hinter uns her.

»Mummy, fahren wir jetzt zu Loz nach Hause?«, fragte sie wieder und wieder.

Wir gingen hastig die Straße entlang, wichen Kindern, Müttern, Rollern und Buggys aus und gelangten schließlich zum Auto.

»Mummy! Fahren wir jetzt zu Loz?«

Ich setzte mich auf den Fahrersitz, schloss die Wagentür und barg den Kopf in den Händen. Die Fingerspitzen presste ich ganz fest gegen die geschlossenen Lider und versuchte meine Fassung wiederzuerlangen, als ein leises Klicken zu hören war. Alec hatte auf dem Beifahrersitz neben mir Platz genommen.

Jetzt drehte er sich zu mir und legte den Arm um mich. »Mum? Was ist los? Was ist passiert?«

»Nichts, mein Liebling, mein Verhalten ist albern«, sagte ich, entschlossen, den Tränen keine Chance zu geben. Sonst würden mir nämlich dicke schwarze Tropfen von dem Mascara des gestrigen Tages über die Wangen rinnen. War das jetzt ein Nervenzusammenbruch? Wenn man keine fünf Minuten durchhielt, ohne den Kindern was vorzuflennen oder sie anzubrüllen wie ein tollwütiger Schimpanse?

»Fahren wir jetzt zu Loz heim?«, kam es genervt von Jess auf dem Rücksitz. »Mein Gurt ist verdreht. Wann fahren wir zu ihnen? Mummy? Fahren wir mit Dad zu Loz? MUMMY!«

»Ja, Jess, schon gut! Du darfst ja zu Loz.« Damit drehte ich mich nach hinten und beugte mich über den Sitz, um ihr den Gurt richtig anzulegen.

»Im Ernst?«, wollte Alec wissen.

Möglichst fröhlich erwiderte ich: »Wie es aussieht, dürft ihr alle am Sonntag mit Dad und Deborah zu Alessandra zum Essen kommen. Das hat mich bloß ein bisschen getroffen, sonst nichts. Weil wir das früher immer zusammen gemacht haben.«

»Ich geh da nicht hin. Ich will nicht zu Lorenzo. Willst du, dass ich am Sonntag stattdessen zu dir komme? Dann machen wir was zusammen.«

Das half mir, mich wieder zusammenzunehmen. Ich fuhr mir mit den Händen übers Gesicht und drückte Alecs Knie.

»Nein, schon gut, ich benehme mich echt albern.«

In dem Moment hämmerte jemand gegen die Scheibe. Es war meine Freundin Grace. Die wunderschöne, friedliche, wundervolle Grace. Ich war dermaßen durch den Wind, dass ich es schaffte, die hinteren Seitenfenster runterzufahren, nur nicht das, vor dem sie stand, obwohl ich wirklich jeden mir zur Verfügung stehenden Knopf drückte. Daher rief sie einfach durch die geschlossene Scheibe: »Tee?«, und dankbar lenkte ich den Wagen in Richtung ihres Hauses, meiner Zuflucht.

Mel war ganz in ihrem Element. Grace hatte sie herbeigerufen, und jetzt saßen wir hier in ihrer hübschen Küche, wo meine zwei besten Freundinnen wieder einmal ihren Zauber auf mich wirken ließen. Mel war noch etwas direkter als Grace. Sie hatte lockiges, rotbraunes Haar, während das von Grace fein und blond war, und wenn sie sich erst mal eine Meinung gebildet hatte, ließ sie nicht wieder ab, bis sie alle anderen – und nicht selten auch sich selbst – davon überzeugen konnte, dass sie recht hatte.

»Magst du Alessandra?«, fragte sie gerade. »Nein, nicht besonders, stimmt's? Willst du den Sonntag mit ihr und ihren schrecklichen Kindern in ihrem schrecklichen Haus verbringen? Nein. Also lass Dom und Deborah ruhig da hingehen, sollen sie sich doch am Esstisch denen ihr gestelztes Gerede über die neusten Umbaupläne für ihr Haus in der Toskana oder was auch immer anhören. Du legst gemütlich die Füße hoch und denkst darüber nach, was für ein Glück du doch hast.«

»Oder du kommst zu uns zum Essen«, meinte Grace. »Die Carters kommen vorbei, aber es wäre schön, wenn du auch kommst. Na los.«

Bei Grace fühlte ich mich im Grunde immer willkommen, aber ich hatte keinen Nerv, am Sonntag mit anderen intakten, perfekten Familien zu Mittag zu essen; denn vermutlich würde ich mich irgendwann unter dem Tisch zusammenkauern, und das konnte man ja wohl niemandem zumuten, nicht wahr?

Die Wochenenden, an denen die Kinder bei Dom waren, zogen sich immer endlos in die Länge. Er holte sie jedes Mal schon am Freitagnachmittag von der Schule ab – wir trafen uns dann immer am Eingang, damit ich ihnen ihre kleinen Wochenendtaschen überreichen konnte –, und am Sonntagabend brachte er sie dann wieder zurück. Ihre Schuluniformen waren dann stets frisch gewaschen und gebügelt, und die Hausaufgaben waren vollständig erledigt.

Den Leuten, die keine Ahnung hatten, verkaufte ich das Ganze als positiv, und wenn sie sich nach meinen Plänen fürs Wochenende erkundigten, sagte ich jedes Mal: »Ich hab das ganze Haus für mich allein. Ein gutes Buch und ein Schaumbad und eine Kiste Wein, mehr brauch ich nicht.« Und dann malten sich die Leute vermutlich aus, wie ich mir die Nägel lackierte und ganze DVD-Sammlungen reinzog um drei Uhr nachmittags oder wie ich mit anderen Singlefreundinnen ausgedehnt zu Mittag aß und auf Shoppingtour ging.

Doch die Realität sah weniger reizvoll aus. Ich ertrug es nicht, andere Leute zu sehen, aber allein in dem totenstillen Haus hielt ich es auch nicht aus. Daher zog ich meistens los und sah mir Filme an, in die ich mit den Kindern nicht gehen konnte, nur um ausnahmsweise mal irgendwas für Erwachsene zu machen. Ich nahm mir dann immer eine Kleinigkeit zu essen in einer Tupperbox mit, nur um Geld zu sparen. Jetzt, da für uns magere Zeiten angebrochen waren, fühlte es sich einfach nicht mehr richtig an, zehn Pfund für eine Schachtel Popcorn in der Größe einer Waschmaschine auszugeben. Eine Familienpackung Maltesers war zu groß für eine Person, und in einer normalen Größe bekam man die einfach nicht mehr. Mir war durchaus bewusst, wie armselig ich wirken musste, wenn ich nach der Hälfte des Films verstohlen mein Käsesandwich aus der Tasche zog. Bei einer Thermosflasche hörte es für mich allerdings auf. Außerdem, weil das Erwachsenenfilme waren mit Erwachsenenthemen, ging es in der Regel um Liebe – um eine junge neue Liebe voller Hoffnung oder um eine traurige alte, allmählich abflauende Liebe – und um Verrat und Tod und um Ängste. Und hinterher stolperte ich dann immer blinzelnd auf die dunkle Straße hinaus, bedrückt und voller Abscheu davor, den Schlüssel ins Schloss zu stecken, weil ich ja wusste, dass in dem kalten Haus keiner auf mich wartete, und dabei war es doch erst halb sieben. Das kann sich keiner vorstellen, wie deprimierend es ist, sich ganz allein *X Factor* anzusehen.

»Ist ja nicht so, als würde ich gern zu Alessandra gehen – klar will ich das nicht. Schätze, ich hab nur das Gefühl, Dom sollte auch keine normalen Sachen mit normalen Leuten machen dürfen, so was wie am Sonntag bei einer befreundeten Familie von der Schule zu Mittag zu essen. Mit Deborah!«

Mel wirkte aufgebracht. »Gott, ein Essen mit Alessandra ist ja wohl schon Strafe genug. Vergiss es. Denk nicht länger drüber nach. Da ist doch so viel anderes, worüber du dir jetzt Gedanken machen musst …«

»Danke!«

»Na, ist doch so! Du hast gerade erst einen neuen Job angefangen. Du bist pleite. Also gräm dich nicht deswegen. Reg dich nicht drüber auf. Kein Grund, gleich die Nerven zu verlieren, es gibt Wichtigeres! Oder nicht?« Fragend sah sie Grace an auf der Suche nach Bestätigung.

»Bei dem Gedanken, dass sie alle gemütlich beisammensitzen, als wäre nichts geschehen, könnte ich echt schreien«, sagte Grace stattdessen.

»Zum Kotzen!«, warf Mel ein. »Aber wenn du willst, dass Dom leidet, dann stell dir all die *netten* Leute vor, die ihm jetzt entgehen. *Wir* zum Beispiel. Jeder, der nur annähernd bei Verstand ist, ist doch eh auf deiner Seite.«

Das war nicht ganz richtig. Zu Beginn war es tatsächlich so gewesen, dass die Leute zu mir hielten. Doch ich bin mir sicher, dass Doms alte Freunde es nach all den Monaten mittlerweile wieder okay fanden, mit ihm was trinken zu gehen oder sich gemeinsam ein Fußballspiel anzusehen. Ich hatte das schon so oft erlebt; ich war beim Abendessen gesessen, und es war um ein Paar gegangen, das sich erst kürzlich getrennt hatte. Da waren immer die gleichen alten Plattitüden ausgepackt worden. Vermutlich war ich selbst nicht ganz unbeteiligt gewesen: »Zu so was gehören immer zwei«, »Keiner weiß doch, was da hinter verschlossenen Türen passiert ist«, »Vermutlich wollte er sie schon seit Jahren verlassen, ist aber der Kinder wegen geblieben«, »Ich misch mich da nicht ein. Schließlich bin ich mit beiden befreundet«. Oder noch konkreter: »Wie es aussieht, hat sie die Kinder jede Nacht bei ihnen im Bett schlafen lassen, deshalb ist er in ein kleines Ikea-Gästebett umgezogen. Was hat sie denn erwartet?« Schließlich sagte dann meistens noch jemand:

»Tja, machen wir uns nichts vor, ihr würde es nicht schaden, wenn sie ein paar Pfunde verlieren würde, sie kümmert sich kein bisschen um ihr Äußeres. Sie hat es doch quasi selbst heraufbeschworen.« Ab diesem Punkt schwieg ich dann immer, weil mir klar war, dass die Haare an meinen Beinen durch die Strumpfhose durchsprossen, und meine Spanx-Formunterhose schnitt mir schmerzhaft in die Taille.

An jedem einzelnen Tag sah ich mir meine eigene Ehe an, nahm sie auseinander, hielt sie hoch gegen das Licht und überlegte, wo vielleicht irgendwas nicht gepasst hatte. Ich zuckte zusammen bei dem Gedanken an all die Male, da Dom nach einem langen Tag müde und erschöpft nach Hause gekommen war und mich vorgefunden hatte, wie ich die Kinder anbrüllte oder ihm was vorjammerte, weil er die Milch vergessen oder die Wäsche nicht in die Reinigung gebracht hatte. Ich dachte an all die Male, da er zu mir ins Bett geglitten und seine zärtlichen, sehnsuchtsvollen Hände ausgestreckt hatte, um mir den Rücken zu streicheln oder die Innenseite meiner Schenkel, bloß um dann nicht viel weiter zu kommen als bis zu meiner Jogginghose, da ich mich genervt wegdrehte von ihm. Ja, ich war überzeugt, dass man mir in tausenderlei Hinsicht einen Vorwurf machen konnte. Dass Grace und Mel mir jetzt versicherten, Dom habe etwas Schreckliches getan und sie würden ihm das niemals verzeihen, bewahrte mich davor, vollends durchzudrehen. Ihr gesunder Menschenverstand hielt mich bei der Stange und verhinderte, dass ich mich von Selbstmitleid und Selbstvorwürfen runterziehen ließ.

Da kam Alec ins Zimmer. »Josh meint, man darf auf die Klassenfahrt *doch* einen iPod mitnehmen.«

Schuldbewusst blickte Josh auf seine Füße.

»Josh ist eine verlogene kleine Kröte, nicht wahr, Josh?«, sagte Mel.

»Na ja, aber letztes Jahr hatte jeder einen dabei.«

»Klar, und dann wurden sie in Massen konfisziert. Hör nicht auf ihn, Alec.«

Josh war Mels Sohn, ein Jahr älter als Alec, ein hübscher Junge, ziemlich cool und schon in der Sekundarstufe. Alec vergötterte ihn. Ich hatte ebenfalls eine sehr hohe Meinung von ihm, weil er so nett war zu Alec und sich mit ihm befasste, wenn wir zu Besuch waren. Am Sonntag sollte es auf Klassenfahrt gehen. Das war der Höhepunkt der sechsten Klasse, Alec freute sich schon derart lange darauf, dass er im Grunde nur enttäuscht werden konnte bei seinen hohen Erwartungen. Sie würden Wanderungen um Mitternacht machen, würden sich abseilen lassen, wollten in Teams Floße bauen und damit den Fluss überqueren, um den Gruppenzusammenhalt zu stärken, wollten Kanufahren, und dann gab es noch die Abschlussparty am letzten Abend. Alec hatte es echt verdient, sich einfach mal nur auszutoben und Dampf abzulassen, mal nur ein ganz normaler Elfjähriger zu sein, ein bisschen abgedreht und sorglos. Er fühlte sich ständig für jeden verantwortlich, und es gab nichts, was ich tun konnte, um ihn davon abzubringen. Seit Monaten schon sah ich mir nun sein müdes, abgespanntes Gesicht an, so voller Ängste und Sorgen, und ständig dachte ich dann, was für ein Glück es doch war, dass er sich wenigstens auf diese Klassenfahrt freuen konnte.

Am nächsten Morgen, als ich gerade zur Schule rauswuselte, hielt Rebecca die Elternsprecherin mich auf. Sie hatte sich allen Ernstes bereits das dritte Jahr in Folge freiwillig als

Sprecherin der Elternvertretung gemeldet, und auch wenn jeder sie mochte und ihr extrem dankbar war, war uns zugleich klar, dass sie hinter der Fassade völlig plemplem sein musste. Mel hatte sie nach einer Willkommensparty für die neuen Eltern auf Rebecca die Elternsprecherin getauft, weil sie sich vorgestellt hatte mit den Worten: »Hallo! Ich bin Rebecca, die Elternsprecherin!«, während sie nicht müde wurde, annähernd sechzig fremden Menschen die Hände zu schütteln.

»Wie geht es Ihnen, meine Liebe?« Sie machte ein betroffenes Gesicht, wie alle Mütter, wenn sie mich neuerdings in der Schule trafen. »Wie läuft's so?«

»Gut ... wirklich gut. Und bei *Ihnen?*«

»Na ja, Sie wissen ja, viel beschäftigt – ich glaub, ich verlier noch mal den Kopf ... aber ... kommen Sie klar?«

»Ja, klar«, und weil ich sie von weiteren Mitleidsbekundungen abhalten wollte, fügte ich eilig hinzu: »Ich hab gerade einen neuen Job angefangen. Bin eben auf dem Weg dorthin.« Damit setzte ich mein strahlendstes Lächeln auf und warnte sie auf diese Weise, sich bloß zu hüten, mich weiterhin so zu bemitleiden.

»Wie schön für Sie! Gut gemacht!« Sie drückte meinen Unterarm und ließ die Hand dort ruhen. »Als was arbeiten Sie denn?«

»Ich arbeite in einem Wohnheim für Erwachsene mit Lernschwäche ...«

Ihre Miene verdüsterte sich, man konnte fast sagen, ihr entglitten die Gesichtszüge. Was hatte sie denn erwartet, dass ich sagen würde? Dass man mich soeben zum Generalsekretär der Vereinten Nationen ernannt hatte? Einen Augenblick schien sie nicht zu wissen, was sie sagen sollte. Mir war bewusst, dass sie sich jetzt ausmalte, wie ich Bettpfannen leerte und Leute in Zwangsjacken steckte, während sie mich wüst beschimpften und mich womöglich sogar mit ihren Exkrementen bewarfen.

Nachdem durchgesickert war, dass Dom mich verlassen hatte, war ich fast zu so was wie Berühmtheit gelangt an der Schule. Ich war mir ja darüber im Klaren, dass die Leute mir in erster Linie nur helfen und mich ermutigen wollten, doch bis dahin war ich eigentlich ein Mensch gewesen, über den kaum jemand etwas wusste. Der Gedanke, dass alle – also auch Leute wie Rebecca die Elternsprecherin – über mein Privatleben Bescheid wussten und sich im Flüsterton über mich unterhielten und mich bedauerten, war mir unerträglich. Schon komisch, dass ein Mensch was sagt, das einen berührt und dankbar stimmt, während man einen anderen, wenn er genau das Gleiche sagt, am liebsten killen würde, weil es einen deprimiert oder einem einfach nur peinlich ist. Würde ich jedes Mal eine Praline essen, wenn jemand zu mir sagt: »Gib einfach Bescheid, wenn ich irgendwas für dich tun kann« oder »Du weißt ja, wo wir wohnen«, dann hätte ich mich mittlerweile in eine Tonne verwandelt. Wenn Grace und Mel mir ihre Hilfe anboten, war ich dankbar und glücklich. Wenn Rebecca die Elternsprecherin sich erkundigte, ob ich irgendwas brauche, dann wollte ich mir am liebsten die Finger in die Ohren stecken und laut zu pfeifen anfangen.

»Ich bewundere Sie wirklich, Rachel. Ich denke nicht, dass ich das schaffen würde, ganz bestimmt nicht«, sagte Rebecca gerade, und dabei hielt sie meinen Unterarm die ganze Zeit mit ihren Krebsscheren umklammert und zwickte mich dabei, und am liebsten hätte ich sie abgeschüttelt und zerschmettert.

»Nun, dann wollen wir doch hoffen, dass Sie nie in die Lage kommen«, sagte ich mit einem ziemlich süffisanten, verbitterten Lachen. Und dabei hoffte ich, sie möge an diesem Vormittag heimkommen und Toby, ihren kleinen, süßen Ehemann, im Bett vorfinden mit einem kompletten Cheerleaderteam.

Endlich schien sie sich von mir zu lösen. »Ach, hören Sie, könnte ich Sie wohl um einen Gefallen bitten?«, meinte sie.

»Dann schießen Sie mal los.«

»Könnten Sie wohl am Samstag Felix zu diesem Gokart-Dings von Thomas mitnehmen? Bei mir überschneidet sich das mit Tashs Ballettstunde.«

Ich spürte, wie es mir die Kehle zuschnürte, während ich im Geiste die Wochenendpläne der Kinder durchging. Ich hatte nicht mehr so den Überblick, weil der Arbeitsplan in der Clifton Road alles durcheinandergebracht hatte. Aber am Samstag waren sie bei mir, und am Sonntag bei Dom – oder besser gesagt bei der dämlichen Alessandra –, und am Sonntagabend sollte Alec zu seiner Klassenfahrt aufbrechen. Was das Gokart-Fahren mit Thomas betraf, da klingelte bei mir nichts.

»Tut mir leid, davon weiß ich nichts«, sagte ich, woraufhin ihre Miene gefror.

»Ach so? Thomas Summers feiert doch Geburtstag in dieser Gokart-Anlage. Ich bin mir sicher, dass Sie im E-Mail-Verteiler waren. Ich dachte, ich hätte nachgesehen. Ungefähr die ganze Klasse geht da hin.«

Einen kurzen Augenblick überkam mich die Panik Alecs wegen, doch dann rief ich mich selbst zur Ordnung. Alec vergaß ständig, mir solche Sachen zu sagen. Und Thomas Summers hätte Alec nie im Leben *nicht* auf seine Party eingeladen. Thomas war bei Alecs Geburtstagsausflug ins Kino mit anschließendem Burgeressen dabei gewesen, sie waren gute Freunde.

»Hören Sie, machen Sie sich keine Gedanken«, sagte ich. »Ich fahr jetzt heim und seh noch mal nach, und wenn Alec da hingeht, krieg ich Felix locker noch unter. Wenn Sie nichts mehr von mir hören, können Sie davon ausgehen, dass das in Ordnung geht und ich ihn mitnehme.«

Kapitel 3

Mit fliegenden Fahnen untergehen

Ich glaub, so ein erbärmlicher Anblick ist mir noch nie untergekommen. Er war ziemlich dick und sah aus, als wäre er um die fünfundvierzig, auch wenn man annahm, dass er jünger war. Er saß auf einem alten, abgenutzten Sessel und hielt ein paar Plastiktüten mit Malbüchern und Filzstiften umklammert. Er wiegte sich sanft vor und zurück, und immer wieder fuhr er sich mit der riesigen Pranke übers Gesicht und schüttelte den Kopf, als wäre er fassungslos oder als wollte er einen Gedanken abschütteln, der ihm soeben durch den sowieso schon konfusen Kopf geschossen war – eine Geste absoluter Furcht und Verwirrung.

»Hallo, Philip«, sagte ich. »Ich freue mich ja so, dich kennenzulernen.« Damit wandte er sich mir zu, und trotz seiner Verwirrung schenkte er mir ein absolut wundervolles, warmherziges Lächeln.

Auf seiner Stirn prangte eine riesige geschwollene Beule.

»Was hast du denn da angestellt?«, fragte ich. »Du siehst ja aus, als hättest du dich mit einem Kühlschrank angelegt.« Doch er erwiderte nichts darauf und starrte nur auf seine Füße.

Als ich auf ihn zutrat, um ihm die Hand zu schütteln, stand er auf, und sofort schlug mir ein Geruch nach muffigem alten Büffel entgegen. Wie es aussah, würde er zuallererst ein Bad benötigen.

Ich ließ ihn im Aufenthaltsraum sitzen und versicherte ihm, dass ich in einer Minute wieder zurück wäre. Dann ging ich ins nächste Badezimmer und ließ ein schönes heißes Bad für ihn ein, das einem römischen Kaiser zur Ehre gereicht hätte. Ich borgte mir Theresas Schaumbad und kippte eine ordentliche Ladung von dem rosa Zeug rein, ehe ich loszog, um Philip zu holen. Wie ein frommes Lamm folgte er mir den Flur runter und hinein ins Badezimmer. Dort angekommen wiegte er sich stärker vor und zurück und fing an, sich fieberhaft die Hände zu kneten. Die waren so groß und weiß und weich, dass man ihn für einen Magier hätte halten können, der jeden Moment zwei Tauben daraus hervorzaubern würde. Er blickte erst zu mir und dann zur Wanne und dann wieder zurück zu mir. Mittlerweile befand er sich ganz offensichtlich in einem panikartigen Zustand des freien Falls, und er erklärte schlicht: »Nein, meine Liebe. Nein.« Dann wandte er sich ab und trat wieder hinaus in den Flur. Doch als er da so stand, wurde ihm wohl klar, dass er ja gar nicht wusste, wo er hingehen sollte. Daher blieb er einfach stehen wie ein Aufziehspielzeug, dem der Schwung ausgegangen war.

Ich stellte mich also neben ihn und nahm seine Hand. »Du brauchst ein Bad. Wir können nicht losziehen und deine Sachen auspacken und alles einräumen, solange du nicht hübsch sauber bist. Ruth hat neue Anziehsachen für dich besorgt. Ich werde dir helfen. Ich bleibe bei dir, aber wir müssen dich jetzt baden.«

»Nein, meine Liebe.« Damit schüttelte er wiederholt den Kopf, nicht aus Trotz, sondern so, als hätte er im Kopf eine lästig surrende Fliege, die er nicht loswurde.

»Philip, du musst baden. Ich schätze, du hast dich schon eine ganze Weile nicht mehr gründlich gewaschen, deshalb müssen wir dafür sorgen, dass du wieder sauber wirst. Ruth kommt später wieder, da will sie bestimmt, dass du tipptopp sauber bist und angenehm duftest. Komm, schaffen wir dich rein in die Wanne.«

»Nein, meine Liebe.«

Also standen wir da und sahen einander an. Es war eine klassische Pattsituation. War ja nicht so, als könnte ich diesen Mann, der so groß war wie ein Grizzlybär, einfach so in den Schwitzkasten nehmen, ihn nackt ausziehen und ihn dann gegen seinen Willen in die Wanne befördern. Ich wollte ihn nicht noch mehr aus der Fassung bringen, da er ja offensichtlich eh schon verwirrt genug war wegen allem, was geschehen war. Doch es führte kein Weg dran vorbei, er musste baden. Er roch nämlich ziemlich übel, und wenn ich ihn nicht sauber bekam, was hatte ich als Pflegerin dann für eine Daseinsberechtigung? Außerdem sollte seine Betreuerin Ruth gleich vorbeikommen, die würde Fortschritte sehen wollen.

In dem Moment kam zu meiner endlosen Erleichterung Rob in den Flur gehastet. Er warf einen kurzen Blick auf mich, wie ich hilflos einen Waschlappen und ein Stück Seife in der Hand hielt, und schätzte die Situation sofort richtig ein.

»Komm schon, mein Großer. Ist nur ein Bad, das ist nicht so schlimm. Außerdem hilft dir die liebe Rachel. Gott, ich wette, ganze Horden von Männern würden ordentlich was geben, nur um mit dir zu tauschen.« Er ergriff Philips andere Hand und führte ihn zurück ins Badezimmer. Dabei grinste ich verlegen, da ich es nicht mehr gewohnt war,

Komplimente zu bekommen. Lag das jetzt an Robs natürlicher Autorität, oder war das eine Sache unter Männern? Wie auch immer, mir war es einerlei, weil ich einfach bloß froh war.

»Vielen Dank!«, sagte ich. »Ich dachte schon, ich würde ihn draußen mit dem Schlauch abspritzen müssen.«

»Na dann, viel Glück!«, meinte Rob grinsend und ließ uns allein.

Philip und ich machten uns also an die Arbeit. Ganz sanft begann ich ihm die steife, stinkende Jacke abzustreifen sowie das steife, stinkende Hemd und die steife, stinkende Hose. Während ich dies tat, fing er heftig an zu zittern. Und auch wenn er keinen Ton sagte, entging mir doch nicht, wie ihm eine dicke Träne von der Nase tropfte. Ich atmete durch den Mund, um nur nichts von dem üblen Gestank abzubekommen, der womöglich von seinen Achselhöhlen, den Füßen oder anderen tieferen Regionen ausging. Dabei erzeugte ich ein Geräusch wie Darth Vader. Das leichte Beben von Philips Schulter wurde nun abgelöst durch ein hicksendes Schluchzen. Ich legte den Arm um ihn. Als ich jetzt sprach, klang es so, als hätte ich einen starken Schnupfen, aber ich wollte es immer noch nicht riskieren, durch die Nase zu atmen. Sonst wäre ich möglicherweise umgekippt und hätte mir dabei den Kopf am Waschbecken aufgeschlagen.

»Oh, Philip. Bitte nicht. Du wirst dich wie neugeboren fühlen nach dem Baden, und es dauert noch nicht mal fünf Minuten, dann bist du wieder vollständig angezogen. Weißt du was? Wenn wir mit dir fertig sind, siehst du bestimmt aus wie James Bond.« Und da war es wieder, dieses liebenswürdige, scheue und doch so tapfere Lächeln.

Er war wirklich riesig. Oder zumindest war sein Oberkörper massig. Er war bestimmt annähernd eins neunzig groß, hatte aber recht dürre Beine. Als er jetzt vorsichtig in die Wanne stieg und dabei meine Hand umklammert hielt, hatte ich ein bisschen Angst, sie könnten einknicken. Am Ende dieser Storchenstelzen befanden sich Füße mit den hässlichsten Zehennägeln, die ich je zu Gesicht bekommen hatte. Ich konnte den Blick nicht mehr von ihnen lösen. Ein bisschen fühlte ich mich jetzt doch überfordert. Weil ich keinen Schimmer hatte, wo ich anfangen sollte. Ich begann mich zu fragen, welche Laune des Schicksals, welche zweifelhaften oder auch glücklichen Umstände dazu geführt hatten, dass wir jetzt an diesem Punkt waren. Dem Punkt nämlich, wo ich mich überwinden musste, diese Schwarten anzufassen und ihn zwischen den stinkenden, haarigen Zehen zu säubern.

Aus irgendeinem Grund kam mir jetzt dieses Lied aus *The Sound of Music* in den Sinn, wo der Kapitän und Maria endlich wieder vereint sind und ihr Glück kaum fassen können. Er verkündet an der Stelle, er müsse »etwas Gutes« getan haben in der Vergangenheit, um das zu verdienen, und sie pflichtet ihm aus vollem Herzen bei. Also was zum Teufel hab ich verbrochen, dass ich das verdient habe? Ich steckte bis zum Ellbogen in der mittlerweile lauwarmen, immer ekliger werdenden Brühe, ohne Ehemann, dafür mit Philip Johnstons Zehennägeln vor der Nase. Das war doch wirklich eine himmelschreiende Ungerechtigkeit, oder hatte ich vielleicht in einem früheren Leben einen Völkermord verursacht?

Eine Welle der Erschöpfung überkam mich und dazu eine leichte Übelkeit, weshalb ich mich aufrichten musste. Ich ging rüber ans Fenster und sah nach draußen, auch wenn es sich um Milchglas handelte und ich daher nichts als graue Umrisse erkennen konnte. Ich verschränkte die Arme, atmete tief durch und lehnte mich mit der Stirn ans Fenster, um nicht den Halt zu verlieren. Ich dachte an Dom und an die ungemachten Betten daheim und an das dreckige Frühstücksgeschirr und an all die Dinge, die ich noch zu erledigen hatte. Ich hatte das Gefühl davonzutreiben.

Dann hörte ich eine Stimme in meinem Rücken sagen: »Sean Connery«, und Philip sah mich mit besorgter Miene entschuldigend an. Und schon wollte ich ihn am liebsten wieder knuddeln.

»Finde ich auch am besten«, sagte ich, während ich den Waschlappen einseifte und mich damit über seinen Rücken hermachte.

Ich weiß noch gut, wie mein Vater mir immer diese Geschichte erzählte, als er als Kind mal im Krankenhaus war. Da war diese freundliche Schwester, die bekam Anweisung, ihn zu baden. Während sie sich an die Arbeit machte, als wäre er nichts anderes als ein Auto oder ein Labrador, schämte er sich in Grund und Boden. Gerade als er es kaum mehr aushielt und es so aussah, als würde das Unvermeidliche geschehen, hatte die Schwester gesagt: »Um dein Gemüse da unten kannst du dich selbst kümmern.« Und da wäre mein Vater vor Dankbarkeit fast gestorben. Tja, Philips Bauch war derart speckig, dass ich so meine Probleme hatte, die Innenseite seiner Schenkel auszumachen, geschweige denn sein »Gemüse«. Ich bedeutete ihm, sich hinzustellen, doch immer noch war nichts zu sehen, da ihm der labbrige Hautlappen, der sein Bauch war, fast bis zu den Knien hing.

»Ich lass dich deine Nudel selbst nass machen«, sagte ich

schwach, doch offenbar hatte er sich noch nie in seinem Leben gewaschen, daher sah er mich bloß betreten an. Mir blieb keine andere Wahl. Ich hob den Hautlappen mit einer Hand an, schrubbte mit dem Waschlappen dort herum, wo man normalerweise die Genitalien vermuten würde, und hoffte das Beste. Dabei fragte ich mich, ob sein dicker Bauch wohl schon so sehr zu einem Teil von ihm geworden war, dass er alles im Gleichgewicht hielt. Schließlich entschied ich, dass man mir nicht genug bezahlte, um mich auf die Jagd nach dem Gemüse zu machen, und beließ es dabei.

Ich plauderte drauflos und stellte eine Menge sinnentleerter Fragen, doch sie wurden alle mit einem schüchternen Lächeln abgetan. Und auch nach gut zwanzig Minuten Schrubben hatte er sich mir noch kein bisschen geöffnet. Schließlich war auch ich durchnässt und fror und ließ es für heute damit gut sein. Als ich in seine Tasche griff und ein Handtuch hervorzog, das er von zu Hause mitgebracht hatte, musste ich feststellen, dass es ungefähr so schmutzig war wie seine Füße noch vor einer Stunde. Eine Sache, die man niemals vergessen durfte, wenn man einen der Bewohner badete, war die, dass man ihn nie unbeaufsichtigt ließ, nicht mal für eine Minute, denn ein Mensch konnte sogar in wenige Zentimeter hohem Wasser ertrinken – also saß ich in der Klemme.

»Was ich jetzt tun werde, Philip, ist Folgendes: Ich lasse das Wasser aus und lass dich kurz hier allein, während ich losgehe und ein großes, sauberes Handtuch hole. Was meinst du?«

Er sah mich nur an, als hätte ich ihm verkündet, dass ich ihn auf der Überholspur der Autobahn stehen lassen will, in einem Kanu. Als die letzten Reste des Badewassers also gurgelnd im Abfluss verschwunden waren, rannte ich so schnell ich konnte in die Wäschekammer, die gefühlte Kilometer weit weg war. Ich hoffte, dort ein übriges Handtuch zu finden, und ich hatte Glück. Ich schnappte mir das erstbeste und lief zurück ins Badezimmer. Doch Philip war verschwunden. Scheiße. Scheiße. Scheiße.

Auf dem Rückweg war ich ihm nicht begegnet, also musste er in Richtung Büro gegangen sein. Ich stürzte also den Flur runter, rein ins Büro – keine Spur von ihm. Da hörte ich eine der massiven Feuerschutztüren dumpf zuschlagen, und sofort stürmte ich in Richtung des Geräuschs. Und da war Philip, im Aufenthaltsraum, in dem ich ihn vorhin das erste Mal gesehen hatte, splitterfasernackt wiegte er sich hin und her.

»Ich dachte, du wärst über alle Berge«, keuchte ich völlig außer Atem. Sofort schlang ich das Handtuch um ihn und wollte ihn raus auf den Flur lotsen, doch er rührte sich keinen Millimeter. »Suchst du nach deinen Sachen? Nach deinen Malbüchern? Und deinen Stiften?« Den Tränen nahe nickte er. »Die sind in Sicherheit. Ich hab sie für dich aufgehoben. Du brauchst dir keine Sorgen zu machen. Komm, gehen wir, und ich helfe dir beim Anziehen, und dann bringen wir alles rauf in dein neues Zimmer.«

Er nickte, doch als er in Richtung Tür trottete, lockerte sich das Handtuch und fiel runter.

»Philip! Was tust du da?« Denise stand draußen auf dem Flur, offensichtlich hatte er ihr einen Schrecken eingejagt. Seinerseits erschrocken, blieb er wie angewurzelt im Türrahmen stehen. Er war zu breit, als dass ich mich an ihm hätte vorbeiquetschen können, deshalb bekam Denise jetzt lediglich zwei Hände zu sehen, die sich zu beiden Seiten seines

Bauches vorbeischlängelten und versuchten, das Handtuch wieder in Position zu bringen.

»Tut mir so leid«, sagte ich, als ich es endlich raus auf den Flur geschafft hatte. »Ich bin's. Philip wollte nach seinem Bad einen kleinen Rundgang machen, aber jetzt ist alles wieder gut.«

Denise wirkte nicht allzu beeindruckt, weshalb ich innerlich zusammenzuckte. Ich war noch ganz neu hier, deshalb wollte ich, dass sie sah, dass ich zupacken konnte und mich gut um Philip kümmerte.

»Das ist mein Handtuch!«, entfuhr es ihr, woraufhin wir es beide mit überraschten Gesichtern ansahen.

»Oh … tut mir leid. Das war mir nicht bewusst. Ich hab mir einfach das erstbeste geschnappt …«, sagte ich entschuldigend, während wir Philip jetzt zusahen, wie er sich sanft hin und her wiegte. Er sah spitze aus in dem Handtuch mit den rosa Rohrkolben und dem türkisen Schwan drauf.

Bis ich mit Philip endlich fertig war, war ich schon wieder viel zu spät dran, um nach Hause zu fahren und meine Mails zu checken, bevor ich Alec in der Schule abholen sollte. Also dachte ich mir, egal, ich ruf Thomas' Mum an und kläre das mit dem Gokart-Fahren einfach direkt mit ihr. Thomas war ein netter Junge, den wir recht gut kannten. Jedenfalls gut genug, um ihm keine Käsemakkaroni aufzutischen, wenn er zu Besuch kam, und das Ganglicht anzulassen, wenn er bei uns übernachtete.

»Hi, Kath. Hier ist Rachel Bidewell. Hören Sie, ich bin heute Morgen zufällig Rebecca über den Weg gelaufen. Sie hat mich gefragt, ob ich wohl Felix am Samstagmorgen mitnehmen könnte. Da stellte sich raus, dass Alec mir nichts von Thomas' Party erzählt hat. Sie meinte, sie hätte meinen Namen auf der Verteilerliste gesehen, daher hoffe ich, es macht Ihnen nichts aus, dass ich anrufe.«

Es folgte eine Pause. »O Gott, Rachel. Tut mir ja so leid. Das ist mir alles schrecklich peinlich, aber Sie müssen verstehen, das ist so eine Sache, wo man nicht jeden einladen kann. Es waren einfach zu viele ... und Thomas hatte so seine Schwierigkeiten, sich auf zwölf Leute zu beschränken. Gott, ist mir das unangenehm.«

Am liebsten hätte ich geschrien: »Zwölf? Sie nehmen zwölf Jungs mit, und Alec ist nicht dabei? Thomas wäre bei Alec bestimmt unter den ersten vieren! Ist Ihnen denn nicht klar, was er gerade durchmacht? Ist Ihnen gar nicht in den Sinn gekommen, Thomas zu bitten, Alec einzuladen, wo es ihm doch eh so schrecklich schwergefallen ist, sich auf zwölf Freunde zu beschränken?«

Doch Alec zuliebe wollte ich möglichst cool rüberkommen und rief stattdessen in gut gelauntem Tonfall: »Ach, kommen Sie, seien Sie nicht albern. Alles halb so wild. Ehrlich, das geht schon in Ordnung. Ist ja nur, weil Rebecca meinte, sie hätte mich auf der Liste gesehen. Machen Sie sich mal keinen Kopf. Tut mir leid, dass ich Sie so in Verlegenheit gebracht habe.«

»Hören Sie, ich hab noch nicht von allen eine Antwort. Wenn irgendwer nicht kommen kann, dann ist Alec garantiert der Nächste, der auf der Liste steht, versprochen.«

Ach, vergessen Sie's.

»Na schön, wie auch immer. Haben Sie eine schöne Feier, Kath, und sagen Sie Thomas alles Gute von uns.«

Am liebsten hätte ich Kath die Augen ausgekratzt. Aber das Ganze war ihr offensichtlich eh schon ziemlich peinlich, das hätte es dann wohl auch nicht mehr viel schlimmer gemacht. Meine Hauptsorge galt jetzt eher der Frage, wie es so weit kommen konnte. Warum stand Alec nicht auf der Liste? Was war da los? Lag es daran, dass Alec und Thomas sich womöglich nicht mehr so gut verstanden? Oder steckte etwas anderes dahinter, das Anlass zur Sorge bot? Manchmal fiel mir auf, dass Alec daheim recht in sich gekehrt und ruhig war – den Grund hierfür zu erraten war nicht schwer. Doch hatte ich gehofft, dass er in der Schule immer noch der gleiche alte Alec war. Nicht unbedingt der beliebteste Junge der Klasse, ein wenig schüchtern, ein bisschen eigen, aber durchaus geschätzt von den Jungs, die seinen wahren Wert erkannten.

Ich wartete im Wagen auf ihn, wo er mich gleich entdeckte, als er um die Ecke geflitzt kam. Er kletterte auf den Beifahrersitz. Mir war nicht ganz klar, wie ich es am besten anging. Sollte ich einfach direkt zu ihm sagen: »Wie ich höre, gehst du nicht zu Thomas' Party am Samstag?« Oder sagte ich besser nichts? Alec war nicht dumm. Er muss gewusst haben, dass Thomas eine Party plante, sicher hatten die anderen alle davon gesprochen. Er hatte also entschieden, nichts zu sagen. Sollte ich das einfach respektieren? Interessierte es ihn womöglich gar nicht, und ich war die Einzige, die sich deswegen stresste? Meine Kinder hatten diese bewundernswerte Fähigkeit, mich immer wieder zu verblüffen. Dinge, von denen ich glaubte, sie würden sie ins Straucheln bringen, gingen sie ganz locker an, während sie andererseits einen Totalzusammenbruch erlitten wegen Sachen, die ich als klein und unbedeutend betrachtet hatte. Ich beschloss also, es lieber zu lassen und abzuwarten, ob er es von sich aus zur Sprache brachte.

Als er Platz genommen hatte, beugte er sich rüber zu mir und gab mir einen flüchtigen Kuss.

»Guten Tag gehabt?«, erkundigte ich mich.

»Schon okay.«

Luke und Jess hatten noch irgendwelche Wahlfächer und würden später heimgebracht werden, daher wollten wir gerade losfahren, als jemand kräftig gegen die Scheibe hämmerte. Es war Rebecca die Elternsprecherin. Bitte, Rebecca, nicht jetzt. Ich ließ das Fenster runter, weil sie mitten auf der Straße stand und von einem Fuß auf den anderen hopste.

»Hast du mit Kath gesprochen? Geht das in Ordnung am Samstag?«

Alec starrte auf seine Füße.

»Nein, tut mir leid«, sagte ich rasch. »Ich wollte Sie eh anrufen. Alec geht da am Samstag nicht hin.«

»Haben Sie Kath angerufen? Ich bin mir sicher, dass er auf der Liste stand.«

»Tja, wie es aussieht, wohl doch nicht.«

Alec stierte weiter angestrengt auf seine Schuhe.

»O Gott, wie peinlich. Tut mir ja so leid.« Dann beugte sie sich zum Wagen hin. »Tut mir leid, Alec. Ich bin einfach davon ausgegangen … Die müssen echt wenig Platz haben …«

Wir fuhren einfach wortlos los.

»Was ist passiert? Schmeißt Thomas eine Party, und ich bin nicht eingeladen?« Scheiße. Scheiße. Scheiße.

»Tja, sieht so aus, ja. Aber ich glaube, er durfte nur ein paar Jungs aus seiner Klasse einladen. Liegt bestimmt nicht an dir.«

»Wer geht denn *dann* hin?«

»Ich weiß es nicht, ehrlich, mein Schatz.«

»Wie viele?«

»Bin mir nicht sicher.«

»Tja, bestimmt Alexander, und ich wette, Max auch und Raf, Ross, Harry, Will P und Will B. Bestimmt sind ich und Isaac und Dean die Einzigen, die nicht eingeladen sind.«

»So ist das nun mal. Du hast ja schließlich auch nicht alle zu deinem Geburtstag eingeladen, oder?«

»Klar, aber *Thomas* war dabei. Natürlich hab ich Thomas eingeladen.«

»Aber Will B nicht, und deswegen hattest du ein total schlechtes Gewissen, und Dean hast du auch erst auf den letzten Drücker eingeladen.«

»Aber ich durfte ja auch nur sechs Leute einladen, und Will B und ich sind noch nicht mal in derselben Klasse. Dean hab ich nur mitgenommen, weil du es wolltest.«

»Tja, weißt du was? Wir zeigen's denen einfach und machen was richtig Cooles am Samstag. Du darfst es dir aussuchen. Was würdest du denn gern machen?«

»Nichts. Wir können ja eh bloß was total Lahmes unternehmen wegen Jess und Luke, und außerdem meintest du doch, wir müssten für die Klassenfahrt noch eine Regenjacke besorgen.«

»Ich frag nach, ob Dad die beiden nimmt, dann können wir beide eine Regenjacke kaufen *und* dann noch was Schönes zusammen machen …«

Er nickte. Ein tapferes kleines Nicken nur, aber immerhin. Dann fuhren wir schweigend nach Hause.

Ich telefonierte mit Dom. »Ich weiß, ich weiß, wir haben das bereits besprochen, aber jetzt liegen die Dinge eben anders. Ich würde den Vormittag gern mit Alec verbringen. Wenn du die beiden Kleinen nehmen könntest. Die Sache mit Thomas hat ihn ganz schön mitgenommen, glaube ich, deshalb hab ich vorgeschlagen, wir könnten was zusammen unternehmen, während die anderen beim Gokart-Fahren sind. Es wäre ja nur bis gegen zwölf. Ich könnte sie vorbeibringen und dann auch wieder abholen. Tut mir leid, dass ich dich darum bitte, aber …«

»Lass mich mit Deborah reden. Wir wollten am Samstag in der Früh was fürs Haus kaufen« – ein kurzes Zusammenzucken meinerseits –, »aber vielleicht können wir das auch am Nachmittag erledigen. Bleib mal kurz dran.«

Dom legte also das Telefon beiseite, und ich hörte, wie er sich gedämpft mit Deborah unterhielt. Er war eine Ewigkeit weg. Ich war schon fast überzeugt, dass er mir gleich erklären würde, dass es nicht möglich sei, weil *Deborah* andere Pläne habe, deshalb war ich schon in Angriffslaune, als er schließlich wieder in der Leitung war.

»Ich hab mit Deborah gesprochen, sie hilft sehr gerne, aber hör zu, ich denke, es ist das Beste, wenn *wir* Alec nehmen. Er kann ja mit uns mitkommen und …«

»Wenn ihr ihn an einem Samstagvormittag durch ein Möbelhaus schleift, wird ihn das wohl kaum aufmuntern.«

»Lass mich doch erst mal zu Ende sprechen. Wir dachten, wir gehen mit ihm groß frühstücken und kümmern uns um ihn, und weil wir ja eh was für die Kinderzimmer kaufen wollten, kann er doch gleich mitkommen. Dann besorgen wir eben in erster Linie Sachen für ihn. Ich will ihm eine Lampe und einen Schreibtisch kaufen, damit er seine Hausaufgaben machen kann, wenn er hier ist. Wir fahren zu Ikea, dann kriegt er noch eine eigene Bettdecke und solche Sachen. Und weil ich die Kinder ja eh am Sonntag habe, kann er auch gleich über Nacht bleiben, und dann treffen wir uns am Sonntagabend an der Schule und verabschieden uns von ihm, wenn er auf Klassenfahrt geht.«

»Ach so, gut. Aber dann sehe ich ihn ja gar nicht mehr, bevor er wegfährt, und ich …«

»Du warst doch einverstanden, dass ich sie am Sonntag nehme, weil ich wegen deiner Arbeit möglicherweise ein Wochenende verpasse.«

»Ja, ich weiß, aber …«

»Ist doch das Beste so. Du hast doch selbst gesagt, dass er ein bisschen Zeit ohne die anderen beiden braucht – ein bisschen besondere Behandlung. Am Abend gehen wir mit ihm zum Chinesen, dann fühlt er sich wie im siebten Himmel.«

»Tja, er sollte aber nicht zu lange aufbleiben, weil er eine anstrengende Woche vor sich hat.«

»Na schön. Um zehn liegt er im Bett. Ehrlich, ich glaub echt, dass es so am besten ist.«

»Du wirst ihm aber eine Regenjacke besorgen müssen. Er hat keine …«

»Kein Problem.«

Na schön. Das war's dann wohl. Wie Dom schon sagte, es war wirklich das Beste. Die Tatsache, dass ich Alec am liebsten in seinem Zimmer einsperren und nie wieder zu seinem Vater, geschweige denn nach Swanage lassen wollte, tat natürlich nichts zur Sache.

Ich ging nach oben, hämmerte an Alecs Tür und streckte dann den Kopf in sein Zimmer.

»Ich hab gerade mit deinem Dad geredet, er meint, er würde am Samstagvormittag gern was mit dir machen. Eigentlich wollte ich ihn bitten, die anderen beiden zu nehmen, damit wir was unternehmen können, aber er will mit dir zu Ikea, um Sachen für dein Zimmer zu kaufen. Und er möchte, dass du über Nacht bleibst …«

»Nur ich?«

»Ja, nur du. Am Abend geht ihr chinesisch essen, dann kannst du dich in deinem neuen Zimmer einrichten.«

»Oh, toll. Er kauft mir einen eigenen Schreibtisch und eine Lampe …«

»Ich weiß, das hat Dad gesagt. Ist das okay für dich? Ich hatte nur gehofft, wir könnten den Vormittag noch miteinander verbringen, bevor du auf Klassenfahrt gehst.«

Ein Schatten hatte sich über sein Gesicht gelegt. Offensichtlich war ihm nicht ganz wohl dabei. Wieder einmal hatte ich in Alec Schuldgefühle ausgelöst.

»Oh, hör zu. Mach dir keine Gedanken, Mum, ich kann Dad doch sagen …«

»Nichts da. Klar gehst du und verbringst die Zeit mit Dad. Ich werd dich nur vermissen, das ist alles.«

»Du kannst ja den Seitenspiegel am Auto reparieren lassen.«

»Ich kann den Seitenspiegel reparieren lassen. Ganz genau. Die perfekte Gelegenheit, und dann können wir wieder mit dem Auto fahren wie ganz gewöhnliche Menschen, und du musst dich nicht mehr zum Fenster rauslehnen, jedes Mal, wenn ich die Fahrspur wechseln will.«

»Bist du sicher?«

»Ganz sicher. Und Dad kauft dir dann eine Regenjacke.«

»Oh nein. Besorg du die doch lieber für mich. Dad kauft mir bestimmt eine, die für vierzig Grad unter null geeignet ist, oben auf dem Mount Everest.«

»Mit eingebautem Schutzzelt und GPS. Ich kauf dir eine

im Sportoutlet.« Damit trat ich hinter ihn und küsste seinen muffigen kleinen Kopf. »Tut mir so leid, die Sache mit Thomas. Ich hoffe, die haben Öl auf der Fahrspur, und es dreht sie alle von der Bahn runter und sie sterben eines grausamen, blutigen Todes.«

»Schon gut, Mum, ehrlich. Ich komm schon klar damit. Thomas hat mir eine E-Mail geschickt, er fragt, ob ich mal bei ihm übernachte, wenn wir wieder zurück sind aus Swanage.«

Es war jetzt das zweite Mal, dass ich mich um Philip kümmerte. In Unterhemd, Unterhose und Socken stand er vor mir am Waschbecken in seinem Zimmer, frisch gewaschen und duftend wie der junge Frühling.

Ich wischte ihm mit einem feuchten Waschlappen über das Gesicht, damit ihm die Haare nicht mehr in die Augen hingen.

»Lächeln«, sagte ich.

Und er lächelte. Zu meiner Erleichterung waren seine Zähne annähernd perfekt. In Sachen Körperpflege waren die Zähne offenbar ganz oben auf der Liste gestanden, während die Zehen weit, weit unten, ganz zum Schluss gekommen waren.

»Wunderbar! Und jetzt möchte ich, dass du mir zeigst, wie du diese Zähne so schön sauber hältst. Hier … eine brandneue Zahnbürste, die ich auf dem Weg hierher besorgt habe.« Ich hielt sie ihm hin, damit er sie sich ansehen konnte, dann legte ich sie wieder beiseite. »Und das hier …« Ich schnappte mir die Zahncreme. »Das hier ist deine Zahnpasta. Und jetzt zeig mir mal, was du draufhast.«

Es war so, als würde man einem Mann ohne Arme einen

Ball zuwerfen und rufen: »Fang!« Philip machte keine Anstalten, sich zu bewegen.

»Zeig mir einfach, wie du dir normalerweise die Zähne putzt. Tu einfach so, als wäre ich gar nicht da.«

Er wirkte verlegen und als täte es ihm furchtbar leid, aber er rührte sich nicht. Also griff ich nach seinen Händen und half ihm dabei, Zahnbürste und Zahncreme in die Hand zu nehmen. Dann half ich ihm, Zahnpasta auf den Kopf der Bürste zu quetschen. Wenn ich sage, ich »half« ihm, dann will ich damit sagen, dass seine Arme und Hände ganz schlaff waren, wie tot. Ich kam mir vor wie ein Marionettenspieler wider Willen, und er war eine richtig große Marionette.

Ich drehte ihn zu mir um und hielt seine Handgelenke fest. »Kannst du dir jetzt bitte die Zähne putzen? Kannst du das für mich tun?«

Sein Gesichtsausdruck verriet mir, dass er mir sagen wollte: »Ich versuch's ja. Tu ich wirklich. Aber ich hab absolut keinen Schimmer, was Sie von mir wollen.«

Daher machte ich ihm pantomimisch vor, als würde ich mir die Zähne putzen. »Kannst du es mir zeigen?«, sagte ich wieder. »So wie ich es jetzt mache?« Doch er zog nur die Lippen etwas zurück und bleckte zögerlich die Zähne.

Wir standen uns gegenüber und starrten uns an, Philip jetzt mit dem Gesichtsausdruck eines Rottweilers, der nicht ganz glücklich war über den Befehl, jemanden anzugreifen. »Schätze mal, deine Mum hat das immer für dich gemacht. Ist es so?«

Schweigen.

»Hat deine Mom dir die Zähne geputzt?«

Nach einer kurzen Pause antwortete er: »Zeig mir deine

Beißerchen«, und sah mich dabei ganz ernst an. »Zeig mir deine hübschen weißen Beißerchen, komm schon, Liebling!« Seine Stimme wurde immer leiser, und er ließ die Hände sinken und die Arme baumeln. Die Zahnbürste und die Zahncreme landeten auf dem Boden. Sein Blick schweifte in die Ferne, und er wandte sein Gesicht in Richtung Fenster.

Schweigend standen wir einen Augenblick da und lauschten jemandem, der irgendwo im Haus fröhlich vor sich hinpfiff, während Philips Niedergeschlagenheit sich im Raum auszubreiten schien.

Schließlich sagte ich: »Tja, deine Mum hat gute Arbeit geleistet. Sie hätte Zahnärztin werden sollen.« Und als ich mich runterbeugte, um die Zahnbürste aufzuheben, fügte ich noch hinzu: »Wollen wir doch mal sehen, ob wir das auch hinkriegen.«

Ich zog also seinen Stuhl heran und ließ ihn sich so hinsetzen, dass er in den Spiegel schauen konnte. Ich legte ihm ein Handtuch um die Schultern und platzierte meine Hände darauf.

»Na schön, Eure Exzellenz«, sagte ich. »Sollen es heute die Zähne und eine Rasur sein, oder wünschen Sie eine Ganzkörpermassage?« Mir war inzwischen klar geworden, dass Rasieren wohl auch nicht seine Stärke war, wenn seine Mum ihm schon die Zähne putzen musste.

Es war Samstagmorgen. Bis zehn Uhr hatte ich meine drei Kinder ganz für mich allein. Ich stand in der Küche. Es war acht Uhr fünfundvierzig, und weil Mary, Doms wundervolle Mutter, am Tag zuvor vorbeigekommen war, um ein bisschen zu bügeln, dröhnte jetzt das Gedudel von Radio 2 durch die Küche. Das war das Wunderbare am Samstagvormittag, dass man sich eine ordentliche Portion seichte Musikberieselung gönnen konnte. Wir hatten schon was von Squeeze, ein bisschen Wham! und sogar einen Song von Neil Diamond gehört. Ich bereitete gerade Sandwiches mit Bacon zu, und während ich den Bacon briet, schlang Jess mir von hinten die Arme um die Hüften und brachte mich dazu, mich zur Musik zu bewegen. Sie hob abwechselnd die Füße vom Boden hoch und lachte dazu wie Peppa Wutz, den Kopf an meinen Rücken geschmiegt. Marlene war bei ihrem Freund, Luke hatte sich nebenan vor den Fernseher geflätzt, und Alec war oben zu hören.

»Nein! Ich muss keine Uniform tragen. Ich bin ja keine Krankenschwester«, plauderte ich gerade mit Jess über meine Arbeit.

»Na, und was bist du dann?«

»Ich bin eine Pflegerin. Ich helfe Erwachsenen, die nicht so gut alleine klarkommen. Gestern zum Beispiel, da habe ich einem Mann die Zähne geputzt und ihn rasiert.«

»Nicht dein Ernst!« Jess sah mich mit großen Augen an. »Ist er nett?«

»Ja. Sehr. Sein Name ist Philip. Ich nehm dich irgendwann mit, dann stelle ich ihn dir vor.« Ich musste an das Gesicht denken, das Philip gemacht hatte, während ich ihn rasierte, und musste schmunzeln. Er hatte sich irgendwann entspannt und war ganz erpicht darauf gewesen, mir zu helfen. Deshalb hatte er den Hals mal in die eine, mal in die andere Richtung gestreckt, und immer wieder gab er ein leises Brummen wie Chewbacca aus *Krieg der Sterne* von sich.

Jess und ich deckten den Tisch, dann stellte ich einen Topf mit heißer Schokolade auf den Herd. Der unwiderstehliche Duft nach Speck lockte die Jungs herbei, und dann lief auch noch Elvis im Radio. Jess fing an, dazu zu tanzen wie zur Ouvertüre aus Schwanensee. Sie wirbelte herum und sprang hoch und hob dann ihr Nachthemd an, um einen nackten Hintern und ihren Bauch zu entblößen. Luke verpasste ihr einen freundschaftlichen Klaps auf den Po und tanzte dann mit ihr durchs Zimmer. Es war wie eine Szene aus *Let's Dance*.

»Ich liebe dieses Lied.« Alec zwängte sich an ihnen vorbei und beugte sich über den Computer, um die Mails zu checken.

»Da sind keine neuen Nachrichten«, sagte ich. »Uns liebt keiner außer Amazon. Und die Mutter von Amelia Knight, die gern wüsste, ob irgendjemand aus Versehen Amelias Rock mitgenommen hat. Du hast ihn doch nicht, oder, Luke?«

»Klar doch … und ihren BH auch«, sagte er mit hoher, piepsiger Stimme, wobei er sich die Hände vor die Brüste hielt wie zwei Kokosnüsse. Alec schüttelte mit gespielter Entrüstung den Kopf. Er starrte immer noch auf den Bildschirm. Ich sprang zu Jess, um ihr das Nachthemd runterzuziehen, doch sie lief kreischend davon, weshalb ich sie durch die Küche jagte, halb laufend, halb tanzend. Luke versuchte gleichzeitig, sich auf meine Füße zu stellen, damit ich ihn mit mir mitschleifte.

Und dann sang ich mit dem King: »… *in the ghett-oh!*«

Alec verzog gequält das Gesicht, während er sich auf die Musik zu konzentrieren versuchte. Dabei sprang der Rest von uns um ihn herum und sang: »*Da de da de da de da da … und bla, und dann noch bla …*«, und dann stimmte Alec mit ein: »… *in the gecko …*«

»›Gecko‹?«, sagte ich und lachte los. »Das heißt nicht

›Gecko‹! Sondern ›Ghetto‹. Hast du da gerade ›Gecko‹ gesungen?«

Luke und Jess fingen jetzt auch noch an. »Gecko?!«, kreischten sie. Und das, obwohl sie keinen Schimmer hatten, wie der Text richtig ging. »Gecko?!«

»Das ist keine Eidechse. Das ist kein Salamander!«, schmetterte Luke jetzt in einem Singsang und lachte sich dabei mit Jess und mir zusammen schlapp.

In dem Moment schoss Alec rüber zum Radio und fegte es wütend vom Tresen, sodass es zu Boden krachte. Im Raum wurde es mucksmäuschenstill.

»Hört auf. Hört endlich auf, ihr verdammten Vollidioten. Warum könnt ihr nicht einfach mal eine Minute leise sein. Ich dachte wirklich, das heißt Gecko. Na und? Wahnsinnssache.« Er brüllte uns an und heulte dabei, und ich weiß nicht, wer von uns verblüffter war, er oder wir. Alec machte es sonst nie was aus, wenn man ihn auf den Arm nahm. Er tat das alles immer mit Gelassenheit ab, und er fluchte sonst auch nie. Jetzt aber kickte er mit bloßen Füßen das Radio durchs Zimmer, dass es über den Holzboden schlitterte.

»Ihr haltet mich wohl alle für blöd. Aber ich bin nicht blöd. *Ihr* seid blöd. Ich wünschte, ihr wärt tot.«

Und dann war die Wut plötzlich wieder verflogen, so schnell, wie sie über ihn gekommen war. Als würde er aus einem bösen Traum erwachen, blickte er sich jetzt um, entsetzt und voller Panik.

Ich war wie paralysiert. Hatte keine Ahnung, was ich darauf erwidern sollte, ob ich ihn anbrüllen sollte, er möge sich gefälligst entschuldigen oder mir aus den Augen gehen. Oder war es besser, auf die Knie zu sinken und ihn in den Arm zu nehmen?

»Schon gut, Alec. Wir wollten dich doch bloß ein bisschen ärgern. Wir dachten, das wäre lustig.«

»Du findest alles lustig, Mum. Du lachst doch wirklich über alles.«

Und dann kochte der Topf mit der heißen Schokolade über und sorgte für ein zischendes Geräusch, als das Gas ausging.

Am Sonntagmorgen fuhr ich Jess und Luke rüber zu Dom. Er wohnte in einem viktorianischen Reihenhaus ganz ähnlich dem unseren. Dom arbeitete als technischer Leiter einer großen gemeinnützigen Wohnungsbaugesellschaft – ein Job, der Anerkennung verdiente und den er liebte, auch wenn er nicht sonderlich gut bezahlt war. Er hatte Deborah bei der Arbeit kennengelernt, als sie dort als seine Assistentin angefangen hatte. Als das mit ihrer Beziehung bekannt geworden war, hatte sie den Job aufgegeben, und jetzt arbeitete sie für ein ziemlich schickes Architekturbüro. Dort verdiente sie recht gut, und trotzdem war mir klar, dass Deborahs Eltern den größten Anteil an der Hypothek für das Haus bezahlt haben mussten. Auf keinen Fall hätte Dom das allein hinbekommen, wo er doch schon Probleme hatte, die Raten für unser Haus abzustottern.

Wir hatten es uns zur Gewohnheit gemacht, dass ich bei Dom anrief, sobald ich nur noch zwei Minuten vom Haus entfernt war. Ich ließ das Telefon dann immer zwei Mal klingeln, und wenn wir dann eintrafen, stand Dom schon in der Tür. Ich brauchte die Kinder bloß noch aussteigen zu lassen und mit nicht viel mehr als einem knappen Nicken in Richtung ihres Vaters davonzubrausen. Das war eine von diesen Sachen, die ich ganz automatisch so machte. Doch sobald ich darüber nachdachte, wollte ich am liebsten losflennen. Was für ein erbärmlicher Eiertanz das doch immer war. Und trotzdem, zumindest konnte Deborah auf diese Weise im Haus lauern und abwarten, bis die Luft wieder rein war, ehe sie rauskam und die Kinder begrüßte. Schätze, wenn ich hätte mitansehen müssen, wie sie ihr in die Arme liefen, wäre ich vermutlich direkt mit dem Wagen ins Garagentor gekracht.

Jetzt war es Alec, der auf uns wartete, und er machte ein Riesentrara und wollte Jess helfen, aus dem Auto auszusteigen. Er wirkte ein klein wenig verlegen, aber ich freute mich einfach nur, ihn so entspannt und erholt zu sehen.

»Hast du gestern bekommen, was du wolltest?«, erkundigte ich mich beiläufig, während ich die Jacken der Kleinen aus dem Kofferraum holte.

»Ja, fast alles«, erwiderte er knapp. Ihm war natürlich klar, dass es für uns beide recht schmerzhaft geworden wäre, wenn er seine neusten Errungenschaften *en détail* aufgezählt hätte.

»Und, geht es dir gut?«

»Ja. Alles bestens, Mum … ernsthaft.«

Ich schlang die Arme um ihn und ließ einen Moment mein Kinn auf seinem Scheitel ruhen, ehe ich ihn wieder losließ.

Dann fuhr ich zurück nach Hause und versuchte ein bisschen Bürokram zu erledigen, doch ich fühlte mich unruhig und lustlos zugleich. Bis Mittag war ich schon wieder total müde, weil ich die ganze Zeit über die Ereignisse am Samstag vor dem Frühstück nachgedacht hatte. Außerdem hatte ich genug davon, mir auszumalen, wie Dom und Deborah Marks und Alessandras Chianti tranken. Als ich es nicht eine Minute länger aushielt, nur tatenlos die Wand anzustarren, schnappte ich mir kurzerhand meine Jacke und nahm Reißaus. Ich fuhr in die Clifton Avenue, stahl mich zur Hintertür rein, schlich am Büro vorbei und traf auf Philip, der vor dem Fernseher eingeschlafen war.

»Lust auf einen Spaziergang?«, fragte ich. Philip wirkte leicht amüsiert, stand aber auf und holte seine Jacke. Ich wollte keinem von der Belegschaft aus dem Pflegedienst über den Weg laufen, daher informierte ich Pete, den Koch, dass wir eine Stunde wegbleiben würden.

Ich hatte das Gefühl, ein Spaziergang würde Philip guttun. War ja nicht so, als hätte man ihn in seinem Zustand ins Fitnessstudio schicken können. Bewegung brauchte er aber trotzdem, und es würde ihm auch nicht schaden, ein bisschen an Gewicht zu verlieren. Außerdem war das eine gute Möglichkeit für ihn, allmählich wieder Kontakt zur Außenwelt aufzunehmen, und auf seine Stimmung würde sich das auch positiv auswirken.

Die schwache Herbstsonne gab sich redlich Mühe, uns zu wärmen, und ich spürte, wie mein Kopf immer freier wurde, je weiter wir gingen. Philip hatte sich bei mir untergehakt, und ich schnatterte sinnloses Zeug vor mich hin. Laurel und Hardy, wie sie Arm in Arm gemeinsam durch den Park schlenderten. Alec hatte an diesem Morgen ganz okay gewirkt, und allem Anschein nach hatte er einen tollen Tag mit Dom verbracht. Während wir so dahinspazierten, ertappte ich mich sogar bei dem Gedanken, dass sein Ausbruch von Samstag absolut verständlich war und nichts, weswegen man Panik schieben müsste.

Wie aus heiterem Himmel war Philip mit einem Mal ganz aus dem Häuschen. Er blieb wie angewurzelt stehen, starrköpfig wie ein Esel, und fing an, sich hin und her zu wiegen und den Kopf heftig zu schütteln, als wäre er in Trance.

»Was ist denn los?«, fragte ich.

Doch er brachte keinen Ton heraus. Er starrte mich einfach nur an mit diesem panischen Ausdruck im Gesicht, ehe er wieder anfing, den Kopf zu schütteln.

»Philip? Was ist denn los?« Und dann sagte ich noch in etwas strengerem Ton, weil ich mir allmählich Sorgen machte: »Philip, was ist? Sieh mich an! Was ist los?« Ich hielt ihn an den Schultern fest und wollte, dass er mich ansah und sich beruhigte. Er aber starrte auf einen Baum ganz in der Nähe, als würden sich unzählige Schlangen daran emporwinden. Ich richtete meinen Blick darauf und versuchte angestrengt darauf zu kommen, was es war, das ihn so aus der Fassung brachte. In dem Moment kam ein kleiner Hund hinter dem Stamm hervorgetrottet. Ich hätte nicht für möglich gehalten, dass Philip noch mehr außer sich geraten konnte, als er eh schon war, aber da hatte ich mich getäuscht. Er begann, wild auf und ab zu springen, während er schrille Schreie ausstieß, die mich irgendwie an einen hysterischen Truthahn erinnerten. Jetzt starrten uns schon Leute an und lachten über uns oder wirkten verstört. Ein kleiner Junge fiel sogar von seinem Fahrrad runter.

»Hör auf, bitte. Philip. Hör auf. Der tut dir doch nichts.« Der Hund war wirklich winzig, im Grunde nicht viel größer als ein Meerschweinchen auf Stelzen. Doch als er jetzt auf uns zusteuerte, stieß Philip einen spitzen Schrei aus wie ein kleines Mädchen und versuchte an mir hochzuspringen, als wäre er Scooby Doo und ich Shaggy. Mit der Wucht von zwanzig Sandsäcken traf er meine Brust, und mit einem dumpfen Aufprall landete ich rücklings auf dem Hintern.

Betreten und ganz außer Atem rappelte ich mich hoch. Doch als ich es auf die Knie geschafft hatte, stürzte Philip sich erneut auf mich und klammerte sich auf mir kauernd an mir fest, sodass ich fast umkippte. Dabei jammerte er mir ins Ohr, und der Hundebesitzer schnappte sich währenddessen sein Hündchen und rannte um sein Leben.

Ich beschloss, dass es das Beste sei, in dieser Position zu verharren, bis wir beide die Fassung wiedererlangt hatten. Ich gab mir alle Mühe, nicht auf die ungefähr zehn Leute um uns herum zu achten, die uns mit offenen Mündern anstarrten und den seltsamen Anblick zu verarbeiten suchten. Leider kam keiner von ihnen auf die Idee, uns seine Hilfe anzubieten oder sich zu erkundigen, ob mit uns alles in Ordnung war. Schließlich gelang es mir, einen Arm frei zu bekommen, und indem ich mein ganzes Gewicht auf den anderen Arm stützte, fing ich an, Philips großen Kopf zu streicheln. Den hatte er jetzt an meine Schulter gebettet und er murmelte: »Alles in Ordnung, mein Liebling.« Und erst da wurde mir klar, dass er mich hatte beschützen wollen vor einer in seinen Augen schrecklichen Bedrohung, als er mich so auf den Boden geworfen hatte. Er war mein Held – eine Art Batman, der das ganze Toastbrot in Gotham City restlos verputzt hatte.

»Also, Philip«, sagte ich schließlich, als ich unter ihm hervorrutschte und mich auf den Hintern setzte. Er starrte an mir vorbei und konzentrierte sich auf einen Punkt in der Nähe. »Du magst wohl keine Hunde.«

Er senkte den Kopf und schüttelte ihn verneinend.

»Wie wollen wir uns denn gegenseitig bei Spaziergängen im Park aufmuntern, wenn du keine Hunde magst?«

Er hörte nicht auf mit dem Kopfschütteln, doch als ich

jetzt anfing zu lachen, tat er es mir gleich. Irgendwann saßen wir einfach nur noch nebeneinander auf dem dreckigen Boden und warteten darauf, dass wir die Kraft fanden, aufzustehen und nach Hause zu gehen.

»Jetzt geh schon endlich, du schrecklicher Junge.«

Nun ging es also auf Klassenfahrt. Alec hatte sich an mir festgeklammert, und ich klammerte mich an ihm fest. Wenn ich als kleines Mädchen nicht zur Schule gehen wollte, hatte meine Mutter immer zwei Tricks in petto, dank derer ich wieder spurte. Zum einen hob sie mich gern am Gummi oben an meiner Wollstrumpfhose hoch und wirbelte mich herum – so viel Spaß hatte ich seither nur noch selten gehabt. Oder sie packte mich einfach an der Hand, ließ mich den Arm ausstrecken und machte dann eine Pumpbewegung. »Ich pumpe dich jetzt mit Liebe voll, dann überstehst du den Tag schon«, sagte sie jedes Mal ganz ernst, und ich stand da und hatte das Gefühl, als wäre ich tatsächlich von Kraft erfüllt und könnte jetzt bis Schulschluss durchhalten.

In dem Moment wollte ich Alec angesichts seines Ausbruchs am Samstag in der Küche am liebsten mit allem vollpumpen, was nötig war, damit er die folgenden fünf Tage überstand dort in Swanage. Andere Jungs drückten sich linkisch rum, und ihren Müttern war klar, dass Umarmungen und Abschiedsküsse völlig indiskutabel waren. Ich war so froh, dass Alec noch nicht der Meinung war, es sei uncool, sich in der Öffentlichkeit von der eigenen Mutter die Luft abdrücken zu lassen. Ich glaube, die längste Zeit, die wir bislang voneinander getrennt gewesen waren, waren die drei Nächte, die Dom und ich auf einem katastrophalen Kurztrip in Prag waren. Damals hatte Dom einen Abszess am Zahn bekommen, weshalb wir das Wochenende in tristen Zahnarztwartezimmern verbracht hatten und mit der Suche nach einem Antibiotikum am Sonntag, wo sämtliche Apotheken geschlossen waren. Und jetzt sollte Alec gleich bis Freitag weg sein – ganze fünf Nächte.

»Gib auf dich acht. Stell nichts Dummes an, und genieß es.« Ich versuchte ihn ein kleines Stück wegzubugsieren von dem Gedränge und flüsterte ihm zu: »Du hast es dir so sehr verdient, mal wieder richtig Spaß zu haben, Alec. Das hast du wirklich. Du warst so tapfer die vergangenen paar Monate, und …«

»Er muss jetzt einsteigen, Mum. Schnell! Sie fahren gleich los!« Luke fiel von der ganzen Aufregung fast in Ohnmacht.

»Schon gut, okay.«

Alec schwang sich die Tasche über die Schulter und wollte davonmarschieren, doch das Ding war offensichtlich viel zu schwer für ihn. Deshalb schaffte er bloß fünf kleine Schritte, ehe er stehen blieb, die Tasche abstellte, kurz durchschnaufte, sie wieder hochstemmte und dann wieder fünf Schritte machte. In dem Moment kam Dom daher, der sich bislang im Hintergrund gehalten hatte, und nahm ihm die Tasche ab. Er strubbelte Alec durchs Haar und ging dann zur Ladeklappe des Busses, um das Gepäck zu deponieren. Ich beobachtete ihn, wie er Alecs Sachen ordentlich verstaute und dann die Rolle des Gepäckeinräumers übernahm, als andere Väter mit den Koffern ihrer Kinder ankamen und sie ihm reichten.

»Ich könnte ja den Bus kapern, Vollgas geben und sie über den Haufen fahren.« Das war Mel, die sich von ihrer Tochter Issie verabschiedete, ebenfalls in Alecs Klasse. »Ich kann echt nicht fassen, dass er sie mit hierhergebracht hat.« Eine

Sekunde lang sah ich sie ratlos an, ehe ich ihrem Blick rüber zu Doms Wagen folgte. Gerade umarmte Alec eine hochgewachsene, schlanke junge Frau mit langen, glatten goldblonden Haaren in Jeans und einer roten Funktionsjacke. Es war Deborah. Dann beobachtete ich, wie sie Alec an den Schultern festhielt und mit ernster Miene auf ihn einsprach. Ich stellte mir vor, wie sie so was sagte wie: »Du hast es dir so sehr verdient, mal wieder richtig Spaß zu haben, Alec. Das hast du wirklich. Du warst so tapfer die vergangenen paar Monate, und dein Vater und ich sind so stolz, wie gut du dich um deine arme, durchgeknallte Mutter gekümmert hast. Aber jetzt hast du endlich mal wieder Zeit für dich.«

Dann stieg Alec in den Bus. Er rollte los, und wir winkten und winkten und winkten. Jess und Luke rannten hinter dem Bus her. Dann war er nicht mehr zu sehen. Bevor Dom in den Wagen stieg, warf er uns über das Dach hinweg noch einen letzten Blick zu und hob die Hand in meine Richtung. Deborah hatte entschlossen auf die Windschutzscheibe gestarrt, als sie losgefahren waren, und ich starrte noch eine Weile auf die Stelle, wo ihr Auto gestanden hatte.

Wir düsten heim zu Mel auf ein spätes Teekränzchen, und sofort sprudelte sie los, voller Entrüstung und Gehässigkeit. Sie war Deborah nie zuvor begegnet, doch schien sie kein bisschen beeindruckt. »Wenn man sich überlegt, dass er nichts Besseres kriegt als diese graue Maus. Ich hatte riesige Titten erwartet, das ist ja wohl das Mindeste. Da kann man es die ganze Zeit kaum erwarten, sie mal zu Gesicht zu bekommen, und dann sieht sie aus wie Peter Crouch.«

»Sie sieht doch nicht aus wie Peter Crouch. Mich erinnert sie an Jodie Foster.«

»Ja, genau, und die ist lesbisch!«

Zu den Gelegenheiten, da ich Deborah getroffen hatte seit der Trennung, war ich jedes Mal überrascht, wie jung sie aussah. Ich wusste ja, dass sie erst neunundzwanzig war, aber trotzdem, jedes Mal, wenn ich ihr leibhaftig begegnete, war es wie ein Schock. Und dabei sah sie so normal aus. Sie sah nicht aus wie eine männerraubende Ehebrecherin. Auf mich wirkte sie eher wie eine ziemlich nette junge Frau, Sorte Outdoortyp, die vermutlich jeden Tag Sport trieb und für einen guten Zweck mehr als nur einmal am London Marathon teilgenommen hatte. Sie war keine Schönheit, aber sie wirkte … nett. Interessierte es sie überhaupt, wie ich aussah? War sie auch nur ein bisschen neugierig auf mich, oder war ich für sie einfach bloß Doms Ex? Oder noch schlimmer, saß sie jetzt in diesem Wagen und dachte bei sich: »Kein Wunder, dass er *die* verlassen hat?«

Als Dom gegangen war, hatte es mir natürlich das Herz gebrochen, doch das noch viel lähmendere Gefühl war die Wut gewesen. Ich konnte vor lauter Wut fast nicht schlafen. Ich konnte nicht essen. Und wenn ich nicht gerade wütend war, dann war ich traurig, verspürte ein schreckliches Verlustgefühl ähnlich dem, als meine Mutter gestorben war – nur dass die Person, um die ich jetzt trauerte, manchmal einfach so am Telefon war und wissen wollte, ob die Rate für die Fahrzeugversicherung bezahlt war oder wann Alec denn seine Klavierprüfung hätte. Und dann kehrte jedes Mal die Wut zurück. Erst richtete sie sich in erster Linie auf Deborah, die böse, durchtriebene Deborah: Lady Macbeth, Lucrezia Borgia, Cruella de Ville. Eine schreckliche, biblische Wut raubte mir die Luft zum Atmen, und ich begann mir Sorgen zu machen, ich könnte plötzlich anfangen zu humpeln oder vergessen, meine Kleidung zu wechseln oder mir die Haare zu waschen oder den Kindern zu essen zu geben; und dass man mich schließlich dabei ertappen würde, wie ich mit einer Flasche billigem Fusel die Kilburn High Road entlangstolperte und Obszönitäten brüllte und Passanten bespuckte, während ich gleichzeitig einen Polizisten vermöbelte.

Als ich sah, wie Deborah, diese schlanke, bemerkenswerte junge Frau meinen Sohn umarmte und nervös am Reißverschluss ihrer Jacke herumspielte, musste ich mich wieder einmal der Tatsache stellen, dass sie vermutlich einfach nur eine unbedarfte und gutgläubige junge Frau war. Und dass es Dom war – mein Dom, der Ehemann, den ich geliebt hatte, seit ich neunzehn war, der Vater meiner drei Kinder – der hier so richtig Scheiße gebaut hatte.

Ich entschied, dass die einzige Sache, die mich davon abhalten konnte, mir zu viele Gedanken Alecs wegen zu machen, das Vorankommen mit Philip war. Ein paar Tage später waren wir oben in seinem Zimmer, und es sollte der Tag werden, an dem wir mit dem Programm Tägliche Waschroutine loslegten. Ich hatte mir überlegt, wir würden uns ganz langsam herantasten und mit Zähneputzen beginnen, uns dann vorantasten zur Rasur und schließlich irgendwann gegen Beginn des nächsten Jahrtausends mit Duschen abschließen.

Ich hatte ihm einen neuen Kulturbeutel besorgt – ein lustig bunt gestreiftes Etwas –, und dazu einen leuchtend roten Waschlappen. Außerdem hatte ich meinen eigenen Kulturbeutel mitgebracht. Mir war bewusst, dass der im Vergleich einen jämmerlichen Anblick bot. Das Plastikinnenfutter war gerissen, sodass eine dünne, senfgelbe Schwammschicht herauslugte. Musste denn in meinem Leben alles Risse bekommen?

Philip stand wieder mal in Unterhemd, Unterhose und Socken vor mir, doch weil es etwas kühl war in seinem Zimmer, schnappte ich mir seinen alten Morgenmantel, der an der Tür hing, und ließ ihn hineinschlüpfen. Während ich nach den beiden Enden des Gürtels tastete und sie ihm vorne über dem Bauch zuband, stellte ich mit Freude fest, dass er bereits ein bisschen abgenommen hatte.

»Na, so was!«, sagte ich. »Gut gemacht, mein Freund. Noch vor ein paar Tagen haben wir den hier fast nicht zugekriegt, und sieh dich jetzt mal an.« Er aß recht gut in der Clifton Avenue, aber allein der Verzicht auf das viele Toastbrot hatte schon eine erstaunliche Wirkung gezeigt. Ich war hocherfreut und klopfte ihm auf das Bäuchlein. »Komm schon, junger Mann, machen wir uns an die Arbeit.«

Ich legte die unbenutzte Zahnseide beiseite, ebenso die vielen Pröbchen für Feuchtigkeitscremes und die längst abgelaufenen Fieberzäpfchen für Kinder, die sich in meiner Kulturtasche eingenistet hatten, und fing mit meiner Vorführung an. Vorsichtig drückte ich Zahncreme auf meine Zahnbürste und erklärte dann Schritt für Schritt mit Schaum vor dem Mund und ständig tropfend, wie man vorging. Philip schien völlig konzentriert und hörte genau zu.

Dann führte ich seine Hände, als wir ganz langsam und vorsichtig alles noch einmal zusammen wiederholten. Einmal musste ich ihn bitten, sich zu setzen, weil er so groß war und ich mich auf die Zehenspitzen stellen musste, was mit der Zeit anstrengend wurde und irgendwie auch lächerlich aussah. Deshalb war ich jetzt in die Knie gegangen und hielt seine Hand, während wir zusammen grobe Auf- und Abbewegungen erst an den oberen Zähnen und dann an den unteren machten. Und dabei redete ich die ganze Zeit auf ihn ein und erklärte ihm, was wir da taten und warum. Ich war überzeugt, dass das alles blendend lief.

Die letzte und entscheidende Phase war erreicht, als er das Ganze alleine versuchen sollte. Ich wies ihn an, sich vor den Spiegel zu stellen, und legte die Zahnbürste und die Zahncreme vor ihn hin. »Na schön«, sagte ich in aufmunterndem Ton, »wollen wir doch mal sehen, was Sie gelernt haben, Mr. Johnston. Jetzt machen Sie das mal allein.« Wie eine nervöse Gastgeberin, die das Büfett auf einer Überraschungsparty präsentierte, trat ich einen Schritt vom Waschbecken zurück und gab Philip ein Zeichen, loszulegen.

Er rührte keinen Finger.

»Komm schon«, sagte ich. »Versuch's mal.«

Nichts. Daher drückte ich die Zahnpasta auf die Bürste, um ihm die Sache zu erleichtern, und hoffte auf ein Wunder. Wieder deutete ich auf das Waschbecken. *Ta-da!* Aber immer noch nichts.

Also fingen wir noch mal von vorne an. Nur dass ich dieses Mal kurz aus dem Zimmer huschte und mir die Zahncreme von einem anderen Bewohner borgte. Vielleicht schmeckte die, die ich besorgt hatte, ja zu sehr nach Minze? Als ich zurückkam, musste ich zu meinem Verdruss feststellen, dass Philip gerade am Ende des Flurs verschwand, und ehe ich ihn aufhalten konnte, ging er auch schon in eine der Toilettenkabinen und schloss hinter sich ab. Er hatte jetzt offenbar andere Dinge im Sinn, und die Erfahrung sagte mir, dass es eine Weile dauern würde.

Na toll, dachte ich bei mir. »Vielen Dank, Rachel. Dieser Nachmittag war wirklich äußerst lehrreich. Was würde ich nur ohne dich tun?« – »Keine Ursache, Philip. Ich tu nur meinen Job …«

Als ich mich später mit Denise über ein Problem mit einem der Trockner unterhielt, fiel mir auf, dass sie immer wieder runter auf meine Brust schaute. Als ich ihrem Blick folgte, entdeckte ich die getrockneten Zahncremespritzer, die über mein T-Shirt verteilt waren wie Vogelscheiße. Betreten zog ich die Strickjacke enger, um die Flecken zu verbergen, doch mir war nicht entgangen, dass sie bereits missbilligend die Stirn krausgezogen hatte.

Den Rest des Nachmittags hatte ich mich von einer Tasse Tee zur anderen gehangelt und so über Wasser gehalten. Ich war mir nicht so sicher, was man von mir erwartete, und wünschte, Rob wäre hier. Dann hätte ich ihn um Rat fragen können Philips Mundhygiene betreffend. Außerdem hätte ich dann wenigstens jemanden zum Reden gehabt, der auf einer Wellenlänge mit mir war. Ich war erleichtert, als die Bewohner allmählich heimkehrten und wir endlich zum Abendessen übergehen konnten.

Es wurde lebhaft debattiert über die Frage, ob Theresas Schwester auf der Halloweenparty des Heims neulich gewesen sei oder nicht. Theresa war eine der Bewohnerinnen, die ich am liebsten mochte; sie war warmherzig und witzig, und sie hatte einen ziemlich ruppigen Ton an sich.

»Du«, sagte Theresa gerade zu einem Mitbewohner, Stewart, wobei sie mit dem Messer in seine Richtung fuchtelte, »liegst so was von daneben. Linda war da, und sie hatte die Jungs dabei, weil Matthew nämlich Draculazähne drin hatte.«

»Nein«, widersprach Stewart entschieden und nahm einen großen Bissen von dem Fischauflauf. Theresa war Sophies beste Freundin, und Sophie war Stewarts Freundin, daher gab es ein ständiges Gezanke zwischen den zwei Parteien.

»Hörst du das, Rachel? Er sagt ›Nein‹, so als wüsste er besser als ich, ob meine Schwester auf der Party war oder nicht! Das ist doch wirklich unglaublich! Du, Stewart, schießt echt den Vogel ab.«

Philip saß mit am Tisch, daher versuchte ich ihn dazu zu ermutigen, sich am Gespräch zu beteiligen. »Tja, Philip und ich sind im nächsten Jahr das erste Mal dabei. Wird da wild gefeiert auf dieser Party?«

»Gruuuuselig!«, sagte Sophie, glücklich darüber, dass das Gespräch auf ein anderes Thema kam.

»Werden wir uns verkleiden müssen?«

»Oooh ja! Gruuuuselig!«

»Magst du Halloween?«, fragte ich mit einem Blick auf Philip. Der lächelte aber nur und schüttelte leicht den Kopf. Er redete jetzt etwas mehr, doch benutzte er ausschließlich irgendwelche Phrasen, die seine Mutter offenbar gern verwendet hatte. »Ich hab dich im Auge!«, sagte er zum Beispiel gut gelaunt oder »Gleich gibt's Ärger!«, aber viel mehr gab er nicht von sich.

»Wann hast du denn Geburtstag, mein Großer?«, wollte Theresa wissen. »Weil wir dann eine fette Party feiern müssen, nicht wahr, Rachel?« Ich hätte sie küssen können dafür, dass sie ihn mit einzubeziehen versuchte, doch wieder schüttelte er bloß den Kopf, senkte den Blick und lächelte nur vor sich hin.

»Sehr gute Idee, Theresa«, sagte ich. »Darüber müssen wir noch reden.«

»Eine Party darf man nur feiern, wenn Denise sagt, dass es okay ist«, meinte Stewart selbstgefällig, »oder wenn die Familie einen abholt und dafür bezahlt.« Stewarts größtes Problem war, dass er ein starker Epileptiker war, dessen Anfälle man gerade so unter Kontrolle hatte. Die Folge war, dass die Medikamente, die er einnehmen musste, ihn total mitnahmen und er ständig müde war und quälend langsam sprach und sich auch so bewegte. Trotz allem konnte er noch ganz schön nerven, wenn er wollte, und er erinnerte gern alle rund um die Uhr daran, wie die Regeln lauteten. Am liebsten aber machte er das bei neuen, unerfahrenen Angestellten.

»Ich bin mir sicher, dass wir eine Lösung finden werden«, sagte ich.

»Ooh ja!«, rief Sophie. »Hoffentlich ist das gleich morgen!«

Zwar achtete die Belegschaft in der Clifton Avenue streng auf Sophies Ernährung, aber sie durfte jedes Wochenende heim, und ihre Mutter stopfte sie immer derart voll, dass sie inzwischen kugelrund war. Angeblich waren ihre Eltern von einem Ernährungsberater unterstützt worden, der auf das Downsyndrom spezialisiert war. Aber ihre Mutter war wohl der Ansicht, dass die arme kleine behinderte Sophie es im Leben doch eh schon schwer genug hatte, weshalb ein paar Süßigkeiten, das gelegentliche Sandwich plus Pommes und ab und an eine Literflasche Fanta ihr einziger Quell der Freude waren. Die Tatsache, dass Sophie ein intakteres Sozialleben hatte als ich – dienstagabends ging sie zum Bowlen mit MENCAP, dem Wohltätigkeitsverein, sie nahm jede Woche im Tageszentrum an Salsakursen, Zumbastunden und anderen kostenlosen Angeboten teil, und sie hatte einen Freund! –, schien ihrer Mum entgangen zu sein. Was allerdings auch nicht ankam bei ihr, war das Problem, dass ihre Lebensqualität zunehmend auch durch ihre Fettleibigkeit beeinträchtigt wurde.

Ihre Mum war schon etwas älter und hatte Sophie, das

letzte von fünf Kindern, erst mit Mitte vierzig bekommen. Folglich war Sophie immer das Baby geblieben, und ihre Mutter liebte sie über alles und steckte sie am liebsten in hübsche rosa Kleidchen. Das sah allerdings alles andere als gut aus. Wir hier in der Clifton Avenue zogen ihr dann meist bequeme Erwachsenenkleidung an, weil wir ihr ihre Würde zurückgeben wollten. Doch ihre Mum verlegte diese Kleidungsstücke jedes Mal auf mysteriöse Weise, wenn sie am Wochenende daheim war. Und dann brachte sie sie wieder zurück ins Heim mit Rüschensocken an den Füßen. Außerdem mussten wir jedes Mal ihre Taschen nach Schokolade und Süßigkeiten absuchen, und davon fanden wir immer Unmengen, verborgen in irgendwelchen Geheimverstecken in ihrer Jacke oder auch in den zusammengelegten Socken.

Denise sprach meist recht geringschätzig von Sophies Familie, doch bestand kein Zweifel daran, dass sie ihre Tochter über alles liebten. Sie mochten vielleicht nicht alles richtig machen, aber zumindest gingen sie selbst davon aus, dass sie nur das Beste für sie taten und dass sie geliebt wurde und bei ihnen sicher war. Tatsächlich wurde sie von der Hälfte der anderen Bewohner zutiefst beneidet, weil deren Familien sie schon vor Jahren aufgegeben hatten.

Ich hatte Dienst zusammen mit Lucy, einer alleinerziehenden Mutter, deren zerbrechlich wirkende dürre Beine in dicken schwarzen Strumpfhosen mit lila Schnörkeln steckten, dazu trug sie Doc Martens. Auch Haare und Make-up waren eher gewöhnungsbedürftig. Sie hatte immer ganz dick schwarzen Eyeliner aufgetragen, und das Haar stand ihr büschelweise vom Kopf ab. Der Gesamteffekt war eine Mischung aus Siouxsie Sioux und wütendem Chihuahua. Sie hatte leider keine Zeit für mich.

»Hier ist sie ja! Hier ist Lucy!«, trällerte Sophie. »Oooh Lucy, du siehst ja wieder piekfein wie ein Pudel aus heute.« Ein Kompliment von Sophie setzte sich stets zusammen aus einem Adjektiv, kombiniert mit irgendwas aus dem Tierreich, nur dass die Verbindung nicht immer gleich offensichtlich war. »So hübsch wie ein Pony!«

»Vielen Dank, Sophie. Rachel, eigentlich sollten wir mit dem Abendessen um sechs fertig sein, jetzt haben wir es schon zehn nach.«

»Sorry, ja, tut mir leid.« Wie wild fing ich an, Geschirr abzuräumen.

»Lass das die Leute selbst machen. Wir sind nicht ihre Dienstboten.«

»Nein, bloß wenn wir zu spät dran sind …« Doch sie war bereits weitergegangen. Ich fühlte mich völlig hilflos. Daher stieß ich einen tiefen Seufzer aus und verdrehte die Augen, als ich Philips Blick begegnete. Hatte ich in ihm einen Verbündeten gefunden? Doch er schaute schon wieder runter auf seine Hände.

Als es an der Tür klingelte, war ich froh, so wenigstens eine sinnvolle Aufgabe zu haben. Philips Betreuerin, Ruth, stand auf der Schwelle. Sie hatte einen Karton dabei und sagte etwas von wegen, sie habe noch vier weitere im Wagen. Ich war schockiert zu hören, dass Philips Mutter an diesem Tag beerdigt worden war. So schockiert, dass ich völlig vergaß, Ruth darüber auszufragen – ihr war wohl nicht in den Sinn gekommen, dass Philip vielleicht gern mit dabei gewesen wäre. Sie erklärte mir ganz ungerührt, dass das Haus seiner Mutter jetzt zum Verkauf stand. Eine Nachbarin habe ihr beim Ausräumen geholfen und ein paar Dinge zur Seite gelegt, von denen sie glaubte, Philip würde sie haben wollen.

Ich schaffte die Kisten hoch in Philips Zimmer. Sie wirkten irgendwie verloren inmitten der trostlosen Leere, die dort herrschte. Ich ging runter, um Philip zu holen, und überlegte mir, dass wir uns eine Stunde mit Auspacken beschäftigen und dann für eine etwas gemütlichere Atmosphäre in seinem Zimmer sorgen konnten. Vielleicht brachte ich ihn sogar dazu, mit mir zu reden. Gehorsam folgte er mir, aber nichts deutete darauf hin, dass er die Sachen in den Kisten erkannte. Ich hatte gehofft, es würde vielleicht ein Foto von ihm dabei sein, als er jünger war, oder eines von ihm und seiner Mum. Doch da fand sich nur eins von einem Mädchen um die fünfundzwanzig, das in einem Regenmantel am Strand stand. Es musste ein kalter, feuchter Tag gewesen sein, und trotzdem lächelte sie ein breites Zahnpastalächeln und winkte blinzelnd in die Kamera.

»Ist das deine Mum?«, erkundigte ich mich. Doch Philip sah mich einfach nur ausdruckslos an und stand da, die Hände verschränkt und leicht auf den Fersen vor und zurück wippend.

»Ach du liebe Güte, sieh an!« Ich brachte ein gestricktes Stofftier zum Vorschein, das wohl irgendwann mal ein niedliches kleines Häschen gewesen war. Ich zeigte es Philip, doch er starrte mich nur an. Also zog ich weiter gelangweilt Sachen aus den Kisten und verteilte sie über den Raum, wobei ich die ganze Zeit vor mich hinplapperte. Eine Antwort erhielt ich allerdings nie. Schließlich ging ich wieder nach unten, um mir eine Tasse Tee zu machen und um zu fragen, ob Lucy mich vielleicht brauchte, während ich Philip nach seinem Schlafanzug suchen ließ.

Ich bot Lucy an, ihr auch eine Tasse zu machen, in der Hoffnung, so eine Beziehung zu ihr aufzubauen.

»Ist es okay, wenn ich die Tassen hier nehme?«, fragte ich, quasi um das Eis zu brechen.

»Jep.«

»Oh, super.« Ich betrachtete die etwa zehn verblichenen, unappetitlichen Becher, die so aussahen, als würden sie den Tee in ekliges Dreckwasser verwandeln, sobald er damit in Berührung käme. Ich suchte mir die am wenigsten eklige aus.

»Ist die okay?«

»Ich hab doch gesagt, du kannst sie alle benutzen.«

»Ach so, ja … Wie lange arbeitest du schon hier?«

»Zwei Jahre. Die Gemeinde finanziert mir nächstes Jahr mein Diplom als Sozialarbeiterin.«

»Ach, wie toll.« Wieso fiel mir jetzt bloß rein gar nichts ein? »Rob meinte, du hättest eine Tochter. Wie kriegst du denn das hin, Familie und Beruf und alles?«

»Meine Mum hilft mir. Ich fang mit der Medikamentenrunde an. Sieh du zu, dass Philip keinen Unsinn macht. Er schafft das noch nicht wirklich allein, sich bettgehfertig zu machen, verstehst du?«

»Ja, klar, ich weiß. Ich wollte ihm nur ein paar Minuten gönnen, um sich an sein Zimmer zu gewöhnen, wo doch jetzt seine alten Sachen da sind.« Ich gab mir alle Mühe, nicht angepisst zu klingen. »Ich weiß schon, dass er Hilfe braucht beim Zubettgehen.« Rasch eilte ich aus der Küche und hatte wieder mal das Gefühl, dass man mich zu Unrecht gerügt hatte. Mir war ja klar, dass Philip Hilfe benötigte, daran brauchte man mich nicht zu erinnern. Dann drehte ich mich um, und nur um mir wenigstens ein kleines Fünkchen Respekt von Lucy zurückzuerobern, sagte ich noch: »Ruth hat mir erzählt, dass die Beerdigung der Mutter heute war. Ich wünschte, jemand hätte mir was davon gesagt, dann hätte ich ihn begleitet.«

»Oh, er war gar nicht dort«, meinte Lucy. »Denise fand es keine so gute Idee, und seine Betreuerin hatte was anderes zu tun.« Sie machte ein triumphierendes Gesicht.

Als ich wieder nach oben kam, war Pilip immer noch angezogen und stand mitten im Zimmer, nur dass er jetzt einen hübsch verzierten, mintgrünen Teller umklammert hielt. Darauf stand in schnörkeligen Buchstaben:

PHILIP: von Griechisch Philippos, was »Pferdeliebhaber« bedeutet.

Stark und entschlossen. Der geborene Anführer.

Idealistische Natur mit dem Bedürfnis, anderen zu helfen.

Abkürzung: Phil.

Namensvetter: Seine königliche Hoheit, Herzog von Edinburgh, Prinz Philip.

»Ich wette, den hat dir deine Mum geschenkt. Ist es so?«

Er nickte. Ich versuchte ihn ihm abzunehmen, doch er ließ nicht locker. Auch wenn sein Gesicht keinerlei Regung zeigte, entging mir nicht, dass seine große, weiche Hand zitterte, als ich sie berührte. Daher strich ich leicht mit dem Knöchel darüber.

»Würdest du gern noch mal in die Wohnung gehen? Nur du und ich, dann sehen wir nach, ob da noch etwas ist, das du gerne behalten würdest? Irgendwelche Fotos? … Ein Brotkasten?«

Er lächelte nun wieder dieses nette, liebevolle Lächeln, schüttelte aber den Kopf.

»Also gut«, sagte ich, »machen wir dich fertig fürs Bett.« Er reichte mir den Teller, machte aber keine Anstalten, sich auszuziehen, weshalb ich weiter seine Hand streichelte. Ich staunte angesichts der Trauer und des Verlusts, die dieser Mann empfunden haben musste, und doch konnte er diesen Gefühlen keinen Ausdruck verleihen oder sie mit mir oder sonst jemandem teilen. Ich fühlte mich hilflos und irgendwie nutzlos in der Clifton Avenue, doch verglichen mit Philip war das hier ein Spaziergang für mich. Wie sehr er sich wünschen musste, die Uhr auf magische Weise zurückdrehen zu können in eine nicht allzu ferne Vergangenheit; als er noch geborgen und in Sicherheit war und bei seiner Mum lebte, wo alles den Anschein machte, als würde es für immer so bleiben.

»*Hier* stecken Sie, Rachel!« Die Tür schwang auf, und Denise kam ins Zimmer gerauscht. »Lucy ist unten und verteilt ganz allein die Medikamente! Ich wollte eigentlich nur kurz reinschauen und den Dienstplan vorbeibringen. Sie werden dort unten gebraucht. Es gibt noch zweiundzwanzig andere Bewohner in diesem Heim, und auch wenn ich weiß, dass Sie in erster Linie für Philip verantwortlich sind, ist er doch nicht der Einzige.«

»Ja, selbstverständlich. Wir haben nur ein paar von seinen Sachen ausgepackt.«

Sie wirkte ein wenig verärgert, war aber nicht unfreundlich. »Nun, dafür ist jetzt wirklich keine Zeit. So was sollte eigentlich erledigt werden, während die anderen im Tageszentrum sind. Sie könnten ihn mal mit zu sich nach Hause mitnehmen, wenn Sie sich mit Innendesign befassen wollen.« Sie tat ja recht geduldig, war aber offensichtlich ziemlich enttäuscht von mir.

»Tut mir leid. Das wusste ich nicht. Ich komme gleich runter, sobald Philip seinen Schlafanzug anhat.«

»Na gut, dann sehen wir uns gleich unten. Bitte beeilen Sie sich.«

Sie verließ das Zimmer, und sofort holte ich ganz tief Luft, sonst hätte ich noch vor lauter Wut Philips geliebten Teller gegen die Wand gepfeffert.

Jetzt streichelte er ganz leicht über meine Hand. »Gleich gibt's Ärger«, sagte er.

Als ich das Büro betrat, sprangen Lucy und Denise auseinander wie ein Liebespaar, das man in flagranti erwischt hatte. Wie es aussah, hatten sie sich über mich unterhalten. Denise nickte kaum merklich mit dem Kopf, woraufhin Lucy sich dezent zurückzog.

»Rachel«, sprach Denise mich förmlich an. »Wir müssen Sie jetzt allmählich mal wachrütteln, wie es scheint. Wenn Sie Dienst haben, hat es oberste Priorität, dass der Abend glatt verläuft. Kümmern Sie sich nicht allzu sehr um die Bewohner. Wir sind hier, um ihnen das Leben so weit zu erleichtern, dass sie es schaffen, ein weitestgehend unabhängiges Dasein zu führen. Wir behandeln sie nicht wie Kleinkinder.« Ihr Ton wurde etwas weicher. »Ich weiß, wie leicht man sich dazu verleiten lässt, etwas mehr zu tun als nötig, doch auf lange Sicht ist es das Schlimmste, was Sie machen können.«

»Ja, klar, ich weiß, nur …«

»Sie haben nicht die Zeit, um auf die individuellen Bedürfnisse sämtlicher Bewohner einzugehen. Die Gottlosen haben keinen Frieden, Rachel – wir müssen das Abendessen über die Runden bringen, die Medikamente verteilen und dann alle auf ihre Zimmer und ins Bett schaffen. Doch vor allen Dingen müssen wir den Kollegen unter die Arme greifen, mit denen wir zusammen Dienst haben.«

»Ich weiß. Tut mir wirklich leid. Ich gebe ja zu, dass ich heute Abend ziemlich viel Zeit auf Philip verwendet habe.«

»Ich habe die Befürchtung, dass Philip vorerst vielleicht doch noch ein bisschen zu viel ist für Sie. Lucy meinte, Sie hätten ihn gern zu der Beerdigung begleitet. Ich fand das ganz und gar nicht angemessen. Können Sie sich vorstellen, wie verstörend das auf ihn gewirkt hätte?« Sie biss sich auf die Lippe. »Ich weiß nicht … Denken Sie denn, dass Sie das packen, weiter die Verantwortung für Philip zu übernehmen?«

Ich gab mir alle Mühe, zuversichtlich zu klingen und von mir selbst überzeugt. »Ich denke, mit der richtigen Unterstützung und Anleitung kriege ich das hin. Ich fände es schade, ihn jetzt so enttäuschen zu müssen.«

»Ihn enttäuschen?« Das fand sie wohl witzig, doch dann sagte sie ganz sanft: »Er weiß doch noch nicht mal, welchen Wochentag wir haben.«

»Ich bin ja noch ganz am Anfang mit ihm, ich glaube, wir müssen uns beide erst mal an all das gewöhnen …«, erwiderte ich schwach.

»Tja, ich werde mit Rob reden müssen, möglicherweise müssen wir das alles noch mal überdenken. Okay?«

Es war mir bislang nicht bewusst gewesen, aber Philip war das Einzige, das mich hier in der Clifton Avenue anspornte, das Einzige, das mich überhaupt anspornte weiterzumachen, Punkt. Er gab mir das Gefühl, dass ich trotz allem, trotz der Nervenzusammenbrüche, der kleinen Bettnässer zu Hause, eines mürrischen Au-pair-Mädchens und eines abwesenden Ehemannes nicht ganz nutzlos war. Ich konnte die Vorstellung nicht ertragen, jemand anderer könnte sich um ihn kümmern, und ich würde mit jemand anderem wieder ganz von vorne anfangen müssen. Von alldem konnte ich Denise gegenüber nichts sagen, die mich jetzt mit schmalen, verkniffenen Lippen und geneigtem Kopf ansah wie ein beleidigter Kakadu. Ich wünschte, der liebe Rob wäre hier zu meiner Verteidigung, weil er der Einzige war, der daran glaubte, dass ich Philip helfen konnte.

»Nun, halten Sie mich bitte auf dem Laufenden«, meinte ich noch schwach.

»Oh, ich halte Sie garantiert auf dem Laufenden«, erwiderte Denise mit einem verkniffenen Lächeln.

Oh nein, klingelte da wirklich das Telefon? Wo war es? Es steckte nicht in der Station neben dem Bett. Ich richtete mich auf und sah mich um. Irgendwo klingelte ein Telefon. Es war zwei Uhr zweiunddreißig, mitten in der Nacht. Dann verstummte das Geräusch.

Kurz darauf fing mein Handy an zu klingeln. Unten in der Küche, vermutlich in meiner Tasche, aber ich konnte es gerade noch hören. Hastig stieg ich aus dem Bett, und mit einem Mal überkam mich ein Anflug echter Besorgnis. Bis ich es in die Küche schaffte, hatte das Handy auch schon wieder aufgehört zu klingeln, und fast sofort meldete sich wieder das Festnetztelefon. Ich hatte es auf der Treppe liegen lassen.

»Hallo?«

»Rachel?« Es war Dom. »Warum gehst du nicht ans Handy? Ich bin's. Hör zu, ich hab gerade einen Anruf von Mr. Peters aus Swanage erhalten. Wie es aussieht, ist Alec verschwunden.«

Mich packte die Panik. »Wie? Was meinst du damit, verschwunden?«

»Beim Abendessen scheint was vorgefallen zu sein, seither hat ihn keiner mehr gesehen.« Doms Stimme klang angespannt, ich hatte den Eindruck, es fehlte nicht viel, und er wäre vor Panik durchgedreht. »Sie haben vor etwa zwei Stunden in seinem Bett nachgesehen, doch er war nicht mehr da. Dann suchten sie das gesamte Gelände ab. Sie denken, er ist abgehauen.«

»Abgehauen? Wohin denn? Oh nein, verdammt, Dom. Wie lange wird er denn schon vermisst? Jetzt ist es halb drei Uhr früh.«

»Bin mir nicht sicher. Jedenfalls lange genug, dass sie sich Sorgen machen. Hör zu, ich fahr jetzt da runter, und dann meld ich mich wieder, sobald ich was weiß.«

Ich versuchte einen klaren Gedanken zu fassen. Auf keinen Fall würde ich einfach hier sitzen und auf Nachricht warten. »Ich komm mit«, sagte ich kurz entschlossen.

Rasch rannte ich zu Marlenes Zimmer und hämmerte gegen die Tür. Keine Antwort. Sie musste bei ihrem Freund sein. Ich würde die anderen beiden zu Mel bringen müssen, dann konnte Dom mich dort abholen.

Also weckte ich die Kleinen und zog mir einen Pullover über den Schlafanzug. Meine Hände zitterten so sehr, dass ich die Schlüssel fast nicht ins Zündschloss bekam. Auch meine Beine bebten, als ich versuchte loszufahren und mich möglichst normal zu verhalten. Ich wollte, dass Luke und Jess das alles hier als lustiges Abenteuer betrachteten, Übernachtung bei Mel inklusive. Und ich redete mir sogar ein, dass Alec vielleicht schon wieder aufgetaucht war, sobald wir bei ihrem Haus ankamen.

Mel meinte nur: »Ihm geht's gut. Das weiß ich. Irgendwann denkst du an das hier zurück und lachst darüber.« Wie auch immer die Sache ausging, eins war mir klar: Nämlich dass ich nie und nimmer darüber lachen würde.

Dom und ich fuhren also nach Swanage, von der Frauenstimme des Navi gelotst, die mit eisiger Ruhe sagte: »An der nächsten Kreuzung biegen Sie rechts ab. Nehmen Sie die erste Ausfahrt«, während unsere Gedanken sich überschlugen. Es gelang uns nicht, uns gegenseitig Trost zu spenden. Wir saßen einfach nur schweigend da – schreckliche Albtraumszenarien spulten sich in unseren Köpfen ab.

Doms Handy klingelte. Ich ging ran. Bitte, bitte, mach, dass alles gut ist.

»Hallo?«

»Hallo, spricht da Mrs. Bidewell?«

»Ja, ja, ich bin's.«

»Sergeant Travis am Apparat, ich gehöre zu den Beamten, die nach Alec suchen.«

»Ja? Ist er wieder aufgetaucht?«

»Nein, noch nicht, aber wir geben unser Bestes. Hören Sie, es scheint nicht ganz klar zu sein, was er an Kleidungsstücken trägt. Können Sie uns sagen, was für eine Jacke er anhat? Wir müssen eine Personenbeschreibung herausgeben, doch die Lehrer sind sich nicht ganz sicher.«

In meinem Gehirn herrschte Leere. Dann rief ich mir in Erinnerung, wie er die Treppe in den Bus hochgestiegen war, wie er sich schüchtern umgedreht hatte, um uns zuzuwinken, wie er es sich verkniffen hatte, breit übers ganze Gesicht zu grinsen. »Er trägt eine marineblaue Fleecejacke mit einem Reißverschluss vorne … und mit Kapuze. Und eine Regenjacke. Eine dunkelgrüne Regenjacke mit Military Print … von Millets.«

»Na schön, das hilft uns schon mal weiter. Sind Sie auf dem Weg hierher, Mrs. Bidewell?«

»Ja, wir sollten etwa in einer Stunde bei Ihnen sein.«

Dom warf ein: »Frag ihn, wo das ist. Frag nach, wo wir hinmüssen.«

»Können Sie mir die genaue Adresse durchgeben? Wir haben keinen Schimmer, nur dass es irgendwo in Swanage ist. Ich hab die Adresse irgendwo, aber ich bin aus dem Haus ohne meine …«

»Ja, selbstverständlich. Einen Augenblick bitte …«

Ich versuchte die Daten ins Handy einzugeben, hatte aber keinen Schimmer, wie das ging. Als ich aus Versehen auf eine rote Taste kam, schaltete das verdammte Ding sich aus. Dom versuchte die Straße im Auge zu behalten, während er es wieder anstellte, und dabei fluchte er die ganze Zeit leise vor sich hin. Er hieb auf die Tasten ein, woraufhin es wieder aufleuchtete, nur dass es sofort wieder ausging. Daher beugte er sich ein wenig rüber, um sich genauer anzusehen, was da los war. Als sein Blick sich wieder zurück auf die Straße richtete, riss er das Lenkrad plötzlich ruckartig herum, sodass der Wagen wieder abdrehte vom befestigten Mittelstreifen, der nur noch Millimeter entfernt war. Ein kleiner Van musste hart bremsen, um nicht in uns reinzudonnern, und wieder kam der Wagen ins Schleudern und schoss raus aufs Bankett. Dann kamen wir ruckelnd und schlitternd zum Stehen, sodass es uns fast den Magen umdrehte.

Das Handy war zu Boden gefallen. Ich hob es auf und hörte, wie Sergeant Travis immer noch versuchte, mir die Postleitzahl mitzuteilen. Ich reichte das Telefon an Dom weiter, dann barg ich mein Gesicht in den Händen. Wenn Alec irgendwas zugestoßen ist, so dachte ich noch, bringe ich mich um.

Als wir ankamen, parkten wir den Wagen vor einem Gebäude, das nach einem riesigen, weitläufigen Schulkomplex aussah. Alles war dunkel, kein Mensch zu sehen weit und breit, und wir hatten keinen blassen Schimmer, wo wir hinsollten, daher kehrte Dom um und wendete den Wagen. Schließlich trafen wir auf der Rückseite des Hauptgebäudes auf ein Szenario, das an das Filmset eines Low-budget-Katastrophenfilms erinnerte. Sergeant Travis kam raus, um uns zu begrüßen, und machte uns mit zwei weiteren Polizeibeamten bekannt, die offenbar ebenfalls hier verantwortlich waren. Man hatte spezielle Leuchten aufgestellt, deren greller Schein uns schwindelig machte. Da die Männer mit dem Rücken zum Licht standen, konnte ich ihre Gesichter nicht richtig ausmachen, und die Lautstärke der Generatoren erschwerte es uns zu verstehen, was sie sagten. Es nieselte ganz leicht und war bitter kalt, und ich ärgerte mich, dass ich mich nicht entsprechend gekleidet hatte. Dom rannte noch einmal zum Wagen und kehrte mit zwei dicken Fleecejacken und einer wasserdichten Picknickdecke zurück. Ich schlüpfte dankbar in Deborahs Fleecejacke und hüllte mich in die Decke, doch ich hätte mich genauso gut mit einem Taschentuch zudecken können, so kalt war mir. Über all das Rufen und hektische Treiben hinweg hörte man das Meer und die riesigen Wellen, die sich unweit am Strand brachen. Wir wurden allen möglichen Leuten vorgestellt, und ich beneidete jeden Einzelnen um seine Entschlossenheit und seine Aufgaben. Ich wollte, dass irgendeiner von ihnen mir ebenfalls etwas zu tun gab, irgendwas, doch man behandelte uns wie Trauernde bei einer Beerdigung.

»Machen Sie sich nicht zu viele Sorgen«, sagte eine Polizistin wieder und wieder zu mir, und am liebsten hätte ich gelacht und wäre an den Strand gerannt und dort auf und ab gelaufen, Alecs Namen rufend. Ein paar von den Lehrern kamen mir vage bekannt vor, doch ich konnte nicht verstehen, wieso sie betreten hier herumstanden, wo sie doch genauso gut auch hätten suchen können. Dann aber wurde mir klar, dass die Polizei derart entschlossen und geschäftig bei der Sache war, dass man das Gefühl bekam, nur im Weg zu sein, selbst wenn man hätte helfen wollen. Doms Gesicht war fahl, und sein Mund wirkte seltsam angespannt. Ich konnte genau sehen, dass er sich genauso nutzlos vorkam wie ich und ebenso verzweifelt war, und am liebsten hätte ich den Arm um ihn gelegt und seine Hand gedrückt, doch ich brachte es nicht über mich.

Dann kam jemand, der einen recht offiziellen Eindruck erweckte, und bemühte sich, uns ein bisschen Mut zu machen. Man suchte den Strand ab, die Dünen, die Straßen, den Bahnhof, die Busstation, die Klippen. Die Polizei schien überall ihre Leute zu haben. Ich war hin- und hergerissen. Einerseits war ich unendlich dankbar, dass man die Sache offenbar sehr ernst nahm, andererseits war ich entsetzt, als wie schwerwiegend man die Situation einschätzte. Fast hatte ich schon gehofft, wir würden bei unserer Ankunft einen einzigen Polizisten auf einem Fahrrad vorfinden, der uns erklärte, so was käme öfter vor, Alec wäre bis zum Frühstück sicher wieder zurück. Alle waren sich darin einig, dass es die Suche erheblich erleichtern würde, wenn es erst mal dämmerte. Dann würde man auch noch mit Helikoptern und

Booten suchen, zum einen weil sie bei Tag effektiver waren, zum anderen weil Alec dann schon seit längerer Zeit vermisst würde und man deshalb die Suche automatisch ausweitete.

Alles, was uns jetzt zu tun blieb, war, in die Dunkelheit hineinzublinzeln jenseits unserer kleinen Welt, in der die einen zitterten, die anderen hektisch hin- und herliefen. Jemand reichte mir eine Tasse Tee, an der ich mir beim ersten Schluck den Mund verbrannte. Jetzt stand ich vor dem Gebäude, hielt die Tasse umklammert und blies mit brennenden Lippen in die heiße Flüssigkeit. Mr. Peters, einer von Alecs Lehrern, erzählte gerade, dass es nach dem Abendessen eine kleine Auseinandersetzung gegeben habe, dann aber alle glücklich und zufrieden auf ihre Zimmer gegangen seien. Um Viertel nach neun habe er noch mal bei allen vorbeigeschaut, doch als Alec nicht in seinem Bett lag, war er davon ausgegangen, dass er zur Toilette gegangen sein musste. Er hatte bei seinen Zimmergenossen nachgefragt, und die hatten dies bestätigt. Inzwischen war es fünf Uhr früh. Alec war somit wohl seit fast acht Stunden verschwunden. Und es war so dermaßen kalt. Mr. Peters erweckte den Eindruck, als würde er sich große Sorgen machen um den verschwundenen Jungen, der in seiner Obhut gewesen war, doch ebenso verzweifelt versuchte er, jegliche Schuld von sich zu weisen.

Dom behalf sich, indem er unzählige Fragen zum zeitlichen Ablauf und dem Vorfall nach dem Abendessen und wer daran beteiligt war stellte und sich nach den Wetterprognosen für den kommenden Tag erkundigte.

Es fühlte sich an, als laste mir ein gewaltiges Gewicht auf den Schultern, das mich daran hinderte, etwas zu sagen, geschweige denn normal zu atmen. Ich war dankbar, dass in diesem Stadium keiner mehr versuchte, das Ganze herunterzuspielen, keiner mehr behauptete, alles würde gut werden. Stattdessen widmete man sich einfach nur seinen Aufgaben und ließ mich von einer weiblichen Beamtin mit Tee versorgen. Wo steckst du, Alec? Was auch immer geschehen ist, alles wird gut. Ich hoffe, du bist okay. Wir kriegen das schon hin. Doch wo zur Hölle steckst du?

Die Polizei schien sehr erpicht darauf, genau festzustellen, wie er sich aus dem Staub gemacht hatte. Hatte er das Ganze geplant? Hatte er seine Tasche gepackt? Hatte er sich mit Lebensmitteln aus der Küche versorgt? Und wenn ja, hoffte man, er würde versuchen, irgendwo per Anhalter mitzufahren, obwohl mich bei diesem Szenario die Vorstellung beunruhigte, er könnte entführt worden sein.

Allein bei dem Gedanken hätte ich am liebsten laut losgeschrien. Wir wurden gebeten, uns die Sachen anzusehen, die er in seinem Zimmer zurückgelassen hatte, und mir kam es so vor, als würde nichts fehlen. Seine Tasche war da, die schmutzigen Socken und Unterhosen und das *Top-Gear*-Magazin, das ich ihm für die Klassenfahrt gekauft hatte. Alles war übers Bett verteilt. Nein, dieser kleine Junge hatte nicht vorgehabt abzuhauen – weil dieser kleine Junge nämlich seinen Schlafanzug anhaben musste. Die Fleecejacke mit der Kapuze hing über der Stuhllehne, auf dem auch seine Regenjacke lag, noch unberührt und gefaltet und in der kleinen, dazugehörigen Tasche verstaut.

In Artikeln zu Themen wie diesem in irgendwelchen dämlichen Frauenmagazinen liest man immer: »Es fühlte sich alles so unwirklich an. War wie ein schrecklicher Albtraum; einer, aus dem ich nicht aufwachen konnte.« Und so war es. Ganz genau so fühlte es sich an. In demselben Artikel würde dann stehen: »Man hält es nie für möglich, dass so was einem selber passieren könnte, nicht wahr?« Und dann dachte ich immer: »Tja, eigentlich kann ich mir das schon gut vorstellen, doch.« Ich denke sowieso dauernd, dass was Schlimmes geschehen könnte. Dass man eins meiner Kinder entführt oder es in die Luft gejagt wird oder ertrinkt. Dom meinte mal, ich würde mir viel zu viele Gedanken machen, solle nicht so neurotisch sein, doch jetzt stellte sich raus, dass ich recht behalten hatte. Elf Jahre der Sorge, die in einer einzigen Nacht ihre Berechtigung fanden.

Ich hatte jegliches Zeitgefühl verloren. Immer wieder sah ich auf die Uhr. In der einen Minute fühlte es sich an, als wären drei Stunden im Nu vergangen, ohne dass ich es mitbekommen hätte, und als hätte sich die ganze Situation dramatisch verschlimmert, während die Zeit sich in einem schrecklich zähen Fluss fast unmerklich vorübergeschoben hatte; und in der nächsten hatte man das Gefühl, als würde die Zeit sich rückwärts drehen. Es konnte doch nicht ernsthaft erst zehn nach sechs sein, oder? Vor etwa einer Stunde war es doch schon fünf nach sechs gewesen.

Als es endlich hell wurde, war ich erleichtert, mich endlich an der Suche beteiligen zu dürfen. Wir sollten alles noch mal abgehen, wo die Polizei bereits gesucht hatte, nur für den Fall, dass sie im Dunkeln etwas übersehen hatten oder dass Alec noch mal umgekehrt war. Ich begab mich mit etwa acht Leuten, die im Schullandheim angestellt waren und extra gekommen waren, zum Strand: Leute aus dem Catering und auch einige aus der Verwaltung. Ich war unheimlich gerührt, dass sie alle da waren, und ich hörte nicht auf, mich bei ihnen zu bedanken, so als würden sie mir dabei helfen, nach dem Kindergeburtstag aufzuräumen. »Das ist ja so lieb von Ihnen allen. Vielen Dank. Ich bin wirklich sehr dankbar …«

Doch immer noch keine Spur von Alec. Er galt immer noch als vermisst. Das Ganze fühlte sich so surreal an, doch gleichzeitig war es mir auch irgendwie vertraut, als wäre das unsere eigene Episode von *The Bill.* Als man am Strand einen Jungenschuh fand und ihn mir brachte, war es genau wie in einer dieser typischen klischeehaften Fernsehszenen. Nein. Der Schuh war zu klein. Da waren winzige silberne Planeten drauf. Hätten eher zu Jess gepasst.

Am Strand war es grau und kalt und nieselig. Nach ein paar Stunden legte man uns nahe, eine Pause zu machen und etwas zu essen. Wir wurden zurück ins Gebäude gebracht hinein in die hell erleuchtete Kantine. Das Essen wartete schon seit Stunden in Edelstahlcontainern unter Hitzelampen auf uns. Es war schon fast Mittagszeit. Das gummiartige Rührei blieb mir im Hals stecken, sodass ich würgen musste.

Mit einem Mal schwangen die schweren, gläsernen Feuerschutztüren auf. Ein junger Polizist kam reingeplatzt. »Man hat ihn gefunden. Er ist wieder da. Man hat den Jungen ausfindig gemacht.«

Wir rannten los und folgten dem Polizisten, und dabei lachten und weinten und stolperten wir über unsere eigenen Füße. Es ging ihm gut. Nur müde und ein bisschen unterkühlt. Er war in Sicherheit. Irgendjemand schob uns auf die Rückbank eines Polizeiwagens, dann ging es los. Wir fuhren gefühlte Meilen. Wenigstens konnten Dom und ich uns an den Händen halten und sie wie verrückt drücken. Wir kamen an eine kleinere Straße, und als wir anhielten, entdeckte ich Alec im Inneren eines Krankenwagens. Wir stürzten raus aus dem Auto, und ich rannte los, um ihn zu umarmen; ich wollte ihn an mich reißen, ihn so fest wie möglich drücken, doch sein Körper fühlte sich ganz schlaff und kraftlos an.

Zusammen mit den gut gelaunten Sanitätern und forsch-fröhlichen Pflegern fuhren wir mit ihm ins Krankenhaus. Wir füllten Formulare aus und beantworteten Fragen, während Alec die ganze Zeit nur dasaß, sein kleiner Körper in eine Decke gehüllt, und dabei unheimlich traurig wirkte. Man untersuchte ihn und stellte eine Unterkühlung fest, daher blieben wir den ganzen Nachmittag bei ihm, während er schlief. Wir riefen alle an, um ihnen mitzuteilen, dass er in Sicherheit sei, und dann stand ich da und starrte auf meine Füße, während Dom bei Deborah anrief und vor Erschöpfung und Erleichterung losheulte. Wir verbrachten die folgenden paar seltsamen Stunden damit, dass wir fade Sandwiches aßen und Instantkaffee tranken, während wir warteten, bis Alec endlich aufwachte, damit wir eine Art Erklärung bekommen konnten für das, was da passiert war.

»Was ist eigentlich passiert?«

Endlich hatte ich das Gefühl, der richtige Zeitpunkt für diese Frage sei nun gekommen. Wir saßen alle zusammen in einem leeren Zimmer im Schullandheim; Dom und ich hockten auf kleinen Kinderstühlen, und ich hatte immer noch meine Stiefel, Deborahs Fleecejacke und die Pyjamahose an. Es war gegen acht Uhr abends, man hatte uns erlaubt, das Krankenhaus zu verlassen, und jetzt wollten wir noch Alecs Sachen holen. Am liebsten hätte ich ihn den ganzen Tag nur fest an mich gedrückt. Ihn auf den Armen durch die Gegend getragen, ihn seine Beine um meine Hüften schlingen lassen und den Kopf an meinem Hals vergraben, wie er es immer getan hatte, als er noch klein war. Doch er schottete sich ab und war abweisend und wirkte irgendwie verzweifelt, und als ich seine Hand nahm, fühlte sie sich leblos an und reagierte nicht auf meine Berührung.

Man hatte Alec etwa zwölf Meilen vom Schullandheim entfernt gefunden, ein Mann, der mit seinem Hund spazieren ging, hatte ihn entdeckt. Er war gegen sieben Uhr fünfzehn am Abend abgehauen und in Richtung Hauptstraße gegangen, wie er angenommen hatte. Nachdem er allerdings die ganze Nacht hindurch herumgelaufen war, brach er schließlich vor Erschöpfung zusammen. Er war leichenblass gewesen, als ich ihn das erste Mal gesehen hatte, doch jetzt, da er geschlafen und gegessen und noch einmal was gegessen hatte, war er schon wieder einigermaßen fit. Auch wenn er immer noch Tränen im Blick hatte und verängstigt wirkte, weil alles so dermaßen außer Kontrolle geraten war. Er hatte sich den ganzen Tag hinter einer Maske der Erschöpfung und der Scham versteckt, und es war mir einfach zu keinem Zeitpunkt passend erschienen, ihn um eine Erklärung zu bitten. Bis zu diesem Moment.

»Es war beim Abendessen«, sagte er, wobei er zu mir aufblickte und dann rasch wieder wegschaute, während er sich dazu zwang, sich zu erinnern. »Ich wollte ein Foto machen vom Speisesaal, damit du sehen kannst, wie es da aussieht, also bin ich los, um meine Kamera zu holen. Und Mum, die ist pink! Die war knallpink mit Disney-Prinzessinnen drauf. Die anderen fingen an, mich zu verarschen deswegen und nannten mich einen Schwuli und so was, aber das war noch nicht das Schlimmste. Bloß nach dem Abendessen sind wir alle zurück in den Schlafsaal gegangen, und während ich die Kamera wieder in meiner Tasche verstaute, schnappte sie mir Will B weg und fing an, sie den anderen zuzuwerfen: Erst Thomas, dann Hassan – sie alle machten mit, und ich wollte sie mir zurückholen, aber da haben sie sie sich einfach weiter zugeworfen und sagten dabei Sachen wie: ›Igitt! Fasst bloß die schwule Kamera von Bidewell nicht an!‹ Und ich wollte sie mir zurückholen, aber dann haben sie sich auf mich draufgesetzt. Sie warfen mich auf den Boden, Mum, und ich konnte nichts dagegen tun. Sie saßen auf meinen Armen und auf meiner Brust, und ich lag am Boden und weinte und sagte: ›Runter von mir! Runter von mir!‹ Doch sie lachten nur, und dann nahm Ollie die Kamera mit ins Bad, und ich konnte durch die Tür sehen, wie sie versuchten, sie das Klo runterzuspülen. Und alle fanden das irrsinnig komisch. Selbst Thomas und Will C, und da bin ich durchgedreht.«

Er barg den Kopf in den Händen bei dieser Erinnerung.

»Ich bin total ausgerastet … Und ich hab geheult, ich hab so geheult. Ich wollte aufstehen und schlug wild um mich, aber Ross zog an meiner Hose, damit ich nicht abhauen konnte, und da ist sie runtergerutscht! Alle haben meinen Hintern gesehen und meinen Schniedel, und da hat Ross meine Pyjamahose gleich noch weiter runtergezogen, und jemand anderer hielt meine Arme fest, sodass ich sie nicht wieder hochziehen konnte. Und das fanden alle gleich noch witziger, und ich so: ›Gebt mir meine Kamera! Gebt mir meine Kamera!‹ Und dann hat Will C einfach damit nach mir geworfen. Sie war schon im Klo gewesen und war total nass und eklig und voller Keime. Da hab ich meine Hose hochgezogen und bin rausgerannt. Sie dachten, ich würde zu Mr. Peters rennen, um zu petzen, deswegen riefen sie alle: ›Schwuli, Schwuli. Hol doch den Lehrer, du Schwuli.‹ Ich wollte eigentlich nur irgendwohin, wo ich sie nicht mehr sehen musste, und deswegen rannte ich an den Strand, und dann bin ich weitergelaufen und gelaufen, und dann wusste ich auf einmal nicht mehr, wo ich war, und …«

Er hatte so hastig und aufgeregt erzählt, dass er kaum mehr Luft bekam.

Ganz sanft sagte ich jetzt: »Warum hast du denn nicht versucht, jemanden anzurufen? Du hättest doch von einer Telefonzelle aus den Notruf verständigen können?«

»Ich dachte doch, dass alle schon schlafen. Ich wusste ja nicht, dass sie gleich dich anrufen und Dad, und ich wusste auch nicht, wie spät es war, bis dieser Mann mich fand. Ich wollte ja jemanden suchen und dich anrufen, Mum, sobald du die anderen zur Schule gebracht hättest. Und außerdem konnte ich nicht. Ich konnte nicht zurück zu denen und mich weiter auslachen lassen. Ich wusste, dass sie allen erzählen würden, dass ich geheult hatte und meine Hose runtergerutscht war. Mir war klar, dass auch die Mädchen es jetzt wissen mussten.«

»Aber du dürftest doch auch geahnt haben, dass alle sich Sorgen machen würden. Du musst gewusst haben, dass die Leute nach dir suchen würden.«

Dom war auf die Knie gesunken und hatte Alec die Hände auf die Knie gelegt.

»Ich hab nicht nachgedacht. Ich dachte doch, dass alle schlafen würden. Können wir jetzt bitte einfach gehen? Ich will nicht mehr hierbleiben.«

»Aber sicher. Sicher«, sagte ich und ging nun ebenfalls auf die Knie, und dann umarmten wir drei uns, wobei Dom und ich unbequem am Boden kauerten, während Alec sich mühsam zu uns runterbeugte. Doch wir alle klammerten uns verzweifelt aneinander fest, als ginge es ums nackte Überleben.

Dom fing an, unsere Sachen zusammenzusammeln, und dann tauchte auf einmal ein Trupp Jungs auf: Thomas, Will B, Will C, Ross, Hassan. Sie kamen reingeschlurft und starrten betreten auf ihre Füße, alles unter dem strengen Blick von Mr. Peters. Einige von ihnen hatten geweint. Sie erklärten, es täte ihnen wirklich unheimlich leid, und dann schenkte Thomas Alec seine eigene Wegwerfkamera, und Alec sah ihn so dankbar an und so versöhnlich, dass es mir fast das Herz brach.

Dann fuhren wir über die Autobahn nach Hause, während Alec auf dem Rücksitz schlief. Dom und ich standen noch völlig unter Schock wegen allem, was geschehen war. Das war alles so unbegreiflich, und wir waren beide derart erschöpft, dass wir uns dafür entschieden, kein Wort zu sprechen.

Kapitel 4

Rennferkel

Alec schlief ganze zwölf Stunden durch. Als er aufwachte, war er immer noch ziemlich wackelig beisammen und schweigsam. Ich wollte ihn gar nicht aus den Augen lassen. Für das Wochenende musste ich gewisse Vorkehrungen treffen. Die Kinder sollten eigentlich bei Dom bleiben, doch angesichts dessen, was da in Swanage geschehen war, schien mir das ein Ding der Unmöglichkeit. Daher rief ich in der Arbeit an und sprach mit Rob, und wie erwartet riss er sich fast ein Bein aus, nur um den Dienstplan umzustellen. Ich war echt gerührt, als er mit dem grandiosen Plan ankam, selbst achtundvierzig Stunden am Stück zu arbeiten, nur dass Denise in letzter Sekunde ihr Veto einlegte. Dom erklärte mich für verrückt, weil er die Kinder so oder so nehmen würde, und gerade jetzt müsse alles möglichst seinen normalen Gang nehmen. Als ich Alec fragte, meinte er, für ihn sei es okay, bei seinem Dad zu bleiben.

Dom hatte bereits die Schule kontaktiert und für uns ein Treffen mit Alecs Jahrgangsstufenleiter, Mr. Withers, vereinbart. Ich sorgte dafür, dass Doms Mutter, Mary, derweil bei Alec blieb. Sie wollte Pfannkuchen für ihn backen. Ich hätte ihn niemals allein mit Marlene gelassen, selbst wenn sie es angeboten hätte – was sie natürlich nicht tat.

Dom und ich saßen also draußen vor Mr. Withers' Büro, wo er mich in gedämpftem Flüsterton instruierte, wie das Treffen in seinen Augen abzulaufen hätte. Wie es abzulaufen hätte? Wir waren doch im Grunde bloß hier, um rauszufinden, was mit Alec tatsächlich passiert war. Sollten wir da nicht einfach offen und ehrlich sprechen mit dem Mann? Dann rief eine Stimme von drinnen: »Kommen Sie bitte«, und wir standen auf und gingen hinein.

Mr. Withers' Büro roch erwartungsgemäß nach Möbelpolitur und Schulessen, doch irgendeine wohlmeinende Seele hatte einen Lufterfrischer installiert, der auf Bewegung reagierte. Und deshalb wurde eine ordentliche Ladung von dem Spray freigesetzt, als wir eintraten, ein widerlich künstliches Rosenaroma, das entfernt an Kloreiniger erinnerte.

»Herzlich willkommen, Mr. und Mrs. Bidewell.« Mr. Withers begrüßte uns so emsig wie ein Wiesel. Linkisch schüttelte er uns die Hände, dann setzten wir uns.

Ich schätze, nichts von dem, was wir besprachen, kam überraschend. Mr. Withers hatte das Gefühl, Alecs Verhalten sei eine direkte Folge von allem, was zwischen Dom und mir vorgefallen war. Dass er schon eine Zeitlang recht in sich gekehrt gewesen sei, dass er nicht mehr der fröhliche Junge von früher war und ob wir nicht der Ansicht seien, eine Therapie wäre eine gute Idee für ihn. Ich klammerte mich an die Tatsache, dass er in der Schule gleichbleibend gute Leistungen erbrachte, sich in einigen Fächern sogar verbessert hatte. Mr. Withers setzte dagegen, dass Kinder sich in vielen Fällen, wenn sie »zu Hause eine schwierige Situation hatten«, bemühten, wenigstens eine Sache in ihrem ansonsten chaotischen Leben unter Kontrolle zu haben, und daher konzentrierten sie sich nicht selten auf ihre Aufgaben in der Schule, weshalb es nicht ungewöhnlich sei, dass die Noten eines Kindes sich besserten.

Mr. Withers war ein nervöser, sehniger Mann, der während des gesamten Gesprächs ständig mit seinem Kugelschreiber klickte. Einmal tat er das derart schnell, dass mir mit einem Mal bewusst wurde, dass ich schneller redete, um mit seinem Rhythmus mitzuhalten. »Alec ist sich durchaus bewusst, dass wir sehr um sein Wohlergehen besorgt sind. Ich habe den Eindruck, dass er uns deshalb seine Gefühle oft vorenthält, quasi um uns zu schützen«, sagte ich.

Klick-klack, klick-klack, klick-klack, machte Mr. Withers mit dem Kugelschreiber.

»In der Vergangenheit ging er eigentlich immer recht offen damit um, wie es um seine Freunde in der Schule stand – wenn es gut lief, wenn es mal Streit gab –, und ich frage mich jetzt, ob er in letzter Zeit vielleicht einiges für sich behalten hat, und dann wurde ihm alles zu viel, und in Swanage eskalierte die Situation dann letztendlich.«

»Denken Sie, Mrs. Bidewell …«

Klick-klack, klick-klack, klick-klack. Stille.

»… dass es eine Art … Hilfeschrei war?« Er sah mir nicht gerade aus wie der Typ Mann, der sich gut in einen Elfjährigen hineinversetzen konnte oder der auch nur annähernd unterscheiden konnte zwischen einem ernsthaften Hilferuf und etwas beunruhigendem Verhalten. Man konnte nur annehmen, dass er den Lehrberuf ergriffen hatte, weil er nicht die Fantasie hatte, sich was anderes einfallen zu lassen.

Die Sessel, auf denen wir saßen, waren derart niedrig und bequem, sie sollten wohl beruhigend auf besorgte Eltern wirken. Nur dass das zur Folge hatte, dass sich unsere Knie oberhalb unserer Ohren befanden. Das Ergebnis war, dass ich den Blick auf Mr. Withers' Anzughose und das obere Ende seiner braunen Arbeitssocken hatte und auf die nackte Haut dazwischen, und dass ich von dem Anblick seines spindeldürren Beins wie hypnotisiert war. Doch weil er so tief saß, musste er es in einer unkontrollierten, wenn auch grazilen Bewegung hochwerfen, als er seine Beine übereinanderschlagen wollte, und weil er dabei Doms Nase nur knapp verfehlte, überlegte er es sich mitten in der Bewegung anders.

Allen meinen Vorbehalten ihm gegenüber zum Trotz blieb mir keine Wahl. Ich musste alles, was er sagte, zur Kenntnis nehmen. Phrasen wie etwa »Familienkrise«, »abwesender Vater«, »unberücksichtigte emotionale Bedürfnisse des Kindes« trafen mich wie ein Baseballschläger mitten in die Magengrube. Doch ich biss die Zähne zusammen und nickte nur zustimmend. Natürlich hatte er recht, was gab es auch sonst für eine Erklärung? Wir sollten uns das mit der Therapie überlegen, und wir sollten der eigentlichen Ursache dafür, dass Alec ausgebüchst war, auf den Grund gehen.

Dom hingegen meinte nur: »Tja, wenn doch so offensichtlich war, dass mein Sohn unglücklich ist, warum hat uns dann niemand kontaktiert?« Wir waren beide gekommen und hatten mit Alecs Klassenlehrerin gesprochen, als wir uns getrennt hatten, und sie hatte geschworen, sie würde ein Auge auf ihn haben und es uns sofort wissen lassen, sobald es wegen irgendetwas Grund zur Besorgnis gab. Dann nahm Dom Mr. Withers in die Mangel bezüglich der Mobbingstrategie der Schule, ob man vor Klassenfahrten denn auch genau prüfe, dass ausreichend Lehrkräfte für die Anzahl der Schüler dabei waren. Er wollte wissen, was man vorhabe, gegen die Tonangeber bei dem Vorfall zu unternehmen.

»Ich kann Ihnen versichern, dass alle nötigen Schritte unternommen werden, Mr. Bidewell. Doch wollen wir die Situation für Alec auch nicht unnötig schwer machen, wenn er wieder in die Schule zurückkommt.«

»Das ist ja schön und gut, aber es darf keine Entschuldigung dafür sein, nichts zu unternehmen.«

Schließlich, nachdem man sich vierzig Minuten lang gegenseitig höfliche Vorhaltungen gemacht hatte und Dom es so hatte aussehen lassen, als wäre das alles *einzig und allein* die Schuld der Schule, während Mr. Withers es so hinstellte, als wären *wir* die Schuldigen, verließen wir sein Büro. Ich hatte kein gutes Gefühl. Ich war kein bisschen beruhigt. Ich wollte einfach nur wissen, was ich tun konnte, um Alec die Sache zu erleichtern, das war das Einzige, das für mich zählte.

Als wir gingen, meinte Dom, die von der Schule reckten sicherlich triumphierend die Fäuste in die Luft, dass wir uns getrennt hatten. So hatten sie nämlich etwas, das sie als Ursache anführen konnten. Hätten sie es nicht auf Alecs häusliche Umstände schieben können, hätte man vermutlich Fragen stellen müssen zu den fiesen kleinen Scheißern, die ihn geärgert hatten, und dazu, wie es kam, dass Mr. Peters ganze siebzehn Stunden lang nicht wusste, wo ein bestimmter Schüler steckte.

Ich wies ihn darauf hin, dass wir nie hier hätten antanzen müssen, wenn wir noch zusammen gewesen wären, weil Alec dann wohl auch nicht ausgebüchst wäre. Ich wollte, dass er kapierte, dass Mr. Withers in gewisser Weise recht hatte. Er aber fuhr mich an:

»Jetzt nutz das nicht gleich wieder aus und mach mir Schuldgefühle, Rachel, bitte! Glaubst du denn ernsthaft, dass du mich noch extra darauf hinweisen musst, dass all das auf meinem Mist gewachsen ist?«

Doch ich war zu müde und viel zu verärgert, um etwas zu erwidern.

»Ich weiß, dass du jetzt denkst, ich spinne total, aber wie wär's, wenn wir zur Bramley's Farm fahren?«, schlug ich Alec eine Stunde später vor. Es stand völlig außer Frage, dass er zur Schule gehen würde, und ich musste nicht arbeiten, also hatten wir den ganzen Tag zur freien Verfügung.

»Bramley's Farm? Mum, ich bin doch keine sechs mehr!«

»Ich weiß, aber wir könnten Paddy besuchen und dann Mittagessen gehen und einen Spaziergang machen. Wann bekommen wir schon je wieder die Chance, da hinzufahren, nur du und ich? Außerdem wird da nichts los sein unter der Woche, und wenn wir jetzt losfahren, sind wir in einer halben Stunde da.«

»Bramley's Farm? Das ist wirklich dein Ernst?«

»Warum nicht? Komm schon. Ich hab fast das Gefühl, die Sonne kommt noch raus. Los, komm.«

»Na gut, okay. Das ist total verrückt, aber wenn du es wirklich willst …«

Alec tat so, als würde er lustlos und resigniert seine Jacke anziehen angesichts des Tages, der ihm da bevorstand, doch insgeheim war es genau das, was er tun wollte.

In den Jahren, bevor er zur Schule ging, hatten Alec und ich und später Luke, Alec und ich – Luke damals im Buggy, Alec auf dem Buggyboard balancierend – immer ewige Stunden auf Bramley's Farm verbracht, einer riesigen, weitläufigen Anlage direkt an der A3. Dort gab es Hühner und Ziegen und Meerschweinchen und unsäglich große Kaninchen und

Lamas und Trampoline und Felskletterwände und zu Weihnachten einen ziemlich kitschigen Weihnachtsmann. Wir teilten so viele glückliche Erinnerungen an diese Zeit dort, und als er ungefähr vier Jahre alt war, hatte Alec ein Shire-Horse-Fohlen namens Paddy adoptiert, ein Geburtstagsgeschenk von meiner Mutter. Wir waren bei Paddy im Stall gewesen, wo auf einer kleinen Plakette Alecs Name zusammen mit den Namen von achttausend anderen Kindern stand: »ALEC BIDEWELL hat PADDY adoptiert. Alles Gute zum Geburtstag, in Liebe deine Großmutter und dein Großvater, 12.05.2004.« Damals wäre er vor Stolz fast geplatzt. An anderen Stellen hingen Plaketten von meinen Eltern für Luke und ein Erdmännchen namens Spike und für Jess und ein Meerschweinchen namens Lucifer, doch Paddy war immer etwas Besonderes gewesen.

Als wir mit achtzig Sachen über die A3 düsten, sah es fast so aus, als würde die Sonne tatsächlich durchkommen. Das erste Mal seit Tagen fühlte ich mich leicht und unbeschwert. Alec hatte den Radiosender verstellt, und soeben dröhnte etwas von den Black Eyed Peas aus dem Lautsprecher. Wir hatten einen kurzen Zwischenstopp zum Tanken einlegen müssen, und da war ich schwach geworden und war mit Fanta und Käseflips beladen zurückgekommen. Dann saßen wir schlürfend und kauend da, Alec vorne auf dem Beifahrersitz neben mir, und beide sangen wir zur Musik und verteilten die knallorangen Käseflipsbrösel auf unseren Klamotten.

Ich hatte richtiggelegen mit meiner Annahme, dass es auf Bramley's Farm eher ruhig zugehen würde. Wir parkten direkt neben dem Eingang.

»Was machen wir als Erstes?«, fragte ich.

»Streichelzoo.«

Wir kauften eine weiße Papiertüte voll mit seltsamen, senffarbenen Pellets, mit denen wir loszogen. Im Streichelzoo verfütterten wir die Dinger an kleine Schäfchen mit struppigem Fell und an eine recht aufdringliche Ziege, die versuchte, einem die Handtasche wegzufressen, wenn man sie nur eine Sekunde aus den Augen ließ. BITTE HÄNDE WASCHEN, stand auf einem Schild am Ausgang, was wir auch folgsam taten, nur um festzustellen, dass die Papierhandtücher aus waren und der elektrische Handtrockner nicht funktionierte. Also hüpften wir herum und schüttelten die nassen Hände, bis sie trocken waren.

Dann wollte Alec eine Runde auf dem Trampolin springen. Ich fühlte mich selbst wie ein kleines Mädchen und riss mir übermütig Schuhe und Socken runter, um mich zu ihm zu gesellen. Beim Gedanken an meine drei Kinder und einen schwachen Beckenboden machte ich dann aber doch noch schnell einen Rückzieher. Anschließend gab es Mittagessen. Zu meiner Überraschung verzichtete Alec auf die kleine Picknickbox aus Pappe, die er immer so sehr geliebt hatte. Sie enthielt ein Spielzeug als Dreingabe zu einem Sandwich nach Wahl, einer Tüte Chips, Obst, Pfannkuchen und einem Getränk. Stattdessen nahm er einen großen Teller Spaghetti Bolognese, die er derart gierig verschlang, dass es eine Freude war, ihm dabei zuzusehen.

Beim Essen unterhielten wir uns über den Porsche Boxster im Vergleich zum Carrera, Chelsea gegen Man United und über alles und jeden, worüber wir uns normalerweise nicht unterhielten, weil ich entweder viel zu gereizt war oder keine Zeit hatte. Wir erwähnten die Schule oder Dom oder Deborah oder Luke und Jess mit keinem Wort. Ein Teil von mir hatte das Gefühl, ich sollte das Gespräch auf wichtigere

Themen lenken, doch er war so glücklich und entspannt, dass es mir wie ein Verbrechen vorgekommen wäre, das zu tun.

Dom wollte Luke und Jess später abholen, wir hatten also Zeit bis vier. Dafür schmiedeten wir einen Plan; fast hatten wir das traditionelle Bramley-Farm-Ferkelrennen vergessen, das wollten wir uns unbedingt ansehen. Dann würden wir in den Woodland-Trail gehen und schließlich die Shire-Horses besuchen, um nach Paddy zu sehen. Alec wollte sich das Beste bis zum Schluss aufheben.

Das Ferkelrennen sollte um vierzehn Uhr fünfzehn stattfinden. Man setzte etwas Geld auf eines der etwa sieben Schweinchen, und wenn das eigene Ferkel siegte, gewann man eine Tüte Süßigkeiten – und das alles für fünfzig Pence. Wir nahmen am Fuß des Hügels am Zaun unsere Position ein. Im Inneren des riesigen Geheges gab es eine Bahn, die die Ferkel umrunden mussten, während die Zuschauer sie anfeuerten. Die ganzen Schüler, die Tagesausflüge hierher machten, und die Kleinkinder mit ihren Müttern versammelten sich nun entlang der Einzäunung, bis eine recht große Menge an Zuschauern zusammengekommen war.

Eine riesige Tafel informierte uns über die Namen der Teilnehmer:

ROT – ROSA RENNT
BLAU – MICHAEL SCHINKENMACHER
GRÜN – SEBASTIAN FERKEL
PINK – RUDI RÜSSEL
SCHWARZ – PIGGI LAUDA
ORANGE – SPECKY RINGELSCHWANZ
GELB – WALTER WUTZ

Wir ignorierten die Tatsache, dass einige der Namen seit zehn Jahren unverändert waren, wo die Ferkel doch offensichtlich andere waren. Wir zogen dennoch los, um unsren Wetteinsatz zu zahlen. Alec entschied sich für Piggi Lauda, ich wählte Walter Wutz. Es war eine ziemlich lange Strecke. Die Ferkel sollten etwa hundert Meter hügelabwärts in unsere Richtung laufen, dann ging es erst bergauf und schließlich wieder runter bis zur Ziellinie.

Es knackte im Lautsprecher, dann versuchte ein junger Mann von ungefähr achtzehn Jahren das Ganze ein bisschen spannend zu gestalten und ein wenig Schwung in die Sache zu bringen. Doch er war nicht eben der geborene Showmaster.

»Mein Name ist Martin, ich bin einer der Tierpfleger hier auf der Bramley Farm, und ich möchte Sie gerne alle willkommen heißen, meine Damen und Herren, Mädchen und Jungs, zum Großen Ferkelrennen von Bramley Farm. Und jetzt halten Sie sich bitte bereit, um Ihr Ferkel anzufeuern, und bitte, machen Sie dabei so viel Lärm wie möglich. Ich werde den Startschuss abfeuern, und Ian …« – ein haariger junger Mann am anderen Ende der Wiese winkte und grinste schwach – »… startet das Rennen, indem er das Gatter öffnet und die Ferkel losrennen lässt. Sind alle bereit?«

Ein leises, zurückhaltendes »Ja!« war zu hören.

»Ich sagte SEID IHR ALLE BEREIT?«

Wieder ein schüchternes »JAA«, diesmal etwas lauter. Alec und ich schienen die Einzigen zu sein, die sich von den Geschehnissen mitreißen ließen, und jubelten »Jaaaaa! Los geht's!«

»Zeigt mal, was ihr draufhabt!«, brüllte Alec.

»Fünf, vier, drei, zwei, eins …« *Peng!* Der Schuss wurde

abgefeuert, und die Ferkel kamen den Hügel runtergestürmt, als wäre der große böse Wolf hinter ihren Ringelschwänzchen her. Schweine sind nicht eben die schnellsten Tiere, doch sie preschten an uns vorüber wie rosa Raketen. Die winzigen Pfoten trampelten entschlossen über die Erde, die Köpfe wackelten auf und ab, und sie waren hoch konzentriert und gaben sich so heldenhaft wie Edelhengst Shergar. Wo wollten sie denn hin? Sie hatten keinen Plan. Warum rannten sie dorthin? Keinen blassen Schimmer. Sie kamen einfach nur über die Rennbahn auf uns zugedonnert, etwas irritiert, aber dennoch zielsicher. Als sie sich uns näherten, ging es allmählich in die Kurve, wobei einige von ihnen ins Schlittern gerieten und den Halt verloren. Ein paar waren sogar so schnell dran, dass es fast so aussah, als würden sie gleich abheben und über die Ziellinie hinwegsegeln.

Jetzt sahen wir wieder zu, wie ihre kleinen Hintern hügelaufwärts verschwanden.

»Komm schon, Mum!« Alec packte mich an der Hand und zerrte mich auf die Ziellinie zu. Die Vordersten kamen schon wieder in unsere Richtung gerannt, und für einen kurzen Augenblick empfand ich eine enge Verbundenheit mit ihnen. Das war ich! Ich war ein Rennferkel! Wo wollte ich denn hin? Keine Ahnung. Warum lief ich dahin? Ich hatte keinen Schimmer. Ich stürzte nur immer weiter, weil ich das Gefühl hatte, ein Metzger mit einem riesigen Schlachtermesser sei hinter mir her. Aufstehen, Essen für die Kinder machen, Tee kochen, Bad einlaufen lassen, nicht über die Vergangenheit nachdenken, mit den Müttern in der Schule mithalten, zusehen, dass man alles am Laufen hielt. Warum? Ich weiß es nicht. Wofür? Keinen Plan. Der Anblick dieser tapferen kleinen Schweinchen, die hier ihr Bestes gaben, auch wenn ihre Tage wohl gezählt und all ihre Anstrengungen sinnlos waren, rührte mich zutiefst. Aber gleichzeitig kam es mir auch derart lächerlich vor, dass ich zu kichern begann. Es war die Sorte Lachen, das man nicht so recht unter Kontrolle hat und das nicht mehr aufhören will, bis es einen selbst zu nerven beginnt. Das war ich – Rachel das Rennferkel!

Ich hatte keinen Schimmer, ob Alec wusste, weshalb ich lachte oder ob es für ihn nur eine willkommene Gelegenheit war, sich auch mal auszutoben. Jedenfalls fing er jetzt ebenfalls an zu lachen, und als Piggi Lauda als Letzter über die Ziellinie ging, lachten und jubelten wir gleich noch viel mehr.

Erschöpft, aber glücklich machten wir uns auf den Weg zu Paddys Stall. Um ganz ehrlich zu sein, war uns nicht ganz klar, welcher von denen es war. Doch wir erkundigten uns bei einem Mann mit einem Besen, und der deutete auf ein solch prächtiges, riesengroßes Tier, dass Alec und ich nur noch erstaunt nach Luft schnappten. Als er noch klein war, hatte Alec ihm immer Pfefferminzbonbons zum Fressen gegeben, daher hatte ich vorhin an der Tankstelle welche gekauft. Er gab Paddy ein paar, und der beschnupperte Alec, als würde er einen alten Freund begrüßen. Alec wirkte überglücklich, und seine Augen leuchteten, und ein strahlendes Grinsen machte sich über sein Gesicht breit, dass es ihm fast bis zu den Ohren reichte.

»Er kennt mich, Mum. Ich glaub, er erinnert sich wirklich an mich. Hallo, alter Kumpel. Hallo, du Schöner.«

Allmählich wurde es dunkel, die Temperaturen waren gefallen, und Alecs und Paddys Atem wurde im hellen Schein der Lampen sichtbar, wie er sich vermischte. Schließlich riss Alec sich los, und als wir noch nach seinem Namensschild suchten, war es verschwunden. »So ein Mist!«, sagte er, aber letztendlich sah er ein, dass es ein Wunder gewesen wäre, wenn sein Name für alle Ewigkeit dort gestanden hätte, wo das Ganze meine Mutter bloß einen Zehner gekostet hatte – inklusive Zertifikat, kostenlosem Eintritt auf der Bramley Farm, Süßigkeiten in Tierform und einem T-Shirt.

Als wir heimwärts fuhren, nickte Alec ein, und ich konnte nicht aufhören, mir sein hübsches kleines Gesicht anzusehen. Ob Dom wohl wirklich wünschte, er hätte mich nie geheiratet, wie er es immer behauptete? War er wirklich der Ansicht, es sei alles ein dummer Fehler gewesen? Ich konnte einfach nicht glauben, dass er das tatsächlich ernst meinte. Wir hatten drei wunderbare Kinder in die Welt gesetzt, und was auch immer geschehen war oder in der Zukunft noch geschehen würde, ich war überzeugt, dass er das unmöglich bedauern konnte.

Kapitel 5

Don't Happy, Be Worry

Wenn Dom am Wochenende die Kinder hatte, war es immer das Schlimmste, in einem leeren Haus aufzuwachen. Als Dom noch bei uns war, war ich um jede Minute Schlaf froh gewesen, die ich zusätzlich kriegen konnte, wenn wieder mal die Hölle los war bei uns im Haus und die Kinder sich zu uns ins Bett kuschelten und uns nervten und uns knutschten und ganz schief mitsangen zu den Songs aus dem Radio, das sie auf volle Lautstärke aufgedreht hatten.

Die Ironie an der Sache war, dass ich neuerdings immer schon um fünf Uhr dreißig in der Früh aufwachte und dann auf einen Schlag so hellwach war, dass ich nicht mehr einschlafen konnte. Ich stellte mir dann immer vor, was sie wohl gerade taten. Ob die Kinder wohl zu Dom und Deborah ins Bett kletterten? Lagen sie alle zusammen da, ein verschlafener, warmer Haufen, und plapperten und lachten miteinander? Oder war Jess schon mitten in der Nacht zu ihnen ins Bett gekrochen, weil sie Trost brauchte? Es war mir unerträglich, mir ihren überhitzten, zarten kleinen Körper an Deborah gekuschelt vorzustellen. Oder wie sie am Fußende vom Bett saß und Deborahs Schminksachen durchging und sich erklären ließ, was das alles war, und fragte, ob sie bloß probeweise ein bisschen was davon drauftun durfte.

Und Deborah sagte vermutlich: »Klar! Nur zu, mein Engel!« Und dann würde Jess ein bisschen rosa Lippenstift und etwas blau schimmernden Lidschatten auflegen und denken: »Wow, wie toll ist das denn! Mum erlaubt mir das nie.« Und wenn sie Deborah dann fragte, ob sie ihr beim Anziehen helfen und die Kleider für diesen Tag auswählen dürfe, sagte Deborah da so was wie: »Na klar doch, mein Liebes«? Würde sie dann mitten im Januar in einem geblümten Sommerkleid mit lila Stöckelschuhen in den Supermarkt gehen, darunter einen rosa Spitzen-BH, nur weil es Jess glücklich machte und stolz? Zumal sie es von mir ja nur gewöhnt war, dass ich ihr Betteln ignorierte und einfach nur in Jeans und einen schwarzen Rollkragenpullover schlüpfte?

Gegen sieben schälte ich mich aus dem Bett und schleppte mich total lustlos und deprimiert runter in die Küche. Ich hatte so viel zu tun, daher sollte ich am besten gleich loslegen. Ich hatte mir für diesen Samstagvormittag einen Großputz vorgenommen – Badezimmer, Küche, alles. Aber jetzt, da es so weit war, war ich viel zu platt. Alles, was sich in Swanage zugetragen hatte, hatte sich wieder und wieder in Endlosschleife in meinem Kopf abgespult, und das mitten in der Nacht.

Es gehörte zum Wochenendritual, dass der abwesende Elternteil Samstagfrüh bei den Kindern anrief – in der Regel so gegen zehn Uhr. Mir kam es wie eine halbe Ewigkeit vor bis dahin, daher machte ich mir erst mal Frühstück und eine Kanne echten Kaffee, und dazu las ich die Zeitung vom letzten Sonntag. Jedes Mal, wenn ich einen Blick auf die Uhr warf, kam es mir vor, als wäre sie stehen geblieben. Gegen neun Uhr fünfzehn rief ich schließlich an. Alec ging ran, und ich unterhielt mich mit ihm und dann mit Luke. Jess war nicht auffindbar, da sie mit Deborah unterwegs war, daher versprach Alec, er würde sie bitten, mich später zurückzurufen. Ich gab mir alle Mühe, nicht darüber nachzudenken, wo sie wohl waren, doch das Karussell in meinem Kopf fing schon wieder an, sich zu drehen. Klar war es das Beste für alle, wenn die Kinder auch mit Deborah gut auskamen. Doch jedes Mal, wenn ich mich damit konfrontiert sah, dass dem wirklich so war, drehte sich mir der Magen um.

Die Vorstellung, in die Clifton Avenue zu fahren, half da auch nicht unbedingt. Ich sollte heute mit Scott zusammenarbeiten, einem Leiharbeiter, der gerade mal das Allernötigste tat. Außerdem sollte ich das erste Mal die Nachtschicht übernehmen. Ich sollte um zwei Uhr nachmittags anfangen und dann bis zehn Uhr in der Früh am folgenden Tag durcharbeiten. Ich hatte mir vorgestellt, mit ein paar von den Bewohnern einen Spaziergang zu machen. Aber war es dafür nicht zu kalt? Würde man mich vielleicht als unverantwortlich abstempeln und als rücksichtslos? Vielleicht würde ich Nettie dabei helfen, in ihrem Zimmer die längst überfällige Ausmistaktion durchzuziehen? Da drinnen war es total staubig und verdreckt, da war ordentlich Schrubben angesagt. Aber durfte ich das überhaupt? Würde ich damit irgendwem auf die Zehen treten, und würde man dann beim nächsten Personaltreffen darüber reden müssen? Wieder einmal ertappte ich mich dabei, wie ich mir wünschte, Rob könnte Dienst haben, da er der Einzige zu sein schien, dem tatsächlich etwas an den Bewohnern lag und der sich auch darum kümmerte, dass ich mich dort wohlfühlte. Die Schichten vergingen immer viel schneller, wenn er da war, weil wir zusammen lachen konnten und er mich einfach machen ließ.

Später stieg ich aus dem Bus aus und ging die Straße hoch. Es war November, und es war wirklich eisig kalt. Auf gar keinen Fall würde ich heute bei der Kälte irgendeinen von den Bewohnern rausjagen, um frische Luft zu schnappen.

Ich sperrte die Tür auf und huschte an der gelben Küche vorbei. Das Wohnheim war unterteilt in drei Bereiche – den roten, den blauen und den gelben –, jeder mit eigener kleiner Küche, Aufenthaltsraum, Badezimmer und Schlafzimmern. Es gab einen Gemeinschaftsraum für alle und einen zentralen Essbereich, doch tagsüber hielten die Bewohner sich überwiegend in ihren eigenen Bereichen auf. Rot stand für die Bewohner, die ganz gut alleine zurechtkamen, im blauen Bereich wohnten diejenigen, die ein bisschen Hilfe benötigten, und die im gelben Bereich brauchten quasi Rundumbetreuung.

In der blauen Küche marschierte Margaret auf und ab, auf dem Tisch eine Tasse mit kalt gewordenem Kaffee. Sie tobte und schrie und befand sich in einer tragischen, nie enden wollenden Konversation mit irgendwelchen Leuten, die längst tot waren oder sie im Stich gelassen hatten. Sie war so um die fünfzig und trug stets das gleiche Outfit aus brauner Polyesterhose, beiger Bluse und beigem V-Ausschnitt-Pulli. Sie hatte ungefähr vier Exemplare von jedem einzelnen Kleidungsstück und wechselte einfach jeden Tag ab. Als sie noch ein Teenager war, hatte sie ein Kind bekommen, das man zur Adoption freigegeben hatte, und auch nach all den Jahren trug sie den Schmerz und die Wut von damals mit sich herum und brüllte und beschimpfte ihre Eltern und die Behörden, die sie gezwungen hatten, ihr Kind herzugeben. Dabei rauchte sie Kette und verbrachte deshalb viel Zeit draußen im Garten, ging auf und ab, rauchte und zeterte, ganz gleich, welches Wetter wir hatten. Wenn sie im Aufenthaltsraum saß oder beim Abendessen, war sie immer wie versteinert und hockte in angespanntem Schweigen da. Doch sobald sie allein war, fing sie wieder mit ihrem verbitterten Monolog an.

Ich hörte sie schon, als ich das Gebäude betrat. »Klar! Tu das nur! Du nutzloser Haufen Scheiße! Wirst schon sehen, ob mich das interessiert. Hat nichts mit dir zu tun. Rein gar nichts. Ach ja? Kümmere dich um deinen eigenen Mist, und verpiss dich gefälligst!«

Ich streckte den Kopf zur Tür rein. »Hi, Margaret.«

Sie verstummte und nickte mir nur knapp zu. Als ich wieder auf dem Flur verschwand, hörte ich, wie sie was vor sich hinmurmelte. »Scheiß neue Pflegerin. Soll sich um ihren eigenen Kram kümmern.« Was mich wiederum kein bisschen aufbaute für die vor mir liegende Schicht.

Im Büro sagte ich Hallo zu Scott: eins achtzig groß, spindeldürr, stinkfaul. Ich hatte bislang nur einmal mit ihm zusammen Schicht gehabt, doch das hatte gereicht, um festzustellen, dass es an eben dieser Faulheit lag, dass er nur für eine Zeitarbeitsfirma arbeitete und noch nie einen Vollzeitjob angeboten bekommen hatte. Nichtsdestotrotz schien er relativ häufig hier in der Clifton Avenue zu arbeiten, tatsächlich tat er das schon seit drei Jahren in unregelmäßigen Abständen. Samstag war immer Waschtag, also erklärte ich, ich würde mal im gelben Bereich nachfragen, wie die Leute so vorankamen.

Denise saß vor dem Computer, und als sie sich zu mir umdrehte, lächelte sie. »Hallo, meine Liebe«, sagte sie. »Stellen Sie doch bitte den Wasserkocher an.«

»Sicher. Vielleicht veranstalten wir heute ja einen Bingoabend. Im Schrank ist alles, was man dazu braucht«, sagte ich vorsichtig. »Ich hab ein bisschen Schokolade als Gewinne mitgebracht, nur ein paar Schokoriegel, und ich dachte, wir könnten das im Speiseraum veranstalten, bevor *X-Factor* anfängt.«

»Klingt wunderbar«, meinte Denise und blickte wieder auf ihren Computerbildschirm.

»Tja, aber da brauchen wir schon noch was anderes als Schokolade, für die Diabetiker«, meinte Scott trocken. »Und sieh zu, dass du die Quittungen für die Schokoriegel aufhebst, sonst siehst du das Geld nie wieder.«

Also nicht eben Begeisterungsstürme. Aber andererseits war meine Idee auch nicht gleich auf Ablehnung gestoßen.

Allmählich deprimierte es mich doch ziemlich, dass der Großteil der Angestellten in der Clifton Avenue einen Zynismus kultivierte, der bedeutete, dass man überwiegend im Büro blieb. Und wenn man etwas mehr als das absolute Minimum tat, wurde man gleich als Idiot abgestempelt. Wenn Rob Dienst hatte, ließen sie sich vielleicht mal dazu herab, was zu tun, doch ansonsten rührten sie lieber keinen Finger.

Andererseits war da aber noch Lucy, die unglaublich hart schuftete. Nur leider schien ihr jegliche Freude am Job zu fehlen. Sie kam ins Zimmer, um die Übergabe zu machen. Sie hatte die Nachtschicht gearbeitet und den ganzen Vormittag. Jetzt saß sie auf dem Schreibtisch und ließ ihre Doc Martens baumeln.

»Carlos, George, Martin und Sophie sind alle übers Wochenende weg. Obwohl Sophie heute Abend zurückkommen soll, weil ihre Mum morgen was vorhat.«

Ohne aufzusehen, ließ Denise hinter dem Computer ein

Schnauben vernehmen, das keinen Zweifel daran ließ, was sie von Sophies Mutter hielt.

Lucy fuhr fort: »An diesem Wochenende haben wir Malcolm in Blau 4, sein Bruder kommt aber morgen, um ihn zum Mittagessen mitzunehmen. Nettie mit ihrer Brustentzündung befindet sich auf dem Weg der Besserung, aber sie muss immer noch ein Antibiotikum nehmen. Das ist im Medikamentenschrank, diesmal als Sirup, denn ihr wisst sicher noch, was passiert ist, das letzte Mal, als man ihr Tabletten gegeben hat.«

Ich wusste es nicht, schätzte aber, dass man sie hinter dem Sofa gefunden oder dass sie sie an die Goldfische verfüttert hatte.

»Margaret hat bald keine Zigaretten mehr, daher hab ich ihr versprochen, dass einer von uns sie zur Tankstelle bringt heute Nachmittag, damit sie sich neu eindecken kann.«

Ich stand am nächsten zur Tür, daher war ich auch die Erste, die Malcolm sah, als er den Flur runtergelaufen kam.

»Rachel! Komm schnell! Blaue Küche. Wir brauchen dich.«

Denises Kopf wirbelte herum, sie hatte die Lippen geschürzt. Sie funkelte mich finster an. Da ich mich noch gut an unser letztes Gespräch, in dem sie mich so kritisiert hatte, erinnerte, sagte ich: »Entschuldige, Malcolm, aber wir sind hier mitten in der Übergabe. Du siehst doch, dass wir zu tun haben, also gib uns doch bitte fünf Minuten, dann habe ich Zeit für dich, und wir sehen, was ich für dich tun kann.«

Er nickte entschuldigend und stand dann mit gehorsam gesenktem Kopf draußen vor dem Büro an die Wand gelehnt da. Denise lächelte aufmunternd und warf mir einen Blick zu, der sagte: »Siehst du, ist doch gar nicht so schwer, oder?« Dann wandte sie sich wieder ihrem Computer zu. Lucy machte mit ihrer Übergabe weiter.

»Die Heizung in Dereks Zimmer funktioniert immer noch nicht, seine Schwester macht allmählich mächtig Aufhebens deswegen …« – wieder ein Schnauben von Denise in der Ecke – »… deshalb hab ich ihn in Rot 2 einquartiert. Pete hat für heute Abend Sandwiches vorbereitet – sie haben alle gut zu Mittag gegessen, und Angela von der Zeitarbeit kocht morgen. Sie kommt in der Regel so gegen zehn. Ich glaube, das wär's dann. Ach ja, und Scott, kannst du Rachel in die Abläufe während der Nachtschicht einweisen? Weil du doch noch nie Nachtschicht hattest, stimmt's, Rachel?«

»Nein, das ist die erste. Danke, Lucy, das wäre mir eine große Hilfe.« Ich war gerührt, dass sie so vorausschauend und um mich besorgt war.

»Ist im Grunde keine große Sache, nichts, was man nicht mit gesundem Menschenverstand hinkriegen kann«, sagte sie in einem Ton, der keinen Zweifel daran ließ, dass sie ihren Job nicht aus reiner Nächstenliebe machte. Sie hüpfte vom Schreibtisch runter und streckte die Hand nach ihrem Mantel an der Tür aus.

»Gut, Malcolm, du kannst jetzt reinkommen«, sagte ich, während Malcolm bereits reingeschlurft kam und sich mitten im Raum postierte. »Aber bitte denk in Zukunft daran, uns während der Übergabe nicht zu stören.« Ich wusste, dass Denise zuhörte und dass sie ganz dieser Meinung war. »Also, worüber wolltest du mit mir reden?«

»Margaret hat den Wasserkocher fallen lassen und sich die Hand verbrüht.«

»O mein Gott!«, entfuhr es Denise, und alle fünf rannten wir los in Richtung blaue Küche. Margaret war kreidebleich und stand unter Schock, sagte aber keinen Ton. Zum Glück hatte sie unter Stewarts Anweisung die Hand unters kalte Wasser gehalten. Doch sie hatte üble Verbrennungen und würde ins Krankenhaus gebracht werden müssen.

Ich fühlte mich schrecklich schuldig, und einmal sah ich sogar, wie Denise kurz Lucys Blick streifte und unmerklich den Kopf schüttelte, als wäre das alles meine Schuld. Doch wäre Denise nicht da gewesen, wäre ich wie der Blitz in die blaue Küche gerannt, ohne Frage.

Es folgte eine Diskussion darüber, wer Margaret in die Notaufnahme fahren würde, bis Denise beschloss, dass sie selbst das übernehmen würde. Ich war zwar überrascht, dachte mir aber noch: »Gute Idee«. Sie bat Margaret, sich ins Büro zu setzen, und holte dann ein Kühlpack für ihre Verbrennungen. Dabei versicherte sie ihr die ganze Zeit, dass alles wieder gut werden würde. Sie rief ein Taxi und legte Margaret behutsam den Mantel um die Schultern. Doch gerade als sie gehen wollten, sah ich, wie sie rüber an den Aktenschrank huschte und sich ein Überstundenformular rausholte.

»Alle neun, neunundneunzig!«

»Oh, wie schön!«, stieß Malcolm entzückt hervor. »Nur noch zwei!«

»Sechs und zwei, zweiundsechzig. Jetzt wird's witzig, achtundvierzig.« Bingo war nie so ganz meins gewesen. »Die Butter ranzig, neunundzwanzig.«

»Oh, Gott, ich danke dir!«, donnerte Theresa los und verschränkte die Finger. Dabei warf sie einen theatralischen Blick gen Himmel.

Das Bingoset, auf das ich so große Hoffnungen gesetzt

hatte, hatte schon bessere Tage gesehen. Die Hälfte der Zahlen fehlten, und so viele von den Spielern machten verbissen weiter, ganz ohne zu ahnen, dass sie keine Chance hatten zu gewinnen. Ich muss zugeben, dass ich die zum Scheitern verurteilten Karten vorab den Bewohnern des gelben Bereichs gegeben hatte, die mit den Zahlen ja sowieso nichts anfangen konnten. Scott saß bei ihnen und versuchte ihnen zu helfen, doch mir entging nicht, dass er gelangweilt dreinschaute und ihm das Ganze etwas peinlich war. Philip saß neben mir, zog es aber vor, nur zuzusehen. Seine Karte lag unberührt vor ihm.

»Oh, gleich tanz ich, dreiundzwanzig!«

Scott warf mir einen kritischen Blick zu. Er war sich offenbar völlig im Klaren darüber, dass meine Methoden immer unorthodoxer wurden.

»Ich mag's würzig, siebenundvierzig … Das ist günstig, neunundfünfzig … Rachel liebt dich, achtundsiebzig.«

»Biiiiin-go!« Theresa sprang auf und riss triumphierend die Faust in die Höhe. »Ja!« Sie tänzelte in die Mitte des Raums und legte einen kleinen Siegestanz hin. »Oh ja! Oh ja! Oh ja! Ich bin Bingokönigin!«

»Man sagt aber nicht ›Bingo‹, man sagt ›Full House‹, nicht wahr, Rachel?«, motzte ein äußerst missmutiger Stewart.

»Oh, ich weiß nicht, ich glaube, Theresa hat völlig zu Recht gewonnen. Gut gemacht, Theresa!« Alle – mit Ausnahme von Stewart – klatschten Beifall, und ich ging zu ihr, um ihr den Schokoriegel zu überreichen.

»Du musst noch ihre Karte überprüfen. Die Sache ist erst offiziell, wenn du ihre Karte überprüft hast.«

»Ganz richtig, Stewart, zum Glück habe ich ja dich. Was würde ich nur ohne dich tun? Theresa, deine Karte bitte.«

Ich streckte ihr also ganz nüchtern die Hand hin, und Theresa überreichte mir ihre Gewinnerkarte.

Ich musste gar nicht allzu genau hinsehen, es war sofort klar, dass Theresa einfach irgendwelche Zahlen abgestempelt hatte, völlig willkürlich. Entweder hatte sie keine Ahnung von Zahlen, oder sie war eine dreiste Betrügerin. Ich kannte sie nicht gut genug, um mir sicher zu sein, und beschloss daher, die zweifelhaften Umstände zu ihren Gunsten auszulegen. Außerdem war das Bingospiel so oder so nicht der bahnbrechende Erfolg gewesen, und bei dem Gedanken, jetzt noch mal eine Runde ganz von vorn zu beginnen, wollte ich mich am liebsten umbringen.

»Hier scheint alles seine Richtigkeit zu haben«, sagte ich. »Gratuliere, Miss Theresa Fischer.«

Gerade als ich ihr den Schokoriegel aushändigen wollte, brüllte Stewart: »Stopp!« Er war hinter mich getreten und schaute über meine Schulter auf die Karte. Er war stinksauer. »Stopp! Stopp! Das ist Betrug! Die Zahlen sind ja alle falsch.«

»Ach, du kannst mich mal, Stewart. Kümmere dich doch um deinen eigenen Kram«, sagte Theresa, die sich jetzt den Schokoriegel schnappte und dann damit abzog. Stewart nahm sofort die Verfolgung auf. Er brachte sie mit einer einzigen Bewegung zu Fall und versuchte dann, ihr die Schokolade aus der Hand zu reißen. Ehe ich sie daran hindern konnte, rauften die beiden wild auf dem Boden.

»Stoppt sie! Stewart, neeeein!« Sophie stieß ein jämmerliches Wehklagen aus, das an Scarlett O'Hara erinnerte, sodass ich vehementer einschritt.

»Es ist genug! Genug jetzt!«, sagte ich und riss den Schokoriegel an mich. Scott saß einfach nur unbeweglich da, und mit einem Mal fühlte ich mich schrecklich hilflos und überfordert. Philip schüttelte die ganze Zeit panisch den Kopf und schaukelte vor und zurück. Theresa hatte mittlerweile Stewart die Hände um den Hals gelegt und drückte mit aller Kraft zu. »Ich bring ihn um. Ich schwör's, ich bring ihn verdammt noch mal um«, sagte sie in mörderischem Flüsterton, die Zähne fest zusammengebissen.

Was sahen die Regelungen in so einem Fall vor? Sollte ich einen Kübel Wasser über die beiden Streithähne kippen?

Schließlich gelang es mir, die beiden zu trennen, nachdem ich von Stewart einen Kinnhaken abbekommen hatte. Jetzt saßen wir alle drei keuchend auf dem Boden. Und was nun? Sollte ich sie jetzt beide ins Bett schicken oder die Behörden verständigen? Mir dämmerte bereits, dass ich im Schichtprotokoll würde zugeben müssen, dass mein Bingoabend in einer Rauferei geendet hatte. Wieder einmal würde ich mir ein missbilligendes Kopfschütteln von Denise einhandeln.

»Ihr solltet euch echt was schämen«, sagte ich, als ich wieder zu Atem kam. »Ihr prügelt euch? *Prügelt* euch?!«

»Klingt, als wäre das genau meine Party.« Alle blickten sich um, und zu meiner endlosen Erleichterung und Freude stand Rob in der Tür. Sofort fiel die Anspannung von mir ab, und die Bewohner rannten auf ihn zu, um ihn zu begrüßen. Er sah mich mit amüsiertem, fragendem Gesicht an, dann begann er aus einer riesigen Tüte Dosenbier an diejenigen zu verteilen, die eins wollten.

»Was tust du denn hier?«, fragte ich.

»Na, da ist ja unser Geburtstagsjunge!«, flötete Sophie, die ihm die Arme um den Hals schlang und ihm einen dicken Schmatz gab.

»Hat denn keiner was davon gesagt? Na, das ist ja nett.

Ich habe tatsächlich heute Geburtstag, und ich hab einigen von euch versprochen, dass ich reinschaue. Also veranstalten wir hier ein kleines Warm-up, bevor die Party dann so richtig steigt.« Er zog vielsagend ein paar Mal die Augenbrauen hoch, um uns zu suggerieren, dass er sich von dem Abend noch recht viel versprach. »Ich hab sogar Kuchen mitgebracht.« Jetzt zog er einen Kuchen von Tesco in Form einer Tardis-Zeitmaschine aus der Tüte. »Ist schon traurig, wenn ein Mann sich seinen Geburtstagskuchen selber kaufen muss, aber wenn es so ein Kuchen ist! Ist der nicht unglaublich?« Er drückte auf einen Knopf an einem Plastikdingens in der Kuchenglasur, und schon machte der Kuchen die gleichen wabernden Fiep- und Klopfgeräusche wie eine Tardis-Maschine, wenn sie sich materialisierte. Alle jubelten.

»Fantastisch!«, rief ich lachend. »Aber hey, Rob, nimm doch bitte dieses Teil runter, bevor es noch jemand verschluckt.«

Stewart stupste mich mit dem Finger an der Schulter an und sagte dann in seiner typischen langsamen, monotonen Stimme: »Denise wird nicht glücklich sein, wenn sie mitbekommt, dass du den Diabetikern Kuchen gegeben hast.«

»Stewart«, sagte ich, »ich hab doch nicht vor, Kuchen an die …«

»Scheiß doch auf Denise!«, stieß Theresa hervor, und als Rob meinem Blick begegnete, lachte er los.

Ich brachte den Kuchen in die Küche und steckte drei halb abgebrannte, pinkfarbene Kerzen drauf. Ich musste daran denken, wie Rob, als ich nach der Sache in Swanage angerufen und darum gebeten hatte, dieses Wochenende frei zu bekommen, freiwillig für mich einspringen wollte. Er wäre also sogar bereit gewesen, an seinem Geburtstag zu arbeiten, nur um mir zu helfen. Mir war eh schon klar, dass man auf ihn immer zählen konnte, doch das hier war echt unglaublich nett.

Ich zündete die Kerzen an dem überdimensionalen Gaskocher an, der mir um ein Haar die Augenbrauen versengte, als die Flamme rauschend zum Leben erwachte. Nachdem ich mich vergewissert hatte, dass jemand das Licht ausgeschaltet hatte, kehrte ich, den Kuchen mit den brennenden Kerzen in Händen, in feierlicher Haltung zurück, und dann sangen wir alle gemeinsam »Happy Birthday«. Man kann völlig zu Recht behaupten, dass die Clifton Avenue im Chor klang wie eine Horde gesteinigter Affen, aber wir wurstelten uns so durch. Selbst Philip hatte ein breites Grinsen im Gesicht. Dann blies Rob die Kerzen aus, und alle klatschten und jubelten.

»Wünsch dir was, wünsch dir was!«, bettelte Theresa, die jetzt mit den Armen um Stewarts Schultern dastand. Alle Feindseligkeiten waren vergessen. Rob kniff die Augen ganz fest zu.

»Was hast du dir gewünscht?«, wollte Sophie wissen.

»Hey, das werde ich ja wohl kaum verraten«, lautete Robs Antwort. Doch dann beugte er sich zu mir rüber und flüsterte mir ins Ohr: »Ich hab mir gewünscht, Denise möge eines langsamen, qualvollen Todes sterben.«

Ich war schockiert und sah ihn jetzt fragend an auf der Suche nach irgendeiner Erklärung. Doch er war bereits weitergegangen und schlang nun den Arm um Sophie, als hätte er nie einen Ton gesagt.

»Präsente, Eure Majestät«, sagte Malcolm, wobei er sich tief verbeugte und Rob ein Geschenk überreichte. Es waren Socken; graue, langweilige Acrylsocken, die Malcolms Mum gekauft und verpackt hatte. Rob aber packte das Geschenk langsam und vorsichtig aus und hielt die Dinger dann hoch, um sie allen zu zeigen, ein bisschen wie Charlie Bucket mit seinem goldenen Ticket.

»Vielen Dank, Kumpel. Ich danke dir vielmals.« Er gab Malcolm einen dicken Schmatz auf die Stirn, und Malcolm wirkte wie der Mann, der soeben den Weltcup hatte überreichen dürfen.

Einer der Bewohner hatte für Rob eine Dose Bier gekauft, genau von der gleichen Sorte, wie er sie gerade vor wenigen Minuten so großzügig verteilt hatte. Doch er schien dies gar nicht zu bemerken und machte ein begeistertes Gesicht. Theresa hatte einen Galaxy-Riegel für ihn verpackt, und jemand anderer einen großen Dairy-Milk-Riegel.

»Du solltest besser aufpassen, Rob«, meinte Malcolm, während er über seinen riesigen Bauch strich. »Sonst kriegst du noch so eine Wampe wie ich.«

Rob streckte den eigenen Bauch vor und streichelte ebenfalls darüber. »Ich arbeite dran, Kumpel. Ich arbeite dran.«

Schließlich kam Sophie ins Zimmer gerannt mit ihrem großen Geschenk. Kokett überreichte sie es Rob mit einem breiten Grinsen im Gesicht. Sie konnte es kaum erwarten, bis er es endlich öffnete.

Rob zog das Papier weg und brachte etwas Graues zum Vorschein, das in Zellophan gewickelt war. »Tja, ich hoffe, es ist das, was ich hoffe, dass es ist«, sagte er mit einem Blick zu Sophie. »Sag bitte, dass ich dieses Mal Glück hatte!«

Sophie nickte ganz nervös und aufgeregt, und als Rob das Paket öffnete, zog er eine billige Nylonhose hervor, die vermutlich noch kürzer war als das Exemplar, das er gerade trug.

»Ich werde ein Wörtchen mit deiner Mutter reden müssen, Sophie Manning. Du verwöhnst mich, ernsthaft.« Er hielt sich die neue Hose an die Hüften und wackelte ein wenig damit. »Wow! Die ist ja echt toll. Noch besser als die vom letzten Jahr. Was denkt ihr?«

Sophie trat einen Schritt zurück und besah sich das Gesamtbild. »Mir gefällt sie«, sagte sie. »Mir gefällt sie sogar sehr … du bist so hübsch wie ein Habicht.«

Als Rob gegangen war und alle sich wieder etwas beruhigt hatten, knipste ich sämtliche Lichter unten aus, sperrte ab und suchte schließlich nach Philip, um ihn fürs Bett fertig zu machen.

Während ich ihn wusch, erzählte ich ihm wie immer einfach irgendwas von den Kindern, von den Filmen, die ich am Abend zuvor geguckt hatte, oder von meinem Abendessen, egal was, Hauptsache, ich kriegte endlich mal eine Antwort. Ich hatte keinen Schimmer, ob ihn das alles interessierte oder ob er eines Tages, während ich was daherquasselte von, sagen wir, einem Schinkensandwich von der Tankstelle, in dem viel zu wenig Schinken war, laut losbrüllen würde: »Es reicht, gute Frau! Hör endlich auf mit deinem ewigen Gerede. Ich halt das nicht eine Sekunde länger aus!« Fast wünschte ich mir schon, er würde es tatsächlich tun, denn zumindest würde das bedeuten, dass er das Selbstvertrauen hatte, für sich selbst einzustehen. Und es wäre gewiss weit weniger schmerzhaft, als wenn Dom es sagen würde, was er tatsächlich mal getan hatte.

Philip schien entspannt, als hätte er den Abend genossen, deshalb hielt ich es für einen guten Zeitpunkt, ihm einen von Jess' Schätzen zu zeigen, die ich von zu Hause entwendet hatte. Es war eine rosa Glitzerzahnbürste mit kleinen silbernen Sternen drauf. Die hatte sie letztes Jahr im Weihnachtsstrumpf gehabt, und sie war ihr derart heilig, dass sie sie nicht benutzen wollte. Sie war für eine Fünfjährige gedacht, daher wirkte es ziemlich grotesk, als ich sie jetzt Philip in die klobige Hand legte und dann Zahncreme auf dem kleinen Bürstenkopf verteilte.

»Und jetzt«, sagte ich, »wenn du dir ganz allein die Zähne putzt, hat diese Zahnbürste noch eine Überraschung für dich parat. Probier es mal aus.«

Ich half ihm, die Zahnbürste unter das fließende Wasser zu halten, und führte seine Hand dann hoch zum Mund.

»Jetzt los«, drängte ich und fing an, mit der Bürste eine Auf- und Abbewegung zu machen. Während ich dies tat, drückte ich auf einen kleinen Knopf ganz unten am Stiel, woraufhin eine leise Melodie ertönte: »*When you're smiling, keep on smiling …*« Die Töne breiteten sich über den gesamten Raum aus. »*The whole world smiles with you …*« Philip musste grinsen. »*Do de do dooo. Do de do dooo …*«, erklang die sanfte blecherne Melodie. Philip schien den Song zu erkennen, und er begann leicht mit dem Kopf zu wippen und gelegentlich einen Ton mitzusingen. Dabei sah er mich an, machte erneut ein erfreutes Gesicht und zog die Nase kraus.

Ich stellte die Melodie wieder aus. Philip wirkte schockiert.

»Es spielt nur so lange, wie du dir die Zähne putzt«, sagte ich. »Du musst putzen, um dic Melodie hören zu können.« Ich hielt seine Hand, drückte auf den Knopf und begann wieder zu putzen. Das Lied war erneut zu hören. Dieses Mal ließ ich es einfach weiterlaufen.

»Es spielt eine ganze Minute lang, damit du weißt, wenn du genügend geputzt hast«, sagte ich und stellte den Ton aus. Ich ließ seine Hand los. »Und jetzt versuch du es.«

»Hübsche Beißerchen«, sagte er fröhlich. »Hübsche weiße Beißerchen.« Doch er machte keine Anstalten, die Zahnbürste zum Mund zu führen.

»Du musst es versuchen, Philip«, erklärte ich entschlossen. »Du musst dir selbst die Zähne putzen, damit es funktioniert, damit die Zahnbürste die Melodie abspielt.«

Er riss drei, vier Mal den Kopf nach hinten, ehe er wieder ganz ruhig dastand. Er schaute zu Boden und murmelte abwesend vor sich hin: »Weiße Beißerchen … hübsch.« Dann sah er wieder auf und brachte, den Blick auf mich gerichtet, die Zahnbürste ganz langsam hoch an den Mund. Ich stellte die Melodie an, und dann fing er ganz leicht und recht ineffektiv an, vor seinen Zähnen in der Luft zu bürsten. Ich stellte den Ton wieder aus.

»Komm schon«, sagte ich. »Du kannst das doch! Wenn du nicht richtig putzt, hört es wieder auf zu spielen.« Jetzt formte er mit den Lippen ein kleines O, brachte die Bürste an die Lippen und drückte sie auf die Zähne. Dann begann er wieder mit der Putzbewegung, sein Gesicht vor Konzentration ganz angespannt. Ich stellte die Zahnbürste wieder an. Als die Melodie begann, putzte er etwas eifriger.

»Genau so geht es!« Ich lachte. »Das ist es!« Und als Philip sich für diese Aufgabe erwärmte, fing er an zu lachen und putzte die hinteren Zähne und die vorderen, und die fröhliche kleine Melodie schien ihn tatsächlich anzuspornen. Weißer Schaum bildete sich vor seinem Mund. Ich fing an zu klatschen. »Perfekt!«, rief ich. »So geht das. Weiter so!« Ich blickte zu ihm auf, und als er jetzt ein freudiges Lachen ausstieß, trafen mich dicke Spritzer Zahncreme zwischen die Augen.

Ich sang trotz allem mit. »*When you're crying, you bring on the rain, so stop that sighing, be happy again!*« Ich schnappte mir Philips freie Hand, und wir tanzten eine Runde durch das Zimmer. »›*When you're smiling, keep on smiling. The whole world …*‹« In dem Moment hörte die Melodie abrupt auf.

»Das war's!«, sagte ich. »Du hast die eine Minute geschafft! Ganz allein! Du bist genial, Philip. Du bist ein verdammtes Genie!« Ich platzte fast, so stolz war ich auf ihn. »Sollen wir es noch mal versuchen?«, fragte ich. Er nickte und fing das zweite Mal von insgesamt acht Durchläufen an diesem Abend an, sich die Zähne zu putzen.

Am nächsten Tag kam ich heim, nachdem ich kurz bei meiner Schwiegermutter Mary reingeschaut hatte, um ein bisschen mit ihr zu quatschen. Ich räumte rasch etwas auf, ehe Dom um sechs kommen sollte, um die Kinder vorbeizubringen. Ich hörte mir im Radio die Hitparade an, bereitete ein paar Sandwiches vor und schnitt rohe Möhren klein, damit die Kinder noch was zu essen hatten, bevor sie ins Bett gingen, wohl wissend, dass ich den ganzen Abend an den übrig gebliebenen Möhrenschnitzen knabbern würde. Während ich »When You're Smiling« vor mich hinsummte, fing ich an, die Schuluniformen und Sportsachen für die kommende Woche rauszusuchen. Gerade steckte ich Jess' Bibliotheksbuch in ihre Schultasche – *Handbuch Kaninchen: Haltung und Pflege* –, als ich hörte, wie Luke krachend auf der Türmatte landete und durch den Briefschlitz reinbrüllte.

»Wir sind's! Wir sind zurück! Mum, mach auf!«

Ich öffnete die Tür, und er warf sich mir sofort an den

Hals, schlang die Arme um mich und drückte mich ganz fest. Dom kam als Nächster und trug eine recht müde wirkende Jess auf den Armen. Er überreichte sie mir wie ein kleines Schimpansenjunges. Ihm war wohl klar, dass ich ihn nicht hereinbitten würde, und so stellte er die Taschen an der Türschwelle ab. Ich warf einen Blick hinter ihn zum Auto und hielt Ausschau nach Alec, doch er war nicht da.

Mit einem Blick zu Dom fragte ich: »Wo steckt Alec?«

»Er ist nicht hier, Rachel. Wir haben über alles gesprochen und sind zu dem Schluss gekommen, dass es für alle das Beste ist, wenn er bei mir bleibt.«

Teil 2

Kapitel 6

Leise Scheiße schreien

»Du kannst nicht zulassen, dass das so weitergeht, Rachel. Es ist nicht richtig!« Ein Monat war inzwischen vergangen, und Doms Mutter Mary hatte mich gebeten vorbeizukommen. Sie hatte sich lange genug auf die Zunge gebissen und hatte jetzt das Gefühl, es sei an der Zeit, was zu sagen. Sie hatte eine Ansprache vorbereitet, doch das Ganze verlief nicht eben nach Plan.

»Ich kann ihn nicht hindern«, sagte ich und schüttelte frustriert den Kopf.

»Natürlich kannst du das! Du kannst ihn vor Gericht zerren, wenn nötig. Er kann dir Alec nicht einfach so nach Lust und Laune wegnehmen. Es gibt Gesetze, die ein Kind in einer solchen Situation schützen, aber du scheinst ja zufrieden damit, dich passiv zu verhalten und Dom auf dir rumtrampeln zu lassen.«

»Hör zu, Mary, wenn ich vor Gericht gehe, würde der Richter doch fragen, was Alec denn will, und der würde sagen, dass er bei seinem Dad leben möchte. Dom ist kein Kinderschänder, er kann ihm das perfekte Zuhause bieten und hat eine anständige Partnerin, die Alec sehr gerne mag.«

»Was? Willst du damit etwa behaupten, dass ein Richter

das Wort eines Ehebrechers über das Wort der Mutter des Jungen stellen würde?«

»Ja! Genau so würde es ablaufen, weil Alec nämlich schon ein großer Junge ist. Wenn es um Jess oder um Luke ginge, läge die Sache womöglich anders, aber es geht hier nun mal um Alec, und der ist elf Jahre alt. Was aber noch wichtiger ist, *ich* muss akzeptieren, was Alec will. Er will mich ja nicht ärgern, im Gegenteil, was er getan hat, tut ihm unendlich leid. Und trotzdem ist er sich absolut sicher, dass er bei seinem Vater bleiben möchte.«

»Und du denkst, das arme Kind weiß ganz genau, was es will?«

»Ja!«

In all der Zeit, die ich Mary nun kannte, hatten wir uns niemals gestritten; ein paarmal hatten wir uns vielleicht bei den Vorbereitungen für den Sonntagsbraten beleidigt angeschwiegen, doch wir waren in fast allen wichtigen Belangen immer einer Meinung gewesen. Sie hatte sich sogar auf meine Seite gestellt, als Dom uns verließ. Seither hatten sie kein Wort mehr miteinander gewechselt.

Sie ließ nicht locker: »Du sagst dauernd ›er ist doch schon elf Jahre alt‹, als wäre er fünfunddreißig. Dabei solltest du besser sagen, er ist *gerade mal* elf. Er ist immer noch ein kleiner Junge, der nicht genau weiß, was er will, es liegt in deiner Verantwortung zu entscheiden, was das Richtige für ihn ist, und zwar zu Hause bei dir zu wohnen.«

»Ich bin mir da nicht so sicher, ob das Gericht das genauso sehen würde! Denn eines, was ich ganz gewiss nicht tun werde, ist, Alec in einen fürchterlichen, verbitterten, langwierigen Sorgerechtsstreit hineinzuziehen.«

»Aber du könntest doch zu einem Anwalt gehen und ihn

um Rat fragen, einfach nur um mal zu sehen, was für Möglichkeiten du hast.«

»So läuft das nicht, Mary. Zum einen könnte ich mir das gar nicht leisten. Hast du etwa Lust, Geld dafür lockerzumachen?« Mary schien überzeugt, dass ein Richter nur einen einzigen Blick auf die Sache werfen und dann darauf bestehen würde, dass Alec nach Hause zurückkommt.

»Also willst du dich wieder mal geschlagen geben und Dom und Deborah machen lassen, was sie wollen.«

»Mir bleibt doch keine andere Wahl. Bitte, Mary! Bitte versteh doch, dass ich Alecs Wünsche akzeptieren muss. Was in Dorset geschehen ist, war so was wie ein Alarmsignal – so verhält sich eben nun mal kein glückliches, behütetes Kind. Ich muss akzeptieren, dass …«

»Unsinn.« Mary riss verbittert die Hände hoch in die Luft.

»Wie kann das denn Unsinn sein? Hör zu! Die von der Schule haben eine Therapie empfohlen, aber Dom will davon nichts hören. Alec hat angefangen, nachts ins Bett zu machen. Was auch immer er sich wünscht oder er zu seinem Glück braucht, will ich ihm nicht vorenthalten.«

»Das Einzige, was dieses Kind will, ist, dass seine Eltern sich wieder versöhnen, und das kannst du ihm nicht geben – und Dom genauso wenig. Nicht mehr.«

»Ausgezeichnet!« Ich schlug mit meiner Hand auf die Tischplatte. »Vielen Dank auch. Das ist dann also das Einzige, worin wir uns alle einig wären. Dom kommt nicht zu mir zurück.«

»Und in ein paar Jahren willst du dann auch noch Luke zu Dom und Deborah ziehen lassen und schließlich noch Jess, und du bleibst dann ganz allein zurück?«

»Nein! Natürlich nicht. So weit wird es nicht kommen.« Ich holte tief Luft und versuchte es noch mal von vorn. »Ich hab mir das gut überlegt, das habe ich wirklich. Ist ja schließlich nicht so, als würde er nicht jedes zweite Wochenende zu mir nach Hause kommen. Ich werde ihn in der Schule sehen. Alec war immer der am besten Organisierte und der Sensibelste von uns allen.« Ich gab mir alle Mühe, meine Stimme fest klingen zu lassen. »Dieses ruhigere Leben bei Dom ganz ohne die Kleinen ist eben besser für ihn. Er braucht seine Routine. Er braucht Ruhe und Ordnung, regelmäßiges gemeinsames Essen ohne Trubel, seinen eigenen Computer und ein Zimmer, in dem er ungestört seine Hausaufgaben machen kann. Und weißt du was? Ich kann ihm das nicht mal verübeln. Er hat einfach genug von uns allen – von mir.«

Mary war viel zu wütend, um von meiner Verzweiflung gerührt zu sein. »Quatsch, ich hab noch nie einen Jungen erlebt, der eine engere Beziehung zu seiner Mutter gehabt hätte. Er liebt dich abgöttisch, hat er schon immer. Wenn man sich vorstellt, dass Dom ihn dazu überredet hat …« Jetzt traten ihr die Tränen in die Augen.

Ich stellte mich neben sie und schloss sie in die Arme; sofort war der Streit zwischen uns vergessen. Sie war groß und fühlte sich ganz weich an, und ich wollte sie nur noch an mich drücken. Sie war genau die Sorte Frau mittleren Alters, die immer ein Taschentuch im Ärmel hatte für Notfälle, und als sie jetzt mit zittrigen Fingern danach tastete, fiel es zu Boden. Ich ging runter auf die Knie und wollte es aufheben, doch aus irgendeinem Grund blieb ich dann einfach in der Hocke. Mit einem Mal fühlte ich mich viel zu ausgelaugt, um wieder aufzustehen. Ich setzte mich auf den

Hintern, die Knie angezogen, den Kopf nach hinten gegen den Küchenschrank gelehnt.

Ich hatte das gleiche Gespräch auch mit meinem Dad gehabt, mit Mel und Grace, nur mit Mary war es gleich noch viel schlimmer. Alles, was ich mir von ihr erhofft hatte – von der einzigen Frau, die ebenso getroffen gewesen war wie ich von Alecs Entscheidung, bei Dom zu leben –, war, dass sie mir zuhörte und Verständnis zeigte.

»Hör zu«, sagte ich und starrte aufs Linoleum. »Ich mag vielleicht nicht die beste aller Mütter gewesen sein, seit Dom uns verlassen hat. Ich schreie rum, ich bin ständig müde und bin gerade nichts als ein Häuflein Elend. Die Hälfte der Zeit bin ich jetzt nicht mal mehr da, seit ich arbeite, und Marlenes Gegenwart ist auch nicht unbedingt eine Freude. Wenn ich daheim bin, setze ich mich hin, um Alec bei den Hausaufgaben zu helfen oder mir anzuhören, wie sein Tag war, und dann braucht Jess mich für irgendwas oder Luke haut sich wieder mal versehentlich den Kopf an. Ich versuch es damit, ihm sein Lieblingsessen zu kochen, doch dann wollen die anderen beiden es nicht anrühren, deshalb gibt es dann doch wieder Pizza. Wir stolpern von einer Krise in die nächste, und mit diesem Job jetzt … Ich kann ihm keinen Vorwurf machen. Ich kann ihm wirklich keinen Vorwurf machen.« Dann stemmte ich mich hoch und streckte die müden Beine, ehe ich ihr das Taschentuch reichte. »Vielleicht braucht er bloß mal etwas Abstand.«

»Das ist wirklich blanker Unsinn«, sagte sie, während sie sich schnäuzte. »Und was dieses junge Ding betrifft … dass die sich anmaßt, sie könnte besser mit einem Elfjährigen umgehen als seine eigene Mutter. Wer glaubt sie eigentlich, wer sie ist?«

Es gab im Grunde nichts, das Mary über Deborah sagen konnte, was nicht längst in meiner Brust schwärte, daher nickte ich lediglich und ging dann aufs Klo.

Mary wohnte in einem kleinen Apartment nur fünf Minuten von uns entfernt, und dort sah immer alles aus wie aus dem Ei gepellt. Es war das exakte Gegenteil von meinem Zuhause, ich liebte es. Als ich jetzt auf dem Badewannenrand saß und mich wappnete, in die Küche zurückzugehen, fiel mir wieder ein, wie Dom und ich Stunden dabei geholfen hatten, sie zu renovieren. Auf den Badezimmerfliesen waren kleine weiße Blüten auf hellem, lavendelblauem Hintergrund zu sehen. Die dazu passenden Vorhänge waren so sauber und perfekt, als wären sie erst an diesem Morgen aufgehängt worden. Alles im Bad war Lavendelblau, selbst das Klopapier. Am Waschbeckenrand stand eine duftende Lavendelhandcreme, von der ich mir ein bisschen nahm. Wenn meine Kinder zu Besuch kamen, dann vergaßen sie genau wie zu Hause immer, die Klospülung zu betätigen. Deshalb rannte ich kurz bevor wir gingen immer los, um nachzusehen, ob nicht einer eine kleine gelbe Pfütze oder Schlimmeres in der Schüssel hinterlassen hatte. Daheim fand ich das bloß immer ziemlich nervig, aber in diesem perfekten kleinen Badezimmer kam es mir jedes Mal vor wie ein scheußliches Vergehen. Ich ging zurück in die Küche.

Als ich die Kinder bekommen hatte, war Mary einfach wundervoll gewesen. Vor allem mit Jess, weil meine Mum damals bereits krank war und nicht hatte kommen können, um mir zu helfen. Mary muss fast durchgedreht sein, weil sie am liebsten ständig die Spucktücher gewaschen hätte, bevor sie von der vielen ausgekotzten Milch steif wurden, oder weil sie den Windeleimer leeren wollte, bevor sein Inhalt aufstand und von selbst raus zur Mülltonne kroch. Doch sie hatte sich zusammengerissen und war einfach nur total lieb gewesen und war für mich da und bot mir ihre Unterstützung an.

Sie arbeitete als Empfangsdame in der Praxis unseres Allgemeinarztes und war – ganz anders als andere Vertreterinnen ihres Berufsstandes – immer hilfsbereit, entgegenkommend und freundlich, wenn die Leute anriefen, weil sie in letzter Minute noch einen Termin vereinbaren wollten oder ein Rezept benötigten oder Testergebnisse erfragen wollten. Die Praxis war ihr Reich, und ihr Sozialleben drehte sich in erster Linie um die Gemeindeschwestern, die dort arbeiteten, andere Angestellte und ein paar Kolleginnen im Ruhestand. Sie luden sich gegenseitig zum Abendessen ein, gingen ins Theater oder ins Kino; es handelte sich um eine muntere Schar von Damen mittleren Alters, die sich selbst als »Mädels« bezeichneten, auch wenn keine von ihnen jünger war als fünfzig – Phyllis, Carol, Jean, Barbara, Maureen, Joyce, Natalie und Sue. Sie brachten sich gern gegenseitig zum Lachen, weshalb sie im Grunde die meiste Zeit lachten. Mary war schon seit Anfang vierzig verwitwet, doch dank ihres Jobs, der Kirche, ihres regen Soziallebens und ihrer Enkelkinder führte sie mittlerweile ein recht erfülltes, zufriedenes Leben. Ich konnte es nicht ertragen, dass sie sich von meinem Elend und dem meiner Familie runterziehen ließ.

»Ich muss mich echt zusammennehmen«, sagte ich, als ich zurück in die Küche kam. »Dann kommt Alec vielleicht irgendwann wieder nach Hause. Das ist wie wenn einen der Freund verlässt; wenn man heult und schreit und ihm die Reifen zersticht, dann sieht man ihn nie wieder. Aber wenn man einfach weitermacht und selbstbewusst auftritt und es so aussieht, als würde man gut klarkommen, dann stehen die Chancen gut, dass er es sich noch mal anders überlegt.«

»Hast du es etwa mit dieser Strategie auch bei Dom versucht?«, wollte Mary wissen.

»Gott, nein. Schön wär's.« Ich sah runter auf meine hässlichen Turnschuhe und die schlecht sitzende Jeans, und während ich die Arme seitlich ausstreckte, sagte ich: »Dafür ist es leider ein bisschen zu spät.«

Mary konnte sich ein Lachen nicht verkneifen. Vielleicht hatte ich mich nicht genügend angestrengt und um Dom gekämpft. Vielleicht hatte ich zugelassen, dass er sich von mir entfernte. Tat ich jetzt das Gleiche mit Alec?

An diesem Abend rief Alec wie gewohnt an, bevor er ins Bett ging.

»Hallo? Mum?«

»Hallo, mein Liebling. Wie war dein Tag?«

»Gut. In der Schule war nicht viel los. Wie geht's Grandma?«

»Bestens. Sie lässt dir liebe Grüße ausrichten und dass sie mal vorbeikommt, wenn du hier bist.«

»Alles in Ordnung bei dir? Du klingst ein bisschen traurig. Bist du traurig?«

»Nein! Alles gut.«

»Sicher?«

»Ja, ehrlich. Ich war traurig. Du weißt, dass ich das war. Aber jetzt geht es mir gut, ehrlich.«

»Willst du, dass ich nach Hause komme?«

»Ja, natürlich will ich das … Aber Alec, ich verstehe sehr gut, warum du von hier weg wolltest. Du willst bei Dad sein, zumindest vorerst, und das ist okay so.«

»Tut mir leid, Mum.«

»Ich weiß. Aber mach dir keine Sorgen meinetwegen, denk lieber mal zur Abwechslung nur an dich. Mir ist nur wichtig, dass du glücklich bist, und wenn es dich glücklich macht, bei Dad zu wohnen, dann solltest du da auch bleiben.«

»Genau das hat Deborah gesagt, dass du das sagen würdest.«

»Klar … tja, damit hatte sie recht. Es ist nur echt wichtig, dass du weißt, dass du jederzeit wieder heimkommen kannst, wann immer du willst. Jederzeit. Das weißt du doch, nicht wahr?«

»Ja. Willst du, dass ich dich morgen wieder anrufe?«

»Nur wenn du das möchtest, mein Schatz.«

»Tja, ich glaub schon. Gute Nacht.«

»Gute Nacht. Wir sehen uns auf jeden Fall am Wochenende. Ich vermisse dich.«

»Ich vermisse dich auch.«

Am liebsten hätte ich die Arbeit für eine Weile auf Eis gelegt und mich in einem Loch verkrochen. Jetzt, wo Alec nicht mehr da war, fühlte ich mich genauso wie damals, als meine Mutter gestorben war; ich wusste einfach nichts mit mir anzufangen. Einerseits war ich der Ansicht, dass ich um Jess' und Lukes willen den Kopf nicht hängen lassen sollte, doch andererseits machte ich mir auch Sorgen, dass sie dann denken könnten, ich würde Alec nicht vermissen, und mir wäre das alles egal. Da die richtige Balance zu finden war gar nicht so leicht. Der Vorfall in der Clifton Avenue, als Margaret sich verbrannt hatte, gab mir mehr denn je das Gefühl, dort nur auf Probe zu sein und keinerlei Kontrolle darüber zu haben. Mein einziger Triumph war Philip, dessen neu gefundene Fähigkeit, sich allein die Zähne zu putzen – wenn auch ziemlich ungeschickt –, meinem Leben einen Sinn verlieh. Indem ich ihn täglich ein bisschen vorwärtsschubste und antrieb, hoffte ich, er möge ein bisschen Frieden finden und sich für sein neues Leben erwärmen, und ich hoffte auch, Denise würde das nicht entgehen.

Eines Nachmittags füllte ich ein Formular aus, das es ihm ermöglichte, ein wenig Geld aus dem Nachlass seiner Mutter zu beantragen, damit er sich ein paar schöne Sachen für sein Zimmer und ein paar neue Klamotten kaufen konnte. Philip würde ziemlich viel Geld haben, wenn die Wohnung seiner Mutter erst mal verkauft war. Die Wohnung war zwar recht runtergewohnt, aber in guter Lage gleich beim Queens Park. Für den Antrag hatte ich Stunden gebraucht. Ich hatte einen Begleitbrief an Philips Anwalt geschrieben und eine Kopie an seine Betreuerin geschickt.

Denise kam rein, warf einen Blick über meine Schulter und las sich den Inhalt des Briefs genau durch. »Gut gemacht«, sagte sie. »Sehr gute Arbeit.« Dann stieß sie einen spöttischen kleinen Schrei aus. »Wo um alles in der Welt haben Sie denn dieses Briefpapier her? Ich dachte, das hätten wir restlos weggeschmissen. Im Ernst, Rachel, Sie machen es sich manchmal schon unnötig schwer.« Sie lächelte spöttisch.

»Was stimmt denn nicht damit?« Ich lehnte mich zurück und betrachtete erstaunt das Papier. Ich war verwirrt.

»Sehen Sie doch!«, sagte sie.

Wieder betrachtete ich es, sah dann wieder zu ihr auf und zuckte mit der Schulter.

Ein pflaumenfarben lackierter Fingernagel deutete auf die Zeile unterhalb der Adresse. »Da!«, sagte sie.

Ich konnte immer noch nichts Auffälliges feststellen.

»Das ist unsere alte Telefonnummer da im Briefkopf, und eine E-Mail-Adresse steht da auch nicht. Das Briefpapier benutzen wir schon seit Jahren nicht mehr. Wo um alles in der Welt haben Sie das gefunden?«

»Hier unten«, sagte ich, trat an den Schreibtisch und öffnete das Schränkchen darunter, wo ein ganzer Stapel lag. Denise schnappte sich den Packen und steckte ihn in den Papierkorb. Dann ging sie an einen anderen Schrank und deutete auf einen Stapel vom neuen Briefpapier.

»Also ehrlich, da ist es doch.«

»Tut mir leid. Mir war nicht klar ...«

Denise drückte nachsichtig meine Schulter, als wollte sie damit sagen, ich solle mich deswegen nicht weiter grämen. Darauf wollte ich am liebsten antworten: »Aber mir hat doch nie einer erklärt, welches Papier ich benutzen soll. Ich bin doch nicht doof, bloß hellsehen kann ich nicht.«

»Los jetzt, sonst kommen wir noch zu spät«, sagte sie. »Soll ich uns beiden eine Tasse Tee machen, damit wir das Teamtreffen durchstehen?« Dankbar nickte ich, während sie mit meiner dreckigen Tasse wedelte und zum Büro rausschuschte.

Eine Minute später kam Rob rein. »Haben die schon angefangen?«, erkundigte er sich beunruhigt.

»Noch nicht. Wir wollen uns erst noch mit einer Tasse Tee stärken.«

»Oh, gut. Ich dachte schon, ich käme zu spät. Ich geh und organisiere mir einen Kaffee.« Als er seine Jacke über eine Stuhllehne hängte, fragte er: »Hab dich schon eine Weile nicht mehr gesehen. Wie geht's denn so?«

»Ach, okay«, erwiderte ich mit einem kleinen Seufzen.

»Und Philip?«

»Wird schon. Ich glaub, das mit dem Zähneputzen beherrschen wir jetzt.«

»Gut gemacht! Das sind ja großartige Neuigkeiten!«

Er schien aufrichtig erfreut, und ich erzählte ihm das mit Jess' Zahnbürste.

»Sehr einfallsreich«, meinte er anerkennend, als ich fertig war, und grinste wie ein Kind, das von seinem Lieblingslehrer eine eins mit Sternchen bekommen hat.

»Bloß muss ich mir jetzt auch wegen seiner Rasiererei was einfallen lassen. Irgendwelche Vorschläge?«, fragte ich.

»Brazilian Style – alles andere kannst du vergessen«, sagte er, und ich lachte laut auf. Als er sich im Mitarbeiterbuch eintrug und sich dabei zu mir rüberbeugte, fiel mir auf, dass Rob irgendwie anders aussah. Besser. Viel besser. Ganz beiläufig sagte er: »Du weißt, dass er nicht unbedingt nass rasiert werden muss. Vielleicht kommt er ja mit einem Elektrorasierer zurecht, zumindest für den Anfang.«

»Das ist eine super Idee. Danke!« Wieder einmal war ich unsäglich dankbar für Robs Unterstützung, doch ich war auch aufgeregt wegen Philip; wenn eine singende Zahnbürste bei ihm irgendwas freigesetzt hatte, dann sorgte ein Elektrorasierer womöglich noch für ganz anderes bei ihm. »Und wo wir gerade beim Rasieren wären«, sagte ich, nicht ohne demonstrativ die Augen zu verdrehen, und musterte Robs Miene, »du siehst irgendwie anders aus.«

Sofort hob Rob die Hand an die glatte Oberlippe und strich darüber. »Ende des Monats«, sagte er, »Gott sei Dank.«

»Oh! Du hast dir den Schnauzbart also für einen guten Zweck wachsen lassen?«

»Ja!« Er wirkte entsetzt. »Oh verdammt, sag bloß, du

dachtest, ich hätte mir diesen Bart freiwillig wachsen lassen. Hast du doch nicht … oder?«

Ich lachte verlegen. »Tja, konnte ich ja nicht wissen, oder?«

»Ich hab ausgesehen wie ein Teenager! Ich kann echt nicht fassen, dass du dachtest, ich hätte mir dieses Styling selbst ausgesucht.«

Jetzt lachten wir beide, und das fühlte sich verdammt gut an.

»Was dachtest du denn, wen ich mir als Vorbild genommen habe? Tom Selleck vielleicht? Hercule Poirot?«

»Tut mir leid! Ich hatte keine Ahnung!«

»Schäm dich. Das Ganze war eine kleinere Katastrophe. Ich dachte, ich könnte mir was halbwegs Anständiges wachsen lassen, doch wenn ich ehrlich bin, hatte ich schon Freundinnen mit mehr Gesichtsbehaarung.«

»Hast du viel Geld gesammelt damit?«

»Tja, ich befürchte, Leben konnte ich damit keine retten, aber ich schätze, meine Kumpels und ich können jetzt eine Krankenschwester für Hodenkrebspatienten ein Jahr lang mit Büroklammern versorgen, also war es keine komplette Zeitverschwendung.«

Widerstrebend und immer noch kichernd machten wir uns auf den Weg ins Besprechungszimmer.

»Also, sind jetzt alle einverstanden, dass wir den Erste-Hilfe-Kasten für die Angestellten in Zukunft im grünen Schrank im Büro aufbewahren? Ich häng noch mal ein Schild dran, damit auch absolut klar ist, dass er die Bewohner nichts angeht.«

Allgemeines Gemurmel und halbherzige Zustimmung

wurden um den Tisch herum laut, dann fuhr Denise fort. »Ich denke, das wäre vorerst alles.« Ein letztes Mal überflog sie die Tagesordnung. Gott sei Dank, dachte ich – ich war schon kurz davor, nervös zu werden, weil ich die Kinder rechtzeitig abholen wollte. Es war immer das Gleiche bei den mittwöchlichen Teamtreffen: Es dauerte und dauerte und dauerte. Bla, bla, bla, und wenn es dann vorbei war, schienen wir jedes Mal keinen Schritt vorwärtsgekommen zu sein.

Ich sah mich im Team um, zwölf Leute insgesamt, von denen ein paar aussahen wie aus einer Folge *University Challenge* der Siebzigerjahre, und dann noch der lahmarschige Scott und zwei andere Zeitarbeiter, die nach Zigaretten rochen und die ich noch nie zuvor gesehen hatte. Ach ja, und die ständig nörgelnde Lucy. Als ich in jüngeren Jahren für eine soziale Einrichtung gearbeitet hatte, waren die Leute immer total lebhaft und gesprächig gewesen. Aber der Haufen hier wirkte nur noch gelangweilt und sah aus, als hätte jeder Einzelne die Schnauze voll. Fast so, als wären sie aus Versehen im Sozialdienst gelandet, wo sie doch eigentlich auf dem Weg zu einer *Dr.-Who*-Konvention gewesen waren. Rob hatte mir erzählt, dass es sich in der Vergangenheit als nicht ganz einfach erwiesen hatte, die Leute dauerhaft zu halten, deshalb waren hier so viele Zeitarbeiter. Das war nicht gut für das Heim – denn es bedeutete, dass ein häufiger Personalwechsel stattfand und die Leute kaum Einsatz zeigten.

»Nur noch ein letzter Punkt.« Denise wandte sich mir zu. »Rachel, ich habe lange darüber nachgedacht, aber ich bin zu dem Schluss gekommen, dass es nicht gut ist, wenn Sie weiter in erster Linie für Philip verantwortlich sind. Ich denke, Sie sollten sich lieber darauf konzentrieren, hier Fuß zu fassen, ehe Sie eine derart anspruchsvolle Aufgabe übernehmen.« Und ohne eine Antwort meinerseits abzuwarten, wandte sie sich an die restlichen Anwesenden am Tisch. »Ich weiß nicht, wer im Moment am besten dafür geeignet wäre, mit Philip zu arbeiten; hat vielleicht irgendeiner das besondere Bedürfnis, ihn zu übernehmen …«

Ich spürte, wie ich dunkelrot anlief vor Wut und Beschämung. Wir befanden uns hier im Besprechungszimmer, einem schlecht belüfteten, dunklen Loch, das lediglich von grell leuchtenden Neonröhren erhellt wurde, die uns alle aussehen ließen, als wären wir alle sterbenskrank. Zwölf Augenpaare sahen jetzt angestrengt irgendwohin, bloß nicht zu mir. Ich war auf einem guten Weg mit Philip, ich wusste, dass es so war.

Um möglichst entspannt zu klingen, holte ich tief Luft, ehe ich sprach: »Darf ich nur eines anmerken, Denise?«

Sie nickte unwirsch.

»Ich bin wirklich schockiert. Es ist noch zu früh, um über Philip was Endgültiges zu sagen, aber ich denke, wir kommen gut voran. Zwar langsam, *ziemlich* langsam, aber er hat gerade angefangen, sich zum ersten Mal im Leben ganz allein die Zähne zu putzen. Erst heute hat er mir gestanden, er finde meine Socken ›schick‹.«

Denise starrte mich ausdruckslos an, daher hob ich jetzt das Bein hoch, um ihr die scheußlichen Socken mit dem Rentiermuster zu zeigen, die Jess mir zu Weihnachten geschenkt hatte. Ich trug sie immer nur versteckt unter der Jeans. Sie schüttelte unmerklich den Kopf, weil sie mich nicht verstand.

»Ich finde, das ist ein Fortschritt«, sagte ich. »Er fängt an, Dinge um sich herum wahrzunehmen und sich eine Meinung zu bilden und sie auch zum Ausdruck zu bringen. Ich bin wirklich überzeugt, dass er mit der Zeit noch viel mehr schaffen kann … und weil ich das Ganze mit ihm in Gang gesetzt habe, möchte ich wirklich gern mit ihm weitermachen.«

Sie machte ein Gesicht wie ein Clown, nur dass die Mundwinkel nach unten gezogen waren. »Tut mir leid, Rachel. Aber Sie müssen verstehen, dass ich aus meiner Sicht kaum einen Erfolg sehe bei Philip und einem gewissen Teammitglied, das – um ehrlich zu sein – vollkommen überfordert ist.«

Ich wusste nicht, was ich noch sagen sollte. Sie hatte mich ja nie mit ihm zusammen erlebt. Ich konnte mich an kein einziges Mal erinnern, wo sie im selben Raum wie Philip und ich gewesen wäre, mit Ausnahme von diesem allerersten Tag, als die Sache mit dem Handtuch passiert war. Sie wagte sich doch eh nie aus ihrem Büro raus. Hatte jemand was zu ihr gesagt? Beunruhigt sah ich mich im Raum um. Aber die anderen wichen meinem Blick immer noch aus.

Dann meldete sich zu meiner unendlichen Erleichterung Rob zu Wort. »Als Rachels Supervisor möchte ich vorschlagen, dass wir darüber nach dem Meeting weitersprechen.« Sein Gesicht wirkte grimmig und entschlossen.

Denise zuckte leicht mit der Schulter. »Tut mir leid, Rob. Aber das hier ist unser Teamtreffen, und ich finde, das ist ein Problem, das wir im Team lösen sollten.«

»Ich finde, wenn du über Rachels Leistungen und ihre Eignung als Philips Pflegerin diskutieren möchtest, solltest du das unter vier Augen tun, entweder mit ihr direkt oder mit mir als ihrem Supervisor.« Er sprach sehr langsam und bedacht.

Denise tat recht schockiert und formte mit ihrem Mund ein kleines O. »Tja, so mag das vielleicht normalerweise laufen, Rob. Aber ich habe nicht die Zeit, ich bin viel zu beschäftigt, um auch noch private Unterredungen mit meinen Teammitgliedern abzuhalten, wo das hier doch der perfekte Rahmen ist, um derlei Probleme zu besprechen.« Sie wandte sich an mich. »Das ist nichts gegen Sie persönlich, Rachel, ich finde nur, dass wir Ihnen zu früh zu viel Verantwortung zugemutet haben.«

»Ja, ich weiß, ich wünschte nur …«

Denise drehte sich lächelnd wieder zu Rob. »Siehst du? Sie ist ein großes Mädchen, sie kommt damit schon klar. Nicht wahr, Rachel?«

Rob aber ließ nicht locker. »Ich weiß«, sagte er, »aber ich denke dabei auch an Philip. Ich habe die beiden zusammen erlebt. Und ich habe mitgekriegt, wie Rachel mit Philip arbeitet, sie kommen wirklich vorwärts. Der arme Mann hat schon genug durchgemacht, er trauert immer noch um seine Mutter, und ich finde, es wäre grausam, ihm jetzt auch noch Rachel wegzunehmen. Das finde ich wirklich.«

Jetzt befanden die beiden sich in einer Pattsituation.

»Dürfte ich auch ein Wort sagen?« Das kam von Lucy. Ich warf ihr einen Blick zu, aus dem der pure Hass sprach.

»Ich finde, Rachel macht hier einen guten Job. Ich war echt beeindruckt von ihr die letzte Woche, und ich finde, man merkt bei Philip einen deutlichen Unterschied, ob Rachel gerade Schicht hat oder nicht. Ich würde gern von ihr lernen, wie wir mit Philip am besten umgehen, damit wir alle zusammen sein Selbstvertrauen aufbauen können.«

Denise sah aus, als hätte sie das völlig auf dem falschen Fuß erwischt. »Na schön, na schön. Tja, ich will ja hier keinen Aufstand provozieren, also okay, Rob, wenn du später darüber reden willst, dann können wir das gerne tun.«

Rob lächelte erleichtert. »Danke, Denise.«

Denise warf einen Blick auf ihre Uhr. »Jetzt ist es zehn vor drei, ich werde längst in der Hauptgeschäftsstelle erwartet, wenn also keiner mehr was hat, sollten wir jetzt Schluss machen. Rob, du trägst heute Abend die Verantwortung, nicht wahr?«

»Ja, so ist es.«

»Wir unterhalten uns dann später.«

Sie wird also in der Hauptgeschäftsstelle erwartet. Mir war klar, dass Denise einfach nur nach Hause wollte. Sie hatte ein Haus auf dem Gelände, das gehörte zu ihrer Position dazu, deshalb hatte sie das »von zu Hause Arbeiten« zu einer Kunstform erhoben; was wohl eher so was wie »zu Hause keinen Finger rühren« bedeutete, dachte ich voller Groll. Ich konnte mir sehr gut vorstellen, wie sie jetzt die auf Hochglanz polierten Schuhe abstreifte und mit den Zehen wackelte, während sie den aus dem Vorratsschrank der Clifton Road geklauten Keks in eine Tasse heißen Tees tunkte und sich mit der Fernbedienung in der Hand durch die Kanäle zappte.

Gerade als ich in meine Jacke schlüpfen wollte, kam Rob zu mir. »Ich tue alles in meiner Macht Stehende«, sagte er. »Ich bin mir eigentlich ziemlich sicher, dass ich sie umstimmen kann. Aber das kam ganz schön überraschend, wie? Ich dachte, ich müsste ihr eine reinschlagen.«

»Das nächste Mal gib mir einfach ein Zeichen, dann halte ich sie für dich fest.«

»Mal ehrlich, manchmal hab ich echt das Gefühl, die hat

eine Schraube locker. Du und Philip, ihr seid der einzige Erfolg, den wir hier vorzuweisen haben …«

»Warum, denkst du, will sie mich und ihn auseinanderbringen? Ich glaube nicht, dass sie uns je zusammen erlebt hat.«

»Gott weiß, ich befürchte, das könnte zum Teil meine Schuld sein, weil ich es ja war, der sie dazu gebracht hat, ihn dir zu überantworten. Ich meine, in gewisser Hinsicht hat sie ja sogar recht. Vermutlich hätte jemand Erfahreneres aus dem Team ihn übernehmen sollen, aber nachdem ich Philip kennengelernt hatte, dachte ich mir, ihr zwei würdet prima zusammenpassen. War nur so ein Gefühl. Außerdem hat Denise manchmal eine komische Art, die Dinge zu regeln. Vermutlich ist sie einfach nur höllisch eifersüchtig. Du bist jünger als sie, attraktiv, die Bewohner lieben dich, und du bist schlau.«

Er sagte das alles ganz ohne Hintergedanken, kein bisschen so, als wollte er mit mir flirten. Nein, es war eher so, als wäre es ganz einfach eine unbestrittene Tatsache, dass ich attraktiv und schlau bin, eine Tatsache, über die alle sich einig waren. Ich fühlte mich absurderweise total geschmeichelt und spürte, wie mir die Röte in die Wangen stieg. Ich ertappte mich sogar dabei, wie ich mir wünschte, es möge seine ganz persönliche Meinung sein, statt dass er damit einfach nur die Charaktereigenheiten einer geschätzten Kollegin beschrieb.

»Ist dir das nicht aufgefallen«, fuhr er fort, »dass sie sich normalerweise am liebsten mit Hohlköpfen umgibt, die sie bevormunden kann?«

»So wie du, meinst du wohl.«

Er lachte. »Na, *mich* konnte sie ja wohl schlecht ablehnen. Aber wie auch immer, dumm ist sie nicht. Sie weiß genau, dass sie einen kompetenten Stellvertreter braucht, wenn sie mit ihrer eigenen Faulheit durchkommen will. Es bricht mir das Herz – dieser Laden hier hat so viel Potenzial, aber ich habe das Gefühl, Denise lässt nicht zu, dass hier irgendwer Spaß hat. Sobald irgendwas mal gut läuft und ich das Gefühl habe, alles wird jetzt anders, kommt sie daher und macht alles zunichte.«

»Tja, zum Glück bist du ja hier. Danke, dass du dich für mich eingesetzt hast.«

»Kein Problem. Aber es ist noch nichts gewonnen. Überhaupt solltest du dich bei Lucy bedanken. Sie hat echt den Kopf hingehalten für dich.«

»Ja, ich konnte es selbst kaum glauben. Was ist denn über die gekommen?«

Rob machte ein gequältes Gesicht. »Mit Lucy solltest du nicht zu hart ins Gericht gehen. Lass dich nicht täuschen von ihrem Auftreten. Die Angestellten sind ihr egal, aber hast du mal zugeschaut, wie sie Margaret die Haare kämmt? Sie geht so behutsam mit ihr um und nimmt sich alle Zeit der Welt, als ginge es um ihre eigene Mutter. Und diese arme alte Schachtel liebt sie dafür.«

Ich spürte, wie meine Wangen erneut rot wurden. »Ich geh und such mal nach ihr«, sagte ich, schlüpfte rasch in meine Jacke und fegte zur Tür raus, um Lucy noch zu erwischen, ehe sie in den Bus stieg.

Sie war etwa fünfzig Meter vor mir und stapfte wütend die Straße entlang. »Lucy!« Als ich sie rief, drehte sie sich verärgert um, und obwohl sie mich sah, blieb sie nicht stehen. »Lucy, warte!« Im Laufschritt lief ich los, bis ich sie eingeholt hatte. »Ich wollte mich bloß bedanken dafür, dass du dich so für mich eingesetzt hast.«

Sie blieb abrupt stehen und drehte sich zu mir um. »Philip

hätte zur Beerdigung seiner Mutter gehen sollen. Du hättest ihn dahin begleiten sollen. Ich hab das Denise an dem Tag gesagt, und mir war das so peinlich, als du dann reinkamst und mich fragtest, wieso du nichts davon wusstest. Was ist das bloß für ein Laden, in dem wir arbeiten, wenn es nicht oberste Priorität hat, dass ein Sohn zur Beerdigung der eigenen Mutter gehen kann? Und jetzt auch noch das? Das ist ein verdammter Witz.«

Als ihr Bus kam, rannte sie los. Wir gingen wieder getrennter Wege. Mir kamen alle möglichen bizarren Fantasien in den Sinn, als ich dann selbst im Bus saß, von wegen, ich könnte Philip kidnappen. Die anderen Bewohner gewannen mich auch allmählich lieb, so hoffte ich zumindest, doch sie lebten allesamt schon eine ganze Weile in derartigen Institutionen. Sie waren es gewöhnt, dass die Angestellten ständig wechselten. Philip war der Einzige, bei dem ich das Gefühl hatte, dass er mich wirklich brauchte. Obwohl, Gott weiß, warum ich das dachte. Ist ja nicht so, als würde er mir die Arme um den Hals werfen, jedes Mal, wenn ich meine Schicht antrat oder ihm meine Zuneigung bekundete. Wenn Denise das alles ruinieren wollte, so dachte ich, dann würde ich Philip hier rausschleusen, und dann konnte er mitkommen und bei uns in Queens Park wohnen. Oder noch besser, wir brannten allesamt durch auf eine schottische Insel und lebten dann wie in einem Roman von Enid Blyton; weit weg von Denise, dem öffentlichen Nahverkehr, Schulen, Hausaufgaben, Deborah und Dom … Nur dass wir dann auch Alec zurücklassen würden müssen.

Als ich und die Kinder nach Hause kamen, wusch Marlene gerade sehr geschickt mit einer Hand ab, während sie in der anderen ihr Handy hielt. Sie redete und redete und holte noch nicht mal Luft, als wir reinkamen. Stattdessen nickte sie nur. Ach, Alec, was zur Hölle treibst du nur, und warum bist du nicht hier?

Erschöpft ließ ich die Tasche auf den Boden fallen und ging rüber zum Wasserkocher. Als ich ihn vollmachte, wedelte ich damit in Marlenes Richtung, woraufhin sie dankbar nickte. Ich öffnete den Kühlschrank, um zu sehen, was zu essen da war. Doch leider fand sich nichts mit Ausnahme von ein paar angegrauten Fleischstücken, die Marlene gehörten. Wie ein Haufen rausgestreckter Zungen hingen sie mir erwartungsvoll entgegen, als ich die Kühlschranktür aufmachte. Sie machte immer regelrechte Pilgerreisen in einen tschechischen Laden am anderen Ende der Stadt und kam dann jedes Mal mit allen möglichen überdimensional großen Würsten und sonderbaren Fleischstücken zurück. Letztlich nagte sie dann bloß ein bisschen am Zipfel einer Wurst, um sie anschließend im Kühlschrank liegen zu lassen. Dort gammelte das Zeug so lange vor sich hin, bis ich es dann schließlich entsorgte. Ein Anflug von Verärgerung überkam mich.

»Marlene?«

Sie sah von ihrem Telefonat auf, und ich freute mich fieserweise, sie in ihrem Redefluss unterbrochen zu haben.

»Dürfte ich dich wohl bitten, den Kühlschrank aufzuräumen? Ich bin mir nicht sicher, was von dem Zeug frisch ist und was man wegwerfen kann. Da drinnen herrscht das reinste Chaos.«

»Okay, kein Problem«, meinte sie schulterzuckend und widmete sich weiter ihrem Gespräch.

Dann kam Jess rein. Sie trug einen Schulcardigan, der

ganz offensichtlich jemand anderem gehörte, jemandem, der größer war als sie. Ich schlug den Kragen um, doch stand kein Name darin. Vermutlich lief jetzt irgendein viel größeres Kind mit Jess' Cardigan herum. Als Jess mir von ihrem Tag zu erzählen begann, krempelte ich ihr die Ärmel hoch, damit sie die Hände frei hatte, wenn sie gestikulierte. Und dann würde sie mir dabei auch nicht mehr ständig übers Gesicht wischen.

Jess' Lehrerin war schwanger, die ganzen Fünfjährigen fanden es toll, ihren Bauch wachsen zu sehen. Sie ließ sie die Kugel anfassen und die Ohren dagegenpressen und kleine Botschaften in ihren Bauchnabel rufen. Sie war beim Ultraschall gewesen, wo man ihr gesagt hatte, dass sie einen Jungen kriegen würde. Für Jess waren das schreckliche Neuigkeiten. Sie plapperte weiter, während ich mir einen Toast machte. Als ich mich an den Küchentisch setzte, fiel mir auf, dass Marlene jetzt aufgelegt hatte und abwartend dastand.

Als Jess mal kurz Luft holte, fragte ich sie, ob alles okay sei.

»Ich würde mich gern kurz mit Ihnen unterhalten, Rachel.«

»Klar«, sagte ich und schickte Jess rüber ins Wohnzimmer.

»Ich mach jetzt was anderes am College. Hab den Kurs gewechselt.«

»Oh. Und, macht es dir Spaß?«, erkundigte ich mich vorsichtig, weil ich nicht sicher war, wo das Gespräch hinführen sollte.

»Ja, bloß hat sich auch mein Stundenplan verändert, donnerstags um fünf soll ich jetzt ein Tutorial abhalten. Ist das okay für Sie?«

Ich war total perplex. Ihr war doch sicher sonnenklar,

dass das keineswegs okay sein konnte für mich. »Nicht wirklich«, sagte ich unbehaglich. »Wie du sicher weißt, sind meine Arbeitszeiten von Woche zu Woche verschieden. Ich brauch dich vielleicht auch mal an einem Donnerstag. Nicht jede Woche, aber …«

»Können Sie Ihre Chefin nicht bitten, dass sie Sie donnerstags um fünf nicht einteilt?«

»Nein, Marlene, tut mir leid, aber das kann ich nicht. So läuft das nicht.«

»Aber ich hab doch den Kurs gewechselt.«

»Ich weiß, aber du hättest den Kurs nicht wechseln sollen, ohne das vorher mit mir abzusprechen. Ich dachte, dein Englischkurs würde ein Jahr lang laufen, und das auch nur an den Vormittagen.«

»Ja, aber jetzt hab ich nun mal den Kurs gewechselt«, sagte sie, etwas lauter diesmal, als wäre ich irgendwie begriffsstutzig.

Ich seufzte, weil ich nicht wusste, wie ich ihr das noch erklären sollte. Schließlich sagte ich ganz langsam und deutlich: »Ich brauche dich hier, damit du die Kinder abholst an den Tagen, an denen ich arbeite. Deswegen bist du bei uns. Dafür bezahle ich dich, und deswegen hast du ein Zimmer bei uns im Haus. Als du hier eingezogen bist, haben wir uns darauf geeinigt.« Wir ließen sie Gott weiß nicht wegen ihrer netten Gesellschaft bei uns wohnen.

In dem Moment flog die Tür auf, und Jess kam mit loderndem Blick reingestürzt. »Luke hat mich gebissen!«, kreischte sie.

»Nein, hab ich nicht«, kam es in gelangweiltem Ton aus dem Nebenzimmer. »Ich hab nur so *getan,* als würde ich es tun. Das war gar nicht echt.«

»Ach, verdammt noch mal, ihr zwei«, erwiderte ich entnervt. Marlene nahm dies ganz offenbar zum Anlass, sich einfach zu verkrümeln. Ich folgte ihr zur Küche raus. »Tut mir leid, dass ich dir da nicht entgegenkommen kann. Ich kann dir gern eine Kopie von meinem Dienstplan geben, dann kannst du sehen, an welchen Donnerstagen ich arbeite, zumindest für den kommenden Monat.«

»Schon okay, kein Problem«, meinte sie in eisigem Ton und ließ mich einfach stehen.

Einige Tage darauf, als ich gerade Luke und Jess zur Schule brachte, sah ich rein zufällig, wie Alec aus einem Auto ausstieg, das vermutlich Deborahs war. Er wirkte glücklich und entspannt und winkte Deborah munter zu, während sie davonfuhr. Keiner von beiden bemerkte mich.

Ich fuhr zurück nach Hause. Die Haustür war doppelt abgeschlossen, was bedeutete, dass Marlene am College war. Hurra. Sie hatte eine Nachricht auf dem Küchentisch hinterlassen. »BÜGELEISEN KAPUTT«. Ich widersetzte mich dem Drang, einfach nur ein fragendes »NA UND?« darunterzusetzen.

Nach einer Scheibe Toast, einer Tasse Tee und ein paar Zeilen in der *Week* – die gar nicht von dieser Woche und auch nicht von der letzten Woche oder der Woche davor war, mir aber trotzdem das Gefühl gab, als würde ich zumindest ansatzweise ein bisschen was aufholen in Sachen Nachrichten – musste ich dringend ein paar Arbeiten im Haushalt erledigen. Zuerst umwickelte ich einen Knick im Kabel des Bügeleisens, an dem die Drähte rausschauten, mit ungefähr zwanzig Meter Isolierband. Schließlich war ich zufrieden und überzeugt, dass es so noch ein paar Monate halten würde, wenn nicht sogar Jahre – solange man das Bügeleisen im richtigen Winkel hielt.

Alec sollte am kommenden Wochenende nach Hause kommen, und ich wollte, dass sein Zimmer perfekt aussah. Ich machte Lukes Bett, dann bezog ich Alecs neu mit einem schlichten, marineblauen Bezug statt mit dem üblichen bunt gestreiften oder dem mit den Tieren drauf. Ich saugte im ganzen Haus, dann staubte ich Alecs Sachen ab; die schrecklichen getöpferten Teile, die er in der Schule fabriziert hatte und die jede Mutter mit einem Hauch Selbstachtung auf Anhieb weggeworfen hätte, das Foto von den beiden Jungs mit meiner Mutter und meinem Vater und Mary bei Jess' Taufe, einige Fossilien, ein Modell von einem Löwenbaby aus dem Cotswold Safari Park, ein Nilpferd aus dem Newquay Zoo. Und schließlich war da noch die »Sporttrophäe für herausragende Leistungen«, die er nach einem Fußballkurs erhalten hatte und auf die ich sogar kurzzeitig stolz gewesen war, bis ich feststellen musste, dass jedes Kind im Kurs so eine bekommen hatte und dass dazu allein die Anwesenheit genügt hatte.

Ich ging auf alle viere, um unter dem Bett sauber zu machen, und klaubte ein paar runtergefallene Match-Attax-Fußballkarten auf, die sich in unserem Haus offenbar vermehrten. Denn ganz gleich wie oft ich die aufräumte, bis zum nächsten Morgen lagen dann wieder hundert neue auf dem Boden verstreut herum. Es sah ordentlich aus im Zimmer, und es roch nach Meister Proper. Ich hatte für Alec ein neues *Top-Gear*-Magazin besorgt, das ich jetzt auf sein Bett legte. Ich wusste, dass Luke das nichts ausmachen würde, weil er mit mir zum Kiosk gekommen war, um es zu kaufen. Er war genauso aufgeregt wie ich, jedes Mal, wenn Alec nach

Hause kam. Neuerdings fühlten sich zwei Wochen an wie eine halbe Ewigkeit. Ich versuchte, das Zimmer in zwei Hälften zu unterteilen, wobei ich Lukes so ließ, wie sie war, während ich Alecs Hälfte etwas weniger kindlich einrichtete. Ich stellte sicher, dass die ganzen Plüschtiere auf Lukes Bett lagen, und ordnete das Bücherregal auf Alecs Seite neu, sodass da nur noch seine Bücher drin waren. Dann ging ich nach unten und holte eine kleine Flasche Wasser, die ich auf das *Top-Gear*-Magazin legte. Abschließend platzierte ich beides auf einem unserer besten Handtücher, einem, das die Kleinen nicht benutzen durften, weil es riesig war und nicht eben billig und echt luxuriös. Als Letztes ging ich noch in den Garten, pflückte ein paar von den Astern und steckte sie in einen Zahnputzbecher, den ich ihm neben das Bett stellte. Ich trat einen Schritt zurück und betrachtete zufrieden mein Werk.

Dann kam es mir: Ich hatte das Zimmer eingerichtet, als erwarteten wir einen Übernachtungsgast. Exakt diese Dinge hätte ich für einen *Gast* gemacht. Alec war jetzt also ein Besucher in diesem Haus. Er wollte nicht mehr hier wohnen, daher herrschte jetzt eine sonderbar künstliche Ordnung. Die kleine Wasserflasche und das Handtuch ließen es so aussehen, als wäre das hier ein B&B. Das hier war Alecs Zimmer, es sollte unaufgeräumt sein, und er sollte Luke anmotzen, er solle gefälligst seine Sachen in seiner Hälfte des Zimmers behalten, oder weil der in der Früh nie seine Decke ordentlich glatt strich, ganz gleich wie oft ich ihn auch darum bat. Es sollten Unterhosen und Socken aus dem Wäschekorb quellen, und Alecs Lämmchen hatte unter seinem Kissen zu liegen. Lämmchen war sein Kuscheltier, ohne das er schon mit sechs Monaten nicht schlafen wollte – Luke hatte seinen

Flauschi gehabt, und Jess benutzte immer noch ihren Daumen. Das Lämmchen war einst weich und flauschig gewesen, doch mittlerweile war es leicht angegraut und hatte was von seinem Fell eingebüßt. Es sah ziemlich angeranzt aus und genauso roch es auch. Wir hatten das Lämmchen einmal an einer Tankstelle an der M4 vergessen, woraufhin Dom die achtzig Meilen zurückgefahren war, nur um es zu holen. Irgendwann war das Lämmchen dann in Vergessenheit geraten, als Alec älter wurde, doch jetzt wurde mir mit einem Mal bewusst, dass es nicht mehr da war. Alec musste es mit zu Dom genommen haben, und dort lag es jetzt vermutlich unter dem Kissen, in dem Haus, das er neuerdings als sein Zuhause betrachtete. Aber Lämmchen gehörte doch hierher!

Es fühlte sich fast so an, als wäre mir in diesem Augenblick erst so richtig bewusst geworden, dass Alec nicht mehr da war. Ich war zu sehr damit beschäftigt gewesen, seine Entscheidung allen anderen gegenüber zu verteidigen und Jess und Luke den Eindruck zu vermitteln, als wäre alles in bester Ordnung. Reglos stand ich in der Tür und hörte zu, wie der sprichwörtliche Groschen bei mir fiel und mit einem dumpfen Geräusch auftraf. Auch wenn es mir die Kehle zuschnürte, war ich weit davon entfernt zu heulen. Meine Augen waren trocken und juckten und waren müde. Jetzt zu weinen wäre nicht richtig gewesen und außerdem reine Zeitverschwendung, und überhaupt ging es auch gar nicht.

Wie ferngesteuert machte ich mich auf ins Bad, stellte das Radio an und fing an, das Waschbecken und die Hähne von Spritzern und Zahnpastaschlieren zu befreien mit einem Handtuch, das sowieso in die Wäsche musste. Als ich das Scheuermittel aus dem Waschbeckenunterschrank holen wollte, musste ich feststellen, dass es nicht da war. Ich ging runter in die Küche, um dort unter dem Waschbecken nachzuschauen, aber nein. In Marlenes Zimmer war ebenfalls ein kleines Waschbecken, daher fragte ich mich, ob es vielleicht da war. An der Tür blieb ich zögernd stehen, dann klopfte ich, nur für den Fall, und als ich keine Antwort erhielt, marschierte ich einfach rein.

Es war fast so, als würde man eines der Musterzimmer bei John Lewis betreten, eines, in dem auch sämtliche Neuzugänge aus der Abteilung für Elektrogeräte ausgestellt waren. Es war warm und sauber und hell. In einer Ecke stand ein elektrischer Nachtspeicherofen, der gute Dienste tat. Auf den Regalen waren alle möglichen ziemlich teuren Schönheitstinkturen und -lotionen aufgereiht, und in einer anderen Ecke hatte sie sich auf einem kleinen Tisch eine Miniküche eingerichtet. Da waren ein Wasserkocher, ein Minikühlschrank, der fröhlich vor sich hinsummte, ein paar Tassen, ein paar Teelöffel mit klobigen lila Griffen, ein Brotkasten und ein Toaster. Das musste sie alles erst kürzlich gekauft haben, weil die Edelstahloberflächen glänzten, als hätte man das Ganze gerade erst ausgepackt. Auf dem Boden befand sich ein riesiger Adapter, vermutlich damit sie alles gleichzeitig eingesteckt lassen konnte: Föhn, Radio, Kühlschrank, DVD-Player, Toaster, Wasserkocher, Heizung und vielleicht irgendwann sogar noch einen Whirlpool, sobald sie den Platz dafür fand. Sie hatte einen bunten Flickenteppich über den alten Teppich gelegt. Der war nämlich voll übler Flecken nach einem Unglück mit einem Füllfederhalter, den mein Vater dummerweise Luke zum Geburtstag geschenkt hatte. Sie hatte sogar eins von diesen Dingern besorgt, die man um den Lichtschalter herum befestigte, damit man die üblichen hässlichen grauen, von kleinen schwitzigen Fingern beim

Tasten nach dem Lichtschalter verursachten Flecken nicht mehr sah. Stattdessen war da jetzt eine glänzende lila Plastikabdeckung. Sie besaß sogar wunderschöne Bettwäsche in Cremeweiß und Violett. Wahnsinn, das Ganze wirkte wirklich einladend, und ich war so müde. Ich fühlte mich, als hätte ich kein Auge mehr zugetan, seit Alec ausgezogen war, und bei vollem Bewusstsein, dass das, was ich hier tat, nicht richtig war, dass ich dadurch nicht länger die Eigentümerin des Hauses auf der Suche nach dem Scheuermittel war, sondern eher zu so was wie einem Freak wurde, setzte ich mich aufs Bett und ließ dann ganz langsam den Kopf auf Marlenes nagelneues, superweiches Kissen sinken. Meine Beine und Füße allerdings zog ich nicht hoch, denn mir war klar, dass ich dann verloren wäre. Daher lag ich einfach bloß seltsam verkrümmt da, atmete tief ein und aus und ließ zu, dass meine Augen sich schlossen, nur ganz kurz.

»Mrs. Bidewell. Rachel!« Ich schlug die Augen auf. Entgeistert schaute Marlene auf mich herab. Ich fuhr hoch wie ein aufgescheuchtes Kaninchen, dem man gerade eins mit dem Luftgewehr auf den Pelz gegeben hatte.

»Oh, Marlene! Das tut mir ja so leid.« Während ich das sagte, wurde mir bewusst, dass mein Kinn auf einer Seite ziemlich feucht war, und im selben Moment sahen Marlene und ich den feuchten Fleck auf dem Kissen etwa von der Größe eines Teebeutels. Sabber. Sie sagte keinen Ton, sah mich aber mit Augen an, so groß wie die Schraubverschlüsse von Milchflaschen. Sie machte ein entsetztes Gesicht.

»Bitte verzeih mir«, sagte ich. »Ich war auf der Suche nach dem Scheuermittel, und du hast dieses Zimmer so hübsch eingerichtet, da konnte ich nicht widerstehen … und dann muss ich …« Ich stammelte nervös vor mich hin und war total verlegen. »*Hast* du denn das Scheuermittel?«, fragte ich schließlich mit matter Stimme.

»Nein«, erwiderte sie knapp, woraufhin ich zutiefst beschämt das Zimmer verließ und mich fertig machte, um zur Arbeit zu entfliehen.

»Philip! Hier ist jemand, der dich sehen möchte!«, sagte ich, und ohne auch nur ansatzweise irgendwelche Emotionen zu zeigen, stand er auf und folgte mir fromm wie ein Lamm raus auf den Flur.

»Es ist eine ältere Dame namens Pearl«, sagte ich. »Mrs. Deakin, deine frühere Nachbarin. Sie ist gerade völlig überraschend vorbeigekommen. Möchtest du sie sehen?«

Er sah mich an und schüttelte den Kopf, doch wenn Philip den Kopf schüttelte, bedeutete das nicht zwangsläufig, dass er sie nicht sehen wollte. Allerdings hieß es auch nicht unbedingt das Gegenteil. Er schüttelte einfach generell gern den Kopf.

»Sollen wir mal gehen und ihr Hallo sagen?« Immer noch keine Reaktion. Daher beschloss ich, ihn ein bisschen anzutreiben.

Als wir das Besprechungszimmer betraten, reagierte Philip, wie ich es noch nie zuvor bei ihm erlebt hatte. Er wurde ganz unruhig und konnte sich nicht setzen, weil er so aufgeregt war. Kein Zweifel, er war offenbar höchst erfreut, die kleine alte Dame am Tisch sitzen zu sehen. Sie sah sehr betagt aus, und obwohl sie ihren alten Regenmantel abgelegt und über den Stuhl neben sich gehängt hatte, schien sie immer noch unzählige Schichten zu tragen; sie trug selbstgestrickte Sachen in Farben, die man sonst nicht mehr zu sehen bekam, außer vielleicht in den paar wenigen im Vereinigten Königreich noch verbliebenen Wollläden – Pfefferminzgrün, Lachsrosa und ein Hauch Butterblumengelb. Sie sah aus, als hätte sie ihr Leben damit verbracht, Kleidung für Neugeborene zu stricken, und sich dann aus den Resten selbst eine hübsch bunte Garderobe geschneidert. Die dünnen weißen Haarsträhnen, die sie noch am Kopf hatte, hingen schlaff an ihrem gelblichen, von Altersflecken übersäten Schädel. Ihre Augen waren rot und wässrig, und ich hatte den Eindruck, als würde sie nicht mehr allzu gut sehen. Pete, unser Koch, hatte sie mit Tee und Keksen versorgt, und als sie jetzt danach griff, bemerkte ich, dass ihre Fingernägel aussahen, als hätte sie den Kanaltunnel ganz allein mit ihren Händen gegraben.

»Gleich gibt's Ärger!«, rief Philip. »Gleich gibt's Ärger!«, und er begann, umherzuhüpfen und wild vor und zurück zu schaukeln wie ein zufriedener Wellensittich in seinem Käfig, der sich über einen neuen Spiegel und eine neue Schaukel freute. Er lächelte und lächelte und legte Pearl immer wieder die Hand auf den Kopf, als wäre sie sein Haustier. Sie lachte und legte ihre Hand auf seine drauf, als würden sie ein Spiel spielen. Es war ein sonderbarer, missglückter Versuch einer Umarmung, doch offensichtlich brachte es genau das zum Ausdruck, was sie beide im Sinn gehabt hatten.

»Hallo, mein Freund«, sagte sie lachend. »Hallo, mein Liebling.« Ein dünnes Stimmchen, vom Alter gezeichnet. Ein bisschen wie ein kleiner Cockney-Spatz, dem man auf die Luftröhre drückte.

»Sie bringt Ärger, Pearl!«, sagte Philip, wobei er auf und ab sprang und ihr mit dem Finger drohte wie ein aufgeregter Schuldirektor. »Die bringt nichts als Ärger!« Dann prustete er los und tigerte rüber ans Fenster, wo er stehen blieb und grinsend rausschaute. Wenigstens hatte er sich jetzt wieder ein bisschen beruhigt.

»Tja, hier freut sich aber jemand, Sie zu sehen!«, sagte ich. »Ich bin Rachel, Philips Pflegerin.« Ich streckte ihr die Hand hin, und sie schüttelte sie mit ihrer winzigen, warmen Klaue.

»Wie nett«, sagte sie. »Und Sie kümmern sich also um die ganzen armen Kindchen hier?«

»Die Bewohner, ja. Ich arbeite hier und habe die besondere Verantwortung, den hier bei Laune zu halten, nicht wahr, Philip?« Ich verkniff es mir hinzuzufügen: »Solange sie mich noch lassen.« Philip sprang von einem Fuß auf den anderen und wedelte mit den Händen, als hätte er kein Handtuch und versuchte deshalb, sie so trocken zu kriegen.

Sie stieß ein missbilligendes Geräusch aus und schüttelte den Kopf. »Welche Schande. Phils Mum hat immer zu mir gesagt: ›Der Herr wollte mich bestrafen, deshalb hat er mir ein zurückgebliebenes Kind geschenkt.‹« Kopfschüttelnd fügte sie in freundlichem Ton hinzu: »Es ist wirklich eine Schande.«

»Sie wären überrascht. Philip hat sich recht gut hier eingelebt. Er macht große Fortschritte und hat schon viele neue Freunde.«

»Ach, Gott segne Sie.«

»Sie haben also neben Philip gewohnt?«

»Ja, meine Liebe, über dreißig Jahre lang. Ich erinnere mich noch recht gut an den Tag, als sie neben mir einzogen. Hey, du!« Schwerfällig drehte sie sich zu Philip um und rief: »War es nicht so? Hä, Phil?«

Wieder legte Philip ihr die Hand auf den Kopf und ließ sie dort ruhen.

»Mein Sohn meint, ich käme nicht mehr allein zurecht,

deshalb gehe ich jetzt ins Heim. Der Van kommt morgen um elf, um mich abzuholen. Da hab ich gesagt: ›Ich muss mich erst noch von meinem Phil verabschieden.‹« Sie sah ihn an und sagte dann ganz laut: »Na, Phil? Kann doch nicht gehen, ohne meinem alten Freund Phil auf Wiedersehen zu sagen!«

»Nein, Pearl. Auf Wiedersehen sagen zu Phil.« Philip stieß ein lautes, helles Lachen aus und schüttelte den Kopf.

»Wohin gehen Sie denn?«, erkundigte ich mich. »Ist es in der Nähe? Können wir Sie dort besuchen kommen?«

»Nein, meine Liebe, tut mir leid, ist es nicht. Mein Sohn hat das alles in die Wege geleitet. Ist bei ihm in der Nähe.«

»Wo wohnt er denn?«

»Bedford, leider. Sie können wohl schlecht so weit fahren, um mich zu besuchen, nicht wahr?«

»Wir könnten es zumindest versuchen.«

»Nein, meine Liebe, Phil würde es so weit nicht schaffen, stimmt's, Phil?«

»Gleich gibt's Ärger!« Wieder lachte er, und sie stimmte in sein Lachen mit ein.

Dann herrschte Stille, und plötzlich sagte Philip mit hoher Stimme: »Blacky! Pussi, Pussi, Pussi. Blacky!«

»Oh, mein Blacky weilt nicht mehr unter uns, Phil.« Pearl machte ein betroffenes Gesicht und schüttelte bedächtig den Kopf. »Er war schon alt. Viel zu alt. Ich hab zu meinem Sohn gesagt: ›Ich bleib so lange hier, bis Blacky nicht mehr ist‹, doch als er dann gestorben war, schien mir der rechte Augenblick gekommen wegzuziehen.«

Philip bewegte seine Hand so, dass seine Handfläche jetzt auf Pearls Wange ruhte, ehe er sie ihr auf die Schulter legte.

»Ist verdammt ruhig geworden in unserer Gegend. Gibt nicht mehr viel, wofür es sich zu bleiben lohnt. Jetzt da auch noch Phil und seine Mum nicht mehr da sind. Ein Pärchen ist jetzt eingezogen.« Sie schnaubte verächtlich. »Totale Snobs. Ich vermisse unser gemeinsames Singen, Phil! Ich wette, dir geht es genauso. Ist doch so, oder?«

Jetzt machte Philip ein nachdenkliches Gesicht und schüttelte den Kopf.

Pearl fing an, »Some Enchanted Evening« zu singen. Ihre Stimme hatte sich verändert, jetzt trällerte sie das Liedchen und klang dabei wie eine BBC-Radiosprecherin aus alter Zeit. »Komm schon, Phil…«

»Daisy! Daisy!«, sang Philip, verstummte dann aber abrupt und lächelte.

»Das haben er und seine Mum immer getan. Sie haben gern zusammen gesungen.« Jetzt legte sie los mit einem Medley, erst »I Dreamed a Dream« aus *Les Misérables* und dann noch Gloria Gaynors »I Will Survive«.

Philip stieß ein lautes, wieherndes Lachen aus, dann wurde es still im Raum. Bis er wieder rief: »Blacky! Hier, Pussi. Blacky, Blacky, Blacky.«

»Nein«, sagte Pearl, die ihn jetzt ansah und die Stimme erhob, als würde sie mit jemandem reden, der nicht ihre Sprache versteht. »Er ist nicht mehr da, Phil. Mein Blacky ist nicht mehr. Er ist *tot!«* Traurig sah sie mich an. »Er begreift nicht, was ich da sage, nicht wahr? Oder, Phil?«, rief sie, jetzt wieder etwas lauter.

Er lachte. »Sie bringt Ärger. Pearl bringt nichts als Ärger.« Dann trat er wieder ans Fenster.

»Oh, ich denke, er kriegt viel mehr mit, als wir alle glauben. Kann ich Sie was fragen?«

»Selbstverständlich, schießen Sie los.«

»Hat Philip je eine Schule besucht? Hat … wie war der Name seiner Mutter? Er fällt mir nicht mehr ein.«

»Muriel. Oder Mo, wie ich sie nannte.«

»Muriel, natürlich. Hat sie Philip je auf eine Schule geschickt?«

»Nein, meine Liebe. Ging ja schlecht, oder? Er ist geistig behindert. Das hätte er nicht geschafft. Er kann ja noch nicht mal eine Straße überqueren, wissen Sie? Er kann in keinen Laden gehen. Sie konnte ihn keine Sekunde aus den Augen lassen. Da konnte er schlecht in die Schule gehen, meine Liebe.«

»Aber es gibt doch auch Schulen für geistig behinderte Kinder und Tageszentren für Menschen wie Philip. Orte wie diesen. War er denn nie in einer solchen Einrichtung?«

»Nein! Er hatte ja seine Mum. Er brauchte keine Fremden, die sich um ihn kümmern.«

»Verstehe. Ist sein Dad je auf den Plan getreten?«

Sie schüttelte den Kopf und sog die Luft ein. »Nein, meine Gute. Sein Dad blieb noch nicht mal lange genug, um mitzukriegen, wie er geboren wurde. Sie war vom ersten Tag an allein mit ihm. Sie war nicht mehr die Jüngste. War schon Mitte dreißig, ich glaube, sie dachte, das wäre ihre einzige Chance. Ihre Mum und ihr Dad wollten davon nichts wissen. Also sagte sie: ›Ich werde dieses Kind bekommen‹, und das tat sie dann auch!« Pearl schwieg eine Weile und runzelte die Stirn. »Ich schätze, wenn man bei der Geburt schon hätte sagen können, dass mit ihm was nicht stimmte, dann hätte sie ihn weggegeben, oder nicht? Aber das konnten sie nicht, also blieben die zwei allein. Sie hat in den letzten Jahren ziemlich viel zugenommen, deshalb war es schwer für sie, das Haus zu verlassen. Ich bin für sie einkaufen gegangen und hab ihnen das eine oder andere besorgt. Wenn sie zur Post musste oder Ähnliches, dann hab ich auf ihn aufgepasst, aber nie länger als eine halbe Stunde. Ich glaube, das hat sie am Ende auch umgebracht. Ich war bei meinem Sohn, als es passierte. Das werde ich mir nie verzeihen. Ein Herzinfarkt. Puff!« Sie schnippte mit den Fingern, »und das war's dann, wie es aussah, mit der armen Mo.«

Pearl kramte in ihrer Tasche nach einem Taschentuch. »Das verzeihe ich mir nie. Nie. Sie meinten, er wäre völlig außer sich gewesen.« Ihr Gesicht wirkte derart alt, dass es schwer war, irgendwelche Emotionen daraus zu lesen, weshalb ich überrascht war, als sie sich nun die Augen wischte und ihre Schultern leicht bebten. »In einem schrecklichen, wirklich schrecklichen Zustand.« Ich berührte sie am Arm und drückte ihn ganz leicht. »Oh, achten Sie bitte nicht auf mich, meine Liebe. Ich bin bloß eine dumme alte Gans. Wirklich, das bin ich.« Und dann tätschelte sie mir die Hand.

Da war so vieles, was ich sie fragen wollte, nicht nur aus persönlicher Neugier, sondern damit es uns in Zukunft mit Philip helfen würde. Doch sie wirkte mit einem Mal recht müde und abgekämpft. Als sie sich aufmachte zu gehen, zog sie eine Tescotüte unter ihrem Mantel hervor und brachte eine Schachtel Cadbury's Heroes zum Vorschein.

»Die sind für dich, Phil. Iss sie bitte nicht alle auf einmal.« Er lief auf sie zu und nahm die Schachtel entgegen. Gemeinerweise verspürte ich einen Stich, als ich daran dachte, wie viele Kalorien er wieder zu sich nehmen würde. Dann zog sie noch eine weitere Schachtel aus der Tüte. »Und die hier sind für die ganzen anderen Kindchen hier«, sagte sie. »Die armen Seelen.«

»Vielen Dank, Pearl«, sagte ich. »Bitte lassen Sie uns wissen, wo Sie in Zukunft zu erreichen sind. Philip macht wirklich unheimliche Fortschritte. Ich bin mir sicher, dass wir Sie einmal besuchen kommen oder Ihnen sogar schreiben können.«

»Nein, meine Liebe, schreiben kann er nicht! Aber es ist sowieso zu weit!« Langsam erhob sie sich, um zu gehen, und Philip legte ihr die Stirn auf die Schulter. Sie drehte sich um und schloss ihn in die schmalen Arme. Er wurde stocksteif. Sie gab ihm sechs bis sieben feuchte kleine Küsse auf die Wange, dann sah sie mich an. »Passen Sie gut auf ihn auf«, sagte sie, und dann wieder etwas lauter: »Das ist mein Phil. Er ist mein Freund, nicht wahr, Phil? Hm? Er ist etwas ganz Besonderes.«

Dann schlurfte sie hinaus in den Flur, die halbe Packung Kekse in der Hand, die sie nach einigem Hin und Her und auf mein Beharren hin mitnahm, in der anderen ihren Stock und die Tescotüte, die sie jetzt zusammenlegte und vorne in ihrer Handtasche verstaute. Philip und ich blickten ihr hinterher und sahen zu, wie sie die Straße runter auf die Bushaltestelle zuging. Einmal drehte sie sich noch um und wedelte zum Gruß kurz mit dem Stock.

»Tja«, sagte ich, wobei ich mich Philip zuwandte. »War das nicht eine nette Überraschung? Was für eine wunderbare Dame.«

»Hier, Pussi, Pussi, Pussi«, sagte er. »Hierher, Blacky.«

»Ich finde bestimmt raus, wo sie hingeht. Wir können ihr wenigstens eine Postkarte schicken. Und außerdem stecken in dir ja echt verborgene Talente, Mr. Johnston.«

Ich stieß ihm den Finger gegen die Brust. »Du kannst ja singen!«

Er lachte und legte mir die Hand auf den Kopf.

»Muuum!« Es war einige Stunden später an diesem Tag, Luke brüllte in voller Lautstärke über den Flur.

»Ich komme.«

»Muuuuum!«

»KOMME SCHON!«

»MUUUUUM!«

»Ja, schon gut, Luke, bin unterwegs. Ich war auf dem Klo! Was ist denn los?«

Zu meinem Verdruss hielt Luke mir den Telefonhörer hin. »Da ist jemand dran namens Rob?«

Ich machte ein entsetztes Gesicht, doch er reichte mir einfach den Hörer weiter und zuckte mit der Schulter. »Hallo?«, meldete ich mich.

»Hi«, sagte Rob gehetzt. »Hör zu, ich hab Denise endlich dazu gebracht, mir zu verraten, was sie mit Philip vorhat.« Er klang sachlich und ernst.

»Ach ja?«, erwiderte ich schwach.

»Ich bring sie leider nicht dazu, es sich anders zu überlegen. Letzten Endes ist es ja tatsächlich ihre Entscheidung. Schätze, wenn dieser Vorfall nicht gewesen wäre, wo Margaret sich die Hand verbrannt hat, als du gerade die Aufsicht hattest …«

»Aber sie war doch auch dabei. Ich hab nur …«

»Schon gut. Ich weiß ja, ich weiß. Sie benutzt das nur als Vorwand. Ich mach mir bloß Sorgen, dass dich das zurückwirft. Was auch immer passiert, lass nicht zu, dass es sich auf das auswirkt, was du hier tust. Es wäre eine Schande, wenn

Denise deinem Selbstbewusstsein schadet und du unsicher wirst.«

Ich hörte gar nicht richtig hin. Ich konnte mir einfach nicht vorstellen, wie ich das Philip beibringen sollte und wie ich hatte zulassen können, dass es so weit kommt.

Rob fuhr fort: »Das Problem in dem Laden ist, dass die Angestellten allesamt angeödet und unmotiviert sind – und das geht von ganz oben aus. Wenn du gehen würdest, dann glaube ich, wäre das für mich das Ende.« Er machte eine kurze Pause. »Ich geb mir echt alle Mühe, professionell zu bleiben, aber du weißt, dass ich überzeugt bin, dass das mit Philip ein großer Fehler ist. Es ist so dermaßen falsch, und es tut mir unendlich leid.«

»Ich mach mir keine Gedanken meinetwegen, es geht allein um Philip«, sagte ich. Dass in Robs Stimme so viel Freundlichkeit und Mitgefühl mitschwang, brachte mich fast zum Heulen. »Ich hab ihm so viele Versprechungen gemacht. Wir wollten zusammen sein Zimmer neu dekorieren, ich wollte mit ihm zum allerersten Mal ins Kino gehen. Und seine Füße! Wer bringt ihn denn jetzt dazu, sich seine Füße mal ordentlich machen zu lassen?«

»Tja, das wird dann wohl Scott übernehmen müssen. Scott übernimmt Philip.«

Scott! Der einsilbige, faule, vollkommen ungeeignete Scott? Das war doch Irrsinn. Ich war ja vielleicht nicht unbedingt die Beste in diesem Job, ich mochte unerfahren sein, aber besser als Scott war ich allemal.

»Der Termin ist am Montag – mit Scott geht er da nicht hin, ich weiß, dass er das nicht tun wird«, sagte ich.

»Tja, das ist dann wohl deine ultimative Rache, wie? Jetzt ist Scott nämlich verantwortlich für Dinge wie das hier.«

Ich konnte unmöglich erklären, dass ich mich tatsächlich darauf gefreut hatte, Philip zu begleiten, damit er sich endlich die Füße machen ließ. Ich hatte mir ausgemalt, wie wir im Bus sitzen und vielleicht in der Krankenhauskantine zu Mittag essen würden, aber vor allem freute ich mich, dass ich diejenige war, die sich um sein Wohl kümmerte. Er hatte einen Termin bei einer der angeblich besten Fußpflegespezialistinnen – vermutlich hatte die irgendwelche Superwerkzeuge –, und er war recht nervös und aufgeregt wegen der ganzen Sache. Als ich seine Hand genommen und sie kräftig gedrückt hatte und meinte: »Mach dir keine Gedanken, Kumpel, ich weiche nicht von deiner Seite«, da hatte er mich derart dankbar angesehen, das hatte mich riesig gefreut.

Ich schwieg. Ich hatte Angst davor weiterzusprechen, denn vermutlich hätte mir die Stimme versagt. Daher meinte Rob jetzt: »Hör zu, wenn dieser Termin am Montag ist, dann sollten wir ihn vielleicht besser absagen. Keine Sorge. Ich übernehme das schon, die Nummer steht sicher in der Akte. Tut mir wirklich leid, Rachel, ich hab das Gefühl, dich enttäuscht zu haben.«

»Sei nicht albern. Ist doch nicht deine Schuld. Wir sehen uns.«

Ich legte den Hörer auf und setzte mich aufs Sofa. Luke schaute vom Fernseher hoch, und als ihm auffiel, dass was nicht stimmte, kam er auf dem Po zu mir rübergerutscht und hockte sich auf meinen Schoß. Die Augen hatte er allerdings wieder auf den Bildschirm gerichtet. Das Telefon klingelte erneut. Ich ging ran – Rob noch mal.

»Hör zu, mir ist klar, wie nervös Philip wegen diesem Termin ist. Vielleicht solltest du beim ursprünglichen Plan bleiben und mit ihm am Montag da hingehen. Wir sollten die Übergabe an Scott sowieso schrittweise gestalten, und ich fände es einfach grausam, Philip mit einem buchstäblich Fremden da hinzuschicken.«

»Dreht Denise dann nicht durch?«

»Ich regle das mit Denise schon. Ich finde wirklich, dass es das Richtige ist, dass du ihn da hinbegleitest. Das ist alles nur zu seinem Besten, das Beste für seinen Seelenfrieden, und ganz gleich was Denise denkt, das sollten wir nicht aus den Augen verlieren.«

»Danke, Rob.« Ich war erleichtert und wieder mal unendlich dankbar, dass er so nett war.

»Überlass das mir«, sagte er noch.

»Oh wow, hier drinnen sieht es ja echt super aus. Danke, Mum.«

Es war Freitagabend, Jess, Luke und ich hatten Alec raufgebracht in sein Zimmer. Er wuchtete eine riesige Reisetasche hoch auf sein Bett.

»Meine Güte, was hast du da denn alles drin? Du hast hier doch alles, was du brauchst.« Ich gab mir alle Mühe, nicht beleidigt zu klingen. Aber mal ehrlich, was war denn so unglaublich wichtig, dass er es die ganzen drei Meilen von Doms Haus hierherschleppen musste?

»Ich weiß gar nicht, was da drin ist, Deborah hat für mich gepackt …« Einen kurzen Augenblick wirkte er etwas hilflos, als wüsste er nicht, was er als Nächstes sagen sollte. Vermutlich hatte er Angst, das D-Wort könnte mich wütend machen.

»Na, was hast du bloß für ein Glück. Elf Jahre alt, und wirst gleich von zwei Frauen rundum bedient!«

Er wirkte erleichtert, und ich strengte mich an, das bemühte Lächeln auf den schmalen Lippen zu behalten. Ich bemerkte, wie er in der Tasche kramte und dann das Lämmchen unter dem Kissen verschwinden ließ.

»Dreimal darfst du raten, was es zum Abendessen gibt.«

»*Makkaroni, Makkaroni, Makkaroni mit Käääässeeeeee*«, trällerte Jess – eine ihrer eigenen Kompositionen.

»Toll!«, sagte Alec aufrichtig erfreut, und ich fragte mich, ob er sich wohl von Kapern und Dessertwein ernähren musste, seit er weg war.

»Gut, tja, dann komm einfach runter, wenn du so weit bist. Ich lass dich dann mit Jeremy Clarkson allein«, sagte ich, während ich rückwärts zur Tür rausging.

Wieder einmal hatte ich das Gefühl, als wäre Alec so was wie der Neffe einer alten Schulfreundin, der nach London zu Besuch gekommen war; ein netter Junge, aber man machte dennoch einen großen Bogen umeinander, weil die Nähe einem sonst zwangsläufig peinlich wurde.

Als ich nach unten kam, klingelte das Telefon. Es war Mel. Wir waren alle am Sonntag bei ihr zum Mittagessen eingeladen.

»Wie geht's?«, fragte sie.

»Oh, weiß nicht.« Ich nahm das Telefon mit ins Wohnzimmer und machte die Tür hinter mir zu. »Wenn Alec hier ist, schleichen wir alle immer so übervorsichtig herum – das ist echt albern.«

»Warum soll das denn albern sein? Ist doch klar, dass euch das ein bisschen unangenehm ist; er fühlt sich schuldig, dass er zu Dom gezogen ist, und du versuchst so zu tun, als wäre alles okay, was es ja ganz offensichtlich nicht ist.«

»Ja, vermutlich hast du recht. Ist bloß verrückt, wenn man bedenkt, dass Alec bis vor Kurzem noch hier sein Zuhause hatte, und jetzt … tja, wir sind wohl alle etwas gestresst deswegen. Luke ist so unheimlich lieb zu Alec, dass es einem fast das Herz bricht. Und was noch krasser ist, ich hab mir sogar die Haare gewaschen und einen Rock angezogen.«

Mel lachte. »Na so was! Übertreib's mal nicht, meine Liebe. Das letzte Mal war der Freitag das Schlimmste, erinnerst du dich? Wenn du diesen Abend erst mal überstanden hast, kehrt bis spätestens morgen Früh wieder ein bisschen Normalität ein.«

»Das ist es ja genau! Ich wünsche mir immer, alles möge sich wieder normal anfühlen, und dann fällt mir ein, dass es ja genau dieses *Normale* war, vor dem er weglaufen wollte.«

»Na, dann machst du es ja genau richtig; find einfach raus, wie das neue Normal aussehen könnte. Klar ist das erst mal ein komisches Gefühl.«

»Ja, ich weiß. Hör zu, ich muss jetzt auflegen. Ich hab da Käsemakkaroni im Ofen, die aussehen wie aus einer Kochshow, die muss ich gleich auftischen.«

»Na, dann mach mal. Ich wollte dich nur vorwarnen, dass Josh am Sonntag nicht da ist. Tut mir echt leid. Da ist so eine bescheuerte Paintball-Party, auf die er gehen soll, irgendwo in Surrey.«

»Oh.« Auch wenn es immer ein bisschen traurig war für meine angeschlagene und gebeutelte kleine Rasselbande, wenn sie bei einer derart glücklichen, lustigen Familie zu Gast war, zumal in der Vergangenheit ja Dom auch immer noch mit dabei gewesen war, waren wir bei Mel immer ziemlich entspannt, und wir hatten stets unseren Spaß. Ich hatte sie sogar extra gefragt, ob wir kommen könnten, weil Alec sich so gut mit Josh verstand. Ein Tag mit ihm, und Alec war gleich viel besser drauf. Josh war ein Jahr älter als er, und er war einfach nur cool und nett und lustig. Außerdem durfte Dom die Türschwelle zu Mels Haus nicht mehr überqueren, daher war das außerdem ein Ort, der ganz allein uns gehörte.

Mel fuhr fort: »Trotzdem baut er die Carrerabahn auf in seinem Zimmer, dann kann Alec damit spielen. Tut mir wirklich schrecklich leid, aber ich hatte einfach nicht auf dem Schirm, dass dieser Mist ansteht.«

»Mach dir keine Gedanken. Hilft ja nichts.«

»Wir werden uns ausgiebig um Alec kümmern – ich schiebe einen Braten in den Ofen und mache zum Nachtisch ein großes Crumble. Auf Crumbles steht doch einfach jeder, nicht wahr?«

Als wir uns verabschiedeten, schlenderte ich zurück in die Küche und dachte so bei mir, dass dummerweise *nicht* jeder auf Crumbles stand, zumindest nicht in der Familie Bidewell. Ich sah es schon lebhaft vor mir: Alec aß die untere Hälfte, rührte aber die obere Kruste nicht an; Luke aß die Krümelkruste, aber nichts von der Füllung; und Jess würde sich weigern, weder das eine noch das andere zu essen, und wenn man dann doch einen Teller voll vor sie hinstellte, würden ihre Augen sich mit Tränen füllen, als hätte man ihr eine Schüssel voll Schweineinnereien vorgesetzt. Ich hingegen verschlang immer drei bis vier riesige Portionen mit Vanillesoße, um alles, was ich gerade durchmachen musste, zu kompensieren, und würde dann mit Blähbauch und dem Gefühl, viel zu fett zu sein, nach Hause gehen.

Die Käsemakkaroni waren tatsächlich ziemlich gelungen. Der Käse schlug Blasen, die Oberseite war schön braun geworden. Ich lud ein paar Erbsen auf einen Teller, und sie dampften zufrieden vor sich hin, während ein Klecks goldgelber Butter schmolz und sich darüber verteilte. Da es sich um eine besondere Gelegenheit handelte, hatte ich Speck unter die Makkaroni gemischt und das Ganze mit Weißbrotbröseln bestreut. Ich hatte den Tisch extra hübsch gedeckt und sogar ein paar Servietten gebügelt, die wir nicht mehr benutzt hatten seit dem letzten Mal, als wir Gäste zum Essen hatten. Das war, bevor Dom uns verließ. Ich hatte sie erst an diesem Tag in die Waschmaschine gesteckt, da immer noch Spuren von dem Fischauflauf darauf zu sehen waren, den ich damals »mit echtem Fisch!« gemacht hatte, wie Luke den Gästen beim Eintreffen ganz aufgeregt verkündete. Er war hauptsächlich an Fischfertiggerichte gewöhnt – Plastikfisch, wie Dom das immer nannte –, bei denen der Fisch unter einem Haufen klumpiger Kartoffelpampe versteckt war. Deshalb konnte er es kaum fassen, dass ich tatsächlich etwas verwendet hatte, das einst Gräten besessen hatte.

Ich zog die Vorhänge zu und ließ den Blick ein letztes Mal durch die Küche schweifen. Sie wirkte warm und einladend, in oranges Licht getaucht. Nun rief ich die Treppe hoch, dass das Abendessen fertig sei. Dann noch mal … und noch mal. Schließlich kamen drei Paar Füße die Treppe runtergetrampelt. Vielleicht würde ja doch noch alles gut werden.

Alec erzählte uns gerade eine lange, komplizierte Geschichte von wegen, dass sie in der Schule immer erst mal Müll einsammeln müssten auf dem Sportplatz, bevor sie da Fußball spielen durften. Ich hatte einen Krug mit Orangensaft gefüllt und versuchte ihm jetzt zu folgen, während ich den Saft auf die Gläser verteilte. Es freute mich, dass er einen großen Teller Essen vor sich stehen hatte und dass es ihm derart gut schmeckte, dass er sich nicht entscheiden konnte, ob er nun reden oder essen sollte, weshalb er die ganze Zeit mit der Gabel herumfuchtelte, wenn er eigentlich hätte schlucken sollen.

Ganz ohne Vorwarnung kreischte Jess plötzlich los: »Nicht den pinken! Nicht den pinken!«, als ich ihren Becher füllen wollte.

»Aber du magst den rosa Becher doch gern. Das ist der mit dem Schmetterling …«

»Nicht den pinken, Mummy.« Und damit sprang sie vom Tisch auf und begann, im Schrank nach einem geeigneteren Gefäß für ihren Saft zu suchen.

Alec verdrehte die Augen, weil sie ihn in der Erzählung unterbrochen hatte.

»Jess, jetzt komm sofort zurück an den Tisch; man steht nicht einfach so auf, wenn einem danach ist. Das weißt du genau«, ermahnte ich sie.

»Ich will den blauen mit den Punkten drauf. Aus dem pinken schmeckt der Saft komisch.«

»Ach, red doch keinen solchen Unsinn, und jetzt komm zurück an den Tisch und hör auf mit diesen Albernheiten.«

Sie achtete nicht auf mich und fuhr stattdessen fort, andere geeignete Exemplare zu inspizieren.

»Jess, kommst du jetzt bitte her.«

»Jess, jetzt sei bitte nicht so ein Baby!«, sagte Luke. Ihm war ebenso viel daran gelegen wie mir, dass das Essen gut über die Bühne ging. Er fand es toll, wenn sein großer Bruder zu Hause war, und ich bin mir sicher, dass er irgendwo in seinem kleinen Köpfchen dachte: *Wenn das gut läuft, dann beschließt Alec vielleicht zu bleiben.* »Nimm meinen! Du kannst meinen haben!«, sagte er, schnappte sich den rosafarbenen Becher und hielt ihr stattdessen seinen grünen hin.

Zu meiner Erleichterung kehrte Jess zurück an den Tisch und kletterte hoch auf ihren Stuhl. Dann aber kreischte sie sofort wieder los: »Ich will nicht den grünen! Den grünen hab ich doch sonst auch nie!«

»Na, jetzt hast du ihn aber, und ich hab den pinkfarbenen.« Luke nahm einen großen Schluck. »Den kriegst du nicht wieder, weil da jetzt meine Keime dran sind«, sagte er, in der Hoffnung, dass die Sache damit gegessen wäre.

»Den will ich aber nicht. Gib mir den pinken. Du darfst den nicht haben. Gib ihn mir zurück!« Jess stürzte sich über den Tisch auf Luke, wobei sie Alecs Glas erwischte. Sie stieß es um, und der Orangensaft ergoss sich nicht nur über den Tisch, sondern auch noch über Alecs Essen. Kleine Makkaroni- und Speckstückchen schwammen jetzt in einer Pfütze Saft, die Käsesoße wurde sofort klumpig und wässrig.

»Jess!« Ich riss Alecs Teller hoch und versuchte die Flüssigkeit im Waschbecken abzuschütten. Dann warf ich mit lautem Geklapper den rosa Becher wütend ins Waschbecken. Ich war so sauer auf sie, dass sie alles ruiniert hatte. »Jess, das geschieht dir recht, weil du immer so ungezogen sein musst. Ich dachte, wir könnten wenigstens einmal nett zusammen essen. Also wirklich, schäm dich – du hast das Abendessen für Alec ruiniert. Fünf Jahre bist du alt und benimmst dich wie ein verzogenes kleines Baby. Die sind doch beide okay, der grüne und der pinkfarbene Becher.« Mir war klar, dass das eine Sache war, die mir an einem von Alecs Wochenenden niemals passieren durfte, nämlich dass ich die Nerven verlor, und was geschah? Jetzt ging's also schon los, noch nicht mal sechs Uhr abends an einem Freitag, und ich war bereits am Toben.

»Schon gut, Mum. Ist okay. Das ist bestimmt immer

noch lecker«, sagte Alec mit einem Blick auf das verklumpte Essen.

»Nein, Alec, das isst du jetzt nicht mehr, sondern Jess. Du kriegst dafür Jess' Portion.«

»Das war ein Unfall«, jammerte Jess, als ich die Teller austauschte. »Ich wollte das nicht.«

»Das war kein Unfall.«

»War es wohl.«

»Nein, ein Unfall passiert nämlich vollkommen aus Versehen. Das hier aber war das Ergebnis deines albernen, selbstsüchtigen Verhaltens.«

Jess brach in Tränen aus, während sie die durchweichte, verklumpte Pasta vor ihr auf dem Teller betrachtete und ihre perfekte Portion vor Alec stehen sah.

»Ist schon gut, Mum, ich ess das schon. Ist okay«, meinte Alec erneut. Jess' Schluchzen schwoll zu einem lauten Gejammer an.

»Nein, wirst du nicht. Warum solltest du dir das Abendessen verderben lassen müssen?«

Dicke Tränen rannen Jess jetzt über das knallrote, zu einer Grimasse verzogene kleine Gesichtchen. »Tut mir leid. Es war ein Unfall, Mummy. Es war nur ein Unfall. Ich nehme den grünen Becher. Ich mag den grünen Becher, ehrlich.«

»Okay, okay.« Ich stieß einen tiefen Seufzer aus. »Dann nehm ich es eben«, und damit begann der Ringelreihen der Käsemakkaroni ein weiteres Mal, und ich tauschte meinen Teller gegen den von Jess aus. Dann saßen wir alle schweigend da, wobei die Kinder mich ängstlich beäugten, während ich versuchte, die aufgeweichten, inzwischen kalt gewordenen Makkaroni zu schlucken, die nach billigem Orangensaft schmeckten.

In dieser Nacht, als endlich Ruhe eingekehrt war im Haus, brachte ich eine schläfrige Jess zum Pipimachen und ging dann in Alecs und Lukes Zimmer. Luke lag bereits lang ausgestreckt auf dem Bett. Ich legte ihn ordentlich hin und deckte ihn zu, bis kein Körperteil mehr unter der Decke hervorlugte.

Alec hatte sich schon gemütlich unter die Decke gekuschelt, daher brauchte ich nur noch Lämmchen zu retten, das kurz davor war, zwischen Bett und Wand runterzurutschen. Ich steckte es in die kleine Kuhle zwischen Alecs Händen und seiner Brust, und er brummelte zum Dank nur verschlafen was vor sich hin. Er war groß für sein Alter, aber auch sehr schmächtig und dürr, viel zu alt eigentlich für Lämmchen, aber auch viel zu jung, um schon von daheim ausgezogen zu sein.

Ich schlich mich rüber auf die andere Seite des Zimmers, wo ich anfing, seine Sachen für ihn auszupacken. Die Tasche selbst kannte ich nicht, und im Inneren fand ich unter anderem eine neue Hose und neue Socken, schicke Turnschuhe und ein Poloshirt. Er besaß eine glänzende schwarze, recht sportliche Kulturtasche mit nagelneuer Zahnbürste und Zahncreme, einem Kamm, einem Waschlappen und Zahnseide. Waren das Kämmen und die Benutzung von Zahnseide ein Teil von Alecs neuem Leben? Am liebsten hätte ich laut losgelacht. Ein Stück Seife lag, immer noch in Zellophan verschweißt, in einer schwarzen Seifenschachtel. Eindeutig hatte Deborah die Tasche gepackt. Dachte sie denn ernsthaft, dass wir hier nichts zum Waschen für ihn hatten? Dass wir uns nicht mit Seife, sondern, sagen wir, mit der eigenen Spucke wuschen? Als ich noch weiter wühlte, fand ich ein weiteres Exemplar der Ausgabe des *Top-Gear*-Magazins, das ich Alec aufs Bett gelegt hatte, und ein Handtuch. Sie hatte ihm allen Ernstes ein Handtuch eingepackt!

Ich malte mir aus, wie sie die Tasche für ihn fertig machte. War das hier etwa das Werk einer eingebildeten dummen Schnepfe, die sich dachte, wie schlimm es doch war für den armen kleinen Alec, dass er in einer solchen Absteige übernachten musste? Und dass sie ihm deshalb eine Tasche packte, die letztendlich bloß aussagte: »Schau her, das ist die Welt, zu der du jetzt gehörst, wo du dir die Zähne mit Zahnseide reinigst und wo deine Seifenschachtel zur Kulturtasche passt, weil du nämlich Besseres verdient hast als die Welt, die du hinter dir gelassen hast. Und außerdem habe ich viel höhere Ansprüche als deine Mutter.« Oder war sie einfach nur eine junge, unerfahrene Frau, die verzweifelt versuchte, diesem Kind und ihrem neuen Partner zu gefallen? Sollte ich vielleicht sogar gerührt sein angesichts des Aufwands, den sie getrieben hatte, dass sie nichts dem Zufall überlassen wollte und deshalb vorgesorgt hatte, damit es Alec an nichts fehlte? War sie in der Mittagspause losgerannt zu Boots und hatte überlegt, ob sie die edle schwarze Kulturtasche oder lieber die mit den Power Rangers drauf kaufen sollte?

Der Rest des Wochenendes verlief zum Glück ohne besondere Vorkommnisse, aber ich war keinen einzigen Moment lang richtig entspannt oder fühlte mich so wie in den Zeiten vor Deborah. Am Montag in der Früh, nachdem ich die Kinder zur Schule gebracht hatte und auf dem Weg zurück zu meinem Wagen war, wurde ich von Rebecca der Elternsprecherin abgefangen. Sie stand am Eingangstor zur Schule, und zu meiner Erleichterung unterhielt sie sich gerade angeregt mit jemand anderem. Ich wollte unbemerkt vorbeihuschen und musste mich zusammenreißen, nicht in einen Laufschritt zu verfallen, schaffte es so aber dennoch hinaus auf den Bürgersteig.

»Warten Sie, Rachel!«, flötete sie mir hinterher, ehe sie das Gesicht verzog und in übertriebenem Flüsterton sagte: »Ich wollte nur kurz ein Wort mit Ihnen wechseln.«

Ich nickte lächelnd. »Sicher. Was kann ich für Sie tun?«

»Wissen Sie, ich glaube, ich hab Sie seit dieser schrecklichen Angelegenheit in Swanage nicht mehr getroffen.«

Das ist ja auch kein Zufall, Rebecca; weil ich dir nämlich aus dem Weg gegangen bin.

»Ich war wirklich entsetzt. Die ganze Nacht lang musste ich an den armen Alec denken. Ach, das Ganze war wirklich schrecklich. Wir waren alle schockiert!« Mit »alle« meinte sie wohl die dreihundert anderen Mütter, mit denen sie seit dem unglückseligen Verschwinden von Alec Bidewell einen Kaffee getrunken hatte. Allerdings wirkte sie aufrichtig betroffen, weshalb sie mir ein klein wenig sympathischer wurde. »Wie geht es ihm denn jetzt?«

»Nun ja, es scheint ihm recht gut zu gehen. Klar war es ein riesiger Schock, aber ich denke, er hat sich wieder beruhigt.« Ich brachte es einfach nicht über mich, ihr zu erzählen, dass Alec jetzt bei Dom wohnte. Das ging sie auch überhaupt nichts an, und sie hätte es sicher überall rumerzählt. Außerdem, wenn ich es tat, würde sie mir versichern, wie tapfer ich doch sei, und mich umarmen wollen. Das würde ich nicht packen. Nein, sie brauchte echt nicht alles zu wissen.

»Tja, ich finde, was Sie getan haben, war wirklich tapfer.«

Ach, zum Teufel. »Was denn?«

»Dass Sie ihn zu seinem Vater haben ziehen lassen. Es

muss Ihnen ja schier das Herz brechen, doch ich bin mir sicher, dass Sie das Richtige getan haben.«

»Ach, wirklich? Na, das wäre dann immerhin schon eine Person, die das gut findet.« Ich stieß ein bitteres Lachen aus, bedauerte es aber sofort wieder.

»Oh doch, ich bin mir sicher, dass es so ist. Wissen Sie, ich weiß, dass Sie bei Mrs. Graves waren.«

Ich hatte tatsächlich Alecs Klassenleiterin aufgesucht und ihr die Situation erklärt. Sie war ein nettes junges Ding von etwa sechsundzwanzig Jahren und hatte es tatsächlich geschafft, nicht beschämt zu wirken oder sich ein Urteil zu bilden oder, noch schlimmer, Mitleid mit mir zu haben.

»Und mir ist auch klar, dass Sie das schrecklich langweilen muss, weil Sie wirklich andere Sorgen haben, aber aus diesem Grund musste ich Sie unbedingt abpassen; ich habe mich gefragt, wo ich die E-Mails die Klasse und den Elternbeirat betreffend hinschicken soll, jetzt, da Alec nicht mehr zu Hause bei Ihnen wohnt.«

»Weiterhin an mich. Natürlich schicken Sie die auch in Zukunft an mich.«

»Okay, aber ist es in Ordnung für Sie, wenn ich die Mails in Kopie auch an Ihren Mann schicke?«

»Nein, das ist nicht nötig. Ich gebe alles Wichtige weiter.«

»Oh, das ist dann aber peinlich, weil ich nämlich gestern zufällig der neuen Lebensgefährtin Ihres Mannes begegnet bin. Wir haben uns ein bisschen unterhalten, und sie ist sehr interessiert daran, wie das mit dem Elternbeirat läuft. Heißt sie nicht Deborah? Und Sie hat mich gebeten, ich solle doch die Korrespondenz in Zukunft an die E-Mail-Adresse Ihres Mannes schicken.«

Ach, hat sie das, ja? »Na schön, Rebecca. Dann schicken

Sie eben einfach von morgen an alles an beide Adressen – immerhin wird so ja kein Papier verschwendet, nicht wahr?« Ich bemühte mich, möglichst munter zu klingen. Warum musste sie nur alles so verkomplizieren? Warum schickte sie die verdammten Mails nicht einfach an Dom und mich, ohne vorher lang darüber zu reden? Hatte sie Spaß an solchem sinnlosen organisatorischen Zeug?

»Ich hoffe, es stört Sie nicht, dass ich so ein Theater mache deswegen, aber ich fand es am besten, das vorher mit Ihnen abzusprechen.«

»Nun, ich bin froh, dass Sie es getan haben. Vielen Dank.« Ich wandte mich zum Gehen – damit war die Sache ja wohl erledigt.

»Ich hoffe wirklich sehr, dass Sie nicht der Ansicht sind, ich würde aus einer Mücke einen Elefanten machen, aber dann dachte ich mir, tja, ich kenne Rachel jetzt schon lange genug, sie würde es mir schon sagen, wenn ich mich verpissen soll.«

Verpiss dich!

»Zum Beispiel die E-Mail von gestern Abend.«

Verpiss dich!

»Die habe ich an Sie geschickt, aber dann dachte ich mir, ich hätte sie vielleicht besser an Ihren Mann schicken sollen. Haben Sie sie bekommen?«

»Wahrscheinlich, ich habe heute noch nicht reingeschaut in meine Mails.«

»Ach so, nun, wie es aussieht, hat schon wieder mal jemand in Alecs Klasse Läuse, und ich bin angehalten, die Eltern darüber in Kenntnis zu setzen. Ich weiß, dass ich Sie nicht daran zu erinnern brauche, dass Alec unverzüglich behandelt werden muss, sonst macht das gleich noch mal die Runde, was wir nicht hoffen wollen. Daher ist es doch sinnvoll zu klären, wo die Korrespondenz in Zukunft hingehen soll. Das stört Sie doch nicht, oder?«

Verpiss dich! »Nein, natürlich nicht. Ich gebe die Information weiter. Jetzt muss ich aber los. Vielen Dank noch mal.«

»Auf Wiedersehen. Ach ja, Rachel?«

Lass mich endlich in Frieden, du Schnepfe. Bitte lass mich einfach gehen.

Sie umarmte mich, ehe sie einen Schritt zurücktrat und mir besorgt in die Augen sah. »Kinder überraschen einen manchmal, wissen Sie. Manchmal habe ich das Gefühl, dass wir sie ein wenig unterschätzen, aber Ihnen ist gewiss auch klar, dass sie unheimlich resilient sind.«

Schon witzig, wie Christen immer als fromm, Ärzte als praktizierend und Scheidungskinder als resilient bezeichnet werden. Sie zeigen nicht »Stärke« oder »Entschlossenheit« und kommen auch nicht »schnell wieder auf die Beine«. Nein, sie sind »resilient«. Aber sie haben ja auch keine andere Wahl, eben weil sie Kinder sind, und ganz gleich, wie schlecht man sie auch behandelt, man selber ist der Erwachsene und trägt deshalb die Verantwortung. Ich denke nicht, dass Kinder einfach generell widerstandsfähig sind. Sie haben bloß keine Kontrolle über die Dinge, daher müssen sie zwangsläufig so weitermachen in ihrem Leben, ganz gleich, wie angeschlagen sie gerade sind. Ich fand jetzt nicht, dass es ein Zeichen von Widerstandsfähigkeit war, wenn ein Kind mitten in der Nacht weglief und bei Minustemperaturen und mit nichts als einem Pyjama bekleidet draußen herumirrte. Nein, vielmehr war das für mich ein Zeichen der Verzweiflung, und daher musste ich auch akzeptieren, dass Alec vorerst bei Dom blieb, nur für den Fall, dass das Problem bei mir lag. Denn dann war das die beste Lösung.

Kapitel 7

Lasst mich doch jammern!

»Hallo, mein Lieber. Sind Sie Philip? Philip Johnston?«

Endlich war die Zeit gekommen, dass Philips Füße einem würdigen Gegner begegnen sollten. Er starrte das hübsche junge Mädchen in der blauen Krankenhaushose, dem blauen Kittel, den weißen Clogs und mit dem breiten Birminghamer Akzent ausdruckslos an.

»Ja«, sagte ich. »Das hier ist Philip, und er ist ein klein wenig nervös.«

»Kein Grund zur Sorge, mein Lieber! Ich bin Leslie-Ann, und ich werde mich bestens um dich kümmern.«

Wir waren den ganzen weiten Weg ins Krankenhaus mit dem Bus gefahren, und während der gesamten Fahrt hatte Philip fest meine Hand gedrückt, bis es mir das Blut abgeschnürt hatte. Es war nicht eben leicht gewesen, ihn in den Bus zu locken, dazu hatte es einiges an tröstenden Worten und Schmeicheleien und schließlich eines kräftigen Schubsers bedurft. Und nachdem sie uns jetzt fünfundvierzig Minuten hatten warten lassen, war nicht mehr zu übersehen, dass Philip sich schon wieder ziemlich reingesteigert hatte. Er hatte einen Katalog mitgebracht, den ich ein paar Tage vorher mit ihm durchgeblättert hatte, als wir neue Möbel für sein Zimmer ausgesucht hatten. Zuerst hatten wir ihn uns gemeinsam im Wartezimmer angesehen, wobei ich auf die Sachen deutete, die wir bestellt hatten. Doch jetzt saß er da und blätterte wie besessen darin vor und zurück, ohne auch nur einen Blick auf den Inhalt zu werfen. Er schaukelte wild vor und zurück und schüttelte den Kopf und stieß immer wieder mal ein leises, aber nervtötendes Schnauben aus. Die anderen zwei bis drei Leute im Wartezimmer warfen uns immer wieder verstohlene Blicke zu, als wollten sie sich vergewissern, dass Philip nicht etwa in Wirklichkeit ein Silberrückengorilla war, der mit beiger Stoffhose, Slippern und einem Anorak verkleidet war.

»Kein Grund, nervös zu werden, mein Lieber! Überhaupt kein Grund«, fuhr Leslie-Ann fort. »Wir werden sehr viel Spaß haben miteinander. Das wird sich alles bloß anfühlen wie ein bisschen Kitzeln, sonst nichts.«

Das Wort »keck« hatte man eindeutig für dieses Mädchen erfunden, und während sie uns jetzt geschäftig ins Behandlungszimmer hineinführte, schossen mir die Worte »Lamm« und »Schlachtbank« durch den Kopf.

»Und jetzt, mein Großer, möchte ich, dass du deine Jacke und deine Socken und Schuhe ausziehst und dich auf den Stuhl hier setzt. Dann können wir auch schon gleich loslegen.«

Philip sah mich mit flehendem Blick an, als ich ihm die Jacke abnahm und sie an die Tür hängte. Er stand wie angewurzelt da.

»Jetzt komm schon. Setz dich«, sagte ich, wobei ich versuchte, gleichzeitig einfühlsam, aber auch bestimmt zu klingen.

Er nahm auf dem Stuhl Platz, wobei er mich die ganze Zeit anstarrte und den Kopf schüttelte. Die Socken aber behielt er entschlossen an den Füßen.

Miss Keck setzte sich auf einen komischen kleinen Hocker und rutschte darauf herum, bis sie richtig saß und gut an jeden Millimeter von Philips rechtem Fuß herankam. Gleich wird dir das Grinsen vergehen, dachte ich.

»Also, mein Liebster, ich werde nichts tun, das dir wehtut oder in irgendeiner Weise unangenehm ist. Wenn du mittendrin das Gefühl hast, ich würde dir *doch* wehtun, dann brauchst du mich nur auf die Schulter zu tippen und zu sagen: ›Leslie-Ann, könntest du bitte damit aufhören?‹ Und das tu ich dann auch. Okay?«

Philip starrte sie an, als könnte sie jeden Moment eine kleine Handsäge zum Vorschein bringen und beide Füße einfach absäbeln.

Unbeirrt richtete Leslie-Ann den Blick nun auf mich. »Sollen wir dann loslegen?«, flüsterte sie mir ganz freundlich zu.

Ich nickte. »Du hast doch nichts dagegen, oder, Philip? Für dich ist es okay, wenn Leslie-Ann jetzt anfängt, ja? Vergiss nicht, du brauchst sie nur auf die Schulter zu tippen, wenn du dich unwohl fühlst.«

Er erwiderte nichts, starrte nur vor sich hin wie ein geblendetes Reh, auf das ein Laster zugerast kam. Erneut warf sie einen kurzen Blick auf mich, und ich nickte ihr zu, um ihr zu signalisieren, dass sie beginnen konnte.

Sie beugte sich vor und fing an, ganz vorsichtig die Socke von Philips rechtem Fuß runterzuschälen. Bevor sie sie vollends runterzog, hielt sie kurz inne, eine kleine verräterische Pause, so als hätte sie mit einem Mal eine Vorahnung, was sie da erwartete. *Nur Mut, meine Tapfere,* dachte ich. *Nur Mut.*

Vorsichtig machte sie weiter. Als sie Philips lange, gekrümmte Zehennägel zum Vorschein brachte, die gelb waren wie Cheddarkäse und hart wie Beton, ließ sie die Schultern ganz leicht sinken. Doch dann schien sie sich zu wappnen, und ohne ein weiteres Wort widmete sie sich einem Tablett voll komplizierter Instrumente und musterte sie, als würde sie überlegen, welches von ihnen der Aufgabe gewachsen wäre. Leider lag da keine Kettensäge.

»Ich muss nur kurz nach nebenan und ein rasches Wort mit einem Kollegen wechseln«, sagte sie zu Philip, ehe sie sich mir zuwandte und in ernstem, leisen Ton sagte: »Wissen Sie, für wie lange Ihr Termin heute gebucht ist?«

»Nein«, erwiderte ich. »Man hat uns nur gesagt, wir sollten um zehn hier sein.«

»In Ordnung«, sagte sie. »Würden Sie mich bloß eine Minute entschuldigen?« Und damit schoss sie zur Tür raus, als hätte sie Sprungfedern unter den Füßen, und kehrte wenige Minuten später wieder zurück.

»Okay!« Jetzt war sie wieder ganz die Alte. Vielleicht hatte ihr Kollege sie ermahnt, sich zusammenzureißen, weil Philip der wahr gewordene Traum eines jeden Fußpflegers war, ihr persönlicher Mount Everest. »Mein Kollege kümmert sich um meine nächsten beiden Termine, daher sollten wir heute schon recht gut vorankommen. Trotzdem denke ich, dass Sie noch ein paarmal kommen müssen, bis wir das Problem einigermaßen im Griff haben. In Ordnung?«

»Selbstverständlich«, sagte ich. »Absolut.«

»Na schön! Philip, mein Lieber, dann fangen wir mal an! Ich muss meine Hände nur erst anwärmen.« Als sie sich wieder setzte, fing sie an, sich die Hände zu reiben. »Okay!«, sagte sie dann wieder, wandte sich dem Tablett mit den Instrumenten zu und nahm ein seltsam aussehendes Ding mit einem Haken am Ende zur Hand. »Nun, ich denke, wir sollten die hier ordentlich einweichen, aber erst will ich bloß …«

Philip hatte einen völlig unbeteiligten Eindruck gemacht und wirkte relativ ruhig, doch als Leslie-Ann seinen Fuß jetzt auf ihren Schoß legte und ihr Gesicht ganz nah heranbrachte, nur wenige Zentimeter davon entfernt, da ergriff ihn plötzlich die Panik. In einem Anflug von Furcht schoss sein Fuß mit der Wucht einer Abrissbirne vor und stieß ihr ins Gesicht, dass sie nach hinten geworfen wurde und der Länge nach dalag. Sofort griff sie sich mit beiden Händen an ihre Nase und stieß in gedämpftem Ton aus: »O mein Gott! O mein Gott!«

Ich weiß nicht, wer schockierter war, Philip, Leslie-Ann oder ich. Ich stürzte quer durchs Zimmer und ging runter auf die Knie. »Das tut mir ja so leid!«, sagte ich. »Leslie-Ann, alles okay mit Ihnen, geht's?«

Die Hand immer noch auf Nase und Mund gepresst, brachte sie mit Mühe hervor: »Bestens, meine Liebe. Mir geht's gut. Ich brauch nur vielleicht etwas Hilfe.« Und während sie dies sagte, quoll plötzlich Blut zwischen ihren Fingern hindurch.

Ich rannte zur Tür, konnte aber das Zimmer nicht verlassen, da Philip jetzt schwankend dastand und den Kopf schüttelte und stöhnte. Er warf mir einen flehentlichen Blick zu, dann sah er sich panisch um, als würde er nach einer Fluchtmöglichkeit suchen. Ich hatte Angst, er würde jetzt jeden Moment im Starsky-&-Hutch-Stil zum Fenster rausspringen und dann drei Stockwerke tiefer auf dem Krankenhausparkplatz landen.

»Hallo!«, rief ich leicht panisch den Flur runter und trat raus aus dem Zimmer. »Hallo? Wir brauchen hier Hilfe.

Hallo?« Ein Mann, ebenfalls in blauer Krankenhauskleidung und weißen Clogs, streckte den Kopf neugierig zur Tür des angrenzenden Zimmers raus.

»Was ist denn los?«, wollte er wissen.

»Es geht um Leslie-Ann. Sie hatte einen Unfall. Ich kann das Zimmer nicht verlassen, weil ich auf Philip Johnston aufpassen muss. Der ist in ziemlich mieser Verfassung, ich kann ihn hier nicht allein lassen.«

Der Mann eilte an mir vorbei ins Zimmer. »Ja, sagt mal! Was um alles in der Welt ist denn hier passiert?« Er sank neben Leslie-Ann auf die Knie. Mittlerweile hatte sie sich einen Packen blutgetränkter steriler Tücher aufs Gesicht gepresst.

»Ist schon gut, Graham. Ehrlich, mir geht's gut. Es hört bloß nicht auf zu bluten.«

Graham zog sie hoch und führte sie aus dem Raum, wobei sie eine Spur aus Blutstropfen hinterließ.

»Tut mir ja so leid«, sagte ich immer wieder. »Er hatte nur fürchterliche Angst. Ich glaube, er hat Panik bekommen. Er würde keiner Fliege was zuleide tun.« Schließlich rief ich noch hinter ihnen her: »Möchten Sie, dass wir auf Sie warten?«

»Nein!«, blaffte Graham. Damit ließ er Philip und mich stehen, und als wir uns jetzt fragend ansahen, war keiner von uns beiden sich so recht sicher, was da eben geschehen war und was wir jetzt tun sollten. Schließlich zog ich ihm den einen Strumpf und die Schuhe wieder an, packte ihn am Arm und schleifte ihn durch die Gänge der Fußpflegeabteilung. Inzwischen wartete schon ein ganzer Pulk an Leuten, und nachdem sie gerade Zeugen geworden waren, wie man die blutüberströmte Leslie-Ann weggeführt hatte, blickten sie uns nun mit blanker Furcht in den Augen an.

»Ich weiß gar nicht, was ich Denise sagen soll. Aber ich werde sie informieren müssen, weil ihr das Krankenhaus vermutlich schreibt. Was hast du dir dabei nur gedacht? Das arme Mädchen …«

Wir saßen in der Krankenhauskantine. Ich aß ein Schinkensandwich, das nach Pappe schmeckte mit einem Hauch Fischgeschmack, und dazu trank ich einen Becher kalten Tee, dessen Farbe an Ingwerplätzchen erinnerte. Philip hatte sich einigermaßen beruhigt und saß ungerührt da, die Hände auf dem Schoß, vor sich ein Käsesandwich auf einem hässlichen grünen Teller.

»Die lassen dich da nie wieder rein, oder? Jetzt kümmert sich nie wer um deine Füße, und dabei müssen sie echt wehtun. Außerdem, was für eine Gelegenheit dir da entgangen ist! Ehrlich, Philip, ich soll dir doch beibringen, selbständig zu werden, damit du in nicht allzu ferner Zukunft dein eigenes Leben führen und unabhängig sein kannst. Daraus wird nie was, wenn du einfach so Leuten die Nase brichst, die dir bloß helfen wollen, meinst du nicht?«

Ich hatte keinen Schimmer, ob irgendwas von alldem zu ihm durchdrang, denn er starrte stur zu den Kassen. Aber jetzt war ich so richtig in Fahrt.

»Kannst du dir vorstellen, was Denise dazu sagen wird?« Ich konnte ihm schlecht erklären, dass das unsere letzte gemeinsame Unternehmung gewesen war und dass ich gehofft hatte, wir wären da ganz schnell wieder draußen und würden inzwischen Arm in Arm nebeneinanderherlaufen und überlegen, ob wir in den Zoo oder in das Aquarium gehen sollten. Und ich konnte ihm schlecht erklären, dass ein winziger Teil von mir naiverweise gehofft hatte, Denise könnte ihre Entscheidung noch einmal überdenken, falls dieses

Unterfangen ein uneingeschränkter Erfolg war. Er hatte mir nie auch nur den leisesten Anlass gegeben, meine Stimme gegen ihn zu erheben, doch heute war ich wirklich wütend auf ihn. Und das mit gutem Recht, wie ich fand. Trotzdem wirkte Philip lediglich gelangweilt und abwesend, ganz gleich, wie viel ich schimpfte.

»Sie hätte dir doch nicht wehgetan. Was dachtest du denn, was sie vorhat? Sie ist eine Spezialistin auf ihrem Gebiet. Sie hat sich echt solche Mühe gegeben, freundlich und nett zu sein. Wenn sie garstig zu dir gewesen wäre, hätte ich das ja noch verstanden. Klar wäre es dann immer noch schlimm gewesen, was du getan hast, aber zumindest …« Ich sah Philips Gesicht nur im Profil, da er es abgewandt hatte und zu den Kassen sah. Doch als ich kurz innehielt, um Luft zu holen, bemerkte ich, dass seine Augen rot waren, und ich sah, wie ihm eine Träne über die linke Wange kullerte.

Rasch eilte ich herum auf die andere Tischseite. »Oh, nicht, Philip, bitte. Ich weiß ja, dass du das nicht wolltest. Ich weiß, dass es ein Versehen war. Wen kümmert schon, was die dumme Denise zu sagen hat? Wir rufen gleich in der Fußpflegeabteilung an und fragen nach, ob es Leslie-Ann gut geht. Ganz bestimmt ist alles okay mit ihr.« Ich suchte in der Tasche nach meinem Handy. »Komm schon, Kopf hoch. Wir kriegen das mit deinen Füßen schon noch hin, und wenn ich dir diese Zehennägel mit den Zähnen abbeißen muss.«

Ziemlich betreten senkte er den Kopf und legte ihn mir auf die Brust. Ich vergrub meine Hand in seinem Haar und streichelte seinen Riesenschädel, immer noch das Handy in der Hand.

»Was sollen wir bloß mit dir machen?«, sagte ich ganz

sanft. Wir schienen die Aufmerksamkeit der anderen Kantinengäste auf uns gezogen zu haben, die uns jetzt schamlos anstarrten. Kurzerhand gab ich ihm einen Kuss auf den Scheitel.

Endlich kam ich durch in der Abteilung für medizinische Fußpflege, und eine recht resolut wirkende Frau meinte, man habe Leslie-Ann nach Hause geschickt. Doch sähe es nicht so aus, als würde sie irgendwelche bleibenden Schäden davontragen. Diese Nachricht und der Tee sorgten dafür, dass sich meine Laune beträchtlich hob.

Es war jetzt erst elf Uhr dreißig. Wenn das hier wirklich das letzte Mal sein sollte, dass Philip und ich offiziell gemeinsam etwas unternehmen konnten, dann sollten wir wohl das Beste daraus machen. Meine Schicht endete um drei, niemand in der Clifton Avenue hatte eine Ahnung, wann wir zurück sein würden, und Rob hatte mir den Eindruck gemacht, als würde er mich sogar decken, sollte ich mit Philip nach Disneyworld und wieder zurück fahren wollen.

»Komm schon«, sagte ich. »Gehen wir ins Kino.« Scheiß auf den Bus, dachte ich, und winkte ein Taxi herbei. »Zu Whiteleys, bitte«, sagte ich zum Fahrer, und schon fuhren wir los; aus irgendeinem Grund war ich mit einem Mal unheimlich glücklich – als würden wir eine Doppelstunde Mathe schwänzen. Nach dem katastrophalen Vormittag schien es mir nun zwingend notwendig, dass sich was änderte.

Wir kamen beim Kino an, und einer der Filme schien mir ganz geeignet zu sein. Es war ein Animationsfilm für Kinder, irgendwas mit Weltall, daher dachte ich, der wäre sicher harmlos. Wir kauften unsere Eintrittskarten, hatten aber immer noch neunzig Minuten, bis der Film anfangen sollte.

Daher gingen wir erst zu Marks & Spencer und dann zu Gap. Weil er sich in der Clifton Road viel gesünder ernährte, waren ihm seine Klamotten allmählich ziemlich weit geworden. In beiden Läden wurden wir von recht netten Verkäufern bedient, die uns gleich in die XXXL-Abteilungen führten, doch Philip interessierte das nicht. Schließlich kaufte ich ihm zwei marineblaue Cordhosen – sie anzuprobieren, schien mir fast ein bisschen viel verlangt. Doch Philip war nervös, und selbst als wir schon in der Kassenschlange standen, versicherte ich ihm noch, dass er sie nicht würde tragen müssen, wenn er nicht wollte. Gleich bei der Kasse entdeckte ich einen Ständer mit Gürteln. Ich schnappte mir einen braunen aus Leder; vielleicht brauchte Philip ja vorerst doch dringender einen neuen Gürtel und keine neue Hose. Als ich damit dastand, legte er seine Hand auf meine, und zu meiner Überraschung hielt er in der anderen jetzt einen fröhlichen blauen Gürtel.

»Möchtest du lieber den?«, fragte ich. »Willst du lieber den blauen?«

Er tat so, als hätte er mich nicht gehört, und starrte weiter an die Decke.

»Du Schlitzohr, du – sag mir, dass du den blauen Gürtel willst, dann kaufe ich ihn dir«, neckte ich ihn. Er sah mich nicht an, daher zog ich sein Kinn runter, damit er mir in die Augen sehen musste. »Sag ›Rachel, ich möchte bitte den blauen Gürtel haben‹. Wenn du das tust, kaufen wir den. Wir kaufen sogar sechs, wenn du das willst! Es ist dein Geld, nicht meines, deshalb darfst du dir auch die Farbe aussuchen. Du musst mir nur sagen, welche du möchtest.«

Er wirkte gequält, und es dauerte etwa eine Minute, ehe er mit heller, schriller Stimme ganz laut sagte: »Hierher,

Pussi!« Dafür kassierten wir von einigen Leuten sehr verwunderte Blicke.

Nun waren wir an der Reihe mit Bezahlen. Irgendeine dämliche Zicke hinter uns in der Schlange zog ein genervtes Gesicht und schnaufte entrüstet, weshalb ich von den Kassen wegtrat, Philip hinter mir herzog und ihn abwartend ansah. »Sag ›Rachel, ich hätte gerne den blauen Gürtel‹.«

Philip schüttelte den Kopf, schaukelte vor und zurück und blickte dann runter auf seine Füße. Er machte keinen Mucks, schweigend warteten wir ab.

»Komm schon«, bettelte ich, »ich weiß, dass du es kannst.«

Den Blick immer noch entschlossen auf den Boden geheftet, sagte er schließlich ganz schnell: »Lass dich nicht unterkriegen, Phil. Lass dich nicht unterkriegen … nimm den blauen, Kumpel.«

»Den blauen! Eine ausgezeichnete Wahl«, rief ich, wobei ich ihn erfreut in die Seite knuffte. »Dann kaufen wir den blauen Gürtel.« Und damit stellten wir uns wieder in die Schlange, direkt hinter der dämlichen Zicke von vorhin, und Philip lachte und machte ein Geräusch wie eine Walmutter auf der Suche nach ihrem Jungen.

Weil uns immer noch etwas Zeit blieb, ging ich mit Philip zu Starbucks. Nach der unerwarteten Wendung der Ereignisse im Krankenhaus war ich gewarnt, dass er jederzeit ausrasten und den Platzanweiser beißen konnte. Doch war es ebenso gut möglich, dass er es einfach nur toll fand, deshalb ging ich dieses Risiko gerne ein. Angespornt von dem Erfolg mit dem blauen Gürtel, konnte ich es kaum erwarten.

Ich stand auf und wollte Tee für uns holen, als mein Telefon klingelte. Es war Miss Emma vom Schulsekretariat.

»Hallo, Mrs. Bidewell?«

»Ja, hi, ist alles in Ordnung?«

»Nun, ich rufe nur an, weil ich Alec hier im Sekretariat stehen habe. Ich befürchte, ihm geht es nicht so gut.«

»Oh, okay. Kann ich wohl kurz mit ihm sprechen?«

»Ja, natürlich. Alec, deine Mum ist dran.«

Ich wartete, dann drang eine leise, schwache Stimme an mein Ohr. Er gab sich alle Mühe, fröhlich zu klingen. »Hallo, Mum.«

»Hi, Liebling, was ist los?«

»Ich hab das Gefühl, dass ich gleich kotzen muss, sonst nichts.«

»Fühlst du dich schon den ganzen Morgen so?«

»Ja, mir war schon nach dem Frühstück schlecht, da hätte ich mich fast übergeben.«

»Warum bist du dann überhaupt zur Schule gegangen?«

»Dad hat so viel zu tun in der Arbeit, und Deborah ist in Bishop's Stortford, deshalb. Aber ich hab mich eigentlich ganz gut gefühlt, ehrlich.«

»Tja, mach dir keine Gedanken. Ich arbeite zwar, aber ich komme und hol dich ab.«

»Ich wusste nicht, ob ich Dad oder dich anrufen soll. Denkst du, ich sollte Dad Bescheid geben?«

Ich war ein wenig überrumpelt. Was machte man in so einem Fall? Wenn das Kind von getrennten Eltern krank ist, wen ruft es da als Erstes an? Alec wohnte nicht mehr bei mir, aber ich war seine Mutter, und wenn man krank ist, braucht man doch seine Mum, oder nicht?

»Was wäre dir denn am liebsten?«, fragte ich.

»Ich möchte, dass du kommst und mich abholst.« Vielen Dank. Danke, Gott.

»Dann tu ich das … Und ich rufe Dad an, keine Sorge.«

Ich würde Alec holen und Philip mitnehmen müssen. Nicht optimal. Aber machbar. Dann würde ich Philip zurück in die Clifton Avenue bringen und mich um Alec kümmern.

Ich rief Dom an.

»Hallo? Dominic Bidewell«, meldete er sich.

»Dom, ich bin's.« *Und das weißt du ganz genau, weil mein Name nämlich auf dem Display erscheint.* »Hör zu, die Schule hat gerade angerufen. Alec geht es nicht so gut. Ich fahr rüber und hol ihn ab, aber er wollte, dass du Bescheid weißt.«

»Okay, Rachel. Mach dir keine Gedanken. Entweder Deborah oder ich, einer von uns beiden holt ihn ab.«

»Das braucht ihr nicht. Die Schule hat bei mir angerufen, und …«

»Die hätten doch wissen müssen, dass sie von jetzt an bei mir anrufen sollen. Sag ihm einfach, er soll durchhalten, bis Deborah oder ich ihn abholen kommen. Es ging ihm doch gut genug heute Morgen, um in die Schule zu gehen …«

»Tja, offensichtlich nicht. Wie auch immer, Deborah ist doch in Bishop's Stortford, oder nicht? Ich hab ihm schon gesagt, dass ich auf dem Weg bin. Ich bin in Bayswater, also nicht weit weg. Ich ruf dich später an und sag dir, wie es ihm geht.«

»Ist vermutlich bloß ein Magen-Darm-Virus, Rachel, ich hol ihn schon. Ich fahre sofort los.«

»Nein, ich bin auf dem Weg.« Und damit stellte ich das Handy aus, schnappte mir meine Tasche und dann Philip und hetzte los. Ich war näher dran. Ich würde als Erste da sein.

Ich war total aufgeregt. Alec war jetzt so was wie zwei Jungs in einem: Der reife, große Junge Alec, der bei Dom und Deborah lebte und bis zehn Uhr abends aufbleiben durfte, und *mein* Alec, so wie er immer war, weniger reif, weniger anspruchsvoll sich selbst gegenüber, einfach nur ein normaler kleiner Junge. Jetzt, da er krank war, war er wieder ganz mein Alec. Außerdem wusste ich genau, was Dom mit ihm tun würde: Er würde ihn mit zur Arbeit nehmen und ihn im Büro herumsitzen lassen, bis es Zeit war, nach Hause zu gehen.

Philip und ich schossen raus auf den Queensway, gerade als ein Taxi vorbeifuhr. »Taxi!«, brüllte ich so laut, dass die halbe Straße sich nach mir umdrehte, um zu sehen, wer da ein derart starkes Organ hatte. »St.-Josephs-Schule auf der Blythe Road?« Der Taxifahrer nickte. Langsam fuhren wir los und setzten unseren Weg bei moderater Geschwindigkeit fort, bis wir uns hinten in einer langen Reihe von stehenden Fahrzeugen einordneten. Ich beugte mich vor und klopfte an die Scheibe. »Wir haben es eilig. Mein Sohn ist krank.« Der Taxifahrer nickte erneut und stellte sich der Herausforderung. Mit Vollgas riss er den Wagen herum, und sofort schossen wir in die Gegenrichtung davon. Anschließend nahm er jeden Schleichweg und jede Abkürzung, die er kannte.

Zehn Minuten später trafen wir bei der Schule ein. »Warten Sie bitte hier«, wies ich den Fahrer an. Ich hatte eigentlich gehofft, Philip im Wagen lassen zu können, aber beide Männer machten einen derart unbehaglichen Eindruck, dass ich ihn aus dem Taxi auf die Straße zerrte. Ich rannte die Treppe zur Schule hoch, während Philip völlig verstört hinter mir herstolperte. Als ich an der Tür klingelte, sah ich, wie Doms Wagen vorbeikroch. Er suchte noch nach einem Parkplatz.

»Rachel Bidewell«, keuchte ich in die Gegensprechanlage, wobei ich in die Kamera blinzelte und grinste.

Die Tür sprang automatisch auf, und wir liefen mit hallenden Schritten einen Schulflur entlang. Philip hielt meine Hand umklammert. Dann preschten wir zur Feuerschutztür raus und über den Pausenhof, bogen bei der Jungstoilette rechts ab, dann bei der Bibliothek links, den Hauptkorridor entlang, vorbei an der Schulturnhalle und dann wieder rechts hinein ins Sekretariat. Da saß Alec, mit bleichem, wächsernem Gesicht, gleich neben Emma, der Sekretärin.

»Hallo«, keuchte ich völlig außer Atem. »Wie geht es denn unserem Patienten?«

Alecs Blick hellte sich auf, und als ich das sah, war mir klar, dass ich das Richtige getan hatte. Ein Ausdruck der Erleichterung breitete sich auf seinem Gesicht aus. Diesen Blick würde ich nie vergessen, ich würde ihn abspeichern und das nächste Mal, wenn ich wieder an mir selbst zweifelte oder an meiner Fähigkeit, das Richtige für ihn zu tun, würde ich ihn mir in Erinnerung rufen und darauf vertrauen, dass ich schließlich trotz allem seine Mutter war und daher genau wusste, was das Beste für ihn war.

»Das ist Philip«, sagte ich, als mir wieder einfiel, dass Dom ja jede Minute hier reinplatzen und alles ruinieren konnte. »Los, komm, Alec, auf uns wartet draußen ein Taxi.«

Alec und Miss Emma wirkten ein klein wenig alarmiert angesichts meines hektischen, atemlosen Zustandes und angesichts des seltsamen Fremden, dessen Hand ich da hielt. Trotzdem schienen sie zu verstehen, dass Eile geboten war, und als Alec sich seine Tasche geschnappt hatte, liefen wir los.

Wir hetzten zurück über den Pausenhof und platzten wieder durch die Feuerschutztür. Ich warf einen Blick zurück und sah, wie Dom gerade durch die andere Tür reinkam und den Hausmeister nach dem Weg ins Sekretariat fragte. Er glaubte wohl allen Ernstes, für Alec Vater und Mutter gleichzeitig sein zu können. Dabei kannte er sich noch nicht mal in der Schule aus. In der Hinsicht waren wir Mütter klar im Vorteil. Ich hätte den Weg ins Sekretariat im Schlaf gefunden, von den unzähligen Malen, da ich ein kränkelndes Kind oder Eintrittskarten für das Weihnachtskonzert abgeholt oder einen Wisch für einen Schulausflug vorbeigebracht oder in der Kiste mit den verlorenen Gegenständen gewühlt hatte. Ha!

Als das Taxi losfuhr, saßen Alec und Philip bequem auf dem Rücksitz, während ich selbst auf einem der Klappsitze kauerte. Durch die Heckscheibe sah ich, wie Dom zum Haupteingang rauskam. Er wirkte immer noch völlig ratlos und außer sich vor Wut. In mir machte sich ein Gefühl des Triumphs breit, eine Euphorie … bis ich erneut einen Blick auf Alec warf.

Ich griff nach seiner Hand und fragte: »Fühlst du dich immer noch nicht besser?« Er schüttelte den Kopf. »Wir bringen dich jetzt nach Hause. Vorher müssen wir nur noch Philip im Heim abliefern, das dauert aber höchstens zehn Minuten.«

Marlene hatte ihr Handy ausgeschaltet, klar, deshalb klingelte ich kurz bei Mel durch und bat sie, Luke und Jess für mich abzuholen. Dann bot sie mir, hilfsbereit wie immer, an, ihnen was zum Abendessen zu geben, damit ich mich um Alec kümmern konnte. Sie wollte die Kleinen dann später vorbeibringen.

Philip sah Alec mit einem breiten Grinsen im Gesicht an. Er schien hocherfreut, ihn kennenzulernen. Ich hatte meine

Kinder nie irgendwelchen Bewohnern vorgestellt, aber es bestand kein Zweifel daran, dass Alec ganz cool bleiben würde.

»Ich habe Alec alles von dir erzählt, Philip, deshalb weiß er, dass du nichts als Ärger bringst.«

Philip kicherte vergnügt in sich hinein, dann beugte er sich konspirativ zu Alec rüber und flüsterte: »Kino.«

»Oh nein«, sagte ich. »Jetzt können wir nicht gehen, weil ...«

Doch weiter kam ich nicht. Alec war grün angelaufen und presste jetzt hervor: »Tut mir leid, ich befürchte, wir müssen anhalten.«

Als wir das taten, glitt Alec aus dem Taxi raus und übergab sich ziemlich geräuschvoll in einen Gully am Straßenrand. Als er sich vornüberbeugte, schüttelte es seinen armen, dürren Körper so lange, bis irgendwann nichts mehr übrig war, was er hätte hochwürgen können. Ich rieb ihm über den Rücken und reichte ihm ein altes Taschentuch, das ich in der Tasche gefunden hatte. Wir suchten uns einen Platz auf einer Mauer und setzten uns, und eine Minute lang hing er einfach nur schlaff da und ließ zu, dass ich ihn mit dem rechten Arm um seine Schultern stützte. Da die Kosten für das Taxi mittlerweile in die Tausende gehen mussten, hoffte ich, dass wir Philip rasch abliefern und Alec dann nach Hause ins Bett würden schaffen können. Nach wenigen Minuten aber schnäuzte er sich und richtete sich wieder auf.

»Tut gut, wenn alles draußen ist«, meinte er grinsend, und seine Wangen schienen wieder etwas Farbe zu bekommen. »Ich fühl mich schon viel besser. Wo wollen wir denn jetzt hin?«

Ich sah hoch, während ich mir mit demselben Taschentuch ein paar Spritzer Kotze von den Schuhen wischte. Ich ließ ihn ein paarmal die Straße auf und ab marschieren und dabei tief durchatmen, ehe wir wieder in das Taxi stiegen. Mit einem Mal war er recht redselig und aufgedreht und schien wieder ganz der Alte.

Der wirklich äußerst geduldige Fahrer erkundigte sich ebenfalls, wo wir denn jetzt hinwollten. Ich drehte mich zu Alec um: »Du hast nicht zufällig Lust auf Kino, oder?«

Ungefähr drei Minuten vor Filmbeginn trafen wir ein. Im Halbdunkel machten wir es uns auf unseren Plätzen gemütlich. Wir hatten freie Auswahl, weil außer uns nur noch drei andere Leute im Kino waren. Mehr wollten sich um dreizehn Uhr fünfundfünfzig an einem Donnerstagnachmittag in Bayswater nicht *Die Weltraumabenteurer* ansehen. Erstaunlicherweise handelte es sich bei den Anwesenden um Rentner.

Philip saß zwischen Alec und mir. Ein paarmal beugte ich mich an Philips Bauch vorbei und flüsterte Alec zu: »Bist du auch ganz sicher, dass es dir gut geht?« Und dann nickte er jedes Mal nur und sagte: »Mir geht es bestens! Ehrlich.«

Wir sahen uns geduldig ein paar Werbespots an, dann war es endlich Zeit für den Film. »Er fängt an!«, flüsterte ich, und Philip klatschte erfreut in die Hände und stieß ein wieherndes Geräusch aus, wie ein aufgeregtes Fohlen auf der Weide. Die anderen drei Kinobesucher sahen sich ein bisschen erstaunt nach uns um, und Alec musste kichern.

Ich war mir sicher, dass auf den Eintrittskarten Kino 2 gestanden hatte, doch nachdem die Altersfreigabe über den Bildschirm geflackert war, las ich da plötzlich was von Steven Spielbergs *Die Farbe Lila*. Wir waren aus Versehen im

Donnerstags-Filmklub gelandet. Alec beugte sich vor und warf mir einen fragenden Blick zu, und ich bedeutete ihm, er solle aufstehen und nach draußen gehen. Er stand auch folgsam auf, nur Philip blieb sitzen.

»Komm schon«, drängte ich ihn flüsternd. »Das ist nicht der Film, den wir sehen wollten. Wir sind im falschen Film.«

Freundlich, aber bestimmt schüttelte er den Kopf und lächelte.

»Ich glaube nicht, dass dir der gefallen wird«, sagte ich, als die Musik einsetzte und der Filmvorspann eine Horde kleiner dunkelhäutiger Mädchen zeigte, die über ein Baumwollfeld liefen. Ich versuchte ihn hochzuzerren, doch er bewegte sich keinen Millimeter. Alec fing wieder an zu kichern.

»Los, komm«, sagte ich zu Alec. »Hilf mir.« Doch wir brachten Philip auch zu zweit nicht dazu, sich von der Stelle zu rühren. Alec zuckte mit den Schultern, als wollte er sagen: »Tja, das wird wohl nix«. Daher gaben wir auf und setzten uns wieder, um uns die nächsten drei Stunden ein Werk über Unterdrückung, lesbische Frauen, sexuellen Missbrauch und Sklaverei tief im Süden Amerikas der Dreißigerjahre reinzuziehen.

Ich hatte ganz vergessen, wie gut der Film war. Nach etwa zwanzig Minuten fing ich ein wenig an zu schniefen und sah mich kein einziges Mal mehr um. Gegen Ende, als Celie endlich wiedervereint ist mit den Kindern ihrer toten Schwester, die den ganzen Weg von Afrika gekommen waren, starrten wir drei derart gebannt auf die Leinwand, dass das Kino um uns herum hätte abbrennen können, wir hätten nichts davon mitgekriegt. Einmal griff Philip nach meiner und Alecs Hand, und dann saßen wir mit verschränkten Händen nebeneinander da.

Als schließlich das Licht anging, waren wir völlig aufgelöst. Wie viel von alledem Philip verstanden hatte, tat nichts zur Sache, er hatte den Film einfach nur toll gefunden, und dieses Wissen löste in mir ein Gefühl der Freude aus, wie ich es seit einer Ewigkeit nicht mehr gespürt hatte.

Gegen fünf Uhr kehrten wir in die Clifton Avenue zurück. Es war Zeit fürs Abendessen, und Alec schien ernsthaft interessiert und aufgeregt, hier sein zu dürfen, dass ich verkündete, wir würden einfach bleiben und beim Abendessen mithelfen. Außerdem hatte Rob Dienst, ich freute mich total, ihn mal wieder zu sehen. Seit dem Geburtstags-Bingoabend und dem Teamtreffen, bei dem er sich so für mich eingesetzt hatte, hatte sich etwas verändert an meiner Einstellung ihm gegenüber. Plötzlich fühlte ich mich bei der Arbeit nicht mehr so sicher und war auch nicht ganz ich selbst, wenn er nicht da war. Doch was noch schlimmer war, ich hielt neuerdings Ausschau nach Anzeichen dafür, was er wohl für mich empfand.

Ich überlegte, ob ich Dom anrufen und ihm erklären sollte, ich würde Alec über Nacht bei mir behalten. Als ich mein Handy anschaltete, stellte ich fest, dass er bereits mehrfach versucht hatte, mich zu erreichen, und sofort überkamen mich Schuldgefühle. Ich wählte seine Nummer, zog mich dann in den Wäscheraum zurück und schloss die Tür hinter mir. Das Erste, was Dom sagte, war: »Wo hast du gesteckt?«

Ich holte tief Luft und entgegnete: »Hör zu, Alec geht es schon viel besser. Ich war mit ihm im Kino mit einem der Bewohner aus der Arbeit.«

»Du machst Scherze«, sagte er.

»Na, immerhin geht es ihm wieder gut, Dom. Wir hatten sogar einen recht netten Nachmittag, und jetzt hilft er mir beim Abendessen für die Heimbewohner.«

»Nun gut. Ich hab noch was vor, aber Deborah kommt und holt ihn ab. Clifton Avenue, oder? Welche Hausnummer?«

»Das ist nicht nötig. Er ist richtig glücklich hier. Ich nehme ihn einfach mit zu mir nach Hause und bringe ihn dann morgen zur Schule.«

»Nein, brauchst du nicht. Deborah kommt und holt ihn und …«

»Hör zu, Dom, du hast gewonnen. Er wohnt doch bei dir. Ich hab kein Theater veranstaltet, ich habe deine Wünsche und seine respektiert. Aber heute will er ausnahmsweise mal bei mir sein, und ich kann dir gar nicht sagen, was für ein großartiges Gefühl das ist. Gönn uns doch diese eine Nacht.«

»Nein, das ist nicht fair ihm gegenüber.«

»Hör zu, lass Alec einfach bei mir übernachten, du siehst ihn doch morgen wieder. Bitte, Dom, es ging ihm nicht gut, und jetzt bei mir zu sein ist genau, was er sich im Moment wünscht.«

Dann war die Leitung plötzlich tot.

Die Tür ging auf, und Rob kam rein. Zu meiner eigenen Überraschung machte mein Herz einen kleinen Sprung. »Alles okay?«, erkundigte er sich sanft.

Ich nickte. »Mein Sohn ist hier.«

»Welcher denn?«

»Alec, der Älteste. Ich bleib noch ein bisschen und helfe beim Abendessen mit, danach gehen wir dir nicht länger auf die Nerven.«

»Kein Grund zur Eile«, sagte er. »Bleibt, so lange ihr wollt.«

»Danke«, erwiderte ich und sah betreten runter auf meine Füße.

»Wie war es denn bei der Fußpflege?«, wollte Rob wissen.

Ich berichtete also von unserem Vormittag im Krankenhaus, und als das gesamte Ausmaß des Schreckens mit aller Wucht in meine Erinnerung zurückkehrte, befürchtete ich, er könnte schockiert sein. Doch stattdessen warf er den Kopf in den Nacken und lachte und lachte, und ich fühlte mich gleich hundert Mal besser.

Rob ging zurück ins Büro, und ich zog los, um Alec zu suchen, der sich zu Theresa gesetzt hatte und sich gerade über eine riesige Portion Spaghetti Bolognese hermachte.

»Findest du das eine gute Idee?«, fragte ich. »Ich möchte bitte nicht, dass dir das in fünf Minuten alles wieder hochkommt.«

»Lass ihn in Ruhe, Mum. Er hält einen kleinen Plausch mit der guten alten Theresa, nicht wahr, Süßer?«, donnerte sie los, und Alec nickte zufrieden.

»Hübsch wie ein Fuchs, nicht wahr, Rachel?«, sagte Sophie. »Auf den passt du besser gut auf.«

»Bist du geistig behindert?«, erkundigte Stewart sich bei Alec.

Er machte ein verdutztes Gesicht, sagte dann aber bloß: »Nein, ich glaube nicht.«

»Ich auch nicht«, verkündete Theresa.

»Scheiße, klar bist du das!«, giftete Stewart, und schon lagen die beiden sich wieder in den Haaren. Alec sah mich an und verdrehte die Augen, als wäre er schon tausend Mal mit an diesem Tisch gesessen. Er war überraschend entspannt inmitten dieses liebenswert durchgeknallten Häufchens, weshalb ich ganz schön stolz war auf ihn.

Ich überließ ihn also sich selbst und ging rüber ins Büro. Lucy kam im selben Moment raus. »Hab eben deinen Jungen kennengelernt«, sagte sie.

Ich machte ein erstauntes Gesicht. »Alec isst nebenan sein Abendessen«, sagte ich gerade, als die Tür zum Büro erneut aufging und Denises stämmiger, ständig mürrischer Sohn rausgelaufen kam.

»Ich bin dann fertig am Computer«, murmelte er mit quäkender Stimme. »Ich hab ihn ausgeschaltet.« Dann ging er davon, den Gang runter, und man hörte förmlich, wie seine Schenkel in der Polyesterhose aneinanderscheuerten.

Als er zur Tür raus war, wandte ich mich zu Lucy um. »Das ist nicht mein Sohn!«, flüsterte ich entrüstet. »Das ist doch Denises Junge, oder nicht?«

»Na, zum Glück, Rob meinte, dein Sohn wäre hier, und da dachte ich …« Sie grinste breit.

Rob gesellte sich zu uns. »Dieser kleine Scheißer sitzt schon seit Stunden vor dem Computer«, sagte er. »Denise glaubt offensichtlich, sein Schulprojekt habe Priorität vor allem, was wir hier zu tun haben. Sein Drucker ist kaputt, wie es aussieht. Und dann kommt noch nicht mal ein Bitte oder Danke – hat kein einziges Mal seine Klappe aufgemacht. Ich hab ihm einen Keks angeboten, aber er hat mich nur angesehen, als wäre ich ein Pädophiler!«

Lucy musste kichern. Mir fiel auf, dass ich sie noch nie zuvor hatte lachen sehen. Sie schlug sich die Hand vor den Mund, konnte aber dennoch nicht verbergen, dass sie amüsiert war.

Dann nahm ich die beiden mit in den Speiseraum, um ihnen Alec vorzustellen, der sich inzwischen einen Treacle Pudding als Nachspeise einverleibte. Ich war glücklich zu sehen, wie er sich mit Philip unterhielt. Sie hatten die Köpfe zusammengesteckt und betrachteten etwas, das zwischen ihnen auf dem Tisch lag. Philip nickte, als würde ihn brennend interessieren, was Alec ihm über die Match-Attax-Karten und die Schwierigkeiten beim Sammeln erzählte. Alec reichte Philip gerade seine Lieblingskarte, und der hielt mir jetzt das Bild von Ronaldo mit den goldenen Buchstaben vor die Nase und rief: »Supi dupi!« Alec bekam einen Lachkrampf. Er war aus der Sache mit den Match-Attax-Karten schon vor einiger Zeit rausgewachsen, und ich schätzte, dass Dom das nicht wusste. Jedenfalls kaufte er sie ihm, um ihm die Übergangszeit ein wenig zu erleichtern.

Es klingelte an der Tür, und Theresa sprang sofort auf, um aufzumachen.

»Schon viel besser«, sagte Rob, während er Alec kräftig die Hand schüttelte und ihm fest in die Augen sah. »Ist mir ein Vergnügen, dich kennenzulernen, Alec, wahrlich ein Vergnügen.«

»HIER IST JEMAND FÜR DICH!«, brüllte Theresa in dem Moment. Wir schauten alle rüber zum Eingang, und da stand sie, ein bisschen verlegen und mit nicht ganz so glücklicher Miene. Es war Deborah.

Ich spürte, wie ich dunkelrot anlief. Alecs Gesicht verdüsterte sich, und er warf mir einen nervösen Blick zu.

»Dein Dad meinte, du bräuchtest jemanden, der dich abholt«, sagte Deborah schwach.

Ich wollte schon sagen: Nein, tut er nicht, ihm geht es blendend, er bleibt bei mir, nur heute Nacht, nur diese eine Nacht.

»Was möchtest du denn, mein Liebling?«, fragte sie. »Mir ist alles recht.«

»Ich fahr wohl besser mit«, sagte er, unfähig, meinem Blick zu begegnen. Er ließ den Kopf hängen und sah fast wieder krank aus.

»Das ist absolut in Ordnung. Komm schon, wir holen deine Sachen.«

»Ich warte im Wagen«, erklärte Deborah, und wir taten beide so, als hätte sie nichts gesagt.

Im Büro reichte ich Alec seine Schultasche und umarmte ihn ganz fest.

»Tut mir leid, Mum, aber ich glaube, Dad erwartet, dass ich heimkomme. Ich will ja nicht, dass er sauer wird. Hab nur das Gefühl …«

Ihm ging die Luft aus, daher umarmte ich ihn erneut und brach ihm dabei fast sämtliche Rippen. »Mach dir keine Gedanken, mein Schatz. Wir hatten doch einen schönen Nachmittag, nicht wahr? Und ich bin richtig froh, dass du Philip und all die Leute, mit denen ich zusammenarbeite, kennenlernen konntest. Geh jetzt schön, wir sehen uns dann nächstes Wochenende.«

»Okay. Komm besser nicht mit nach draußen.«

»Nein, ich bleibe hier.« Mit einem kurzen Winken entließ ich ihn, und er verschwand den Flur runter.

Steif griff ich nach meiner Tasche und zog die Jacke an. Immerhin musste ich rechtzeitig zu Hause sein wegen Jess und Luke. Eigentlich hatte ich vorgehabt, das übliche Baden heute Abend mal ausfallen zu lassen, aber das war jetzt hinfällig.

Ich kam zurück in den Speiseraum, gerade als Rob durch die gegenüberliegende Tür eintrat.

»Habt ihr euch schön verabschiedet?«, fragte er.

»Ja, alles gut.«

»Hör zu, ich hab nach dem Abendessen Feierabend. Möchtest du vielleicht was trinken gehen?«

Ich spürte, wie es mir vor Enttäuschung die Brust zuschnürte. Ich musste ja heim wegen Jess und Luke, aber wie gerne wäre ich mit Rob in einen Pub gegangen. Traurig lächelte ich. »Ja, ich möchte gern was trinken gehen, am liebsten was mit ganz viel Alkohol, aber ich muss nach Hause, weil ich …«

»Ja, natürlich«, sagte er rasch. »Selbstverständlich.«

»Ein anderes Mal …«

»Ja, ein anderes Mal.«

Als er mir beim Rausgehen hinterherschaute, sagte er noch: »Du weißt, dass wir die Übergabe an Scott planen und uns überlegen müssen, wie wir das Philip beibringen.«

Ich blieb stehen und stand mit hängendem Kopf in der Tür. »Ja, ich weiß.«

»Am Samstag haben wir zusammen Dienst. Sollen wir es dann hinter uns bringen?«

Ich nickte. »Bis dann.«

Am nächsten Tag stand ich gerade in der Küche und versuchte, den Staubsauger zu reanimieren. Ein paar Minuten zuvor hatte er angefangen, seltsam zu riechen, dann hatte er ein komisches Keuchen von sich gegeben und war dann wie die Heldin aus einem romantischen Schauerroman in meinen Armen gestorben.

Meine Elektrogeräte hatten sich zusammengetan und gegen mich verschworen, davon war ich überzeugt. In dem Moment rief Dom an.

»Du weißt, dass ich gestern in der Schule war, um Alec

abzuholen?«, fragte er in angesäuertem Ton. »Aber du warst offenbar schon wieder weg.«

»Oh, tut mir leid. Du warst auch da?«

»Ich dachte, dir wäre klar, dass ich ihn abhole.«

»Nein, tut mir leid, ich muss das irgendwie falsch verstanden haben.«

In Gedanken konnte ich Luke spöttisch singen hören: »Wer einmal lügt, dem glaubt man nicht, und wenn er auch die Wahrheit spricht.«

»Wie ging es ihm denn heute Morgen?«, erkundigte ich mich.

»Gut, ich glaube, er hat sogar was gegessen.«

Etwas, das du oder Deborah für ihn zubereitet habt, dachte ich.

»Hör zu, das beweist doch nur wieder mal, dass wir uns dringend zusammensetzen und über das Grundlegende reden sollten. Ist ja noch nicht zu spät, man kann jetzt keinem einen Vorwurf machen.«

»Mir jedenfalls nicht«, meinte ich daraufhin gleich schnippisch.

»Nein, dir nicht«, sagte er genervt. »Niemandem. Ich finde, es wäre das Beste, wenn wir uns alle treffen und mal durchsprechen, wie das alles laufen soll. Deborah musste sich noch nie in ihrem Leben um ein Kind kümmern, deshalb ist das alles Neuland für sie. Die Sache gestern hat doch bewiesen, dass wir uns besser verständigen müssen.« Er gab sich redlich Mühe, ruhig zu bleiben, doch ich sah keinen Grund, weshalb ich das auch tun sollte.

»Tja, das hätte sie sich mal überlegen sollen, bevor sie ihn zu sich genommen hat. Vielleicht hättet ihr beide erst mal mich nach meiner Meinung fragen sollen.«

»Na, das tun wir doch jetzt, Rachel.« Dom strengte sich echt an, die Nerven nicht zu verlieren, und ich wusste insgeheim durchaus, dass er einfach nur das Richtige tun wollte.

Doch dann machte es bei mir Klick. »Wenn du sagst ›alle‹, meinst du dann, dass du und ich und Deborah uns zusammen an einen Tisch setzen und über all das reden sollten?«

»Ja, ich wüsste nicht, warum …«

»Du willst mich verarschen, oder?«

»Ich überleg doch nur, was das Beste für Alec ist. Ich finde, wir sollten das, was zwischen uns ist, vorerst mal da raushalten und …«

»Nein, Dom. Auf keinen Fall. Du willst, dass ich mich mit euch zusammensetze – mit Deborah und dir –, und ihr erkläre, wie sie sich am besten um meinen Sohn kümmert? Wenn sie das nicht hinkriegt, kannst du ihr ausrichten, sie soll ihn einfach dahin zurückschicken, wo er hingehört.«

Verdammt noch mal! Wie konnte er es wagen? Wieder einmal ließ er es so aussehen, als wäre ich diejenige, die nicht an das Wohl der Kinder dachte. Dabei war er es doch, der uns verlassen hatte. Jedes Mal, wenn Dom sich als Moralapostel aufspielte, hätte ich ihn am liebsten gekillt, und zwar auf ganz grausame und bestialische Weise. Doch selbst wenn ich das tat, würde ich mit dem stumpfen Mordinstrument in der Hand über ihm stehen, während er sein Leben aushauchte, und seine letzten Worte würden lauten: »Und wie, denkst du, soll das den Kindern nutzen?«

»Wenn sie mit der Situation nicht klarkommt«, fuhr ich fort, während ich mir den Telefonhörer zwischen Kopf und Schulter klemmte und in der Küche hin- und herlief und den Mülleimer leerte, »dann liegt das daran, dass sie nie eigene Kinder hatte. Und wenn sie nicht weiß, wann das Fußballtraining vorbei ist, dann deswegen, weil sie nicht wie ich die letzten sechs Jahre zu Tode gelangweilt am Spielfeldrand stand. Oder wenn sie keine Ahnung hat, wie das mit den Mathehausaufgaben geht, dann deshalb, weil sie nicht bei Mr. Ashtons ›Mathe macht Spaß‹-Abend in der Schule war. Wenn sie nicht weiß, was sie mit seinen Freunden reden oder welche Bücher er lesen soll oder ob seine Seifenschachtel zum Kulturbeutel passen muss oder nicht, tja, dann hätte sie sich vielleicht darauf konzentrieren sollen, eigene Kinder zu bekommen, statt jemand anderem Ehemann und Sohn wegzunehmen!«

»Bist du dann fertig?«, wollte Dom wissen. »Ich sollte dir wohl sagen, dass wir im Wagen sitzen. Wir haben dich angerufen, um ein zivilisiertes Gespräch mit dir zu führen darüber, wie man Alec am besten helfen kann. Du bist übrigens auf Lautsprecher gestellt … Und Deborah sitzt zufällig neben mir.«

Es folgte quälende Stille. Ich verdrehte die Augen, schlug mir wiederholt mit der Faust gegen die Stirn und knirschte mit den Zähnen. »Tut mir leid«, sagte ich, und mit einem Mal war sämtliche Wut wie weggeblasen. Ich trat gegen den Staubsauger. Dann sagte eine Stimme: »Rachel, ich weiß, dass das wirklich schwer sein muss für dich, das verstehe ich ja …«

»Bitte, Deborah«, sagte ich. »Bitte. Du verstehst gar nichts. Du verstehst rein gar nichts. Lasst mich einfach darüber nachdenken, und dann rufe ich dich zurück, Dom.«

Ich legte auf und trat noch einmal gegen den Staubsauger.

Wieder mal hatte ich vergessen, ihnen das mit den Läusen zu sagen.

Am Samstag sah ich zu, dass ich möglichst früh in der Arbeit war. Ich fühlte mich krank und war nervös und deprimiert, und ich machte mir Gedanken, wie wir Philip den Pflegerwechsel beibringen sollten. Die Kinder waren bei Dom, daher hatte ich den üblichen verdrießlichen Freitagabend verbracht und war dann bei Anbruch der Dämmerung aufgewacht. Ich war erleichtert, dass ich an diesem Wochenende Nachtdienst hatte, da ich mich dann nicht wieder würde abmühen müssen, in dem leeren Haus einzuschlafen.

In der Clifton Avenue ging es für einen Samstagnachmittag recht ruhig zu, und zu meiner Überraschung saß Denise im Büro, als ich reinkam.

»Hallo, Rachel!«, sagte sie freundlich. »Na, sind Sie fit? Sie können es sicher kaum erwarten, endlich loszulegen, nicht wahr?«

»Absolut«, sagte ich, während ich meine schwere Tasche auf den Teppich plumpsen ließ. »Aber ich brauch erst mal einen Tee, bevor ich irgendwas mache. Kann ich Ihnen auch einen mitbringen?«

»Oooh, ja, bitte«, sagte sie. Dabei lehnte sie sich auf ihrem Stuhl zurück und streckte sich wie eine Katze. »Das wäre die Rettung.«

Ich ging also rüber in die Küche, wo ich auf Rob und Scott traf. Wir begrüßten uns, und Scott fing an, mir zu erzählen, was in der vorangegangenen Schicht passiert war.

»Und was machen wir jetzt mit Philip?«, erkundigte ich mich schließlich.

»Scott hat um fünf Feierabend«, erklärte Rob sachlich, »daher denke ich, es wäre das Beste, wenn ihr zwei euch in der nächsten Stunde mit ihm zusammensetzt.«

Mir wurde speiübel.

»Ich glaube, Philip ist in seinem Zimmer und hält ein kleines Nickerchen, wir lassen ihm vielleicht besser noch eine halbe Stunde.«

Ich nickte.

»Wie denkt ihr denn, dass wir es anstellen sollen?«, wollte Scott wissen. Er wirkte völlig unbeschwert.

Rob sah mich an, als wäre es an mir, das zu entscheiden.

»Ich finde, ich sollte das Reden übernehmen«, sagte ich, »und einfach nur ehrlich sein. Ich erkläre ihm, dass Denise findet, Scott sollte sich um ihn kümmern, weil ich ja noch so neu bin. Ich erkläre ihm, was für Vorteile das hat. Dass ich immer noch für ihn da bin, wann immer er mit mir reden will, dass Scott ein toller Typ ist und … Ach, scheiße, keine Ahnung, was ich sagen soll, aber auf jeden Fall sollte ich diejenige sein, die es ihm sagt.«

Die anderen beiden nickten. »Was denkst du, wie viel von alledem wird er verstehen?«, erkundigte sich Scott.

»Ich hab keinen Schimmer«, erwiderte ich schweren Herzens. »Manchmal hab ich das Gefühl, er kriegt alles mit, und manchmal ist er völlig abwesend. Wir müssen sehen … und wir müssen sehr behutsam vorgehen.«

Jetzt meldete Rob sich zu Wort. »Hört mal, heute sind zu viele Bewohner da, als dass ich das lange alleine schaffe, aber ich glaube, Denise ist noch da. Wenn ich sie überrede, noch ein bisschen zu bleiben, könntet ihr beide mit Philip ins Café gehen oder so was. Und Rachel, ihr solltet alles besprechen, was unserem großen Jungen Angst macht; Hunde, Klamotten kaufen, wenn jemand seine Füße anfasst …«

»Kein Problem«, meinte Scott, und ich war dankbar für Philip.

»Ich frag sie gleich.« Rob wirkte erleichtert. »Ist eine

Schande, dass man nicht die Zeit hat, sich um alle zu kümmern, sonst würde ich es tun.«

»Ja, das ist mir klar«, erwiderte ich.

Es war erst vier, doch draußen wurde es bereits dunkel und trüb. Ich drehte eine Runde und stellte sämtliche Lichter an. Dabei begrüßte ich gleich alle Bewohner, die da waren. Irgendwann fiel mir dann wieder ein, dass ich ja eigentlich Denise eine Tasse Tee bringen wollte, daher schenkte ich schnell eine ein und ging damit ins Büro. Rob war kurz vor mir zu Denise hineingegangen.

»Ist schon gut, Rob, das ist bereits erledigt«, sagte sie gerade zu ihm. Sofort ahnte ich Schlimmes. Rob machte ein finsteres Gesicht, sein Kiefer war angespannt. »Er hat kein Problem damit. Ich war gerade bei ihm, und ich habe Scott gebeten, ein bisschen mit ihm zu plaudern. Ich bin mir noch nicht mal sicher, ob er überhaupt weiß, dass irgendwer Bestimmtes für ihn zuständig ist.« Als Robs Gesichtsausdruck unverändert blieb, schien sie sich ein bisschen schuldig zu fühlen, doch überspielte sie das ganz gut, indem sie entrüstet tat und die Arme hochwarf. »Ah, Rachel, da sind Sie ja. Ich habe Philip über die Veränderungen informiert, die ich in die Wege geleitet habe, und er scheint nichts dagegen zu haben. Scott arbeitet nur bis fünf, und ich wollte das heute noch erledigt wissen. Es wurde sowieso schon viel zu viel Theater gemacht um die Sache.«

Ich starrte sie an und wusste nicht, was ich sagen sollte.

Sie fuhr fort. »Ich denke, jetzt, da es erledigt ist, werden Sie erleichtert sein, und wenn die Zeit reif ist, können wir jemanden suchen, der besser geeignet ist für Ihre geringe Erfahrung.«

»Und er hatte wirklich kein Problem damit?«, fragte ich

schwach. »Sind Sie sicher? Ich denke, ich gehe besser und rede mit ihm.«

»Bitte nicht«, sagte sie sanft, aber mit Nachdruck. »Scott ist jetzt bei ihm, die beiden brauchen etwas Zeit, sich kennenzulernen. Da brauchen Sie nicht Ihre Nase reinstecken. Hätten Sie was dagegen, mit der Medikamentenrunde zu beginnen?«

Ich trat also an den Medikamentenschrank und sperrte wie ferngesteuert auf. Rob sagte keinen Ton, machte sich aber daran, meine Tasche aufzuheben, und bot dann an, sie in den Schlafraum zu bringen. Als er ging, betrachtete ich noch kurz sein Profil und bemerkte einen Ausdruck auf seinem Gesicht, den ich noch nie zuvor gesehen hatte bei ihm: Es war Wut. Denise saß am Schreibtisch und raschelte mit ein paar Unterlagen.

Während ich die diversen Medikamente vorbereitete, rasten meine Gedanken, und meine Hände zitterten ganz leicht, als ich die Pillen auf kleine Pappbecher verteilte.

Dann wurde mir mit einem Mal ein hämmerndes Geräusch bewusst, das von irgendwo aus dem Gebäude kam. Ich stand ganz reglos da und drehte den Kopf, um herauszufinden, wo exakt das Klopfen herkam. Das nervige Hämmern ging weiter, ganz beharrlich. *Wumm. Wumm.*

Denise blickte auf. »Was ist das für ein Lärm?«, wollte sie wissen, und ich zuckte mit den Schultern.

»Keine Ahnung. Woher kommt das?« Ich trat raus auf den Flur und stellte fest, dass es von oben kam. In dem Moment trat Rob durch die Tür.

»Das kommt aus dem gelben Flur«, sagte er. Er schien verwundert, aber auch besorgt. Erst gingen wir, dann rannten wir auf die Treppe zu. Dort angekommen, wurde das

Hämmern lauter, so laut, dass wir schließlich drei Stufen auf einmal nahmen. Kurz bevor wir oben waren, tauchte Scott plötzlich auf.

»Es ist Philip«, rief er. »Er will nicht aufhören. Ich muss Denise Bescheid geben.«

»Oh nein.« Ich klammerte mich am Geländer fest und zog mich die restlichen Stufen hoch, so schnell es ging, ehe ich in den gelben Flur lief. Das Klopfen war jetzt laut und deutlich zu hören. Philips Tür war auf, und er stand im Rahmen und rammte den Kopf wieder und wieder mit aller Wucht gegen den Türstock.

»Nicht, Philip. Hör auf«, flehte ich, während ich auf ihn zurannte. Ich packte ihn am Arm und versuchte ihn wegzuzerren. »Philip, hör auf! Hör sofort auf damit!« Doch er machte unbeirrt weiter, und eine leuchtend rote Wunde zog sich quer über seine Stirn und fing bereits an zu bluten.

»Philip, ich bin's, Rachel. Du tust dir doch weh! Alles wird gut, aber du musst damit aufhören. Bitte, Philip.« Ich war jetzt total panisch, doch er schien nichts mitzukriegen, sah mich nicht. Ich legte ihm die Hand ins Gesicht und versuchte, es von der Tür wegzubringen, doch er war viel zu stark für mich, weshalb ich nichts ausrichten konnte.

»Komm schon, Kumpel«, mischte Rob sich jetzt ein. Er packte ihn am Arm und zerrte ihn von der Tür weg. Doch Philip stieß Rob einfach um, sodass er nach hinten stürzte und sich den Kopf am Bettpfosten stieß. Und er machte unbeirrt weiter. Ich hätte nie gedacht, dass er zu solch selbstzerstörerischer Wut überhaupt fähig war.

Die ganze Zeit flehte ich: »Philip, hör auf. Bitte hör auf. Du tust dir weh. Du hast Rob wehgetan. Du musst damit aufhören.« Doch es war, als wäre er taub.

Denise kam den Flur entlanggerannt. Ihre Stimme klang verängstigt und hysterisch. »Er braucht ein Beruhigungsmittel – ich habe bereits den Rettungsdienst verständigt. Das ist genau der Grund, weshalb es von vornherein Unsinn war, Ihnen die Verantwortung für Philip zu überlassen. Ich hab das ja kommen sehen!«

Rob sprang auf die Füße. »Nein, das ist allein dein Werk, Denise. Du hast das angerichtet!«

»Nicht jetzt«, sagte ich. »Nicht jetzt. Das bringt uns doch nicht weiter!« Ich zerrte immer noch an Philips Arm, und jetzt spritzte mir auch noch sein Blut über Gesicht und Bluse. Dann kam mir die Idee, ihm ein Laken über den Kopf zu werfen. Wieder hämmerte seine Stirn gegen den Türrahmen. Die anderen sahen mich an, als wäre ich verrückt geworden, als ich mir jetzt das Betttuch krallte und es ihm über den Kopf zog.

Es gelang mir, seine beiden Hände zu fassen zu kriegen, und er stand einfach bloß reglos da. Wir alle beobachteten ihn und waren wie gelähmt, zu verängstigt, um irgendwas zu sagen, nur für den Fall, dass er dann wieder anfing.

»Möchtest du zu mir kommen und dich neben mich setzen?«, fragte ich, während ich Philip langsam das Laken vom Gesicht zog. »Vielleicht besorgt Rob uns ja eine Tasse Tee.« Er rührte sich nicht.

Ich versuchte ihn rüber zum Bett zu führen, aber er machte keine Anstalten, sich zu bewegen. Und als Scott einen Schritt vortrat und mir helfen wollte, sah es aus, als wollte er wieder anfangen. Keiner rührte sich, und ich stand da und hielt eine halbe Ewigkeit bloß seine Hand.

Jetzt kamen andere Bewohner raus auf den Flur und sahen uns entsetzt an. Rob bat alle, zurück in ihre Zimmer zu gehen und vorerst dort zu bleiben. Das taten sie dann auch ganz kleinlaut, da sie das Ganze hier gar nicht länger mit ansehen wollten.

Zu unser aller Erleichterung hörten wir in dem Moment das Martinshorn. »Gott sei Dank«, sagte Scott und rannte runter auf die Straße, um die Sanitäter zu uns zu führen.

Binnen Sekunden kamen die beiden Rettungskräfte die Treppe hochgeschossen und begannen, Fragen zu stellen.

»Wie lautet sein Name?«

»Philip. Philip Johnston.«

»Na schön, Philip. Na komm, Kumpel, wir beruhigen uns jetzt erst mal. Hat er Alkohol zu sich genommen?«

»Nein, ganz bestimmt nicht.«

»Und irgendwelche Drogen, von denen Sie wüssten?«

»Nein. Nichts.«

Ohne lange zu fackeln, verabreichten sie ihm ein Sedativum. Philips Körper wurde ganz schlaff. Die Sanitäter versuchten ihn aufrecht zu halten, doch wie in Zeitlupe sank er auf die Knie und fing an zu weinen. Schließlich kippte er auf den Teppich und lag da wie ein riesiges Tier, das man zu Fall gebracht hatte.

Ich ging neben ihm in die Hocke und fing an, ihm über den riesigen Schädel zu streicheln. Er rollte die großen, furchterfüllten Augen hin und her, und am liebsten hätte ich mitgeheult, aus Mitleid für diesen gutherzigen, netten, liebenswerten Mann. Ich versuchte ihn zu trösten, bis die Rettungskräfte mich zur Seite schoben, damit sie seine Wunde versorgen konnten.

Die Sanitäter hatten noch ein paar Unterlagen auszufüllen und Formulare zu unterzeichnen. Sie erklärten, Philip würde vermutlich ein bisschen groggy sein, sobald er aufwachte, doch das sollte nicht allzu lange anhalten. Wir wurden angewiesen, ihm Schmerzmittel zu verabreichen und dafür zu sorgen, dass die Wunde sauber blieb. Sie empfahlen uns, ihn in die Notaufnahme zu bringen, damit man sich dort seinen Kopf ansah, doch als ich erklärte, er hätte schreckliche Angst vor Krankenhäusern, zeigten sie sich verständnisvoll und reichten mir eine Broschüre zum Thema Kopfverletzungen und worauf man achten musste. Sie instruierten uns noch, die Nacht über immer wieder nach ihm zu sehen, ehe sie sich verabschiedeten.

Anschließend gingen Rob, Scott und ich von Bewohner zu Bewohner, um sie zu beruhigen und ihnen zu versichern, dass es Philip gutging. Als wir zurück ins Büro kamen, trafen wir auf Denise. Sie griff sich ihre Handtasche und wollte schon gehen, blieb aber noch mal stehen und drehte sich in der Tür zu uns um.

»Ich komm morgen Vormittag vorbei und sehe nach, wie es ihm geht. Am Montag müssen wir uns dann ernsthaft Gedanken machen, was diese Sache betrifft.« Sie wirkte ziemlich mitgenommen, und ihr Mund zuckte – war das etwa so was wie ein schlechtes Gewissen? »Rob«, sagte sie dann ganz ruhig. »Ich mache dich dafür verantwortlich. Es war nachlässig, Rachel Philip zuzuteilen. Sie trifft keine Schuld, Rachel, Sie konnten das ja nicht wissen. Doch wie ich schon sagte, wir werden am Montag ein ernstes Wörtchen reden müssen. Außerdem müssen wir uns überlegen, was wir seiner Betreuerin sagen.« Ehe sie ging, seufzte sie und sagte fast schon beiläufig: »Du solltest von Glück sagen, Rob, dass er keine Angehörigen hat. Sonst müsstest du dich auch noch vor ihnen rechtfertigen.«

Rob blickte ungläubig von mir zu Denise. »Wie bitte?«

»Bitte, versuch nicht, mir zu widersprechen«, sagte sie ganz ruhig.

»Nein, Denise! Du – du! – solltest dir überlegen, wie du dein Handeln rechtfertigst, nicht ich.«

»Wir reden am Montag darüber.« Sie sprach ganz langsam und bedächtig.

»Du weißt sehr gut, dass das, was heute Abend hier geschehen ist, direkt auf dein Konto geht. Weil du kein bisschen nachgedacht hast oder Feingefühl bewiesen hast in dem, wie du die Dinge geregelt hast. Wegen deiner völligen ...« Rob fehlten die Worte. Er war vor Ärger wie gelähmt. Schließlich fuhr er fort: »Du hast dich da bloß eingemischt, weil du zeigen wolltest, wer hier der Boss ist. Du hast keine Ahnung, wie Philip so funktioniert. Du hast keinen Schimmer, wie man das Ganze mit mehr Einfühlungsvermögen hätte behandeln können, mit Warmherzigkeit und Freundlichkeit ...«

Denise schnaufte empört.

»Ja, meine Liebe! Du verspürst kein bisschen Zuneigung und Wohlwollen für irgendeinen von den Leuten hier, und du kannst sie – und uns – nicht weiter so behandeln. Du kapierst noch nicht mal, was du da heute Abend angerichtet hast, oder? Du hast keinen Schimmer. Ich weiß nicht, ob du bloß versuchst, den Schwarzen Peter weiterzugeben, oder ob du ernsthaft glaubst, dass das alles meine Schuld ist – und ich wüsste nicht, was schlimmer ist.«

»Rob, ich geh jetzt, bevor du noch was sagst, was du vielleicht bereuen müsstest. Wir sehen uns am Montag, und dann reden wir ganz vernünftig darüber und ...«

»Das Einzige, was ich bereue, ist, dass ich nicht schon viel früher meinen Mund aufgemacht habe! Gott weiß, was wir Philip heute Abend angetan haben. Und ich könnte es Rachel nicht im Geringsten verdenken, wenn sie noch heute Abend hier verschwindet und nie mehr zurückkommt. Da kriegen wir endlich mal eine fähige Mitarbeiterin, die diesem Laden echt guttut, die das Leben der Leute hier wirklich bereichert – was ganz nebenbei eigentlich auch dein Job ist, Denise –, und was tust du? Siehst in ihr eine Bedrohung, und alles, was du tun kannst, ist, ihr Steine in den Weg zu legen und sie zu erniedrigen. Was ich jetzt allerdings endlich kapiert habe, ist, dass diese Einrichtung verdammt ist, solange du hier das Sagen hast. Und ich habe es satt, gegen dich anzukämpfen. Ich bin hier raus.«

Damit schob Rob sich an Denise vorbei und ging über den Flur davon.

Denise war kreidebleich. »Ich denke, wir sollten uns jetzt erst mal alle beruhigen«, sagte sie. Sie gab sich Mühe, ihre Fassung wiederzuerlangen, dann nahm sie ihre Handtasche hoch, stellte sie auf den Schreibtisch und tat so, als würde sie darin nach etwas suchen, bis sie sich wieder im Griff hatte. Sie holte ein Taschentuch hervor und schnäuzte sich kurz. Schließlich verließ sie das Büro, doch musste sie im Flur auf Malcolm getroffen sein, denn ich hörte ihn jetzt ganz unschuldig sagen: »Was soll denn das ganze Geschrei?«

Ich trat zu ihm hinaus auf den Gang, um zu sehen, ob alles in Ordnung war mit ihm. Als Denise nämlich an ihm vorbeiwollte, hatte sich die Schnalle ihrer Handtasche an einem von Malcolms runterhängenden Gürtelschlaufen verhakt, und jetzt legten die beiden einen hektischen kleinen Tanz hin, als Denise verzweifelt versuchte, sich zu befreien, um endlich abhauen zu können.

Da sie nicht bemerkt hatte, dass ich in der Tür stand, ging sie auf ihn los und sagte irgendwas, aber im Flüsterton, damit wir es nicht mitkriegten. »Geh mir aus dem Weg, Malcolm! Kümmere dich um deinen eigenen Kram, und geh zurück ins Bett.« Sie war rot angelaufen, und ihr Hals war ganz fleckig. »Sieh dich doch nur an, wie du aussiehst. Mach gefälligst deinen Hosenschlitz zu, und dein Pullover ist ganz dreckig.« Als sie ihre Handtasche befreit hatte, verpasste sie Malcolm einen gemeinen kleinen Stoß, damit er ihr aus dem Weg ging. »Malcolm, geh mir bloß aus den Augen, ich ertrage deinen Anblick nicht länger. Du machst mich krank!«

Malcolm zog ein Gesicht, als hätte man ihm eine Ohrfeige verpasst. Er machte den Mund auf, um etwas zu erwidern, doch Denise war offenbar noch nicht fertig.

»Jetzt erzähl mir bloß nicht, du läufst jetzt los und petzt das deiner Mum, weil wenn du das tust, verrate ich ihr ein paar Dinge über dich, von denen du nicht wollen würdest, dass sie sie erfährt. Ich weiß alles über dich, Malcolm Brewer. Schmutzige Heftchen in deinem Schließfach. Ich hab sie gesehen.«

Jetzt trat ich vor und legte dem entsetzten Malcolm den Arm um die Schulter. Erst da sah Denise mich, und für einen kurzen Augenblick wirkte sie etwas perplex. Dann aber weiteten sich ihre Augen, als wollte sie sagen »Was denn?«, ehe sie davonmarschierte.

»Ist schon gut, Kumpel«, sagte ich. »Bringen wir dich zurück ins Bett.« Es stimmte tatsächlich, dass er ein altes, zerfleddertes Exemplar eines Männermagazins im Schrank hatte. Er hatte es gekauft, weil da Fotos von einem der Mädchen aus *Coronation Street* in Dessous drin waren.

Ein paar Minuten lang saß ich bei Malcolm im Zimmer, bis ich sicher war, dass er okay war. Er zeigte mir Fotos von einem Urlaub in Margate, den die Bewohner vor Jahren zusammen gemacht hatten. Da war auch eines von ihm und Denise – er grinste mit hochgereckten Daumen in die Kamera, und sie hatte den Kopf in den Nacken geworfen und lachte. An ihrem Gesichtsausdruck erkannte ich, dass es kein freundliches Lachen war.

»Diese Denise«, sagte Malcolm. »Wir kennen uns schon lange. Sie würde alles für mich tun, das würde sie. Sie ist ein wundervolles Mädchen.« Seine Stimme klang ruhig, doch sein Lächeln war unsicher.

Zum ersten Mal fragte ich mich, wie Denise den Job überhaupt je kriegen konnte. Vermutlich war sie hoch qualifiziert und extrem verlässlich, wenn es darum ging, ein Budget einzuhalten. Scott hatte die Vermutung angestellt, sie müsste mit jemandem von ganz oben ins Bett gestiegen sein, doch das schien mir eher unwahrscheinlich. Für eine öde Nummer ab und an mit Denise würde man ihr doch als Gegenleistung nie im Leben ein Haus, ein Auto und die Verantwortung für all die verletzlichen Bewohner dieser Einrichtung überlassen. Oder vielleicht doch? Möglicherweise war sie bloß auf das Haus scharf gewesen. Sie war geschieden und hatte einen dicken, ständig mies gelaunten Sohn, der sie bis auf dieses eine Mal nie im Büro besuchte und sich nie in irgendeiner Weise mit den Bewohnern oder mit uns Angestellten abgab. Vielleicht war ein Dach über dem Kopf für sie beide das gewesen, was sie an diesem Job gereizt hatte.

Ich hätte ihr ja alles verziehen, wenn sie wenigstens nett zu den Bewohnern gewesen wäre. Doch jetzt sah ich ganz deutlich, dass sie sie alle nur wie nervige kleine Kinder behandelte. Wie um alles in der Welt war sie je auf die Idee verfallen, sie sei zur Sozialarbeit berufen? Noch so ein Mysterium. Als meine Mutter im Krankenhaus war, waren ihr wegen der Chemotherapie sämtliche Haare ausgefallen. Da kam eine Frau mit einem Katalog vorbei, die Perückenspezialistin der Gesundheitsbehörde. Die war total gelangweilt und überhaupt keine Hilfe. Sie hatte keinerlei Ratschlag parat, welche Modelle meiner Mutter stehen könnten, und strengte sich auch kein bisschen an, sie etwas aufzumuntern. Sie meinte sogar, die Perücken würden schrecklich jucken und viele Leute würden deshalb lieber gar keine tragen. Man bekam fast den Eindruck, sie wollte meine Mutter dazu drängen, auch keine zu nehmen, damit sie keine Arbeit hatte mit ihr. Meine Mutter war richtig erschüttert, und da sie nie wirklich der Typ für bunte Kopftücher war, ging sie letzten Endes zu einer Perückenmacherin, die wir im Branchenbuch gefunden hatten. Die war eigentlich auf Theaterperücken spezialisiert, sie stellte aber auch welche für Krebspatienten her, und das für so gut wie umsonst, einfach nur, weil sie nett war. Nachdem meine Mutter gestorben war, hatte Luke die Perücke entwendet, weil er dachte, er könne noch so einiges mit ihr anstellen. Doch zum Glück erinnerte die Perücke ihn so sehr an seine Granny, dass sie bis zum heutigen Tag ganz hinten in seiner Wäscheschublade lag.

Ich weiß noch, wie ich dachte, dass es für die richtige Person ein toller Job gewesen wäre, kranke Menschen in Sachen Perücken zu beraten. Jemand, der eine etwas positivere Haltung gehabt hätte und ein bisschen aufmunternder gewesen wäre, der meiner Mutter gesagt hätte, dass noch nicht alles verloren war, das hätte ihr die Welt bedeutet, hätte ihr ein bisschen Hoffnung gemacht. Sie hätte es gewollt, dass man ihr erklärte, ihr Aussehen sei immer noch wichtig und dass sie nach allem, was sie durchgemacht hatte, ruhig auch ein bisschen eitel sein durfte. Und wenn es so abgelaufen wäre, wären wir alle – meine Mutter, ich *und* die Perückenspezialistin – mit einem warmen Gefühl im Herzen und einem strahlenden Lächeln im Gesicht nach Hause gegangen. Aber nein, diese Frau hatte beschlossen, ihren Beruf als deprimierend und langweilig zu empfinden und als viel zu anstrengend.

Mir ging es mit Denise ganz ähnlich: Wenn es ihr Spaß gemacht hätte, mit den Bewohnern zusammenzuarbeiten, und wenn sie zufrieden damit gewesen wäre, sich um sie zu kümmern und ihnen das Leben möglichst angenehm zu machen, dann hätte sie ihren Beruf und ihr Leben vielleicht sogar toll gefunden, und sie wäre ein besserer Mensch gewesen. Stattdessen betrachtete sie sich selbst offenbar als eine Art Märtyrerin, die für all diese grauenhaften Leute sorgte und sich ihre grauenhaften Familien vom Leib halten musste, und deshalb war sie verbittert und ständig deprimiert. In der Gegenwart von Leuten aus der Hauptgeschäftsstelle gelang es ihr stets, einen positiven Eindruck zu hinterlassen, und sie wurde von den Kollegen dort fast als Heilige angesehen. Leider betrachtete sie es als reine Zeitverschwendung, ihren Charme auch den Bewohnern gegenüber an den Tag zu legen. Warum hatte sie sich nicht einen Job gesucht, der besser zu ihr passte? Warum war sie beispielsweise nicht Zahnärztin, Politesse oder Tierpräparatorin geworden?

Ich hielt Ausschau nach Rob, doch er war verschwunden. Ich suchte das komplette Gebäude ab, und ich hätte nicht sagen können, was schmerzhafter war, ihn so verzweifelt zu sehen oder der Gedanke, er könnte wirklich gehen. Scott stand in der Küche und schmierte sich ein Sandwich, und er meinte, er würde bleiben und abwarten, ob Rob doch wieder auftauchte. Wenn nicht, würde er die Schicht für ihn bis zum Ende übernehmen – völlig untypisch für Scott, doch selbst ihn hatten die Ereignisse des Tages nicht ganz unberührt gelassen. Wir drehten die letzte Runde durchs Gebäude gemeinsam, dann verabschiedete er sich.

Ich ging zu Philip ins Zimmer. Er schlief tief und fest. Ich versuchte ihn kurz zu wecken, wie man es mir geraten hatte, und zu meiner Erleichterung hob er den Kopf, starrte mich mit leerem Blick an und schlief dann sofort wieder ein.

Ich wollte ihn nicht alleine lassen. Ich wollte nicht, dass er irgendwann aufwachte und den Schmerz spürte, den seine Kopfverletzung verursachen musste. Im Laufe der Nacht würde die Wirkung der Schmerzmittel nachlassen, und was würde er dann tun? Würde er wach werden und sich erinnern, was geschehen war? Also beschloss ich, bei ihm zu bleiben. Ich ging in den Schlafraum für die Mitarbeiter, zerrte die Matratze vom Bett runter und schleifte sie über den Gang. Als sie neben Philips Bett lag, ging ich zurück, um Kissen und Bettdecke zu holen und außerdem meine Schlafsachen und meine Zahnbürste. So leise wie möglich richtete ich das Bett her und zog mich dann um, als ich plötzlich die Feuerschutztür draußen auf dem Gang zufallen hörte. Ich drehte mich um, und da war er, Rob. Er stand in der Tür, offenbar nicht sicher, ob er den kleinen dunklen Raum einfach so betreten sollte oder nicht.

»Was tust du da?«, flüsterte er.

»Ich schlaf hier drinnen. Ich will nicht, dass er mitten in der Nacht aufwacht und …«

»Tut mir leid«, fiel er mir ins Wort. »Ich hab's vermasselt.«

Wir standen da und sahen einander an, wobei ich mich irgendwie nackt fühlte in dem langen T-Shirt, den dicken Socken, aber ohne Pyjamahose. Ich wusste nicht, was ich sagen sollte.

»Ich kann hier nicht mehr weitermachen«, sagte er schließlich, immer noch im Flüsterton.

»Doch, kannst du. Sag am Montag einfach, dass es dir …«

»Ich kann mich nicht entschuldigen, weil ich nämlich jedes einzelne Wort genau so gemeint habe.«

Ich konnte ein solches Gespräch unmöglich halb bekleidet führen, daher hüllte ich mich noch während ich sprach in Philips Morgenmantel. Zu jeder anderen Gelegenheit hätte Rob laut losgelacht, doch jetzt schien es ihm noch nicht mal aufzufallen.

»Ach verdammt, Rob«, sagte ich. »Was wird nur aus diesem Laden, wenn du gehst? Alles, was hier gut ist, hängt mit dir zusammen. So schlimm ist es doch gar nicht. Die Bewohner sind nicht unzufrieden hier.« Ich konnte den Gedanken nicht ertragen, er könnte wirklich kündigen.

»Nein«, sagte er traurig. »Die kommen schon klar. Wir alle kommen irgendwie klar. Hier wird sich wohl nie was ändern am Status quo.«

»Na, wenn das jetzt mal nicht vorbei ist …«, bemerkte ich schwach, bereute es aber sofort wieder.

Rob sah mich wütend an, und er verzog verständnislos das Gesicht, als könnte er nicht verstehen, dass ich so naiv war. »Aber das ist nicht unser Job, hier was zu verändern! Unser Job ist es, die Bewohner anzutreiben, sie zu inspirieren, ihnen Kraft zu geben, ihnen zu helfen, das Beste aus sich rauszuholen und, wenn es denn möglich ist, das Leben etwas zu genießen. Wir sollten an jedem einzelnen Tag versuchen, das Beste zu geben, stattdessen schleppen wir uns durch den Tag wie Schlafwandler. Den ganzen Tag. Jeden Tag.«

»Ich nicht! Und Lucy auch nicht! Und du bist sowieso mit Abstand der beste Mitarbeiter hier!«

»Aber stell dir mal vor, was man aus dem Laden machen könnte, wenn man sich bloß ein bisschen anstrengt und ein wenig Engagement zeigt und ein bisschen Farbe reinbringt. Im vergangenen Jahr haben Theresas Mum und Dad ein bisschen Geld gesammelt. Das war nur eine kleine Grillfeier mit ein paar Freunden, einer Verlosung, und jeder hat ein bisschen was gegeben für die Hotdogs. Weißt du, was Denise mit dem Geld gemacht hat?«

Ich schüttelte den Kopf.

»Sie hat das Papier mit dem neuen Briefkopf fürs Büro gekauft. Absolut in Ordnung, die von der Hauptgeschäftsstelle hatten sich geweigert, uns neues zu besorgen, aber … verdammt noch mal. Was wir mit dem Geld alles hätten anfangen können, immerhin waren es ein paar Hunderter. Wir hätten einen Ausflug machen können, einen neuen, funktionierenden DVD-Player kaufen, ein verdammtes neues Bingoset, irgendwas! Hier sollte einfach alles anders laufen, und ich schäme mich zutiefst, dass ich als Stellvertreter das alles habe schleifen lassen. Diese ganze Sache mit dem armen Philip war so was wie ein Alarmsignal. Davon erholt er sich vielleicht nie wieder.«

»Denise hat einen Fehler begangen«, entgegnete ich entmutigt. »Und wir haben den Fehler gemacht, es ihm nicht früher zu sagen.«

»Ach, komm schon, du weißt doch so gut wie ich, dass

da mehr dahintersteckt als ein simpler Fehler, den Denise begangen hat. Es gibt da so ein Sprichwort, ich glaube, es stammt aus Russland: ›Der Fisch stinkt immer vom Kopf her‹. Denise sieht einfach tatenlos zu, wie dieser Laden vor die Hunde geht – zusammen mit all den anderen Bewohnern neben Philip, um die uns zu kümmern wir die Aufgabe haben. Aber solange die Bilanzen am Ende stimmen, sagt keiner was, und es geht einfach so weiter.«

»Tja, sie ist tatsächlich recht geschäftstüchtig, in diesem Heim läuft es ja nach außen hin recht gut. Ich schätze, mir war nur nicht klar, dass sie so …« Ich ließ den Satz unvollendet.

Rob starrte mich niedergeschlagen an, dann trat er plötzlich ohne Vorwarnung einen Schritt vor, ergriff meine Hand und ließ sie gleich darauf wieder los. Eine unbeholfene, freudlose Geste. »Ich wollte, dass du verstehst, weshalb ich es so weit habe kommen lassen. Es ist mir wirklich wichtig, dass du weißt, dass ich das nicht wollte, was mit Philip passiert ist.«

»Aber klar, das weiß ich doch«, sagte ich.

»Als ich hier anfing vor fünf Jahren, da hatte Denise Brustkrebs.« Rob senkte den Blick auf seine Füße. »Sie steckte mitten in einer Strahlenbehandlung. Sie war ständig müde und fühlte sich nicht gut und war ganz allein mit ihrem Jungen. Ich bewunderte sie aufrichtig dafür, wie sie das alles hinbekam. Das ging Monate so, und sie war ganz schön tapfer, um ehrlich zu sein. Ich schätze, seitdem finde ich immer wieder Entschuldigungen für sie.«

»Geht es ihr denn jetzt wieder gut?«, fragte ich.

»Absolut.« Er rieb sich mit Daumen und Zeigefinger über die Stirn, offenbar um den Kopf frei zu kriegen und um die

Müdigkeit zu vertreiben. »Ich dachte, ich wüsste genau, wie sie tickt, aber …«

»Du hast dir selbst nichts vorzuwerfen. Sie ist deine Vorgesetzte.«

Müde hob er die Hand, damit ich schwieg. »Wir sehen uns am Montag«, murmelte er noch, ehe er sich zu mir vorbeugte und mich sanft auf die Wange küsste. Eine Sekunde lang ruhte seine Schläfe an meiner, dann ging er. Einen kurzen Moment überlegte ich, ob ich hinter ihm herlaufen sollte, aber ich konnte Philip nicht allein lassen, und außerdem, was hätte ich denn sagen sollen? Dass ich ihm wie ein kleiner Teenie gestand, in ihn verknallt zu sein, schien mir dann doch etwas idiotisch nach allem, was an diesem Abend vorgefallen war.

Ich lag lange wach und sann darüber nach, dass Denise so krank gewesen war. Ich musste an Alec denken, wie er in seinem Bett lag, und an Jess und Luke. Ich dachte an das erste Mal, dass ich Dom über den Weg lief – verglich diese Begegnung mit der ganz langsam zunehmenden Anziehung, die ich für Rob empfand, wie ich nun merkte. Ich dachte an meine Mutter und an Deborah und Marlene, und meine Gedanken drehten sich im Kreis, immer schneller. Doch am allermeisten dachte ich an Philip und wie um alles in der Welt ich ihm das alles erklären sollte. Schließlich machte ich mir eine Tasse Tee, setzte mich neben ihn und starrte ihn einfach nur an. Jede Stunde weckte ich ihn kurz, um zu sehen, ob er in Ordnung war.

Philip schlief bis spät in den Vormittag. Ich hatte ihm Tee gebracht, doch er war immer noch recht müde und verschlafen. Die Wunde an seinem Kopf sah aus, als würde sie höllisch wehtun, daher gab ich ihm noch was von dem Schmerzmittel. Er aber schien sich nicht im Geringsten an das zu erinnern, was geschehen war.

Sonntag ist Großwaschtag bei den Bewohnern, und dabei benötigten sie in der Regel Hilfe. Daher verbrachten Scott und ich eine eher ruhige, aber betriebsame Vormittagsschicht. Über den gestrigen Abend verloren wir allerdings kein Wort. Kurz bevor ich ging, streckte ich noch den Kopf zu Philips Tür rein, doch er döste mit dem Gesicht in Richtung Wand vor sich hin.

Als ich nach Hause kam, machte ich mir den ganzen Nachmittag Sorgen um Philip und wünschte, ich wäre geblieben. Ich wollte Rob anrufen, nur um zu hören, ob Philip okay war. Als ich schließlich all meinen Mut zusammennahm, hatte ich bloß einen Anrufbeantworter dran mit einer weiblichen Stimme, und obwohl ich eine Nachricht hinterließ, rief er mich nicht zurück. Also rief ich in der Clifton Avenue an, wo Scott mir erklärte, Philip würde fernsehen und hätte ganz gut zu Mittag gegessen.

Leider war Marlene nicht daheim, daher bereitete ich für die Kinder die Schuluniformen und Sachen für die Woche vor und erledigte dann ein paar organisatorische Dinge. Gegen sechs Uhr abends klingelte es an der Tür. Es war Dom mit Luke und Jess. Die Kinder hatten den Nachmittag damit verbracht, Schmuck für mich zu fertigen aus einem Bastelset – ein Paar Hängeohrringe und ein dazu passendes Armband und Halskettchen. Sie waren glücklich und stolz auf ihr Werk und drängten mich, alles sofort anzuprobieren, während Dom danebenstand und zusah. Um ehrlich zu sein, es fiel mir schwer, mich für die selbstgemachten Tonperlen in Lila, Grün und Rosa zu begeistern. Sie waren recht schief und krumm auf eine Silberschnur aufgefädelt. Doch es gelang mir wohl, genug Begeisterung zu zeigen, als ich sie anlegte.

»Deborah hat uns geholfen, während Alec vor dem Computer saß«, gab Luke zu. »Die sind so klein und fummelig, deswegen haben wir das nicht ganz allein geschafft, weil das Set eigentlich erst ab zehn ist. Da ist auch eine Karte dabei, hast du die Karte gesehen?«

Da war tatsächlich eine Karte, die Jess gebastelt hatte. Da waren überall Aufkleber und Glitzer drauf. Ich öffnete sie und fand darin eine Botschaft, vermutlich in Deborahs Handschrift. »Für die beste Mami der Welt, alles Gute zum Geburtstag, alles, alles, alles Liebe.« Meine drei Kinder hatten ganz unten unterschrieben – Jess und Luke in der üblichen kindlichen Krakelschrift, nur Alecs Unterschrift überraschte mich, weil sie mir nämlich vollkommen fremd war und richtig erwachsen aussah.

»Wir konnten es nicht erwarten. Gefällt dir der Schmuck? Gefällt er dir wirklich?«, wollte Jess wissen. Dabei hopste sie auf einem Bein auf und ab, weil sie ganz dringend Pipi musste, die große Anprobe der Geburtstagsgeschenke aber nicht verpassen wollte.

»Oh, die sind wunderschön!«, sagte ich im Brustton der Überzeugung. Mein Geburtstag war erst am kommenden Dienstag, das hatte ich komplett vergessen. Ich kriegte den Verschluss an dem Halskettchen nicht mehr auf, weshalb Dom ziemlich verlegen seine Hilfe anbot. Er schob mein Haar zur Seite, um meinen Hals zu entblößen. Er hatte es derart eilig, diese nicht eben willkommene Intimität hinter sich zu bringen, dass seine Finger ganz ungeschickt herumfummelten, der Verschluss sich in meinen Haaren verfing und die ganze Sache eine halbe Ewigkeit dauerte. Schließlich blickte ich runter auf mein Dekolleté und berührte das Kettchen voller Stolz. »Das ist wirklich, wirklich wunderschön. Ich danke euch.« Damit küsste ich die Kinder auf den Kopf, und sie wirkten entsprechend zufrieden mit sich selbst. »Und jetzt kommt, stecken wir euch in die Badewanne.«

Ich drehte mich um, um Dom rauszulassen, und als die Kinder sich verabschiedeten und die Treppe hochjagten, sagte er ganz leise: »Ich finde, das war wirklich eine äußerst nette Geste. Das ist Deborahs Art, dir zu sagen, dass das, was neulich im Wagen geschehen ist, nicht weiter schlimm ist, und dass du immer ihre Mum sein wirst, ganz gleich, was passiert. Sie will dir nichts Böses, ich wünschte, du würdest das endlich begreifen, dann könnten wir alle zivilisiert miteinander umgehen. Nichts wünscht sie sich mehr als das.«

»Ich brauche keine Bestätigung, dass ich immer *ihre Mum* sein werde. Klar bin ich das. Was bringt dich zu der Annahme, dass ich dafür noch eine Bestätigung bräuchte? Ich *bin* doch ihre Mum.«

»Ja, klar.« Dom stieß einen tiefen Seufzer aus, dann sagte er geduldig: »Und sie will dir mit diesen Geschenken nur zeigen, dass sie das weiß. Immerhin hat sie sich heute den ganzen Tag mit den Kindern hingesetzt, um den Schmuck zu basteln, wo sie ganz andere Sachen hätte erledigen können.«

Als Dom mir eröffnet hatte, dass er uns verlassen würde, da sagte er, wenn ich mich recht erinnere, dass er sich zu Deborah eigentlich vor allem so hingezogen fühlte, weil sie ihn an mich in jüngeren Jahren erinnerte. Er hatte sogar nach meiner Hand gegriffen und sie gedrückt, während er das sagte, und wunderte sich dann, dass ich das nicht direkt als Kompliment nahm. Genau wie damals verspürte ich in diesem Moment eine unbändige Wut.

»Ganz gleich, was du persönlich empfindest«, fuhr er fort, »solltest du versuchen, deine Gefühle hintanzustellen. Es ist nur im Interesse der Kinder, dass wir alle gut miteinander auskommen. Auf lange Sicht ist es wirklich das Beste für sie, wenn wir das hinkriegen.«

Das war mir auch klar. Natürlich war mir das klar. Daher erwiderte ich ein bisschen bedrückt: »Wie geht's Alec?«

»Gut«, sagte Dom. »Wirklich gut.« Und damit verabschiedete er sich.

Als die Kinder im Bett lagen, beschloss ich, ebenfalls früh schlafen zu gehen. Ich legte meinen neuen Schmuck beiseite – auch wenn ich versucht war, ihn einfach in einen Umschlag zu stecken und an Deborah zu schicken mit den Worten: »Du hast dieses Bastelset gekauft. Du hast dir die Arbeit gemacht. Jetzt solltest du den Schmuck auch tragen. Und das nächste Mal, wenn du dich richtig schön schick machen willst, läuft Jess los und schleppt dieses Zeug als das ultimative Etwas an, das dein Outfit perfekt machen wird, und dann lernst du den Bürgermeister kennen und hast dabei einen Klumpen Knetmasse zwischen den Brüsten baumeln.«

Ich nahm ein Bad. Auch wenn ich total erledigt war, war ich gleichzeitig ziemlich aufgewühlt. Schließlich ging ich ins Schlafzimmer der Jungs, um ein letztes Mal nach Luke zu sehen. Er schlief friedlich und schnarchte ganz leicht mit offenem Mund. Ich blickte rüber zu Alecs leerem Bett, doch der Anblick war für mich schier unerträglich, weshalb ich schnell reinkletterte und dort einschlief.

Als ich am Montag zur Arbeit kam, begab ich mich direkt auf die Suche nach Philip. Er saß in einem der Aufenthaltsräume und sah sich das Frühstücksfernsehen an, während er gleichzeitig mit seinen Filzstiften hantierte. Er schien nur selten wirklich was zu malen, aber offenbar gefielen ihm die Farben und der Gedanke, dass sie ihm gehörten. Ich beobachtete ihn eine Weile von der Tür aus, sah zu, wie er methodisch bei einem Stift nach dem anderen den Deckel abnahm und ihn dann wieder draufsetzte. Er wirkte ganz ruhig und entspannt.

»Hallo Philip«, sagte ich. »Wie geht's deinem Kopf?« Dabei ging ich in die Hocke und sah ihm ins Gesicht. Er war wie erstarrt. Er hielt die Arme mitten in der Luft ausgestreckt, hatte mit den Händen einen Stift und den Deckel umklammert und rührte sich nicht mehr.

»Ich bin's, Philip. Sieh mich an. Es tut mir so leid, was da am Samstag geschehen ist, aber jetzt bin ich hier. Ich gehe nicht weg.« Doch er war weiter wie erstarrt, die Augen auf einen Punkt auf dem Teppich gerichtet, direkt neben seinen Füßen.

Denise saß im Büro. Sie lächelte ein freundliches, bestimmtes Lächeln und ließ keinen Zweifel daran, dass sie den Kampf für gewonnen hielt, der hier am Samstag ausgefochten worden war. Ich hatte mir überlegt, mich mit Philips Betreuerin Ruth zu unterhalten, um vorzufühlen, ob sie einschreiten und sich dafür einsetzen würde, dass ich mich weiterhin um Philip kümmerte. Doch Denise war mir wieder mal einen Schritt voraus. Sie bat mich, einen Bericht über das Vorgefallene abzuliefern und ihn ins Mitarbeiterbuch zu legen, und dann meinte sie noch, sie plane ein Treffen mit Ruth an diesem Nachmittag.

»Wäre es wohl möglich, dass ich daran teilnehme?«, erkundigte ich mich.

»Nein, das wäre nicht angebracht. Außerdem findet das Meeting um vier statt, da müssen Sie vermutlich die Kinder von der Schule abholen.«

»Nein, heute nicht. Ich hab mir schon gedacht, dass es nach diesem Samstag hier Engpässe bei den Schichten geben könnte, daher habe ich es arrangiert, dass mein Au-pair-Mädchen die Kinder von der Schule abholt.«

»Oh, nun, das ist ja wirklich sehr umsichtig von Ihnen, aber ehrlich gesagt wäre es nicht nötig gewesen.«

»Ich finde es wichtig, dass ich hier bin«, erwiderte ich mit Nachdruck in der Stimme. »Ich mag zwar jetzt nicht mehr für Philip zuständig sein, aber ich war beteiligt an den Ereignissen, die zu dem Vorfall geführt haben, daher denke ich, dass ich einen entscheidenden Beitrag leisten kann.«

»›Einen entscheidenden Beitrag‹?« Denise klang amüsiert. »Nun, wo Sie schon mal hier sind, können Sie vermutlich genauso gut auch mitkommen. Aber ich kenne Ruth jetzt schon seit Jahren, ich denke, sie durchschaut schnell, was hier passiert ist. Da ist es nicht nötig, dass wir das alles groß aufarbeiten.«

»Und was ist mit Rob?«

»Rob hat nur allzu deutlich gemacht, dass er nicht länger daran interessiert ist, diese Einrichtung mit zu leiten. Selbstverständlich bedaure ich das sehr, aber letztlich ist es seine Entscheidung.«

»Verlässt er uns?«

»Ich habe heute Morgen mit ihm gesprochen, und wir sind übereingekommen, dass er mir erst seine schriftliche Kündigung vorlegen muss. Er kann nicht einfach so gehen, wenn ihm danach ist. Ich muss einen neuen Stellvertreter finden, daher wird er bis auf die paar Wochen Urlaub, die ihm noch zustehen, noch einige Monate bei uns sein … Ich denke, wenn er dann erst mal anfängt, nach einem neuen Job zu suchen, wird er es schon noch bereuen. Gibt grad nicht viel da draußen, und ein glänzendes Zeugnis braucht er nicht zu erwarten.« Sie schien eher mit sich selbst zu reden als mit mir. »Ich wünsche ihm jedenfalls viel Glück«, meinte sie noch leichthin.

Es klingelte an der Tür, und als ich aufmachte, stand da ein Mann vom Paketdienst mit einer riesigen Schachtel auf dem Arm. Ich unterschrieb dafür und schleppte sie unbeholfen den Flur entlang ins Büro. Es sah aus, als enthielte sie irgendwelches Computerzubehör. Zum Glück, endlich ein neuer Drucker, dachte ich, während ich ihn in der Ecke des Büros abstellte, um ihn später zu öffnen. Denise blickte auf, schien aber keinerlei Interesse an der Schachtel zu zeigen.

»Ich würde jetzt alles tun für eine Tasse Tee«, sagte sie gut gelaunt.

»Ich wollte mir gerade einen machen«, erwiderte ich tonlos und stand auf.

»Und eine Scheibe Toast dazu?«, fragte sie vergnügt.

»Klar – kein Problem.« Ich war erleichtert, den Raum verlassen zu können.

Als ich nach etwa fünf Minuten ins Büro zurückkehrte, war Denise verschwunden. Ich stellte ihren Tee und den Toast auf dem Schreibtisch ab und ging los, um meine Jacke aufzuhängen. Als ich wieder zurückkam, fiel mir auf, dass der Karton verschwunden war. Der war eindeutig an das Clifton Avenue Wohnheim adressiert gewesen. Ich warf einen Blick auf unseren jämmerlichen alten Drucker, der nach wie vor an den Bürocomputer angeschlossen war. Gelegentlich einen

Keks zu klauen war kein großes Vergehen, aber Denise würde sich doch gewiss keinen nagelneuen Drucker unter den Nagel reißen, oder? Mir fiel ihr dicker Sohn wieder ein, wie er aus dem Büro rausgeschlurft war. Er hatte seine Hausaufgaben hier machen müssen, weil sein eigener Drucker kaputt war. Das war an dem Tag gewesen, als Alec mit mir zusammen hier war.

Ich warf einen Blick aus dem Fenster rüber zum Haus von Denise und stellte fest, dass da jetzt plötzlich Licht brannte. Schnell setzte ich mich vor den Computer, um unsere letzte Bestellung bei Atkinsons, unserem Lieferanten für Büromaterial und Computerzubehör, zu überprüfen. Wir erhielten dort einen ordentlichen Rabatt. Und tatsächlich hatte Denise eine Bestellung für einen neuen Drucker über das Konto des Heims getätigt, und ein nagelneues Laptop hatte sie ebenfalls bestellt, auf separate Rechnung für eine Bewohnerin namens Emily. Außerdem fand ich noch drei oder vier Bestellungen vom vergangenen Jahr, die ich mir nicht erklären konnte. Es handelte sich um Dinge, die wir hier im Büro ganz sicher nicht nutzten. Ich spürte, wie mein Herz schneller schlug, und als Denise zurück ins Zimmer kam, wäre ich vor Schreck fast aufgesprungen.

»Ist das meiner? Danke dir!«, sagte sie und griff nach dem Tee. Ihr Blick flackerte rüber zum Computerbildschirm, nur den Bruchteil einer Sekunde, nachdem ich die Seite geschlossen hatte. »Es wird dich freuen zu hören, dass Philip morgen wieder ins Tageszentrum darf. Seinem Kopf geht es schon viel besser, er scheint alles gut überstanden zu haben. Wir verabreichen ihm immer noch Entzündungshemmer, aber er ist wieder topfit.«

»Oh, schön«, sagte ich bemüht fröhlich. »Gut … tja …

ich mach dann besser weiter. Ich geh nur rasch und spül meine Tasse aus.«

So locker wie möglich stand ich auf, doch meine Glieder fühlten sich mit einem Mal vollkommen steif und schwer an. Rob sollte an diesem Morgen mit mir zusammen Schicht haben, aber ich hatte keinen Schimmer, ob er da war. Es gab da ein freies Zimmer, das ein paar von den Angestellten nutzten, um Papierkram zu erledigen und sich zurückzuziehen, wenn sie mal ein bisschen Ruhe und Erholung nötig hatten. Ich marschierte den Flur entlang und hatte das Gefühl, als hätte ich gerade zehn doppelte Espressi runtergestürzt. Vor der Tür blieb ich stehen. Dann klopfte ich an und trat ein, ohne eine Antwort abzuwarten. Rob saß vor dem Computer, den Kopf in die Hände gestützt, die Schultern nach unten gesackt. Ich verspürte den plötzlichen Drang, ihm über das Haar zu streichen und seinen angespannten Rücken zu massieren. Er drehte sich um und sah mich an, während ich die Tür hinter mir schloss und mich dagegenlehnte. Er wirkte müde, besorgt und ziemlich mitgenommen.

»Hi du«, sagte er. »Ich setze gerade mein Kündigungsschreiben auf, und außerdem werde ich offiziell Beschwerde einlegen – ich muss das tun. Nicht dass es irgendwas bringen wird. Die ganzen Freunde von Denise in der Hauptgeschäftsstelle haben ihre Schäfchen im Trockenen und sind fest etabliert, dank ihnen hat sie den Job ja überhaupt erst bekommen.«

»Ich glaube, Denise hat sich gerade einen Drucker gekrallt, der für das Büro gedacht war, und ihn bei sich zu Hause installiert. Und ich habe zudem den Verdacht, dass sie auf Emilys Kosten ein Laptop gekauft hat und wer weiß was noch.«

Er machte ein verdutztes Gesicht. »Wie? Was willst du damit sagen?«

Ich erzählte ihm von den Bestellformularen und wie die Schachtel verschwunden war.

Seine Augen weiteten sich vor Wut. »Dieses hinterlistige Miststück«, sagte er und rieb sich das Kinn. »Dieses diebische, raffgierige, hinterlistige Miststück.« Unvermittelt rückte er auf seinem Stuhl verschwörerisch nach vorn. »Bist du dir ganz sicher?«

»Ja – ich bin mir sicher. Und ich bin auch überzeugt, dass wir das beweisen können. Im einen Moment stand da noch eine Kiste im Büro, und im nächsten ist sie verschwunden, und sie war nach Hause gegangen. Schau dir unser Konto bei Atkinsons an, da siehst du alles Schwarz auf Weiß.«

Rob begann wild auf die Tastatur einzuhämmern, und da waren sie, die ganzen Rechnungen in Denises Namen, für Material im Wert von mehreren hundert Pfund, das nie bei uns im Büro angekommen war.

»Kannst du mir das ein paarmal ausdrucken?« Ich nickte, während Rob weitermachte. »Ich habe einen Schlüssel zu ihrem Haus, den hat sie mir vor Jahren mal zur Sicherheit gegeben – ich geh da rein und sehe nach, ob der Drucker auch wirklich da ist. Dann können wir uns absolut sicher sein, wenn wir sie damit konfrontieren.«

Je deutlicher mir das Ausmaß dessen wurde, was Denise da anscheinend getan hatte, desto wütender und entschlossener wurde ich. »Gute Idee«, sagte ich.

»Ich denke, die Idee ist verdammt noch mal genial.«

Wir sahen einander schweigend an – wir beide mussten erst einmal verarbeiten, was wir da eben gesagt hatten.

»Tun wir das Richtige, wenn wir nicht den offiziellen Weg

gehen?« Ich zuckte zusammen, weil ich merkte, wie spießig ich klingen musste.

»Vielleicht nicht unbedingt, aber wenn wir es offiziell machen, dauert das Monate. Ich hatte mal einen Supervisor, der hat einem Bewohner eine Dose Bohnen an den Kopf geworfen. Er wurde ganze sechs Monate suspendiert bei vollem Gehalt und kam danach wieder zurück, als wäre nichts geschehen. Bis da was passiert, bin ich längst weg von hier.« Rob war jetzt richtig in Fahrt. »Ruth kommt um vier, oder?«, fragte er. »Dann ist Denise mit ihr beschäftigt, und ich kann bei ihr rein und mit meinem Handy ein Foto von dem Drucker schießen. Und dann sehen wir weiter. Entweder konfrontieren wir sie direkt damit, oder wir wenden uns an die Hauptgeschäftsstelle.«

»Na schön«, sagte ich. Mir war ganz flau bei der ganzen Aufregung. Was Denise sich da erlaubt hatte, war wirklich skandalös. »Vorerst mache ich einfach das, was ich sonst auch tue. Und ich soll außerdem einen Bericht über die Sache am Samstag schreiben.«

»Okay.« Er sah mich eindringlich an, die Augen weit aufgerissen. »Es ist echt unglaublich, dass das ausgerechnet jetzt passiert, Rachel. Besser hätte es gar nicht kommen können, das rettet mir vielleicht den Job.« Auf seinem Gesicht lag ein Ausdruck des Triumphs.

»Ja, ich weiß!« Es fiel mir schwer, mich von seiner Begeisterung nicht anstecken zu lassen. Am liebsten wäre ich im Kreis getanzt und hätte Luftsprünge gemacht.

Er wandte sich wieder dem Computerbildschirm zu und rieb sich erneut über die Stoppeln am Kinn. Mir war fast so, als könnte man die Rädchen in seinem Gehirn schnurren hören. Gerade als ich zur Tür rauswollte, beugte er sich zur Seite und packte meine Hand. Er zog mich zurück ins Zimmer.

»Tut mir leid, das mit Samstag – dass ich dich angegriffen habe und so weinerlich war und so selbstgerecht. Ich wollte dich gestern eigentlich zurückrufen, aber ich wusste einfach nicht, was ich sagen soll. Ich glaube, das ganze Gefühlschaos an dem Abend, das war mir einfach zu viel … Tut mir leid.«

Die Sache war mir peinlich, aber gleichzeitig war ich auch enttäuscht. »Sei nicht albern«, sagte ich möglichst unbeschwert. »Ist ja nichts passiert.«

Er lachte. »Aber was erwartest du auch von einem erwachsenen Mann, wenn du in Unterwäsche vor ihm herumspringst?«

»Ich war nicht in Unterwäsche, und herumgesprungen bin ich ja wohl auch nicht.«

»Wie, keine Unterwäsche?«, fragte er, und ich musste lachen. Doch sofort spürte ich, wie ein warmes Gefühl in mir hochstieg und sich über meine Wangen ausbreitete.

Dann ging ich zurück ins Büro, und auch wenn Denise nun daheim war, war ich irgendwie nervös, als ich jetzt den alten Drucker anstellte, um die Rechnungen auszudrucken. Es schien eine halbe Ewigkeit zu dauern, bis er endlich betriebsbereit war. Ich machte mich also daran, die Rechnungen von Atkinsons zu öffnen. Dabei sah ich mich immer wieder über die Schulter nach Denise um. Seltsamerweise waren die Seiten, die ich mir vorhin noch mit Rob zusammen angesehen hatte, nicht mehr auffindbar. Ich stieß ein erstauntes Japsen aus. Sie waren verschwunden, keine Spur von ihnen. Denise musste sie in der Zwischenzeit gelöscht haben. Ein schwindelerregendes Gefühl der Furcht überkam mich. War das jetzt

Zufall, oder hatte da soeben ein nervenaufreibendes Katz-und-Maus-Spiel begonnen?

Ich griff nach meinem Handy, ging hinaus auf den Parkplatz und setzte mich in meinen Wagen. Nachdem ich mich ganz genau umgesehen hatte, ob Denise auch bestimmt nicht in der Nähe war, rief ich bei Atkinsons an. Ein nettes Mädchen nahm meinen Anruf entgegen, und ich erklärte ihr, wir hätten Probleme mit unserem Computer und bräuchten Kopien von sämtlichen Rechnungen der vergangenen zwölf Monate für unsere Buchhaltung. Kein Problem, meinte sie. Sie würde sie binnen der nächsten vierundzwanzig Stunden für mich in die Post stecken.

Ich ging wieder nach drinnen und schrieb weiter an meinem Bericht über die Ereignisse am Samstagabend. Anschließend ging ich zu Philip ins Zimmer, um mir den Schaden am Türrahmen anzusehen, bevor ich den Handwerker kommen ließ. Als ich Philips Blut auf dem gesplitterten Holz sah, festigte sich meine Entschlossenheit, Denise ein für alle Mal das Handwerk zu legen.

Ich versuchte mich auf die vorliegende Aufgabe zu konzentrieren und mich nicht ablenken zu lassen. Ruth sollte bald da sein, und ich war höchst zufrieden mit meinem kleinen Sieg, dass ich es geschafft hatte, mich selbst zu dem Meeting einzuladen. Ich wollte absolut ehrlich sein ihr gegenüber und sie dann ihre eigenen Schlüsse ziehen lassen. Insgeheim hegte ich sogar die Hoffnung, sie könnte den Wunsch äußern, ich solle weiter die Verantwortung für Philip haben. Mir war klar, dass Denise sich aus der Affäre ziehen und die Schuld pauschal auf Rob schieben würde, doch hoffte ich sehr, Ruth würde durchschauen, was hier los war. Sie schien mir ein anständiger Mensch zu sein, und sie musste Rob ja auch schon über andere Bewohner kennen. Wenn ich mit dabei war, würde Denise Robs Ruf ja wohl kaum schaden können, oder? Und nachdem jetzt noch die Sache mit der verschwundenen Kiste passiert war, war nicht mehr zu übersehen, auf welch wackeligen Beinen Denises Position stand.

Auf dem Weg ins Büro klopfte ich bei Rob an die Tür, und dann gingen wir gemeinsam weiter. Ich war fünf Minuten zu früh dran für das Treffen mit Ruth, deshalb nahm ich an, ich würde eine ganze Weile, bevor es anfing, im Raum sein. Vor der Tür zum Büro blieben wir kurz stehen, und Rob klopfte auf seine Tasche, um zu überprüfen, ob er auch ja sein Handy dabei hatte. Wie sollte er sonst die Fotos von dem Drucker schießen?

»Bring Denise dazu, dass sie sich mit dem Rücken zum Fenster setzt, sonst kriegt sie vielleicht noch was mit«, flüsterte er.

»Bloß nicht!« Mein Magen krampfte sich zusammen, als ich Denises Stimme aus dem Büro hörte.

»Wir sehen uns nachher!«, sagte Rob, und ich legte die Hand an den Türgriff und trat ein.

»Rachel, da sind Sie ja«, trällerte Denise, als ich reinkam. »Ruth war ein bisschen früher da. Dann können wir ja anfangen.« Sie hatte die Stühle bereits umgestellt und saß einer ernst dreinblickenden Ruth gegenüber, mit bester Sicht auf das Fenster und ihr Haus.

Ich geriet ein wenig aus dem Gleichgewicht. Als das Telefon klingelte, schnappte ich mir den Hörer. »Hallo, Clifton Avenue«, meldete ich mich etwas abwesend.

»Hallo, spricht da Mrs. Bidewell? Hier ist Miss Emma, ich rufe aus dem Schulsekretariat an. Ich habe Jess und Luke hier bei mir. Sie behaupten, Ihr Au-pair-Mädchen hätte sie eigentlich heute hier abholen sollen, aber leider ist sie nicht aufgetaucht.«

Ich warf einen Blick auf die Uhr – es war gerade kurz nach vier. Marlene war bereits eine halbe Stunde zu spät.

»Haben Sie versucht, sie telefonisch zu erreichen?«, fragte ich.

»Ja, aber es geht keiner ran.«

Scheiße. Scheiße. Scheiße. »Okay, ich bin auf dem Weg.« Damit legte ich auf und wandte mich um. »Es tut mir wirklich leid. Ich muss leider aufbrechen. Mein Au-pair-Mädchen ist verschwunden. Ruth, kann ich Sie morgen anrufen und Sie über meinen Standpunkt in dieser Sache in Kenntnis setzen?«

Ruth schüttelte den Kopf. »Machen Sie sich mal keine Gedanken, Denise und ich schaffen das schon alles heute. Ich will mich nur vergewissern, dass Philip jetzt wieder stabil ist, und hören, was schiefgelaufen ist am Samstag.«

»Natürlich. Tut mir so leid. Ich kann mir nicht vorstellen, was ihr dazwischengekommen sein könnte. Das hat sie noch nie getan …« Damit schnappte ich mir meine Jacke und meine Tasche und ging. Als ich in den Flur raustrat, traf ich auf Rob. Ich schüttelte nur den Kopf, um ihm zu signalisieren, dass wir die Sache abblasen konnten. Das Letzte, was ich noch sah, war, wie Denise Ruth einen entschuldigenden Blick zuwarf und lautlos mit dem Mund die Worte »alleinerziehende Mutter, drei Kinder« formte.

Als ich in der Schule eintraf, wirkte dort alles wie ausgestorben. Ich parkte den Wagen und eilte ins Sekretariat. Dort sammelte ich Jess und Luke ein, die völlig ungerührt waren von der langen Warterei, nachdem sie mit Miss Emma Ketten aus Büroklammern gebastelt hatten. Ich entschuldigte mich wieder und wieder und machte mich dann auf den Weg zurück zum Auto. Dabei malte ich mir die ganze Zeit aus, was Denise wohl gerade zu Ruth sagte. Irgendwann kam mir der Gedanke, dass ich das Marlene nie verzeihen würde, wenn ich ihretwegen nun Philip verlor.

Als wir an einem Klassenzimmer vorbeigingen, klopfte plötzlich jemand an die Scheibe, sodass ich aufschreckte. Es war Alec. Ich bedeutete ihm, er solle zur Tür kommen. Wir umarmten uns kurz, und ich flüsterte ihm zu, so leise, dass ich die anderen Kinder in der Klasse, die gerade ganz ruhig jeder für sich arbeiteten, nicht störte: »Was für ein Kurs ist das? Ich wusste ja gar nicht, dass du um die Zeit noch Unterricht hast?«

»Hab ich auch nicht!«, sagte er. Er flüsterte ebenfalls und verdrehte gut gelaunt die Augen. »Das ist der Hausaufgabenraum. Dad und Deborah haben heute beide etwas zu erledigen, deswegen können sie mich erst um sechs abholen. Bis fünf bin ich hier, dann gehe ich mit zu Lorenzo nach Hause, und von dort holen sie mich dann ab.« Jess hatte sich an seiner Hüfte festgeklammert und drückte ihn jetzt ganz fest, und Luke wirkte verwirrt und beunruhigt zugleich.

»Willst du mit zu uns heimkommen?«, fragte er.

»Ja, aber … ist schon gut. Ist ja alles schon arrangiert. Wir sehen uns an deinem Geburtstag, Mum.«

Wir stiegen ins Auto, und ich wählte noch einmal Marlenes Nummer. Immer noch keine Antwort, der Anruf ging direkt auf die Mailbox. Als wir nach Hause kamen und in den Flur traten, rief ich die Treppe hoch, um zu sehen, ob sie vielleicht doch da war, aber auch hier keine Reaktion.

»Ich brauch jetzt eine Tasse Tee«, verkündete ich entschlossen. Ich stellte also den Wasserkocher an und ging zum Kühlschrank, um die Milch rauszuholen. Als ich vorsichtig an einem Tetrapack Fettarmer Milch schnupperte, fiel mir auf, dass der Kühlschrank so sauber und geräumig aussah. Marlene hatte sich wohl endlich erbarmt und die jämmerlichen Fleischreste aussortiert, die sich angesammelt hatten. »Na wunderbar«, seufzte ich leise, doch dann verspürte ich plötzlich ein unbehagliches Gefühl in der Magengegend.

Immer noch mit der Milch in der Hand, lief ich zwei Stufen auf einmal nehmend die Treppe hoch zu Marlenes Zimmer. Ich klopfte an die Tür, erhielt jedoch keine Antwort. Also marschierte ich rein, blieb aber sofort wie angewurzelt stehen. Das Zimmer war absolut, vollkommen und restlos leer. Sie hatte alles mitgenommen: den Teppich, die Bettdecke, die Bilder, die Kosmetikartikel, den kleinen summenden Kühlschrank, den Tassenständer, die Tassen. Die einzigen Dinge, die noch im Raum verblieben waren, waren das Bett, die Kommode, die Vorhänge und die lila Abdeckung um den Lichtschalter herum.

Mit der Milch in der Hand setzte ich mich aufs Bett, dann versuchte ich es ein letztes Mal bei ihr auf dem Handy. Es überraschte mich kaum, dass sie nicht ranging, deshalb hinterließ ich eine Nachricht: »Marlene, hier spricht Rachel. Das wäre nicht nötig gewesen. Ich finde, das war sehr feige und dumm von dir, und ich habe es nicht verdient, dass du so mit mir umspringst – und schon gar nicht die Kinder. Ich bin doch kein Monster, du hättest mir sagen können, dass du nicht glücklich bist und gehen willst. Du hättest dich anständig von den Kindern verabschieden sollen. Du solltest dich was schämen. Erwarte nicht, dass du von mir ein Zeugnis bekommst.«

Luke war die Treppe raufgekommen und streckte jetzt die Nase zur Tür rein. »O Mum! Was hat Marlene getan? Wo ist sie?«

»Ich weiß es nicht, mein Liebling. Sie ist abgehauen.« Luke klappte vor Staunen die Kinnlade runter, und während er mich ganz verwundert anstarrte, klingelte es an der Tür. »Wer ist das denn jetzt?«, fragte ich verärgert.

Ich lief die Treppe runter, und vor der Tür stand Mary.

»Ich wusste nicht, ob du da bist«, verkündete sie erfreut. Sie war noch ein bisschen außer Atem von dem Fußmarsch vom Auto zu unserer Tür. »Es ist unglaublich, wir haben diese Woche in der Praxis ungefähr fünf Schachteln Pralinen als Dankeschön bekommen, und da haben wir uns bloß angeschaut und gesagt: ›Die können wir unmöglich alle alleine essen!‹ Und da meinte ich: ›Tja, ich wüsste da ein sehr schönes neues Zuhause dafür.‹« Sie hielt eine Plastiktüte in der Hand, die eigentlich für medizinisches Material gedacht war, in der aber jetzt eine Schachtel Quality Street und zwei Schachteln Celebrations steckten.

»Oh, wie nett von dir«, sagte ich abwesend. »Komm doch rein.«

»Bist du sicher? Ich wollte die hier eigentlich bloß kurz vorbeibringen und dann …«

»Nein! Komm rein.« Damit trat ich einen Schritt zurück, und sie folgte mir in den Flur. »Du erwischst uns allerdings gerade mitten in der totalen Krise, um ehrlich zu sein.«

Sie gab sich Mühe, ihren Gesichtsausdruck zu verbergen, der bedeutete: »Nicht schon wieder«. Ich führte sie die Treppe hoch, wobei ich über die Schulter zu ihr schaute und erklärte: »Marlene ist abgehauen. Kannst du dir das vorstellen? So ganz ohne Vorwarnung, ohne ein einziges Wort.«

Ich zeigte Mary Marlenes Zimmer, wo Luke immer noch auf dem Bett saß.

»Wir wissen nicht, wo sie steckt, Grandma«, meinte er. »Sie ist einfach verschwunden.« Mary machte ein entsprechend betroffenes Gesicht, und Luke sah so unglaublich hilflos aus. Das alles war ein ziemlicher Schock für ihn.

Ich rannte nach unten, um den Wasserkocher noch mal anzustellen, und während er kochte, ging ich wieder nach oben, um Mary zu fragen, ob sie zum Abendessen bleiben wollte. Vor der Tür zu Marlenes Zimmer hielt ich kurz inne und warf einen Blick durch die halb geöffnete Tür. Luke saß mit hängendem Kopf auf Marys Schoß. »Sie hätte doch wenigstens Auf Wiedersehen sagen können!«, jammerte er mit leiser, gepresster Stimme. Sein Kinn bebte, und er wirkte vollkommen verloren.

»Ich weiß«, sagte Mary sanft. »Was für ein dummes, dummes Mädchen. Stell dir vor, einfach so aufzustehen und zu verschwinden.« Und auch wenn Luke selbst der Ansicht war, er wäre allmählich zu groß, um noch bei seiner Großmutter auf dem Schoß zu sitzen, legte sie jetzt seinen müden kleinen Kopf an ihre Schulter und wiegte ihn sanft vor und zurück. Als ihm auch noch Tränen in die Augen stiegen, legte er den Kopf in den Nacken und sah sie an, und dann lächelte er sie trotz allem an. »Dabei mochte ich sie noch nicht mal besonders!« Er lachte, kuschelte seinen Kopf aber dennoch erneut an ihren Hals und fing an zu schluchzen.

Ich stand wie festgewurzelt da. Irgendwie hatte ich das Gefühl, Luke konnte mit Mary viel ungehemmter reden als mit mir, und daher blieb ich einfach stehen und beobachtete sie. Nach ein paar Sekunden blickte er wieder auf. »Denkst du, sie hat Alec vermisst, und deswegen ist sie gegangen?«, fragte er.

»Nein, bestimmt nicht«, erwiderte Mary und schüttelte entschieden den Kopf. »Ich denke, sie ist gegangen, weil … weil sie ein sehr dummes Mädchen ist … und weil sie sich keine Gedanken um jemand anderen außer sich selbst macht und … weil du Stinkefüße hast!«

Er rang sich ein schwaches Lächeln ab. »Nicht so schlimm wie deine«, entgegnete er, doch dann verzog sein Mund sich wieder, und seine Lippen fingen an zu beben. Mir entging nicht, dass sich in seinem angespannten kleinen Körper in diesem Moment endlich einmal alle Spannung lösen konnte, und daher sah ich jetzt zu, wie Mary ihm über den Rücken strich, während er sich ausheulte.

Mir war allerdings klar, dass tief in ihm sich eine Frage festgesetzt hatte, die er nicht über die Lippen brachte: »Erst Dad, dann Alec und jetzt Marlene. Warum, Grandma?«

Schließlich richtete Mary ihn auf, hielt ihn an den Schultern fest und sah ihm in die Augen. »Hör zu, das hier hat rein gar nichts mit Alec oder mit dir zu tun. Sie ist gegangen, weil sie dumm ist und nur an sich selbst denkt, und wenn ihr nicht klar war, was für ein Glück sie hatte, als Au-pair hier bei euch sein und sich um meinen wundervollen Enkel kümmern zu dürfen, tja, dann sind wir eben besser dran ohne sie.« Sie tastete nach dem Taschentuch in ihrem Ärmel und tupfte ihm die Augen damit trocken. »Und jetzt sehen wir zu, dass deine Mum dich so nicht sieht. Wir wollen doch nicht, dass sie dich so aufgelöst erlebt, oder?«

»Aber was sollen wir jetzt tun?«, fragte Luke besorgt. »Was ist denn jetzt nach der Schule, wenn Mum arbeiten muss?«

Mit einem Mal kam ich wieder zu mir. Es war fast so, als hätte mich jemand gerüttelt. Ich durfte nicht zulassen, dass Luke dachte, er könnte mit mir nicht reden oder er müsste seine Gefühle vor mir verbergen. Ich war Mary unheimlich dankbar, doch jetzt war es an mir, ihn zu trösten und ihm zu versichern, dass das hier nicht sein Problem war.

»Mach dir mal keine Gedanken deswegen, Luke«, sagte ich, als ich jetzt ins Zimmer trat. Ich setzte mich neben Mary aufs Bett und zog ihn auf meinen Schoß. »Ich überleg mir was, versprochen, wir kriegen das schon hin. Wir hatten doch schon mit Schlimmerem zu kämpfen als dem hier, oder nicht?«

Er nickte.

»Mach dir keine Sorgen. Okay?«

»Okay.«

Ich drückte Marys Hand und gab ihr einen Kuss auf die Wange.

Jess reagierte da schon sehr viel gelassener. Sie kam die Treppe hochgehopst, stemmte die Hände in die Hüften und blickte sich in dem leeren Raum um. »Gut! Sie ist weg. Luke, jetzt kannst du dein altes Zimmer wiederhaben.« Damit machte sie auf dem Absatz kehrt und rannte in ihr eigenes Zimmer.

Wir aßen zu Abend, und als Mary sich verabschiedet hatte und die Kinder im Bett lagen, rief ich Mel an und erzählte ihr alles von Denise und Philip und Marlene. Ihr eigenes Au-pair-Mädchen, Anna, war angeblich Marlenes beste Freundin, doch die meinte nur, sie hätte keinen blassen Schimmer, wo Marlene sei. Allerdings, so sagte sie, habe sie gehört, ich hätte zu Marlene gesagt, sie dürfe nicht mehr aufs College gehen, wenn sie weiterhin für mich arbeiten wolle.

Doch deswegen machte ich mir jetzt keinen Kopf mehr. Im Moment zählte für mich nur die Frage, wer um alles in der Welt sich in den nächsten paar Tagen um meine Kinder kümmern sollte, wenn ich arbeiten musste. Und am besten auch gleich noch die nächsten Jahre, bis sie volljährig waren.

»Kann Dom nicht aushelfen?«, wollte Mel von mir wissen.

»Vielleicht«, sagte ich, »aber ihn will ich eigentlich nicht um Hilfe bitten. Was, wenn Jess und Luke in Zukunft auch noch mehrere Abende die Woche dort verbringen, und auf einmal läuft das so gut, dass Dom vorschlägt, sie könnten ja auch bei ihm einziehen? Andererseits, ich glaube, sich um Alec zu kümmern, hat sich für die beiden schon als schwer genug erwiesen. Heute Nachmittag war Alec nach dem Unterricht im Hausaufgabenraum, weil keiner von ihnen Zeit hatte, ihn abzuholen.«

»Scheiße …«, entfuhr es Mel. »Weißt du, ich erinnere mich noch gut, wie ich mein erstes Au-pair-Mädchen hatte. Erinnerst du dich an Helena? Die kam zu mir und meinte, sie müsse ganz dringend nach Hause zurück, weil ihre Mutter in Polen sterbenskrank sei und operiert werden müsse. Wahnsinn! Ich hab sogar noch angeboten, sie zum Flughafen zu bringen und für ihren Flug zu bezahlen. Ich hab ihr erlaubt, so oft nach Hause zu telefonieren, wie sie wollte, wir würden schon dafür bezahlen. Ich war völlig außer mir. Ich dachte die ganze Zeit, wie es mir wohl ginge, wenn ich in einem fremden Land leben würde und meine Mutter wäre krank, und wie schrecklich ich das alles fände. Doch heute, dreihundert weitere Au-pairs und dreihundert weitere bizarre Gründe für ihr Verschwinden später sieht meine Einstellung in der Angelegenheit schon sehr viel abgeklärter aus. Ich glaube, wenn Anna morgen zu mir käme und mir erklärte, sie habe Knochenkrebs und nur noch eine Woche zu leben, würde ich sie bitten, ihr Zimmer ordentlich zu hinterlassen und ihren Abschied auf nach dem Kegelabend zu verlegen.«

Ich musste kichern.

»Hör zu«, fuhr sie fort. »Ich brauch nicht zwingend ein Au-pair. Ich arbeite ja schließlich auch nicht. Ich bin nur faul und verwöhnt und sitze den ganzen Tag bloß auf meinem fetten Hintern herum. Also, ich frage Anna, ob sie erst mal zu dir geht, bis du eine dauerhafte Lösung gefunden hast. Ich habe so das ungute Gefühl, als hätte sie genau gewusst, was Marlene vorhatte, daher geschieht ihr das ganz recht.«

»Oh, das wäre ja wirklich meine Rettung.«

»Ja, ich bin eben ein Engel.« Sie wechselte das Thema. »Was passiert jetzt in der Arbeit? Denkst du wirklich, diese Frau klaut?«

»Ich bin mir ganz sicher, und wenn wir es schaffen, dass sie da rausfliegt, dann kann ich weiter mit Philip arbeiten«, erklärte ich entschlossen.

»Wer ist noch mal Philip?«, wollte Mel wissen, weil sie nicht mitkam.

»Oh, der Bewohner, um den ich mich hauptsächlich gekümmert habe … der mit den Zehennägeln … weißt du noch?«, erwiderte ich schwach. Ich hätte ihr nicht annähernd erklären können, was Philip mir mittlerweile bedeutete. Wie konnte ich wie ein vernünftiges Wesen klingen, wenn ich ihr erzählte von dem Moment, da mir klar wurde, dass mein ganzes Glück von einem Zwei-Meter-Riesen ohne verbale Fähigkeiten und mit eingewachsenen Zehennägeln abhing?

»Ich erzähl dir alles, wenn wir uns wieder treffen«, erklärte ich seufzend.

»Gut, ich freu mich schon. Ihr kommt ja eh alle morgen zum Abendessen vorbei. Wir bestellen Pizza, Grace bringt Kuchen mit, und ich sorge für den Schampus.«

»Ach du Schande …«

»Keine Widerworte. Es ist dein verdammter Geburtstag, und den wirst du gefälligst feiern und glücklich sein.«

»Okay, okay. Du hast mich überzeugt.«

Ich schickte eine SMS an Dom, in der ich ihm erklärte, ich würde Alec am nächsten Tag von der Schule abholen, weil er mit uns zu Mel fahren sollte, und am liebsten wäre es mir, wenn er auch bei uns übernachten könnte. Ich hörte nichts von ihm, bis schließlich gegen elf, als ich gerade ins Bett gehen wollte, seine Antwort kam: »Tut mir leid, Rachel. Zu kurzfristig. Schon alles arrangiert für morgen Abend, zu spät, das noch umzuorganisieren. Alec versteht das und freut sich, dich am Samstag zu sehen.«

Na großartig.

Kapitel 8

Happy Birthday to You, Marmelade im Schuh …

Das erste Mal seit Langem schlief ich ausnahmsweise mal wieder richtig gut. Eigentlich hatte ich erwartet, mich wegen Marlene die ganze Nacht lang von einer Seite auf die andere zu wälzen und dann völlig erledigt aufzuwachen, stattdessen sprang ich putzmunter aus dem Bett. Es war eisig kalt und regnerisch, doch aus irgendeinem Grund fühlte es sich an, als würde es ein guter Tag werden. Luke und Jess schliefen noch, daher ging ich nach unten und bereitete ein Geburtstagsfrühstück vor, mit Servietten und allem drum und dran – okay, mit Servietten mit SpongeBob drauf, die waren noch von Lukes Feier übrig. Ich fing an, Sandwiches mit Bacon vorzubereiten, was ich normalerweise, wenn die Kinder zur Schule mussten, nicht schaffte. Ich drehte das Radio richtig laut auf und entdeckte ganz nebenbei, dass Take That die perfekte Hintergrundmusik zum Baconbraten war.

Als die Kinder reingeschlurft kamen, waren sie natürlich hellauf begeistert. Sie tanzten durch die Küche, verschlangen den noch warmen, fetttriefenden Bacon und das schon etwas kalt gewordene Toastbrot und aßen dazu tonnenweise Ketchup, und als Luke eine riesige Gummischlange aufessen wollte, die ebenfalls noch von seiner Party übrig war und seltsamerweise in der Obstschale rumlag, da sagte ich doch tatsächlich Ja. Und schon riss er sie in der Mitte entzwei und reichte Jess die andere Hälfte.

Ich sprang unter die Dusche, wo ich immer noch die Musik aus der Küche hörte, und tänzelte dann nackt über den Flur und summte vor mich hin. Und mit einem Mal war mir klar, weshalb ich mich wie befreit fühlte: Marlene war nicht mehr da. Keine missmutig dreinschauende Marlene, die hinter ihrer Tür lauerte und darauf wartete, dass das Bad endlich frei wurde. Ich musste mir keine Gedanken machen, ich könnte vielleicht aus Versehen ihr Shampoo benutzen oder Haare in der Dusche hinterlassen oder ihr nur in Unterhose über den Weg laufen. Ich musste mir nicht anhören, ich sollte meinen Kindern mehr Disziplin beibringen, weil die Kinder in Tschechien ja längst nicht so verdreckt/frech/respektlos/garstig seien wie die im Vereinigten Königreich. Oh, es war eine solche Erleichterung, das Haus endlich wieder für mich zu haben und mich normal benehmen zu können. Eine Zugehfrau konnte ich mir nicht leisten, aber Mel hatte es ermöglicht, dass ich endlich mal wieder durchatmen konnte, und ich würde in Zukunft verdammt noch mal darauf achten, dass ich jemanden einstellte, in dessen Gegenwart ich ganz entspannt sein konnte. Juhu, zum Glück ist die dumme Nuss weg.

Ich zog mich an, und als ich gerade auf dem Weg in die Küche war, stieß Jess ein lautes Heulen aus. »Du trägst ja deinen Geburtstagsschmuck gar nicht! Warum trägst du ihn nicht?« Und auch wenn wir eh schon spät dran waren, rannte ich noch mal nach oben und legte ihn an.

Draußen goss es in Strömen, daher fuhren wir zur Schule, und als wir mit über den Kopf gezogenen Jacken über den Schulhof jagten, rannte Luke voraus in sein Klassenzimmer.

Er erzählte allen, dass ich heute Geburtstag hatte, und als ich dann endlich auch reinhuschte, hatte der Lehrer bereits alle dazu gebracht, für mich zu singen. Ich lief tiefrot an.

Rebecca die Elternsprecherin verließ mit mir zusammen die Klasse. Sie zog mich in eine trockene Nische und sagte mit sorgenvoller Miene: »Ich hoffe, Sie machen was Schönes heute.« Was sie damit eigentlich sagen wollte, war Folgendes: »Sie Ärmste. Ganz allein an Ihrem Geburtstag. Vermutlich besaufen Sie sich ganz allein vor dem Fernseher bei einer Folge *Inspector Barnaby.*«

»Vielen Dank. Das werde ich«, sagte ich und ging leichtfüßig über die Pfützen hinweg davon. Dann aber überraschte ich mich selbst. Ich wusste, dass Rob keinen Dienst hatte, deshalb rief ich ihn kurzerhand an. Ich wollte ihm erklären, was geschehen war, dass ich das Heim so überstürzt hatte verlassen müssen. Was aber noch wichtiger war, ich wollte mit ihm besprechen, was genau wir wegen des gestohlenen Computerzubehörs unternehmen würden. Auf gar keinen Fall würde ich mir diese Gelegenheit entgehen lassen, Denise an den Haken zu kriegen. Außerdem fühlte ich mich heute so lebendig und so zuversichtlich, so als wäre mein Geburtstag der Beginn von etwas und nicht nur eine Erinnerung an die Vergänglichkeit.

Rob klang überrascht, aber durchaus erfreut, und wir verabredeten uns für diesen Nachmittag auf einen Kaffee in einem Laden gleich bei der Schule um die Ecke.

Es regnete immer noch, daher kaufte ich mir auf dem Heimweg Blumen und machte das Haus dann von oben bis unten sauber. Inzwischen war ich derart aufgekratzt, dass ich mir dachte, das sollte ich ausnutzen. Ich loggte mich ins Internet ein, durchforstete sämtliche Anzeigen von Au-pairs und setzte dann ein paar eigene Gesuche auf.

Dann traf die Post ein, wenn auch völlig durchnässt. Da waren Karten von meinem Dad, von Mary, meiner Cousine, einer Tante, zwei Freundinnen vom College, meiner Patentante und vom örtlichen indischen Lieferservice. Mein Dad hatte mir einen 20-Pfund-Gutschein für Marks & Spencer geschickt und meine Cousine ein Buch. Einen kurzen Moment dachte ich an Alec, von dem ich nichts bekommen hatte, doch ich schob den Gedanken rasch beiseite. Seit ich ihn im Hausaufgabenraum getroffen hatte, war mir klar, dass bei Dom zu Hause auch nicht alles optimal lief. Ich hatte mir Alecs neues Leben recht ruhig und geordnet vorgestellt. Aber nein, sie mühten sich genauso ab wie ich, damit am Schluss alles irgendwie passte. Ich musste geduldig sein und abwarten. Musste abwarten, bis Dom und Deborah und Denise ins Stolpern gerieten und dann voll auf der Fresse landeten. Und ich musste abwarten, bis Philip mir wieder vollends vertraute.

Ich saß an einem niedrigen Tisch in der Ecke des Cafés und behielt die Tür im Auge, damit ich es gleich mitkriegte, wenn Rob reinkam. Hier drinnen war es warm und gemütlich, und es roch nach feuchten Klamotten und triefnassen Regenschirmen.

Als Rob tatsächlich auftauchte, ertappte ich mich dabei, wie ich vor mich hingrinste. Es gab ein kleines Kuddelmuddel, weil eine Frau, die Probleme hatte, den Regenschutz an ihrem Kinderwagen zu befestigen, gerade zur Tür rauswollte, als er eintrat. Er machte also die Tür ganz weit auf, um sie rauszulassen, und half ihr dann, den Wagen die paar Stufen runterzuheben, als würde er den Regen gar nicht registrieren. Er schaute zu dem Baby in dem Wagen und zog eine Grimasse, dann lächelte er die Mutter an, die gestresst wirkte, aber auch sehr dankbar. Dann kam er wieder rein, und ich beobachtete ihn einfach bloß eine Weile. Er schien größer und schlanker und lächelte, und ich freute mich ziemlich, ihn zu sehen. Er trug eine hübsche, bequem aussehende Hose, die tatsächlich die richtige Länge hatte. Als er mich entdeckte, lächelte er wieder. Wie wild winkte ich ihm zu und sprang auf. Als er schließlich vor mir stand, drückte er meinen Arm und streifte mit den Lippen meine Wange.

Das Erste, was ich ihm erzählte, war, dass ich Geburtstag hatte – wie ein kleines Kind, echt.

»Oh, du hättest das früher sagen sollen. Na gut, das schreit doch förmlich nach einem riesengroßen Stück Kuchen.«

»Absolut«, erwiderte ich grinsend.

Wir bestellten also jeder ein Stück Kuchen, scheuten uns aber beide davor, das Thema Denise anzuschneiden. Ich erklärte ihm das mit Marlene und warum ich so schnell von der Arbeit hatte weggehen müssen und sagte dann: »Hör zu, ich hab wieder und wieder nachgedacht über die Sache mit Denise und dem Drucker, und im Grunde denke ich, dass wir uns einig sind, dass sie den für sich privat bestellt hat … oder nicht?«

»Tja, es sieht auf jeden Fall ganz danach aus, aber ich denke, das gestern hat mir echt den letzten Nerv geraubt. Vielleicht sollte ich jetzt einfach meine Kündigung einreichen, unseren Verdacht wegen des Druckers und des ganzen anderen Zeugs den Verantwortlichen melden und dann hoffen, dass sie endlich begreifen, was Sache ist, und entsprechend reagieren.«

»Du willst mich wohl verarschen. Du hast doch selbst gesagt, dass das eine Ewigkeit dauern könnte. Wir müssen versuchen, sie auf eigene Faust dranzukriegen. Gibt es denn niemanden in der Hauptstelle des Sozialdienstes, zu dem du damit gehen kannst, sodass sie wenigstens suspendiert wird?«

»Tja, da wäre Martin Sharp. Der ist im Grunde recht anständig, aber die müssen sich auch alle an bestimmte Abläufe halten. Letzten Endes geht es ja nur um einen billigen Drucker.«

»Und was ist mit dem ganzen anderen Zeug? Diese Frau ist eine Diebin! Und außerdem schulden wir es Philip, dass wir alles in unserer Macht Stehende unternehmen. Um ihn geht es hier doch in erster Linie – und um deine berufliche Karriere, nebenbei bemerkt. Ich finde, wir sollten an unserem Plan von neulich festhalten – wir gehen in ihr Haus und sehen nach, ob wir den Drucker oder irgendwas finden, das sich mit den Rechnungen deckt.«

»Wow, jetzt klingst du aber ein bisschen nach Fünf Freunde.«

»Na, dann bin ich wohl Timmy der Hund. Aber findest du denn nicht, dass ich recht habe?«

»Okay, ja, du hast recht. Morgen haben wir doch zusammen Dienst, oder? Wir sehen uns dann, du verrücktes Ding, und dann verschaffen wir uns Zugang zu diesem Haus. Hast du die Kopien von den Rechnungen?«

»Nicht ganz«, gab ich zerknirscht zu, und Rob verzog das Gesicht.

»Warum denn nicht?«

»Tja, sieht so aus, als hätte die irgendjemand gelöscht.«

»Verdammt!« Rob rieb sich mit den Händen über das

Gesicht. »Denkst du, sie weiß, dass wir ihr auf die Schliche gekommen sind? Oh Mann, diese Frau macht mir langsam echt Angst, nicht auszudenken, was sie wohl tun würde, wenn …«

»Es gibt nichts, was sie tun kann. Ich hab mir Kopien schicken lassen, und wenn wir die erst mal haben und beweisen können, dass der Drucker bei ihr im Haus ist, kann sie sich nicht mehr rausreden.« Er wirkte halbwegs überzeugt, und wir entspannten uns beide.

Dann ließen wir uns noch eine Weile so richtig über Denise aus. Rob hatte versucht rauszukriegen, was bei dem Meeting mit Ruth rausgekommen war, aber sie hatte nicht damit rausrücken wollen, was passiert war. Daher gingen wir davon aus, dass Ruth Denise ihre Version der Ereignisse restlos abgekauft hatte. Dann brachte Rob mich noch mit Geschichten aus seiner Anfangszeit als Sozialarbeiter zum Lachen, unter anderem auch mit der kompletten Geschichte über die Dose Bohnen, die mal einer an den Kopf gekriegt hatte.

Während wir uns weiter unterhielten, versuchte Rob immer wieder, das Gespräch auf mich und die Kinder zu lenken, doch ich war der Ansicht, mein Leben wirke viel zu traurig und trist, daher kam ich immer wieder zurück auf die Arbeit.

Außerdem machte es mir diese neue Erkenntnis, dass ich mich zu ihm hingezogen fühlte, schier unmöglich, mich normal zu benehmen. Ich tat mich schwer, meinen Möhrenkuchen runterzukriegen, der beharrlich an meinen Zähnen festpappte. Zugleich wollte es mir nicht mehr gelingen, meine Tasse Tee an die Lippen zu heben, daraus zu trinken und sie dann wieder ordentlich abzustellen. Ich war so dankbar, als es endlich Viertel nach drei war und ich gehen musste, um die Kinder abzuholen.

Gerade als wir uns erhoben, meinte Rob: »Dürfte ich dich wohl was fragen?«

»Klar«, sagte ich. Ich hoffte natürlich, dass es was mit einem gemeinsamen Abendessen gefolgt von wildem Sex zu tun hatte.

»Wo hast du denn diese Halskette her?« Mist, die hatte ich doch eigentlich abnehmen wollen.

»War ein Geburtstagsgeschenk – von meinen Kindern, selbstgebastelt«, erklärte ich. Mir war klar, dass er mich jetzt gleich verarschen würde.

»Tja, sie sind offenbar richtig talentiert«, sagte Rob. »Du musst unheimlich stolz sein auf sie.«

»Und das sagt ausgerechnet der Mann, der diese Spastihosen trägt, wie wir sie in meiner Schulzeit nannten, nur um Sophie einen Gefallen zu tun.«

»Rachel!« Rob wirkte ernsthaft schockiert. »Bist du dir sicher, dass du für den Sozialdienst die Richtige bist?«

Grinsend machten wir uns auf zu gehen.

Vor der Schule herrschte das übliche wilde Durcheinander. Es war drei Uhr dreißig an einem verregneten Nachmittag. An solchen Tagen waren da immer vier Mal so viele Fahrzeuge, die Leute waren total gereizt, und es wurde wütend gehupt und wild gewendet, und keiner konnte es erwarten, endlich ins Trockene und Warme zu gelangen. Ich sammelte Luke und Jess auf und winkte Grace und Mel in ihren Autos zu. Insgeheim hoffte ich, ich würde Alec zu sehen kriegen, aber keine Spur von ihm. Ich wartete eine Weile, dann fragte ich einen Jungen aus seiner Klasse, ob Alec irgendwo in der

Nähe sei. Der aber meinte, er habe ihn den ganzen Nachmittag nicht gesehen.

Er würde mich später anrufen, ganz bestimmt.

Wir fuhren mit auf Hochtouren arbeitenden Scheibenwischern zu Mel. Die Fenster waren beschlagen. Da die Schule eine Konfessionsschule mit sehr gutem Ruf war, nahmen einige Leute eine sehr weite Anfahrt dafür in Kauf. Vermutlich hatten sie sogar ihre Seelen und ihre Großmütter verkauft, um die Kinder da reinzubekommen. Mel gehörte auch zu diesen Leuten, und so dauerte es ewig, bis wir es in den verstopften Straßen von der Schule aus bis zu ihr nach Hause schafften.

Kaum waren wir da, schossen die Kinder in sämtliche Richtungen davon, und Mel, Grace und ich standen in der Küche, jede mit einer Tasse Tee in der Hand. Wir bestellten Pizza und deckten dann zur Feier des Tages den Tisch besonders schön.

Ich war gerührt, dass sogar Mels Sohn Josh da war und er sich nicht wie üblich vor dem Computer in seinem Zimmer eingeschlossen hatte. »Wo steckt Alec?«, wollte er wissen, als er keine Lust mehr hatte, mit Jess und Graces Jüngster Restaurant zu spielen.

Ich holte tief Luft und erklärte möglichst unbeschwert: »Tja, seit er bei Dom lebt, ist alles ein bisschen komplizierter, wenn es darum geht, wer wann wo sein soll, daher dachten wir uns, wir warten einfach bis zum Wochenende und feiern dann nach.«

Meine Direktheit schien ihm peinlich zu sein, so als hätte ich ihn in ein Gespräch über die Menopause verwickeln wollen.

Jetzt mischte Mel sich ein. »So wahr ich hier stehe, es ist

jetzt fünf vor fünf, ich finde, es ist höchste Zeit für einen Drink. Wie gut, dass ihr mich habt.« Sie öffnete den riesigen Kühlschrank und holte nicht nur eine Flasche eisgekühlten Champagner, sondern auch noch drei superschicke, gekühlte Champagnerflöten raus.

Sie schenkte ein Glas ein, hielt es hoch und sagte: »Auf Marlene, möge sie auf ewig in der Hölle schmoren.« Wir ließen die Gläser klirren, dann fuhr Mel fort: »Anna holt morgen für dich die Kinder ab, macht ihnen was zum Abendessen und bleibt dann bei euch, bis du nach Hause kommst. Ist das okay?«

»Ja, bestens«, sagte ich und nahm einen großen Schluck von dem kalten, sprudelnden Getränk. Voller Zuneigung küsste ich sie auf die Wange. Mel und Grace gingen rüber ins Wohnzimmer, und ich wusch in der Küche kurz noch die Teetassen aus.

Irgendwie mag ich es, bei anderen Leuten daheim abzuspülen. Die Putzschwämme und Geschirrtücher anderer Leute benutze ich immer tausendmal lieber als meine eigenen verdreckten Lumpen, und außerdem waren die Leute einem immer unheimlich dankbar, wenn man ganz klassisch für sie abspülte. Während ich so mit den Händen im warmen Spülwasser dastand, meine Freundinnen nebenan lachen hörte und die Kinder oben rumfetzten, dachte ich bei mir, wie schön das Verliebtsein in reiferen Jahren doch war. Als ich noch jung war, war ich immer total besessen von den Jungs, ich dachte an nichts anderes und sprach meinen Freundinnen gegenüber von nichts anderem mehr. Dann hatte ich immer ganz schreckliche Sehnsucht und seufzte ständig und fand es unheimlich schwer, mich auf meine Mathehausaufgaben zu konzentrieren.

Aber jetzt war das alles ganz schleichend passiert, und statt jeden einzelnen meiner wachen Momente zu bestimmen, war die Sache im allgemeinen Chaos des Familienalltags oft schnell vergessen, nur um sich dann ganz leise wieder bemerkbar zu machen, wenn ich es gerade am wenigsten erwartete. So wie jetzt, wo ich mit Spülhandschuhen an den Händen dastand. Ganz plötzlich musste ich an Rob denken, an seine Hände, seine Haare, sein Lachen. Einen Augenblick hielt ich inne, nur um dieses Gefühl ausgiebig zu genießen.

Das andere Schöne an der Sache war, dass ich wusste, ich würde nicht vor Kummer sterben, sollte Rob meine Zuneigung nicht erwidern. Klar wäre ich im ersten Moment am Boden zerstört, aber wichtiger war für mich, dass Alec nach Hause kam, dass ich ein nettes Au-pair fand und dass ich mich um Philip kümmern und Freude an meinem Job haben durfte. Doch vor allen Dingen wollte ich wieder ganz die Alte sein. Mir war klar, dass kein Mann der Welt das alles für mich arrangieren konnte, und trotzdem war ich überglücklich, dass ich mich noch zu jemandem hingezogen fühlen konnte und die Hoffnung auf eine neue Beziehung doch noch nicht aufgegeben hatte. Nach der Geschichte mit Dom war ich überzeugt gewesen, dass der Teil von mir ein für alle Mal gestorben war. Aber nein, wie sich jetzt zeigte, war der noch sehr lebendig.

Ich kam zurück ins Wohnzimmer, wo Josh Luke gerade irgendeinen Trick beibrachte, der für sehr viel Erheiterung sorgte. Jemand hatte Musik aufgelegt. Ich setzte mich zu Mel und Grace aufs Sofa und versuchte die Musik zu übertönen. Grace lud mich für die kommende Woche zu sich zum Abendessen ein. Anhand der vagen Hinweise auf die anderen Gäste schloss ich, dass sie mich mit irgendwem verkuppeln wollte, doch ich war ausnahmsweise mal vollkommen entspannt und erklärte, ich würde sehen, ob ich einen Babysitter bekommen konnte, obwohl mir vollkommen klar war, dass es nicht klappen würde.

Dann stand Grace auf und machte sich daran, die Kuchenbox zu öffnen, die sie mitgebracht hatte. Daraus zauberte sie eine Torte hervor mit der Aufschrift: »Alles Gute, Rachel« und einem Gesicht aus Zuckerguss obendrauf, das mich darstellen sollte. Backen war total ihr Ding, sie hatte sogar ihre Kinder dazu gebracht, ihr beim Verzieren zu helfen.

»Du schielst leider ein bisschen, tut mir leid«, sagte sie entschuldigend. Aber ich fand den Kuchen so wunderschön, ich hätte heulen können.

»Vielen Dank«, sagte ich. »Der ist unglaublich!« Ich umarmte sie.

»Ich geh mal und schneide ihn an, damit wir ihn gleich nach der Pizza essen können«, sagte sie. Vorsichtig tat sie den Deckel wieder drauf und verschwand damit in Richtung Küche. Nach drei Gläsern Champagner war sie schon ein wenig wackelig auf den Beinen. »Ooohjeee«, sagte sie in dramatischem Tonfall. »Ich hatte heute nichts zu Mittag, deshalb befürchte ich fast, ich bin ein bisschen beschwipst. Mark wird kommen und uns abholen müssen. Ich glaube nicht, dass ich noch fahren kann!«

Mel sah mich gespielt entrüstet an, worüber wir beide lachen mussten.

Gerade als Grace zur Tür raustorkelte, kam Jess die Treppe runtergeflitzt, den Kopf gesenkt und voll des gerechten Zorns einer Fünfjährigen. »Das ist nicht fair!«, kreischte sie. »Jetzt bin ich dran mit …«

Und in dem Moment krachte sie in die wankende Grace

hinein, und die Kuchenbox flog ihr in hohem Bogen aus den Händen und landete mit einem lauten Poltern auf dem Boden im Flur.

Jeder Einzelne von uns verstummte, und Luke stellte die Musik aus. Jess war kreidebleich geworden. Grace ging auf die Knie und hob die Kuchenbox auf. Vorsichtig öffnete sie den Deckel, doch leider, leider sah mein hübsches Gesicht jetzt richtig übel aus. Zumindest das, was noch auf dem Kuchen war, der Rest klebte nämlich am Deckel und war zermatscht wie ein Insekt, das bei hundertachtzig Sachen gegen die Windschutzscheibe eines Fahrzeugs geklatscht war.

Jess' Augen waren jetzt so groß wie Suppenteller. Sie brachte keinen Ton raus, ihr Mund stand vor Schreck offen. Gleich würde sie ein reumütiger Heulkrampf packen.

»O Jess…«, sagte ich und wartete schon darauf, dass Grace jeden Moment ganz schmallippig erklären würde, das sei ja alles nicht so schlimm, und man könne sicher in Nullkommanichts noch irgendwas aus dem zermatschten Haufen zaubern.

»Tut mir leid, Grace! Das tut mir so leid!«, flüsterte Jess, doch Grace funkelte sie nur an.

»Ich bring dich um, Jess Bidewell«, sagte sie. »Ich bring dich verdammt noch mal um.« Zu meiner Erleichterung aber schien sie das heute dank des Champagners wirklich nicht zu kümmern, denn jetzt lachte sie los. Nicht nur das, nein, zu jedermanns Erheiterung kratzte sie jetzt ganz langsam ein wenig von dem Zuckerguss vom Deckel und schmierte ihn dann Jess auf die Nase. War das unsere Grace? Unsere wunderschöne, stets perfekte Grace, die sich da gerade benahm wie ein zehnjähriges Mädchen? Zum Glück kreischte Jess vergnügt los – es hätte auch anders ausgehen können. »Ich bring dich um!«, sagte Grace wieder, und sie lachte. »Hast du überhaupt irgendeine Ahnung, wie lange ich dafür in der Küche stand? Und dabei war das mein zweiter Versuch, weil der erste nämlich ordentlich in die Hose gegangen ist. ICH BRING DICH UM!« Und mit diesen Worten packte Grace sie am Kragen und rollte dann mit ihr über den Teppich, dass Jess vor Freude quiekte. Graces Rock rutschte hoch und zeigte ein gutes Stück ihres Oberschenkels in auberginefarbenen Strumpfhosen. Die Kinder taten entsetzt und kicherten.

Mitten in diesem Tumult hörte ich mein Handy in der Küche klingeln. Widerstrebend entfernte ich mich von dem Chaos und fischte das Telefon aus meiner Jackentasche. Es war Doms Nummer, die auf dem Display angezeigt wurde, und ich nahm an, es war Alec, um mir alles Gute zum Geburtstag zu wünschen.

Ich lachte immer noch, als ich mich mit einem fröhlichen »Hallo! Hier spricht das Geburtstagskind!« meldete.

»Rachel, ich bin's«, sagte Dom. »Hör zu, hast du was von Alec gehört?«

»Nein«, entgegnete ich, mit einem Mal voller Sorge. »Warum? Sollte er nicht eigentlich bei dir sein?«

»Tja, schon. Deborah wollte ihn gerade aus dem Hausaufgabenraum abholen – sie war ein bisschen spät dran, aber er war nicht mehr da. Sie ist jetzt in der Schule, aber ihn hat schon den ganzen Nachmittag keiner mehr gesehen.«

O Gott, war mein erster Gedanke. *Nicht schon wieder.*

In diesem Augenblick klingelte es an der Tür. »Pizza!«, rief Mel und kam in den Flur gerannt. Doch sobald sie meinen Gesichtsausdruck sah, verblasste ihr Grinsen. Sie blieb stehen. »Was ist los?«, fragte sie. »Ist was passiert?«

»Es geht um Alec. Er ist nicht in der Schule.«

Wieder klingelte es, daher machte ich mich daran, die Tür zu öffnen. Und da stand er auf der Schwelle, triefnass und halb erfroren, Alec, mit einem breiten Grinsen im Gesicht.

»Hi Mum«, sagte er. »Du siehst keinen Tag älter aus als fünfzig.«

»Alles gut, Dom, er ist hier, wir rufen dich später an«, sagte ich, ehe ich das Handy ausschaltete. »Alec! Wie kommst du denn hierher? Ich hatte gerade deinen Vater in der Leitung, der ist krank vor Sorge.«

»Ich bin gelaufen. Eigentlich dachte ich ja, ich könnte den Bus nehmen, aber dann wusste ich nicht, welchen ich nehmen muss, und dann hat diese Frau mich in einen gesetzt, und auf einmal war ich in Archway!«

»Bist du den ganzen Weg von Archway hierhergelaufen? Das sind ja Meilen. Dein Dad ist außer sich.«

»Ich hab ihnen aber gesagt, dass ich hierher will. Ist ja auch egal, jetzt bin ich ja da.«

Wir waren alle vollkommen überdreht. Die Kinder freuten sich einfach nur, ihn zu sehen, aber wir Mütter waren entsetzt, dass er so nass und unterkühlt war. Seine Finger waren so steif und blau, dass er es nicht mal schaffte, die Knöpfe an seinem durchnässten Parka zu öffnen, um ihn auszuziehen. Mel ging nach oben und ließ ihm sofort ein heißes Bad ein. Sie legte ein großes flauschiges Handtuch und trockene Kleidung für ihn bereit.

Schließlich kamen die Pizzen, und während alle munter kauten, sah ich nach Alec.

Er saß auf dem Klodeckel und trocknete sich gerade die dürren Beine und die Füße ab. Er war krebsrot von dem heißen Bad, sein Haar sah aus wie von einem jungen Küken, und er schien höchstens sieben Jahre alt zu sein.

»Schön, dich zu sehen«, sagte ich. »Ich glaube aber nicht, dass dein Dad wusste, dass du kommen willst.«

Er blickte grimmig zu mir auf und erwiderte: »Klar wusste er es! Ich hab ihm gestern Abend gesagt, dass ich dich an deinem Geburtstag besuchen will. Ich wollte doch nicht bis *Samstag* warten. Ich hab es ihnen gesagt, ich hab ihnen erklärt, dass ich hierherkomme. Und wenn sie mich nicht fahren wollen, nehme ich den Bus, hab ich gesagt. Ist ja nicht meine Schuld, wenn sie das nicht ernst nehmen.«

»Wir hätten aber doch wirklich warten können bis Sam…«

»Hättest du das gewollt? Deinen eigenen Sohn an deinem Geburtstag nicht zu sehen?«

»Klar wollte ich dich sehen – nichts lieber als das –, aber die neue Situation erfordert es eben, dass wir alle Opfer bringen.«

»Das ist ja okay für mich – es stört mich ja nicht, überhaupt nicht! Aber Deborah wollte mich nicht hierherfahren, und Dad meinte, er müsse arbeiten. Also hab ich gesagt ›Na schön, dann nehm ich eben den Bus!‹«

»Du bist doch viel zu jung, um mit dem Bus irgendwo hinzufahren. Das weißt du ganz genau.«

»Bin ich nicht! Isaac fährt jeden Tag allein im Bus zur Schule.«

»Ja, aber er kennt den Bus, er ist daran gewöhnt. Er weiß genau, wo er einsteigen und wo er aussteigen muss. Du bist zu jung, um einfach loszuziehen, ohne irgendwem zu sagen, wo du steckst … Findest du nicht?«

»Ja, schon«, meinte er zerknirscht.

Stille machte sich zwischen uns breit.

»Dad hat mir erzählt, Marlene ist abgehauen?«, sagte Alec, um das Schweigen zu brechen.

»Ja. Ganz tolles Geburtstagsgeschenk. Danke, Marlene.«

Ich ging zu ihm rüber, kniete mich vor ihm hin und fing an, ihm die Füße zu trocknen. Mit gesenktem Kopf konzentrierte ich mich auf die Lücken zwischen seinen Zehen und sagte: »Ich befürchte, Dad wird ziemlich sauer sein … und Deborah ebenfalls.«

»Ist mir egal. Ein Junge sollte seine eigene Mutter an ihrem Geburtstag besuchen dürfen, erst recht, wenn … er nicht mal mehr bei ihr wohnt.«

Ich redete mit Dom. Er war tatsächlich stinksauer auf Alec, aber ich konnte ihn überreden, dass ich ihn mit nach Hause nehmen durfte. Er schlief bei mir im Bett. Dom hatte darauf beharrt, dass alles in Ordnung sei, aber ich musste daran denken, wie Alec ständig nach dem Unterricht in den Hausaufgabenraum abgeschoben wurde, und dass er einfach so bei strömendem Regen in einen Bus stieg, und ich dachte ganz ruhig: *Das glaube ich dir nicht.*

Am nächsten Morgen betrachtete ich Alecs zerknittertes, schlafendes Gesicht neben mir auf dem Kissen.

»Ist alles okay bei Dad daheim?«, fragte ich ganz leise.

Er rollte sich zu mir herum, stieß einen tiefen Seufzer aus, schlug ein Auge auf und betrachtete mich. »Denkst du, der rastet aus heute Abend?«

»Nein, ich glaube, bis dahin hat er sich beruhigt. Aber du wirst dich bei ihm entschuldigen müssen. Ich glaube, er hatte richtig Panik – Deborah vermutlich auch –, und nach dem, was in Dorset passiert ist, finde ich, kann man ihm das nicht verübeln, oder?«

»Nein.« Er starrte an die Decke, und jetzt rollte ich mich zur Seite und stemmte mich auf den Ellbogen, damit ich ihn besser ansehen konnte.

»Hör zu, du weißt, dass du jederzeit, aber wirklich jederzeit heimkommen kannst. Dein Bett wartet hier auf dich.«

»Klar. Das weiß ich doch.«

»Möchtest du denn nach Hause kommen?«

Er machte ein derart gequältes Gesicht, dass ich es sofort bedauerte, die Frage gestellt zu haben. Es war fast so, als hätte er mit einem Mal tatsächlich Schmerzen in der Magengegend, weil er sich zusammenkrümmte und von mir wegrollte. Ich legte ihm die Hand auf den Kopf und ließ sie dort ruhen.

Schließlich drehte er sich wieder zu mir und sagte ganz ruhig: »Die Sache ist die, jetzt hab ich endlich mein Zimmer fertig eingerichtet, und Deborah organisiert was in der Arbeit, damit das mit dem Abholen in Zukunft nicht mehr so ein Problem ist. Und ich werde Dad dabei helfen, den Garten herzurichten. Ich denke, ich sollte schon dort bleiben.«

»Klar. Natürlich. Absolut, verstehe ich vollkommen«, sagte ich, indem ich den gleichen vernünftigen, erwachsenen Tonfall anschlug wie er. »Los, komm. Gehen wir die anderen wecken. Du darfst ihnen auch auf die Köpfe klopfen, wenn du magst.«

»Schön. Okay.« Er stieß ein leises Lachen aus, doch offensichtlich war ihm das alles ziemlich peinlich. Als er gegangen war, starrte ich noch eine ganze Weile die Tür an. Zum ersten Mal war ich mir nicht mehr ganz sicher, ob er sagte, er sollte bei Dom bleiben, weil er es wollte oder weil er das Gefühl hatte, dass es von ihm erwartet wurde.

Bei meiner Schicht heute war ziemlich viel los, und ich war ziemlich frustriert. Denise lag mit einer schlimmen Erkältung zu Hause im Bett, und als ich voller Erwartung die Post durchsah, war da keine Spur von den Rechnungskopien. Ich kämpfte gegen paranoide Fantasien an, Denise könnte die Erkältung nur vorgetäuscht haben und dass sie allein deshalb zu Hause blieb, um die ganze geklaute Computerausrüstung zu zertrümmern und zu entsorgen. Oder sie selbst hatte die Post bereits durchgesehen und sich den Umschlag mit meinem Namen drauf unter den Nagel gerissen. Als wäre das alles noch nicht schlimm genug, mussten Rob und ich uns auch noch mit einem neuen Zeitarbeiter namens Vince rumschlagen, der eine unheimliche Klette war, daher konnten wir auch nicht darüber reden.

Ich warf einen Blick in das Mitarbeiterbuch. Ruth hatte für Philip einen Termin bei einer Psychologin organisiert, die sich auf Menschen mit Lernschwächen spezialisiert hatte. Bei der war er an diesem Vormittag gewesen. Außerdem war da eine nicht zu übersehende Nachricht von Denise an Scott, um ihn darüber zu informieren, dass Philips neue Möbel eingetroffen seien. Ich sah nach Philip. Er saß in einem der Aufenthaltsräume, den zerfledderten Möbelkatalog hielt er locker in der massigen Hand. Seine Stirn sah noch recht schlimm aus, war aber nicht mehr ganz so stark geschwollen. Auf dem Boden neben ihm stand die Plastiktüte mit seinen Filzstiften und einem Block, doch er war offenbar nicht in der Stimmung, was zu malen. Und wie es aussah, hatte er auch auf sonst nichts Lust.

»Hallo, Philip«, sagte ich leise.

Er blickte auf, völlig aus den Gedanken gerissen, die ihm gerade noch durch den großen Kopf gegeistert waren. Er wandte mir nur das Gesicht zu, sah mich aber nicht an, und fast unmittelbar drehte er es wieder weg und schaute aus dem Fenster.

»Ich hab gehört, deine neuen Möbel sind gekommen. Sollen wir mal gehen und sie uns ansehen?«

Ohne Widerrede stand er auf und schlurfte gehorsam zur Tür. Als er sich erhob, verzog er schmerzhaft das Gesicht, und mein Herz krampfte sich zusammen – offensichtlich schmerzten ihn seine Füße.

Schweigend gingen wir in sein Zimmer. Der Türrahmen war bereits ausgebessert, und es sah fast so aus, als wäre nie was gewesen. Der einzige Hinweis auf den Schaden war der Geruch nach frischer Farbe.

»Deine ganzen neuen Sachen sind da!«, sagte ich übertrieben vergnügt. »Das wird toll werden hier drinnen. Scott hilft dir dabei, das alles auszupacken und aufzubauen.«

Sein Gesicht verriet keinerlei Regung, er wirkte vollkommen teilnahmslos. Ich setzte mich aufs Bett, doch Philip blieb weiter stehen und schaukelte sanft auf den Füßen vor und zurück.

»Ich hab gehört, du warst heute bei einer Dame, die dir helfen will.«

Er nickte ganz leicht.

»Kein Mensch will, dass du je wieder so aufgebracht sein musst wie am Samstag, und ihr Job ist es, dir zu helfen, mit deinen Gefühlen klarzukommen – wenn du traurig bist, wenn du deine Mum vermisst, wenn du verletzt bist oder … wütend.«

Philip schüttelte ein wenig abwesend den Kopf, als hätte ihn eine vorbeischwirrende Wespe gestört. Dann starrte er weiter auf nichts Bestimmtes in der Zimmerecke, den Kopf leicht zur Seite geneigt. Er wollte mich partout nicht ansehen. Am liebsten wäre ich jetzt auf der Stelle zu Denise rübergelaufen. Dann hätte ich die Polizei angerufen, damit die sie abführen konnten. Das alles war ganz allein ihre Schuld. »Immer langsam mit den jungen Pferden«, hörte ich meine Mutter im Geiste sagen, und ich ergriff Philips Hand.

»Ich bin immer noch da«, sagte ich. »Ich bin nicht verschwunden. Du kannst jederzeit zu mir kommen. Ich bin für dich da. Wenn dir das neulich keiner so deutlich gesagt hat, tut mir das leid, aber ich bin immer noch hier.« Damit drückte ich seine Hand, so fest ich konnte, auch wenn er keinerlei Reaktion zeigte.

Lucy schaute kurz vorbei, um ein bisschen Papierkram zu erledigen, der liegen geblieben war, und saß deshalb im Büro, als ich von meinem Besuch bei Philip zurückkam.

»Was ist denn mit dir los?«, fragte sie. Auch wenn sie recht barsch klang und gereizt wirkte, war mir klar, dass das nun mal einfach Lucys Art war. Ich lehnte mich gegen die Wand und stieß ein Seufzen aus. »Du siehst ganz schön mitgenommen aus«, sagte sie.

»Ich hab nur so das Gefühl, als hätte Philip jetzt total dichtgemacht. Wir stehen wieder ganz am Anfang – wenn nicht sogar noch schlimmer.«

»Hör zu, das wird seine Zeit brauchen, oft läuft das so in diesem Job, zwei Schritte vor, drei zurück, wir werden ihn einfach vorantreiben müssen.«

Ich schüttelte den Kopf, da ich keine große Hoffnung hatte. Dann fuhr sie fort.

»Pass auf, ich behalte von jetzt an ein Auge auf ihn. Ich

seh zu, dass mit ihm alles in Ordnung ist, wenn du nicht da bist. Vielleicht bring ich Denise sogar so weit, dass sie mich hin und wieder einen Spaziergang mit ihm machen lässt, wie du es immer gemacht hast.«

Ich richtete mich gerade auf. Schließlich musste ich weitermachen. »Das wäre toll. Danke. Pass nur auf, dass ihr keinen Hunden über den Weg lauft.«

»Oh, ich denke, das kriege ich hin«, sagte sie ganz beiläufig, doch dann schien ihr ein Gedanke zu kommen. »Was denkst du, wie reagiert er, wenn wir mit ihm schwimmen gehen?«

»Das weiß der Himmel. Ich bezweifle, dass er je schwimmen war.«

»Na ja, ich gehe mit Margaret regelmäßig ins Freizeitzentrum zum betreuten Schwimmunterricht. Wenn du da mit Philip hingehen würdest, vielleicht wäre das genau das Richtige für ihn? Sich im Wasser zu tummeln, wirkt äußerst befreiend, und vielleicht entspannt er sich dann und lässt dich wieder an sich ran.«

»Weißt du was?«, sagte ich. »Entweder ist das die bescheuertste Idee in der Geschichte des betreuten Wohnens, oder aber sie ist einfach nur genial. Allerdings würde ich ihn heimlich hinter Denises Rücken rausschaffen müssen – sie würde ausrasten.«

»Ach, scheiß auf die. Ich hole Margaret im Tageszentrum ab. Das braucht Denise nicht zu wissen. Es würde ihm bestimmt unheimlich guttun, und wenn er Spaß daran findet, könnten wir das regelmäßig machen. Er braucht Bewegung, und es wird ihm helfen, ein bisschen abzunehmen. Mach das!«

»Er wird eine Badehose brauchen. Ich wüsste nicht, wann

ich die Zeit finden soll, in die Stadt zu fahren und eine zu besorgen.«

»Wenn ich dir verspreche, dass ich ihm noch heute Nachmittag eine Badehose besorge, kommst du dann mit?«

»Ja, okay«, gab ich mich geschlagen und kaute nachdenklich auf meiner Unterlippe herum.

»Mach dir keine Gedanken! Das wird großartig.« In dem Moment flog die Eingangstür auf und sauste krachend gegen die Wand. Die Bewohner waren zurück aus dem Tageszentrum. Als die Innentür aufging, waberte ein Duft nach Essen durchs gesamte Gebäude. Ich tippte auf Ofenkartoffeln, Kohl und irgendeine Sorte Fisch.

»Guten Abend, meine Damen und Herren!«, rief Rob, der gekommen war, um alle zu begrüßen. »Das Abendessen wird gegen sechs Uhr serviert – das Menü heute Abend besteht aus einer Entenleberterrine serviert mit dem exquisitesten Trüffelöl, gefolgt von Schwanenbraten und gedämpftem Ozelot. Dresscode: gepflegte Abendgarderobe.«

»Halt's Maul, du Irrer!«, pflaumte Theresa ihn fröhlich an.

Alle zogen lachend am Büro vorbei und begrüßten Vince, Lucy und mich mit freudigem Hallo. Dann kam Rob zu uns rein und fing an, die abendlichen Medikamente vorzubereiten.

Als die Luft endlich rein war, streckte Emily den Kopf zur Tür rein. Angeblich hatte sie irgendwann mal in ihrem Leben einen Job als Rezeptionistin gehabt und ein recht normales Leben geführt. Doch dann war vor ein bisschen mehr als zwanzig Jahren etwas in ihr zerbrochen, das dem Anschein nach nie wieder heilen würde. Und jetzt lebte sie als über Fünfzigjährige hier in der Clifton Avenue, ganz ohne Familie, die sich um sie sorgte, und in vielerlei Hinsicht völlig ohne sich der Welt um sich herum bewusst zu sein. Allerdings umgab sie sich gern mit schönen Dingen, sie bereiteten ihr große Freude: Halsketten, Haarspangen, Ringe, Porzellantassen und Kleidungsstücke. All das sammelte und bewunderte sie, und wenn sie das Haus verließ, dann nicht, ohne geschmückt zu sein wie eins von diesen My-little-Ponys.

Das Problem war nur, dass sie nicht aufhören konnte, sich die Sachen von anderen Leuten anzueignen. Ein- bis zweimal die Woche mussten wir in ihrem Zimmer nach den ganzen Sachen suchen, die sie aus den anderen Schlafräumen stibitzt hatte. Die gaben wir dann an ihre rechtmäßigen Eigentümer zurück. Wenn wir sie darauf ansprachen, meinte sie immer bloß: »Ach, gehört das nicht mir? Nein, nicht meins. Wirklich nicht meins?« Dann wirkte sie wie eine kleine diebische Elster, die man auf frischer Tat ertappt hatte. Und wenn sie irgendein Schmuckstück an einem entdeckte, das ihr gefiel, dann fragte sie: »Das ist nicht zufällig meins, oder? Gehört das mir?« Sie schien es nicht zu kümmern, wer von den Angestellten Dienst hatte oder wer beim Essen neben ihr saß oder was es zum Abendbrot gab. Sie interessierten allein die wunderschönen Dinge, die sie sich aneignete. Sie trippelte durch das Wohnheim, eingeschlossen in ihrer eigenen kleinen Welt; eine etwas weniger missmutige Miss Havisham, die sich ständig zurücksehnte in eine längst verlorene Zeit.

Sie hatte Schwierigkeiten, sich zu entspannen. Konnte einfach nicht stillsitzen, und deshalb hörte man sie auch durch die Korridore schleichen und auf und ab laufen ganz wie Lady Macbeth, während alle anderen friedlich dasaßen und fernsahen. Sie war groß und recht rund und hatte eine wilde graue Haarmähne. Und manchmal, wenn man sich auf die Suche nach ihr begab, fand man sie in rasender Geschwindigkeit auf einen zukommend, die Hände tief in den Taschen vergraben. Wenn sie einen dann sah, machte sie unverzüglich kehrt wie eine Figur aus Monty Python und torkelte in die Richtung davon, aus der sie gekommen war. Dann wusste man genau, dass sie auf dem Weg war, um das zurückzubringen, was auch immer sie an Geklautem in der Tasche hatte.

Heute schien mit Emily irgendwas nicht zu stimmen. Sie wirkte aufgebracht und bekümmert, als trüge sie das abscheulichste Geheimnis mit sich herum, das sie mir auf der Stelle würde verraten müssen, sonst würde sie sterben. »Könnten wir uns wohl unterhalten? Nein? Nur ganz kurz?«, fragte sie in dringlichem Tonfall.

»Selbstverständlich! Was ist denn los?«

»Es geht um meine Brustwarzen, meine Liebe«, sagte sie nachdrücklich, »sie brennen. Meine Brustwarzen brennen.«

Vince tat so, als hätte er das nicht mitgekriegt, aber ich hörte Rob am Medikamentenschrank losprusten, und er reckte neugierig den Hals. Mein Blick flackerte kurz zu ihm rüber, was ein großer Fehler war, denn sosehr ich mich auch bemühte, nichts als Mitleid zu empfinden für die arme Emily, bewirkte der entsetzte Ausdruck auf ihrem Gesicht, dass ich am liebsten laut losgelacht hätte.

»Was meinst du damit, sie brennen?«, hakte ich nach.

Sie hielt die Hände hoch, als würde sie zwei unsichtbare Tennisbälle in den Fingern halten, die sie jetzt ganz schnell bewegte. Dazu machte sie ein Gesicht wie aus Munchs Gemälde *Der Schrei*. »Sie breeennen«, sagte sie erneut.

»Tja, soll ich mir das mal ansehen?«

Wieder ein Prusten aus der Richtung Medikamentenschrank. Zum Glück sah ich von Rob nur seine Schultern, aber die bebten vor Belustigung, während er den Kopf hinter den Türen des Schranks verbarg.

Emily reagierte auf mein Angebot, als hätte ich sie mit dem elektrischen Viehtreiber traktiert. »Neeein!«, jaulte sie los und fing an, wild vor und zurück zu schaukeln. Dabei rieb sie ganz aufgeregt an ihren Oberschenkeln auf und ab.

»Dann komm, wir gehen in das blaue Badezimmer, dann kannst du mir zeigen, was das Problem ist …«

»Ist das sehr schmerzhaft? Ist das sehr schmerzhaft?«, fragte sie ängstlich.

»Ich werde nichts tun, was du nicht willst. Wir sehen uns das bloß mal an, okay?«

»Ja. Das gehört nicht mir, musst du wissen. Oder doch? Gehört das mir?«

Ich ergriff ihre Hand, und wir zogen uns in das blaue Bad zurück. Als wir drinnen waren und die Tür hinter uns geschlossen hatten, hob Emily ganz behutsam ihren Pullover hoch, und da hatten wir auch schon das Problem. Wo sie gut und gern einen BH in der Größe 85B benötigt hätte, um ihren üppigen Brüsten genügend Halt zu bieten, trug sie ein Ding von der Größe zweier Teebeutelchen, die man aneinandergebunden hatte. Die waren ihr schon fast bis unters Kinn hochgerutscht. Offensichtlich war sie an diesem Morgen ins Schlafzimmer einer anderen Bewohnerin geschlichen und hatte sich an deren Wäscheschublade bedient. Und jetzt verstand ich auch warum; das war so ein hübscher kleiner BH, ein bisschen wie etwas, das Ken für Barbie gekauft hätte. Leider sah das Ding an Emily aus, als wollte man mit einer Schwimmbrille zwei halb aufgeblasene Luftballons am Boden halten. Und als wäre das alles noch nicht schlimm genug gewesen, hatte sie ausgerechnet an diesem Morgen beschlossen, einen rauen Wollpullover zu tragen, ohne ein Unterhemd, ein T-Shirt oder ein »Hemdchen« drunter, wie sie selbst es nannte. Das gnadenlos kratzige Material hatte offenbar den ganzen Tag an ihren Brüsten gescheuert, und das Ergebnis schien äußerst schmerzhaft zu sein. Ihre armen gequetschten Brustwarzen spitzten unter den zu kleinen Körbchen hervor und waren dunkelrot wie Kidneybohnen.

Ich machte mich auf die Suche nach Sophie und bat sie, sich zu Emily zu setzen und ihre Hand zu halten, während ich losrannte und mir überlegte, wie man da am besten vorging.

»Ist Emily traurig wie ein Pony?«, fragte Sophie. »Ist sie krank wie ein Seehund?«

Vermutlich hätte ich nicht halb so viel Mitleid gehabt, wären mir die Qualen des Stillens nicht immer noch in so lebhafter Erinnerung gewesen. Da ich gerade keine Lanolinsalbe zur Hand hatte, lief ich mit ein bisschen Watte und Lippenbalsam zurück in Emilys Zimmer. Ich reichte meiner Patientin ein Glas kaltes Wasser und legte sie in dem abgedunkelten Zimmer aufs Bett. Über die betroffene Stelle legte ich zwei Wattepads mit Lippenbalsam. Es direkt aufzutragen, war mir dann doch zu heftig, weshalb ich Rob unheimlich dankbar war für den genialen Einfall mit den Wattepads.

Gegen Ende meiner Schicht war ich ziemlich nervös und grinste verlegen, als Rob sich Zeit damit ließ, seine Jacke zu holen.

»Hast du deinen Wagen hier?«, fragte er ganz unschuldig, und als ich nickte, folgte er mir raus zum Parkplatz.

Es war verflucht kalt draußen, und als ich vor die Tür trat

und mich wappnete für den arktischen Sprint bis zum Auto, vergrub ich meine Hand in der Tasche und brachte den Lippenbalsam zum Vorschein. Ich gestikulierte in Robs Richtung, als wollte ich sagen: »Brauchst du was davon?« Und er schrie gespielt entsetzt auf, riss ihn mir aus der Hand und schleuderte ihn auf Nimmerwiedersehen ins Gebüsch.

»Danke!«, sagte ich lachend. »Der war doch bloß mit der Watte in Kontakt.«

»Mir egal! Der Gedanke, du könntest dir das Zeug womöglich noch auf den Mund schmieren …« Die Tatsache, dass er das Wort »Mund« sagte und dabei speziell auf *meinen* Mund Bezug nahm, bewirkte, dass sich etwas in mir verkrampfte. Denn als ich jetzt sagte: »Soll ich dich irgendwohin mitnehmen?«, da kam das ganz gepresst hervor, und meine Stimme klang total piepsig, als hätte ich gerade Helium eingeatmet.

»Nein, schon gut. Ein Kumpel holt mich vorne an der Ecke ab. Nach der Sache mit Emily und ihren Brustwarzen brauch ich ganz dringend einen Drink.« Er machte keine Anstalten, mich zu fragen, ob ich mitwollte, und ich versuchte das Gefühl der Enttäuschung zu ignorieren.

»Na gut, dann sehen wir uns morgen.« Ich musste an Denise denken. »Dann haben wir hoffentlich Post von Atkinsons.«

»Okay.« Verstohlen sah er sich um und sagte dann: »Morgen sind wir beide bis drei Uhr da, und wenn es Denise bis dahin wieder besser geht, sollte sie eigentlich in die Hauptgeschäftsstelle fahren. Ich denke, das könnte unsere große Chance sein.«

»Ich hoffe es. Denn ich befürchte, ich halte das keinen Tag länger aus. Ständig mache ich mir Gedanken darüber.«

»Geht mir genauso«, pflichtete Rob mir bei, und einen Moment lang standen wir in betretenem Schweigen da.

»Bis dann mal«, sagte ich, und aus irgendeinem unerfindlichen Grund salutierte ich zum Spaß. Während ich die Clifton Avenue entlangfuhr, gingen mir meine Worte »bis dann mal« nicht mehr aus dem Kopf. Das sagte ich doch nie. Und dann noch das Salutieren. Ich zuckte jetzt noch innerlich zusammen und schämte mich dafür. Und als ich die nächste Ampel erreichte, war ich bereits zu der Überzeugung gelangt, dass ich mich beim Tschüss sagen eben total blamiert haben musste.

Gerade als ich rechts abbiegen wollte, sah ich blinkende Lichter und einen Bagger. Da waren entweder Straßenbauarbeiten im Gange oder es hatte einen Unfall gegeben. Also beschloss ich, stattdessen links abzubiegen, noch mal zurück zur Clifton Road zu fahren und dann eine andere Route nach Hause zu nehmen. Und wie ich beim Heim um die Ecke bog, sah ich, wie Rob gerade in seinen eigenen Wagen einstieg – ein alter blauer Audi –, nur dass da eine Frau hinterm Steuer saß, eine blondhaarige Frau, und als er Platz nahm, beugte sie sich rüber zu ihm und gab ihm einen Kuss.

»MUM!«

Soeben war ich von der Arbeit heimgekommen, und schon brüllte mir Alecs Stimme aus dem Telefon entgegen. Er rief von Dom zu Hause aus an.

»Hallo, mein Liebling.«

»Mum! Ich hab supertolle Neuigkeiten! Am liebsten würde ich heulen!«

Mir fiel wieder ein, dass heute der Tag war, an dem Mrs.

McKenzie, die Theaterlehrerin der Schule, die Besetzungen für die Aufführung von *Joseph and the Amazing Technicolor Dreamcoat* der sechsten Jahrgangsstufe verkünden wollte. Oh, danke, danke, liebe gute Mrs. McKenzie, dachte ich. Vermutlich hatte sie mitgekriegt, dass Alec Probleme hatte, wusste wahrscheinlich alles über die Ereignisse in Dorset, dass Alec bei seinem Vater wohnte, und da hatte die einfühlsame, liebenswürdige Mrs. McKenzie sich sicherlich gedacht, ich werde das Selbstvertrauen dieses Jungen mal ein bisschen puschen. Ich mach jetzt mal nicht das Gleiche wie immer und besetze die Rollen mit den üblichen Verdächtigen. Stattdessen gebe ich Alec Bidewell die Chance, sich zu beweisen. Und vielleicht hatte sie ja sogar einen bislang verborgenen Funken schauspielerischer Genialität in meinem Sohn entdeckt, von dem ich natürlich immer schon wusste, dass er in ihm steckte und nur darauf wartete, aus ihm rausgelockt zu werden. Ich riss mich zwar zusammen, musste aber von einem Ohr zum anderen grinsen. Jetzt erwartete ich aber schon mindestens die Rolle von Joseph.

»O mein Gott, ihr hattet heute Theater!«, rief ich ganz aufgeregt. »Was hat sie denn gesagt! Nun erzähl schon!«

»Ach so, nein, das ist es nicht. Ist viel besser.«

»Hat Mrs. McKenzie denn heute nicht die Besetzung der Rollen für *Joseph* bekanntgegeben? Sie meinte doch, das würde sie heute tun.«

»Ja!«

»Und?«

»Ich bin einer von den Ismailiten.«

»Oh.«

»Aber das hat nichts mit dem Stück zu tun.«

»Hast du Text zu sprechen?«

»Nein. Ich glaube nicht. Aber es ist noch viel besser als das!«

»Muss ich dir ein Kostüm nähen? Was trägt denn so ein Ismailit?«

»Mum! Hör doch zu. Dad und Deborah und ich kriegen einen Hund! Wir kommen gerade von der Züchterin. Ihr Name ist Fiona Billings, sie wohnt in Hemel Hempstead. Wir kommen gerade von da zurück und haben uns einen wunderschönen, niedlichen kleinen Labradorwelpen ausgesucht. Ich kann es kaum glauben. Ich krieg einen Hund!«

»Oh … das ist ja wunderbar«, erwiderte ich mit schwacher Stimme. »Ein Labrador. Wann habt ihr das denn beschlossen?«

»Tja, wir haben neulich Abend darüber gesprochen, weil wir gerade fernsahen und Werbung kam, und da meinte Deborah, sie habe sich immer schon so ein Hündchen wie auf dem Hakle-Klopapier gewünscht.«

»Ach so … ja.«

»Und ohne was zu sagen, hat Dad dann diese Fiona Billings kontaktiert, und wir hatten echt solches Glück, weil sie genau noch einen Welpen übrig hatte aus dem letzten Wurf, weil die Dame, die ihn eigentlich haben wollte, absagen musste, weil sie auf einmal Asthma bekommen hat.«

»Aha.« Ich lief jetzt auf Autopilot.

»Also ist Dad mit uns nach der Schule losgefahren, ohne uns zu sagen, wohin, und er wollte uns auch keinen Tipp geben, und als wir da ankamen, waren Deborah und ich natürlich überglücklich. Und dann sind wir da reinspaziert, und ich wusste sofort, welcher es war. Das war echt seltsam. Ich bin da einfach rein, und die ganzen kleinen Welpen tapsten da rum, und mein Blick fiel sofort auf einen, und da dachte ich mir: ›*Der* da ist Rufus‹. Und er war es wirklich. Und dann blieben wir etwa eine Stunde, und wir haben einfach nur mit ihm gespielt und ihn geknuddelt, und er ist echt so ein süßer Kerl. Ich kann es gar nicht erwarten, ihn dir zu zeigen.«

»Rufus?«

»Ja, Deborah meinte, sie hätte früher einen Teddybär gehabt, der hieß so, und als sie noch klein war und sie mal in Urlaub fuhren, da hat sie ihn verloren, und dann hat sie immer gesagt, wenn sie mal einen Hund kriegt, will sie ihn so nennen, Rufus. Mir gefällt der Name auch voll gut, und er *ist* einfach ein Rufus. Der Name passt perfekt zu ihm.«

»Wie nett.«

»Er ist fast acht Wochen alt, am Samstag holen wir ihn ab.«

»Aber das ist *mein* Samstag. Du bist Samstag doch bei *mir.*«

»Oh, ja.«

Ich spürte seine Enttäuschung regelrecht durch das Telefon sickern. »Tut mir leid. Hatte ich vergessen … Tja, Dad und Deborah können ihn ja holen … Schätze, ich sehe ihn dann Sonntagabend.«

Fast war ich versucht, boshaft zu bemerken: »Ja. Genau. Du siehst ihn dann am Sonntag. Oder vielleicht willst du ja jetzt gar nicht mehr nach Hause kommen, wo du deinen süßen kleinen Rufus hast.« Wie sollte ich denn gegen einen Hundewelpen ankommen? Spiel, Satz und Sieg, Dom. Ich wappnete mich, das Richtige zu tun.

»Hör zu, mein Schatz, ich rede mit Daddy, vielleicht kann er dich am Samstag ja abholen und mitnehmen nach Hemel Hempstead. Aber ich möchte dich trotzdem gerne sehen.«

Alec war dankbar und erleichtert, und er schwärmte weiter und erklärte, dass er es kaum fassen könne, dass er jetzt seinen eigenen Hund haben würde, dass er es kaum erwarten könne, bis Jess und Luke ihn besuchen kämen, weil das nämlich auch ihr Hund sein würde, und dass Dad gesagt habe, sie würden alle zusammen in die Zoohandlung fahren und die Ausstattung für Rufus kaufen. Normalerweise war Alec sehr zurückhaltend und vorsichtig, aber heute war er total aufgekratzt und sprudelte nur so über vor Aufregung – was im Grunde ja nicht schlecht war. Er war wie elektrisiert vor Glück und Freude. Wie konnte ich es ihm da verbieten, dieses verdammte Scheißvieh abzuholen?

Wir verabschiedeten uns, und sofort wählte ich Doms Nummer, sprach kurz mit ihm und sagte dann Ja, um seine Frage zu beantworten, ich fand wirklich, dass es eine gute Idee war, bei einem gemeinsamen Treffen über die Rahmenbedingungen zu sprechen, die sich aus der neuen Situation ergaben, und Nein, ich fände es nicht angemessen, wenn Deborah da auch mit dabei war.

Um zwei Uhr fünfundzwanzig in der Nacht stand ich auf und ging nach unten, weil ich nicht wollte, dass mir noch länger beunruhigende Träume über verlorene Filzstifte, Labradore mit langen blonden Mähnen und Denise hinter Gittern im Kopf herumspukten. Zur Ablenkung sah ich mir eine alte Folge von *Inspektor Morse* an.

Seit ich gesehen hatte, wie Rob von dieser Blondine abgeholt worden war, war ich ernsthaft in mich gegangen. Ich war versucht gewesen, Mel und Grace und sogar Mary von ihm zu erzählen, aber jetzt war ich heilfroh, dass ich es nicht getan hatte. Ich war wütend auf mich selbst, dass ich dem

Ganzen so viel Bedeutung beigemessen hatte, dass es mir so wichtig geworden war. Ich war eine alleinerziehende Mutter mit drei Kindern. Was hatte ich mir dabei bloß gedacht? Natürlich war er liiert, und natürlich war sie blond und attraktiv. Ich war derart erschüttert gewesen, als ich sie in diesem Wagen gesehen hatte, weil er nie eine Frau erwähnt hatte, nicht ein Mal, und er hatte durchaus den Eindruck erweckt, als wäre er an mir interessiert. Doch jetzt wurde mir klar, wie dämlich ich mich verhalten hatte und wie falsch ich alles interpretiert hatte. Offensichtlich fühlte er sich nicht zu mir hingezogen, sondern mochte mich nur sehr gern und sah in mir so was wie eine Seelenverwandte. Das war doch besser als gar nichts. Ein paar Tage lang hatte ich mich verführerisch und attraktiv gefunden, aber jetzt war ich wieder die gleiche alte Vierzigjährige, langweilig und bieder. Aber das war okay für mich. Mir ging es gut. Ich setzte mich vor den Computer, um mich abzulenken, und stellte zu meiner Freude fest, dass ich einige Antworten auf meine Anzeige für ein Au-pair-Mädchen erhalten hatte. Ein paar von ihnen klangen recht vielversprechend: »Ich habe ausgezeichnete Referenzen und bereits drei Jahre Erfahrung. Ich bin offen und witzig. Ich stelle mich jeder Herausforderung und habe Spaß am Saubermachen.« Ein paar andere klangen weniger gut: »Fließend in Inglish. Kein Schecks bitte.«

Den geeigneten Kandidatinnen antwortete ich und leitete ihre Lebensläufe an Mary weiter.

Als ich zurück ins Bett ging, lag Jess darin, vollkommen weggetreten, aber leider auch durchnässt. Müde schleppte ich mich in ihr Zimmer, um ihre Bettwäsche zu wechseln, wobei ich unter ihrem Kissen fünf oder sechs Zeichnungen von einem gelben Hund fand. »Ich liebe dich, Rufus«, hatte sie auf eines der Blätter geschrieben, und außenrum hatte sie lauter Herzen und Kussmünder gemalt. Dabei hatte sie ihn noch nicht mal kennengelernt. Auf einem anderen Bild war Rufus zu sehen im Kreis seiner Familie. Jess hatte sich selbst gemalt, den Hund, Alec und Luke und zwei größere Figuren: Eine von ihnen war ihr Daddy, die andere war Deborah. Ich weiß nicht, was mich tiefer traf, die Tatsache, dass ich diese Familie hier vor mir hatte und selbst nicht dabei war, oder die Tatsache, dass Jess es für nötig befand, die Zeichnungen unter ihrem Kissen zu verstecken. Das Erfrischende an Jess war, dass sie eigentlich immer zu jung gewesen war, um aufzupassen, was sie sagte oder wie sie sich verhielt. Aber mittlerweile schien selbst sie zu wissen, welche Geheimnisse man besser für sich behielt, um anderer Leute Gefühle nicht zu verletzen.

Mit einem bleiernen Gefühl legte ich mich aufs Bett. Ich schloss die Augen, obwohl mir völlig klar war, dass ich nicht wieder würde einschlafen können. Irgendwo tief in mir spürte ich den Schmerz um all den Verlust so schrecklich intensiv, dass er mich zu überwältigen drohte; meine Ehe, Alec, Philip, Rob und jetzt auch noch meine kleine Jess.

Dom hatte den Vorschlag gemacht, wir könnten uns in einem kleinen Café um die Ecke von seinem Arbeitsplatz treffen. Für mich war das okay. Ich glaube, er dachte, ich würde mich auf neutralem Boden eher am Riemen reißen.

Langsam rührte er in einem mittlerweile kalt gewordenen Kaffee und sagte genervt: »Das schaffst auch nur du, Rachel, dass du in einem kleinen Welpen eine Bedrohung siehst. Du übertreibst das alles echt maßlos. Ist doch bloß ein lächerlicher Hund, meine Güte.«

Dom verhielt sich mir gegenüber mal wieder so, wie er es seit unserer Trennung sehr gern tat – er wollte mich einfach mal wieder absichtlich missverstehen. Er hörte nicht auf, so zu tun, als würde ihn das alles total verstören. »Was um alles in der Welt ist denn das Problem, wenn Deborah und ich uns einen Hund zulegen? Schau doch aus dem Fenster. Jeder zweite Mensch besitzt einen Hund. Ist doch kein großes Ding.«

»Du weißt nur zu gut, dass es eben schon so ist.« Ich gab mir alle Mühe, nicht laut zu werden. »Versuch jetzt bloß nicht, so zu tun, als wäre ich diejenige, die hier spinnt.«

Er warf mir einen Blick zu, als wollte er sagen: »Tja, ist es nicht so?«

»Mir würde es ja nichts ausmachen, aber schon seit Alec sprechen kann, haben wir dich angebettelt, uns einen Hund zu kaufen, und du hast das immer konsequent abgelehnt.«

»Na ja, die Dinge ändern sich eben«, murmelte Dom mit einem tiefen Seufzen.

»Ja, das tun sie wohl, einfach so«, entgegnete ich, und in dem Moment kam die Kellnerin daher.

»Kann ich Ihnen vielleicht noch etwas bringen? Oder Ihren Kaffee nachfüllen?«

»Nein, danke«, sagte ich.

Dom machte eine große Szene daraus, die benutzten Tassen und Untertassen für die Bedienung zusammenzustellen. »Nein. Könnten wir die Rechnung haben, bitte? Würde Ihnen das was ausmachen?«, sagte er, als würde er sie um einen großen Gefallen bitten. Hatte er sich eigentlich schon immer so schlimm aufgespielt? Als wir noch glücklich verheiratet waren, da war ich überzeugt, er sei ein Mann mit einer warmen, freundlichen Ausstrahlung. Aber heute war er echt ein ganz schöner Schleimer, und zum ersten Mal fiel mir auf, dass er sein Haar nach vorne kämmte, über die Stelle, wo es bereits schütter wurde.

»Noch zwei Sachen: Warum hat es sich jetzt eigentlich auf einmal eingebürgert, dass Alec jeden Nachmittag nach der Schule in den Hausaufgabenraum abgeschoben wird, und wieso musstest du den Hund ausgerechnet am Samstag abholen? Hast du überhaupt irgendeine Ahnung, wie kostbar die Samstage mit Alec für mich sind?«

»Hör zu, die Sache mit nach dem Unterricht regeln wir gerade – das war ja sowieso nur was Vorübergehendes –, und es war die Züchterin, die meinte, wir könnten den Hund am Samstag abholen. Das ist hier keine groß angelegte Kampagne, um dich auszubooten. Wenn du nicht willst, dass er mitkommt, ist das auch in Ordnung.«

»Ich soll Alec also verbieten, sein kleines Hündchen abzuholen – etwas, das er wohl nie vergessen wird?«

»Okay. Na, dann lass ihn eben mitkommen. Ehrlich, Rachel, warum musst du nur immer alles so schwierig machen?«

»Tu ich ja gar nicht. Ich weiß genau, dass du verstehst, worum es mir geht, Dom, also hör auf, so verwundert zu tun. Es ist immer noch recht früh alles, das Ganze ist noch so neu. Alec braucht noch Zeit, um sich an die neue Situation zu gewöhnen. Er muss erst mal wieder zur Vernunft kommen und sich dann in Ruhe überlegen, ob es das Richtige für ihn ist, wenn er bei dir wohnt. Das gilt für uns alle. Ein kleines Hündchen bringt doch alles völlig durcheinander und beeinflusst alles künstlich zu deinen Gunsten.«

»Es geht also darum, dass du die Sache mit Alec nicht akzeptieren kannst und denkst, er könnte wieder heimkommen. Jetzt sieh den Tatsachen doch mal ins Auge, Rachel. Er kommt nicht wieder heim, und ob Hund oder nicht, er will bei mir leben.«

»Tja, davon bin ich eben nicht mehr ganz so überzeugt, und ich hätte ihn gern zu Hause bei mir.«

»Ja, klar. Jess hätte auch gern ein Trampolin zum Geburtstag, aber trotzdem kriegt sie keins.«

Schweigend saßen wir eine Weile da, und zum ersten Mal sah ich, wie sich auf Doms Gesicht so was wie ein ehrlicher Ausdruck des Bedauerns abzeichnete.

»Sieh mal«, sagte er niedergeschlagen. »Tut mir wirklich leid, dass ich das alles nicht vorher mit dir besprochen habe. Das hätte ich wohl tun sollen. Aber das war so eine spontane Entscheidung. Es ist bloß so, dass die Sache in Dorset mich immer noch verfolgt – die Vorstellung, dass Alec derart unglücklich ist, war ein echter Schock. Er ist ja wirklich gut darin, uns was vorzumachen, aber ich werd den Gedanken nicht los, dass er immer noch diese tiefe Verzweiflung in sich trägt. Diese Sache am Dienstag, als er verschwunden war, hat das alles nur noch verschlimmert. Ich dachte mir ehrlich nur, unser Junge könnte einen Freund brauchen, etwas, das ihn aufheitert und ihm hilft, diese Übergangsphase gut durchzustehen. Etwas, das unser Arrangement ein für alle Mal besiegelt. Und er ist glücklich, Rach. Du hättest sein Gesicht sehen sollen, als wir zu der Züchterin fuhren.«

Ich wünschte, das hätte ich. Denn ich war immer davon ausgegangen, dass wir einen Augenblick wie diesen als Familie erleben würden.

»Fiona Billings in Hemel Hempstead«, sagte ich abwesend.

»Ja.« Er rang sich ein leises Lächeln ab. »Fiona Billings in

Hemel Hempstead. Er ist echt außer sich vor Vorfreude – kann es denn da eine so schlechte Idee sein?«

»Nein, vermutlich nicht«, erwiderte ich erschöpft. »Ich wünschte nur, wir hätten darüber reden können. Ich vermisse ihn. Außerdem drängt sich mir der Eindruck auf, er fällt dir und Deborah ein wenig zur Last, und wenn er das mitkriegt, dann fühlt er sich bloß wieder mies … und dann wäre er bei mir besser aufgehoben.«

»Tja, so ist es aber nicht. Wenn du dich erinnerst, habe ich dich gebeten, dich mit Deborah und mir zusammenzusetzen, damit wir über alles reden, aber du wolltest nicht. Wenn du dich mit uns getroffen hättest, dann hättest du dich vielleicht selbst überzeugen können, dass alles bestens läuft.«

»So wie am Dienstag, als er in den Bus nach Archway gestiegen ist.«

»Klar gibt es immer hin und wieder mal kleinere Problemchen, aber im Großen und Ganzen könnte es nicht besser laufen. Kannst du dir vorstellen, was für Umstellungen Deborah in Kauf nehmen muss? Aber du weißt genau, wie gern sie Alec hat, Rach, und es freut sie, dass wir ihn bei uns haben. Ich weiß, dass du das nicht gerne hörst, aber wenn du ehrlich bist, ist es dir doch auch lieber, dass es so ist. Ich bin ihr so überaus dankbar – das ist auch noch so ein Grund, wieso ich diesen Hund wollte, um mich zu bedanken.«

»Na, das ist doch echt schön für scheiß Deborah«, sagte ich leider so total undankbar, während ich meine Jacke und meine Tasche aufraffte.

Kapitel 9

Los geht's

Heute war also der große Tag. Ich ging zur Arbeit. Und auch wenn ich total erledigt war, war ich in Bezug auf Denise genau in der richtigen Stimmung. Mir war klar, dass Philip für mich oberste Priorität hatte – ganz zu schweigen von den übrigen Bewohnern der Clifton Avenue, die ebenfalls Besseres verdient hatten. Was meine Beziehung zu Rob betraf, so verband uns von nun an einzig und allein Denise. Ich redete mir ein, dass ich von Glück sagen konnte, ihn zum Kollegen zu haben, da ich vor ihm wirklich großen Respekt hatte. Als ich jetzt allerdings den Flur entlang in Richtung Küche ging und Robs tiefes, großherziges Lachen vernahm, da wurde ich ganz nervös. Unser Koch Pete erzählte ihm gerade was von wegen, er sei an der Tür zu einem Pub abgewiesen worden, und blöderweise trat ich gerade in dem Moment ein, als er zum Höhepunkt seiner Geschichte kam. Er verstummte, und eilig begrüßten die beiden Männer mich höflich mit einem »Hi!« Sie konnten es aber kaum erwarten, die Story zu einem Ende zu bringen. Weil mir das ein bisschen peinlich war, schlurfte ich wieder raus, um meine Jacke aufzuhängen, als die beiden in der Küche plötzlich lauthals zu lachen anfingen.

Dreißig Sekunden später kam Rob um die Ecke gebogen.

»Hi«, sagte er noch einmal. »Tut mir leid, Petes Geschichten über das, was man beim Ausgehen auf der Kilburn High Road so erlebt, sind echt unschlagbar. Wie geht's dir?«

»Gut«, sagte ich munter. »Echt ganz gut.« Dann schob ich mich an ihm vorbei und trat ins Büro. Er folgte mir. Ich schnappte mir die Post und ging sie mit klammen Fingern durch. Zu meiner Erleichterung war darunter ein Umschlag von Atkinsons. Ich wedelte damit in Robs Richtung und sagte in ernstem Ton: »Die Beweismittel. Hier sind die Rechnungen.« Er nickte und schloss nervös die Tür hinter sich.

»Heute ist also der Tag«, sagte er. Wir sahen beide recht blass aus und nervös. »Denise ist in der Hauptgeschäftsstelle, also sollte ich problemlos bei ihr ins Haus kommen. Wenn ich erst mal drin war, müssen wir uns überlegen, wie wir weiter vorgehen. Aber eins nach dem anderen. Ich geh da rein, während die Bewohner im Tageszentrum sind und alles ruhig ist, mach ein paar Fotos von dem Drucker und den anderen Sachen, die ich als Eigentum der Clifton Avenue erkenne, auch wenn es nur ein Becher Vanillepudding ist, und dann sehen wir weiter. Verdammt, ich schwitze ja richtig – ich hab echt ganz schön Schiss!«

»Davor, bei ihr ins Haus zu gehen?«

»Ja, das, und dann auch noch, wie wir Denise verdammt noch mal damit konfrontieren sollen. Sie kommt gegen zwei zurück, ich schätze, dann ist es an der Zeit …« Er machte ein Geräusch wie von einer Bombe, die hochgeht, während er mit den Fingern die Explosion imitierte. »Du bist so unglaublich ruhig«, sagte er.

»Ich denk einfach die ganze Zeit, dass ich das für Philip tue, und solange ich das tue, geht es mir gut.«

»Und was ist mit mir?«

»Ja, klar, für dich tu ich das auch«, meinte ich lapidar.

Rob nahm sein Handy zur Hand. »Wir sehen uns dann in zehn Minuten. Du hältst doch die Augen offen, nur für den Fall, dass sie doch früher zurückkommt, oder?«

»Wird sie nicht, aber ja, klar, ich geh und setz mich zu Philip ins Zimmer, von da aus hab ich einen guten Blick auf den Parkplatz.«

»Wünsch mir viel Glück!«, meinte er noch mit besorgtem Gesicht. »Verflucht, ist es wirklich so weit gekommen?«

»Viel Glück«, sagte ich knapp.

Ich ging also hoch in Philips Zimmer. Rob schlenderte rüber zum Haus, und während er dies tat, warf er einen Blick hoch zum Fenster und winkte mir halbherzig zu. Ich beobachtete, wie er den Schlüssel ins Schloss von Denises Haustür steckte und reinging.

Als mein Blick zum Parkplatz wanderte, sah ich mir ganz nebenbei die Sachen an, die ich für Philip bestellt hatte. Vieles davon war noch in flache Pakete verpackt. Na gut, dass du das jetzt machen musst, Scott. Da waren ein Schreibtisch und ein Stuhl, ein Nachtkästchen, zwei Lampen, ein paar leuchtend bunte Stiftebehälter für seine Filzstifte, ein Bücherregal und ein paar Kissen, die Philips eher trostloses Zimmer ein bisschen freundlicher machen sollten. *Warum um alles in der Welt habe ich eigentlich zwei Lampen bestellt?*, dachte ich.

Ich sah wieder rüber zu Denises Haus und dann zum Parkplatz. Alles war ruhig. »Komm schon, Rob«, feuerte ich ihn leise an. »Jetzt mach schon, beeil dich.«

Ich nahm das Päckchen mit den Vorhängen zur Hand.

Wir hatten uns für knallrot und blau gestreift entschieden, und sie sahen wirklich richtig toll aus. Das Paket war ziemlich schwer, wenn man bedachte, dass es nur ein paar Vorhänge für ein Fenster nicht breiter als anderthalb Meter enthielt. Ich zupfte an der Plastikverpackung. Unter Philips Vorhängen kam ein weiteres Vorhangpaar in einem hässlichen Zitronengelb zum Vorschein. Sie waren riesig. Etwas verwundert beeilte ich mich, die Kissen auszupacken. Da waren mindestens drei weitere Kissen, die ich nicht bestellt hatte, auch die in einem scheußlichen Gelb. Ich suchte nach den Papieren dazu und riss sie schließlich von der Verpackung runter. Das Bestellformular, das ich zusammen mit Philip ausgefüllt hatte, war abgeändert worden. Jetzt stand da Denises Name, sie hatte auch unterschrieben. Anders als die anderen Bewohner verfügte Philip über ausreichend finanzielle Mittel. Er war der alleinige Erbe im Testament seiner Mutter, und auch wenn er nicht unbedingt Millionär war, würde er doch die Erlöse aus dem Verkauf der Wohnung in Queens Park erben. Man wollte einen Treuhandfonds schaffen, um seine Ausgaben zu überwachen, und der Plan war, dass er irgendwann völlig unabhängig in seiner eigenen Wohnung lebte mit irgendeiner Form der Betreuung. Denise wusste all das. Und mit einem Mal war mir sonnenklar, weshalb sie mich unbedingt durch Scott ersetzen wollte, der eh nie was mitbekam.

Gerade als bei mir der Groschen fiel, hörte ich von draußen ein Geräusch. Sofort sah ich zum Parkplatz, und da stand Denises dicker Sohn, der gerade von seinem Fahrrad abstieg und es an die Hauswand lehnte. Scheiße! Was hatte der denn um halb zwölf an einem Dienstagvormittag daheim zu suchen? Verdammte Scheiße! Ich sprang die Treppe runter und stürzte nach draußen, doch er war bereits dabei, den Schlüssel ins Haustürschloss zu stecken. Mit einem Mal wurde mir bewusst, wie verrückt das, was wir hier trieben, tatsächlich war. Was hatten wir uns dabei bloß gedacht? Verdammt noch mal, Rob konnte dafür ins Gefängnis kommen!

»Hallo!«, brüllte ich wie verrückt. »Hallo!«

Der Junge blieb stehen und drehte sich misstrauisch nach mir um.

»Hi! Du bist doch Stewart, oder? Stewart?«

»Stephen«, sagte er.

»Oh, tut mir leid. 'tschuldige, Stephen. Ich hab dich bloß gerade gesehen, und da dachte ich mir … ich wollte dich was fragen, was … was … Ist alles in Ordnung? Du bist doch normalerweise am Dienstagvormittag nicht zu Hause? Alles in Ordnung mit dir? Ich weiß ja, dass deine Mum nicht da ist.«

»Mum hat mich mit ihrer Erkältung angesteckt«, sagte er, wobei er mich ansah, als wäre ich der totale Freak. »Deshalb kann ich nicht schwimmen gehen.«

»Oh, okay«, sagte ich. Er hielt einen Geigenkoffer in der Hand. »Eine Geige!«, kreischte ich los. »Eine Geige! Ich wusste ja gar nicht, dass du Geige spielst. Mein Sohn Luke hatte eine Stunde Unterricht, und da meinte ich, wenn er es noch einmal wagen sollte, sie zu spielen, würde ich ihm den Arm hinter dem Rücken festbinden. Danach hat er es mit der Blockflöte probiert. Wie lange spielst du denn schon?«

Plötzlich war ein lautes Klopfen am Fenster des Büros zu hören. Rob stand grinsend dahinter.

»Tja, wenn es okay für dich ist, lass ich dich dann mal. Bis dann!«

»Bis dann«, sagte Stephen und funkelte mir finster hinterher, als ich zurück ins Büro sprintete.

Ich stürzte zur Tür rein und zitterte vor Lachen und vor Erleichterung. »O mein Gott! Ich dachte echt, das war's jetzt!«, sagte ich nach Luft japsend.

»Ich auch. Du bist mir ja eine tolle Aufpasserin!«

»Ich hatte den Parkplatz im Auge. Er muss sich über die Hauptstraße reingestohlen haben. Tut mir echt leid! Wie bist du rausgekommen?«

»Durch die Hintertür und dann außen rum.«

»Und, hast du was gesehen? Hast du den Drucker oder den Laptop gefunden?«

»Nur den Drucker, dann kam auch schon der Junge. Aber ich hab ein Foto davon gemacht, es ist ohne Zweifel der, der hier im Büro war. Er ist noch brandneu, und ich hab mir sogar die Nummer des Modells notiert.« Während er sprach, fing er an, auf seinem Handy nach dem Foto zu suchen, um es mir zu zeigen. Gleichzeitig kramte ich in meiner Tasche nach den Rechnungen, damit wir die Nummern abgleichen konnten.

»Das ist ganz eindeutig der hier«, sagte ich, als ich das Foto sah.

»Wir brauchen ihr ja nicht zu sagen, dass ich bei ihr im Haus war. Wir sagen einfach nur, dass wir Bescheid wissen, was sie da treibt. Dass wir die Rechnungen haben und somit die Beweise dafür, dass sie Sachen aus dem Heim gestohlen hat, und dass wir vorhaben, die Verantwortlichen darüber in Kenntnis zu setzen und …«

»Was ist hier los?«

Denise stand in der Tür. Ich hatte das Gefühl, als würde die Erde unter mir beben, ich brachte keinen Ton heraus.

Rob sah aus, als wäre er angeschossen worden – sein Gesichtsausdruck machte deutlich, dass keiner von uns beiden sich jetzt noch aus der Affäre ziehen konnte.

»Man hat Stephen mit einer Erkältung nach Hause geschickt, daher musste ich heimkommen«, erklärte Denise ganz ruhig. »Wie es aussieht, war das gut so.« Sie riss mir die Papiere aus der Hand, dann griff sie sich Robs Arm. Sie warf einen Blick auf das Bild des Druckers, das immer noch auf dem Display seines Handys zu sehen war.

»Warst du etwa bei mir im Haus, Rob?«

»Denise, wir hatten schon eine ganze Zeit lang den Verdacht …«

»Wenn es hier um diesen Drucker geht, dann kann ich euch versichern, dass ich vollkommen autorisiert dazu bin, ihn bei mir zu Hause zu haben. Wie ihr sicher wisst, arbeite ich auch viel von zu Hause aus. Ich denke, es ist absolut nachvollziehbar, dass man mir dafür die nötige Ausstattung zur Verfügung stellt. Ich schlage vor, ihr ruft Adrian Morris in der Hauptgeschäftsstelle an. Ich habe keinen Zweifel, dass der sich für mich verbürgt.«

Rob machte ein verblüfftes Gesicht. Dann trat Denise ans Bürotelefon und fing an, eine Nummer zu wählen. »Los, Rob, rede mit Adrian. Ich hab absolut nichts zu verbergen. Ich hab außerdem einen Laptop im Namen von Emily gekauft und eine ganze Reihe anderer Sachen.« Sie wählte weiter, dann hielt sie Rob den Hörer hin und drängte ihn, ihn zu nehmen. Sie wollte wohl so tun, als hätte sie alles unter Kontrolle, aber ihre Hände zitterten vor Zorn.

»Hör zu, Denise«, stammelte Rob. »Ich war besorgt, dass …«

Da trat ich einen Schritt vor und nahm Denise den Hörer

aus der Hand. Tatsächlich entriss ich ihn ihr sogar. Sowohl sie als auch Rob wirkten völlig perplex.

»Vielen Dank«, sagte ich. »Ich unterhalte mich gern mit Adrian Morris. Auch wenn ich denke, es wäre vernünftiger, mit Martin Sharp zu reden.« Adrian Morris war Direktor des Sozialdienstes und angeblich der Mann, der Denise den Job in der Clifton Avenue verschafft hatte. Martin Sharp war sein Stellvertreter und Rob zufolge ein anständiger und gewissenhafter Mensch.

Denise atmete genervt aus.

Die automatische Bandansage in der Schaltzentrale verkündete gerade: »Bitte geben Sie die Nummer der Nebenstelle ein, die Sie wünschen, und bleiben Sie dann in der Leitung, bis sich jemand aus der Vermittlung um Ihr Anliegen kümmert.« Ich blieb dran, wusste aber nicht, wie lange meine Beine mich noch tragen würden, bis sich schließlich gnädigerweise jemand meldete. »Hallo, Sozialdienst.«

»Oh, Hallo.« Ich amtete tief ein, sodass meine Stimme ruhig und gefasst klang. »Könnten Sie mich bitte zu Martin Sharp durchstellen?«

»Ja, wen darf ich bitte melden?«

»Hier spricht Rachel Bidewell. Ich bin Pflegeassistentin im Wohnheim Clifton Avenue.«

»Ich stelle Sie durch.«

Ein Klicken war zu hören, dann sagte eine Stimme: »Hallo? Martin Sharp am Apparat.«

»Hallo, Martin«, sagte ich. »Hier spricht Rachel aus der Clifton Avenue.«

»Hallo, Rachel. Wie kann ich Ihnen helfen?«

Mein Herz pochte wie wild vor Aufregung. »Ich glaube, ich brauche Ihren Rat. Ich habe nämlich Informationen über Denise Mott, die Grund zur Beunruhigung bieten. Ich befürchte, wir müssen die Polizei einschalten.«

Neunzig Minuten später saß Martin Sharp am Tisch im Büro hier in der Clifton Avenue. Er war ein dicker, freundlicher Herr in einem schlecht sitzenden dunkelblauen Anzug. Denise saß ihm gegenüber und war kreidebleich vor Schreck und vor Entrüstung. Auf dem Tisch zwischen ihnen lagen ein zitronengelbes Vorhangpaar, eine noch verpackte Tischlampe und drei Kissen.

»Sie lassen mir keine andere Wahl, ich muss die Polizei hinzuziehen, Denise. Ich weiß wirklich nicht, was ich sonst tun sollte«, sagte Martin gerade.

»Wie Sie zu dem Schluss kommen, ich hätte diese Dinge gestohlen, Martin, ist mir ein Rätsel. Sie verstehen doch sicher, dass das aus reiner Bequemlichkeit geschah, dass ich die Sachen über Philip Johnston bestellt habe. Ich hatte die ganze Zeit die Absicht, dafür zu bezahlen. Und was den Drucker und das Computerzubehör betrifft, so müssen Sie wissen, dass ich sehr viel von zu Hause aus arbeite und …«

»Sie wissen sehr gut, dass ich meinen Job nicht richtig machen würde, würde ich den Anschuldigungen nicht nachgehen, die Rachel hier erhebt. Das und Ihr Beharren darauf, man möge sie von ihrer Position als Verantwortliche für Philip abziehen – was ausdrücklich gegen den Willen Ihres Stellvertreters und der Klientin selbst geschah –, deutet doch darauf hin, dass hier tatsächlich ein Grund zur Besorgnis vorliegt. Ich denke, die Sache liegt nicht in meiner Hand.«

»Nun, wir werden sehen, was Adrian dazu zu sagen hat, nicht wahr? Ich habe ihn bereits angerufen«, spie Denise ihm entgegen.

»Ich habe ebenfalls mit ihm gesprochen, bevor ich hierherkam. Er war wie ich der Meinung, und sicherlich stimmen Sie mir da zu, dass es nicht eben angemessen wäre, wenn er die Untersuchungen leitet, da Sie ja seit vielen Jahren mit Adrian befreundet sind und er unser Direktor ist. Sind Sie nicht auch der Ansicht, dass hier eine dritte, unabhängige Partei hinzugezogen werden sollte? Selbst wenn es nur darum geht, Sie von jeglicher Schuld reinzuwaschen?«

»Wenn das die einzige Möglichkeit ist, dass mein Ruf wiederhergestellt wird, dann soll es so sein. Ich hoffe, Sie können damit leben, Martin. Ich gehe davon aus, dass man mich suspendieren wird, solange die Untersuchungen laufen, letztlich schaden Sie damit nur den Bewohnern, indem Sie dieses Heim ohne Führung lassen.«

»Oh, ich bin überzeugt, Rob wird einen ausgezeichneten Job machen und Ihnen Ihren Platz warmhalten.«

»Hallo, Mary?«

»Hallo, meine Liebe! Was kann ich für dich tun?«

Ich liebte es, meine Schwiegermutter anzurufen, weil sie immer so erfreut schien, von mir zu hören, selbst wenn wir erst vor einer Stunde miteinander gesprochen hatten.

»Zwei Dinge: Erstens, kannst du mir bei den Vorstellungsgesprächen mit den neuen Au-pair-Mädchen nächste Woche helfen? Das habe ich das erste Mal so derart vermasselt, ich denke, da könnte ein zweites Paar Augen und Ohren nicht schaden.«

»Selbstverständlich – ich hab ja die Lebensläufe. Sag mir nur, wann ich kommen soll.«

»Und zweitens, kannst du heute Abend für mich babysitten? Etwas wirklich Wunderbares ist geschehen, und deshalb würde ich gerne ausgehen und feiern. Und zwar bis tief in die Nacht!«

»Kein Problem.« Sie wusste aus eigener Erfahrung, dass in der derzeitigen Phase meines Lebens »bis tief in die Nacht« in etwa bis gegen kurz nach elf bedeutete. »Ich komme um sechs vorbei und helfe dir mit dem Abendessen. Willst du mir erzählen, was passiert ist?«

»Ich erzähle es dir heute Abend.«

»Na schön, meine Liebe. Dann bis später.«

Nachdem nun kein Zweifel mehr daran bestand, dass Martin Sharp unsere Anschuldigungen ernst nehmen würde, hatte Rob darauf bestanden, dass wir ausgehen und feiern. Da mir bewusst war, dass ich, was Rob betraf, schnell schwach wurde und befürchtete, ich würde zu später Stunde im angetrunkenen Zustand einfach über ihn herfallen, schlug ich vor, Lucy anzurufen und sie zu fragen, ob sie mitkommen wolle.

Und so saßen wir also hier gemütlich zu dritt in einem einfachen, recht angestaubten Pub in Camberwell bei Lucy in der Nähe und betranken uns. Als Lucy den Vorschlag gemacht hatte, wir sollten uns hier treffen, da war ich davon ausgegangen, dass wir auch was essen würden, aber Fehlanzeige. Und während mein leerer Magen sich jetzt allmählich mit Alkohol füllte, fühlte ich mich erstaunlich gut und freute mich des Lebens. Ich hatte drei Packungen Cheese-and-onion-Chips weggefuttert und eine Unmenge an Wein dazu getrunken, und ich musste nicht heimfahren, und Mary hielt zu Hause die Stellung. Wenn das so weiterging, dann landete ich später vielleicht sogar noch in einem Klub. Ich trug eins meiner Lieblingskleider. Da der Ganzkörper-

Shaper erst noch erfunden werden muss, musste ich mich mit einem Taillenformer zufrieden geben, der von der Hüfte bis zu den Knien ging. Luke hatte gemeint, ich sähe »gruselig« aus, aber ich fand mich ausnahmsweise mal richtig gut, und Mary war der gleichen Ansicht.

Rob weihte Lucy gerade detailliert in die Geschehnisse des Vormittags ein, von der Sache mit Stephen und seiner Geige bis hin zu dem Ausdruck auf Denises Gesicht, als ich ihr den Telefonhörer aus der Hand riss und mit der Hauptgeschäftsstelle sprach.

Ich selbst sagte nicht viel, sondern lehnte mich einfach nur zurück und starrte vor mich hin, da ich ausnahmsweise mal eine legitime Entschuldigung hatte, länger als eine Minute Robs hübsches Gesicht zu betrachten. Lucy sagte auch nicht viel, sondern schnappte nur gelegentlich erstaunt nach Luft und kicherte vor Vergnügen, während sie der Geschichte lauschte.

»Was geschieht jetzt mit ihr?«, wollte sie wissen.

»Selbst wenn die Polizei sie nicht für die Diebstähle belangt, wird sie wohl nie wieder für die Gemeinde arbeiten, meint Martin.«

»Was ist mit dem Haus? Und mit Stephen? Gott, sie kommt doch nicht ins Gefängnis, oder?«

Rob musste lachen. »Sie wird so leben müssen wie wir anderen auch und sich eine neue Wohnung suchen. Ins Gefängnis kommt sie bestimmt nicht, da wird sie wohl eher Sozialdienst leisten müssen, oder? Also, das zu sehen, dafür würde ich ja einiges geben. Denise, wie sie im orangenen Arbeitsanzug Graffitis von der Wand schrubbt.«

Unser Gelächter klang ein klein wenig gezwungen, da keiner von uns an Stephen denken wollte und daran, wo er in Zukunft wohl wohnen und auf seiner Geige üben würde. Denise hatte genau das bekommen, was sie verdiente, aber auch wenn er sich jetzt freute, war mir doch klar, dass Rob sich gewünscht hätte, es hätte nicht so böse geendet.

Nach einem weiteren Glas Wein ließ es sich nicht länger vermeiden, dass ich etwas Essbares zu mir nahm, sonst würde Rob mich noch wie einen Sack Kartoffeln über die Schulter geworfen aus dem Pub raustragen müssen, während ich Cheese-and-onion-Chips über seinen Rücken kotzte. Rob erzählte Lucy gerade, dass er sich bereit erklärt habe, als kommissarischer Leiter in der Clifton Avenue zu bleiben, und zu meiner Erleichterung sagte er jetzt: »Oh Mann, ich bin am Verhungern. Will eine von euch Ladies was essen?«

»Nein«, sagte Lucy. »Ich muss wieder heim. Meine Schwester ist als Babysitter da – sie verlangt kein Geld, aber nach zehn Uhr dreißig weigert sie sich. Sie denkt, ich nutze sie aus – womit sie vermutlich sogar recht hat. Nein, geht ihr zwei mal und gebt euch die Kante.« Sie war zu betrunken, um dabei nicht zu grinsen.

Wir winkten Lucy zum Abschied zu, dann zogen wir leicht benebelt ab und winkten uns ein Taxi herbei, das uns aus dem Südosten Londons zurückbringen sollte in die grünen Gefilde von Queens Park. Scheiß auf die Kosten.

Als wir im Taxi saßen, war ich mit einem Schlag stocknüchtern. Ich war müde und spürte schon die nahenden Kopfschmerzen. Auf so engem Raum mit Rob alleine zu sein, fegte mit einem Mal die ganze freudige Ausgelassenheit des Abends fort, und stattdessen fühlte ich mich jetzt ganz linkisch und verlegen. Außerdem roch mein Atem leicht nach Cheese-and-onion-Chips.

Rob war nicht ganz so schnell nüchtern geworden wie

ich. Er lehnte sich im Sitz zurück und griff nach meiner Hand. »Falls ich je vergessen sollte, es dir zu sagen, du warst heute echt verdammt großartig. Du warst unglaublich. Ich glaube, du warst meine Rettung.«

Unbehaglich rückte ich vor, die Hand ausgestreckt, als gehörte sie zu jemand anderem. Dann versuchte ich sie aus seinem Griff zu lösen und sagte schwach: »Nicht.«

Rob ließ sofort meine Hand los. »Was ist denn los?«, fragte er.

Ich seufzte. »Ich hab so was schon eine sehr lange Zeit nicht mehr gemacht, und ich befürchte, es würde mich vermutlich umbringen, wenn ich rausfände, dass zu Hause eine wunderschöne Blondine auf dich wartet.«

»Aber so ist es nicht. Oh, Mann, ich wünschte, es wäre so … nichts gegen dich.«

»Aber ich hab dich doch neulich Abend gesehen, wie du in deinen Wagen gestiegen bist. Da saß eine blondhaarige Frau am Steuer, die hat dich zur Begrüßung geküsst. Und da ist eine weibliche Stimme auf deinem Anrufbeantworter, und du verlierst nie ein Wort über dein Privatleben, daher finde ich es nicht abwegig, wenn ich davon ausgehe, dass du nicht Single bist, auch wenn du flirtest, was das Zeug hält.«

Ich hatte gehofft, er würde loslachen und sagen: »Oh, *diese* wunderschöne Blondine. Du Dummerchen. Das ist doch meine alte Freundin, Brenda, und die ist lesbisch.« Doch das tat er nicht. Stattdessen knetete er betreten die Hände, klemmte sie sich zwischen die Knie und ließ den Kopf hängen. »Das war Megan. Du gehst richtig in der Annahme, dass sie die Blondine ist, die zu Hause auf mich wartet, doch leider ist sie meine Ex. Willst du die komplette Geschichte hören?«

Ich nickte stumm.

Als das Taxi uns rausgelassen hatte, suchten wir uns eine Mauer draußen vor einem Pub, auf die wir uns setzten und auf die Straße starrten.

Rob holte tief Luft. »Wir waren vor mittlerweile fast sechs Jahren kurz mal verheiratet. Wir haben einen gemeinsamen Sohn, Will, und wir sind immer noch ganz gut befreundet, weshalb wir uns seine Erziehung teilen. Sie hat irgendwann einfach beschlossen, dass ich nicht der Richtige für sie bin. Letztes Jahr verkündete sie dann, sie wolle heim nach Australien, um bei ihrer Familie zu sein. Sie nahm Will mit – ich konnte sie nicht davon abhalten, sie war so entschlossen, das durchzuziehen, weil sie hier derart unglücklich war. Und seitdem bin ich ein verdammtes Wrack. Vor ungefähr einem Monat meinte sie, sie wolle zurückkommen, um Freunde zu besuchen, und sie würde Will mitbringen, doch dann ließ sie ihn im letzten Moment doch bei ihrer Mutter und meinte, das alles sei ›viel zu kompliziert‹, mit einem Kind zu reisen. Wie es aussieht, ist sie nur deshalb zurückgekommen, weil sie wissen wollte, ob da noch was ist zwischen uns. Will zuliebe hätte ich mir das ja auch gewünscht, aber … Ich befürchte, sie wird einfach nie richtig zufrieden sein. Sie kommt nie zur Ruhe, ist immer unglücklich. Es klingt mir einfach nicht glaubwürdig, dass sie auf einmal doch wieder was für mich empfinden sollte. Nach all der Zeit! Ist schon komisch, wenn man mal jemanden so sehr geliebt hat und dann feststellt, dass dieser Mensch im Grunde vollkommen bescheuert ist.«

Ein Bus rollte langsam an uns vorbei, und ich sah ihm hinterher, bis er verschwunden war. »Ich gebe mir alle Mühe, meinen Ehemann nicht zu hassen«, sagte ich. »Denn wenn ich es so weit kommen lasse, stellt das die wichtigsten Jahre meines Lebens infrage. Und überhaupt, ich will den Vater meiner Kinder nicht hassen.«

Rob nickte. »Ich glaube, manchmal macht Liebe wirklich blind, und wenn man aufhört, jemanden zu lieben, fällt es einem wie Schuppen von den Augen, und dann sieht man diesen Menschen, wie er wirklich ist … und das ist ganz und gar nicht das, was man erwartet hat.«

»Oder aber die Leute ändern sich …«

»Die ganze Zeit dachte ich, ich hätte nichts lieber, als dass Megan nach Hause kommt, und jetzt, da es so weit ist, wird mir klar, dass das ungefähr das Schlimmste ist, was mir und Will passieren konnte.«

»Aber du musstest es versuchen, Will zuliebe, nicht wahr? Wann hast du ihn das letzte Mal gesehen?«

»Oh, ich war im Sommer unten, und wir sind über Skype in Kontakt und reden jeden Tag. Aber trotzdem habe ich das Gefühl, ich habe ihn verloren.«

»Wenn es dich tröstet, Alec wohnt weniger als drei Meilen von mir entfernt bei seinem Vater, und trotzdem weiß ich genau, wie du dich fühlst.«

»Das hast du nie erwähnt.«

»Du hast doch auch nie was erzählt.« Er lachte und schüttelte den Kopf. »Du bist es, die alles durcheinandergebracht hat! Verdammt, Rachel, du warst das!«

Und mit diesen Worten lehnte er sich vor und küsste mich, und zwar so richtig, mitten auf den Mund. Seine Hand wanderte hoch zu meinem Gesicht und dann weiter durch mein Haar und den Rücken hinab. Mein Herz fing an zu hämmern, und ich war ganz durcheinander. Meine große Sorge war allerdings, dass ich sterben würde vor Scham, sollte seine Hand auch nur in die Nähe meines Bodyshapers kommen.

»Kann ich mit zu dir nach Hause?«, fragte er unumwunden.

»Nein«, erwiderte ich traurig. Der Kuss war toll gewesen, aber auch ein großer Fehler. »Ich denke, das wäre keine gute Idee.« Ich wollte nicht all das mit Dom durchgemacht haben, nur um jetzt selbst diejenige zu sein, die eine andere Familie zerstört – ganz gleich wie tief sie auch in der Krise stecken mochte.

Am nächsten Morgen saßen Mary und ich in meiner Küche Hope gegenüber, möglicherweise unser neues Au-pair-Mädchen. Die Sache lief recht gut.

»Ja«, sagte Hope gerade. »Ich habe mich um Ayron gekümmert, fünf Jahre alt, und um Catja, drei, und um das Baby Sam, der war gerade neun Monate alt, als ich sie verließ.«

»Und wie lange warst du insgesamt bei Familie Rogers?«, fragte ich ganz formell.

»Nicht ganz zwei Jahre.«

»Und wo wohnst du jetzt?«

»Oh, nicht weit von hier. Muswell Hill, deshalb kenne ich die Gegend recht gut. Ich habe viele Freunde hier, und ich würde sehr gerne in Nordlondon bleiben.«

»Warum bist du gegangen?«

»Nun, ich hatte einfach das Gefühl, dass es Zeit war, was anderes zu machen.«

»Und dürfte ich die Rogers wohl um ein Empfehlungsschreiben bitten?«

»Oh ja, sicher, kein Problem. Absolut kein Problem.«

Hope war aus Neuseeland, sah frisch und unverbraucht aus und war total lieb. Ihr sandfarbenes Haar wurde einfach nur mit einer großen Klammer zurückgehalten, und ihr jugendliches, kantiges Gesicht leuchtete vor Begeisterung und Hingabe. Sie trug Turnschuhe, Jeans und dazu ein Vintage-T-Shirt, und an ihrem Handgelenk baumelte die für weit gereiste Menschen typische Unmenge an Perlenkettchen, Plastikbändchen und abgewetzten Freundschaftsarmbändern. Ihre Haut war rötlich, fast honigbraun, nur zwischen den Fingern war sie im Gegensatz dazu weiß wie Marmor. Sie kam an und erinnerte mich an eine total coole Schnecke, die ihr Haus in Form eines riesigen Traveller-Rucksacks auf dem Rücken trug. Sie erklärte, sie könne anfangen, wann immer ich wolle, da sie im Moment nicht arbeite. Sie sei gerade erst aus dem Flieger aus Marrakesch gestiegen.

»Der Job hier sähe ein bisschen anders aus«, sagte Mary jetzt in ernstem Ton. »Luke und Jess sind schon älter und den ganzen Tag in der Schule, daher wird von dir erwartet, dass du Rachel im Haushalt hilfst, während sie weg sind. Und du wirst dir merken müssen, wann sie von der Schule abgeholt werden müssen, was sie brauchen, welche Fächer sie haben, und so weiter. Außerdem wirst du dafür sorgen müssen, dass sie ein anständiges Abendessen kriegen an den Abenden, an denen Rachel arbeitet. Was für eine Art Essen würdest du denn kochen?«

»Oh, ich liebe kochen. Ist zwar ein bisschen Arbeit, aber ich bin überzeugt, dass man selbstgekochtem Essen viel eher vertrauen kann als den Fertigessen aus dem Supermarkt. Also, ich würde zum Beispiel Hähnchen-Nuggets selbst machen …« Mir war nicht mal bewusst gewesen, dass man so was wie Hähnchen-Nuggets überhaupt selber machen kann.

»... oder Sheperd's Pie, mit Möhren und anderem versteckten Gemüse, damit die Kinder es nicht mitkriegen, dass sie was Gesundes essen. Nichts Ausgefallenes, einfach nur gute, gesunde Sachen. Ich selbst bin Vegetarierin, daher koche ich viel mit Obst und Gemüse, Kichererbsen, Nüssen und Hülsenfrüchten, und es ist mir sogar gelungen, die Rogers-Kinder dazu zu bringen, das zu essen. Bei Ayron hatte ich manchmal Probleme, die fünf Portionen Obst und Gemüse pro Tag zu schaffen, aber viereinhalb waren es ganz bestimmt immer.«

»Großartig!«, sagte ich und widersetzte mich dem Drang, sie auf der Stelle zu küssen. Wir gingen nach oben, und sie schaffte es tatsächlich, dass ihr beim Anblick von Lukes Zimmer nicht die Kinnlade runterklappte. Ich war mir so gut wie sicher, dass ich das richtige Mädchen gefunden hatte. Mary und ich hatten bislang insgesamt sechs gesehen, und die waren allesamt enttäuschend gewesen, alle bis auf die liebe nette Hope.

Als sie kurz aufs Klo huschte, tauschten Mary und ich dankbare Blicke aus, und ich formte lautlos mit den Lippen: »Sie macht einen super Eindruck, oder?«

»Ein Traum«, entgegnete Mary.

Wir hatten alle unsere Fragen gestellt, und als wir sie nun zur Tür begleiteten, sagte ich: »Hattest du denn eine schöne Reise?«

»Oh, es war wunderbar«, sagte sie. »Ich hab bestimmt einen Monat lang nicht geschlafen!«

Fieberhaft kramte ich in meinen Erinnerungen an die Zeit, da ich mit Dom auf Interrail gewesen war, vor gefühlten Jahrhunderten. »Marrakesch habe ich geliebt!«, sagte ich. »So lebhaft und ein sagenhaftes Licht.«

»Oh, ja!«, sagte Hope. »Ich befürchte, wenn ich noch eine

Woche länger geblieben wäre, wäre ich gestorben. *So* viel war da los. Waren Sie schon oft dort?«

»Nein, nur eine kurze Rundreise, als ich noch jünger war … und viel cooler!«

Sie lachte. »Oh, ich denke, Sie sind immer noch ziemlich cool.«

Verdammt, jetzt hatte es doch glatt eine Zwanzigjährige geschafft, dass ich rot wurde. »Okay, dann fordere ich also noch ein Empfehlungsschreiben von den Rogers an, und dann melde ich mich bei dir. War mir eine echte Freude, dich kennenzulernen.« Wir gaben uns die Hand und grinsten uns gegenseitig an.

»Nur noch eine Sache«, meinte sie dann noch beiläufig.

»Ja?«

»Wenn Sie mit den Rogers sprechen, dürfte ich Sie dann bitten, dass Sie mit Lloyd Rogers reden, dem Vater?«

»Ja, aber gibt es einen besonderen Grund dafür?«

»Nein, alles okay, ist bloß vielleicht vernünftiger, mit ihm zu reden.« Und da zwinkerte sie mir zu!

Ich spürte, wie mein Lächeln erstarb. Ich sah zu Mary, und wir tauschten besorgte Blicke. Ich machte mir Sorgen, ich könnte es ein bisschen übertrieben haben mit meiner »Früher-war-ich-auch-Hippie«-Show und sie falsch eingeschätzt haben.

»Oh, okay. Ich rede also mit Lloyd.«

Gleich als ich wieder im Haus war, rief ich bei den Rogers an. Ein Mann, vermutlich Lloyd, meldete sich, daher bat ich ihn, Mrs. Rogers sprechen zu dürfen. Ich erklärte ihr, ich hätte soeben ein Vorstellungsgespräch mit Hope geführt und riefe nun an wegen einer Empfehlung.

Am Ende der Leitung herrschte beklemmendes Schweigen, dann war Lloyd plötzlich wieder am Apparat. »Hallo? Hier spricht Mr. Rogers. Hören Sie, tut mir sehr leid, aber ich befürchte, wir können Hope keine Empfehlung aussprechen. Sie hat uns nämlich unter recht zweifelhaften Umständen verlassen.«

Jemand im Hintergrund stieß ein empörtes *»Ha!«* aus.

»Oh, sie meinte nur, Sie würden sie sicher empfehlen.«

»Tja … eigentlich … nein.«

Wieder war ein »Ha!« zu hören, dazu das Geräusch von etwas, das zu Bruch ging. Dann sagte eine Stimme: »Sag ihr, dass sie beste Qualitäten im Schlafzimmer hat! Sag ihr, dass sie echt spitze darin ist, mit anderer Leute Ehemännern zu schlafen!«, und damit war die Leitung tot.

Mary und ich gingen wieder in die Küche, um uns zu beraten. Wir hatten Vorstellungsgespräche geführt mit der trübsinnigen Manoush, dann mit Tania-mit-i, einer leicht bekleideten Raucherin, und mit Tania-mit-i, die überhaupt nicht ging, weil sie als Einziges wissen wollte, an welchen Tagen sie frei haben würde und ob der Backofen eine Selbstreinigungsfunktion habe. Wir hatten mit Theresa-Maria gesprochen, die zwar nett war, aber leider Englisch sprach wie ein Chihuahua, und mit Loa, deren Haar so fettig war, dass ich es über den ganzen Tisch riechen konnte. Mels Anna hatte ein paar Vorschläge gemacht, aber nach der Sache mit Marlene war ich da verständlicherweise etwas vorsichtig. Ich sackte am Küchentisch zusammen und stemmte den Kopf in die Hände. »Das kann doch nicht so schwer sein«, sagte ich zu Mary. »Ich kann dir gar nicht sagen, wie viele Lebensläufe ich mir schon angesehen habe. Ich schwöre dir, das waren wirklich noch die Besten.«

»Na ja, vielleicht musst du ja mal etwas über den Tellerrand hinaussehen. Lass das mit dem Internet, such stattdessen jemanden, der hier in der Nähe wohnt.«

Ich machte ein genervtes und verständnisloses Gesicht. »Wie wer denn zum Beispiel? Hast du da jemanden im Sinn? Weil ich die Person nämlich wirklich sehr gerne kennenlernen würde.«

»Tja, ich wüsste da tatsächlich jemanden … nämlich mich.«

Es dauerte eine Sekunde, bis das zu mir durchsickerte.

»Meinst du das ernst?«, fragte ich, fast flüsternd.

»Absolut. Ich hab viel drüber nachgedacht, und ich bin zu dem Schluss gekommen, dass das die naheliegendste Lösung ist.«

»Aber was ist mit der Praxis?«

»Nun, ich habe mit Dr. Nigel gesprochen, und er meinte, wenn ich denke, dass ich das hinkriege, habe ich seinen Segen. Jean tauscht gern mit mir und übernimmt die Nachmittage, und Phyllis übernimmt dann ab und an meine Schichten früh am Morgen. Wir stehen alle kurz vor dem Rentenalter, wir sind zeitlich völlig flexibel. Das Einzige, wofür es sich für uns lohnt, schnell nach Hause zu kommen, sind die Quizshows im Fernsehen. Wir drei haben ja noch nicht mal einen Ehemann! Also, was meinst du?«

»O Mary. Ich weiß gar nicht, was ich sagen soll. Natürlich! Selbstverständlich! Es ist mir nur nie in den Sinn gekommen. Wirst du dann weniger arbeiten? Fehlt dir dann das Geld?«

»Mach dir mal darüber keine Gedanken, die Mädels in der Praxis sorgen schon dafür, dass ich keine Stunden verliere. Und nur um das gleich klarzustellen, ich ziehe nicht in Lukes Zimmer! Das kann er gerne behalten. Da bleibe ich lieber in meiner kleinen Wohnung, vielen Dank auch.«

Ich ging zu ihr rüber und legte die Arme um sie. »O Mary, du bist die Antwort auf all meine Gebete. Ich glaube, ich war noch nie in meinem Leben jemandem so dankbar. Die Kinder werden ausflippen vor Freude. Warum hast du nicht schon früher was gesagt?«

»Du hast mich ja nicht gefragt. Und nicht jeder hat es gern, wenn die eigene Schwiegermutter bei einem zu Hause überall rumschnüffelt. Ich dachte, ich warte erst mal ab, ob wir heute jemand Passenden finden, und wenn nicht, wollte ich sehen, was du von meinem Vorschlag hältst.«

»Nun, du bist herzlich willkommen, hier rumzuschnüffeln, so viel du willst. Ehrlich, ich hab das Gefühl, mir ist eine riesige Last von den Schultern genommen. Mary, das ist einfach wunderbar.«

Sie war ein wenig rot geworden und suchte nach dem Taschentuch in ihrem Ärmel.

»Aber nur noch eine Sache«, sagte ich. Dank Denises Niedergang und der Sache mit Mary spürte ich, wie der Nebel sich lichtete, und auf einmal sah alles gleich viel einfacher aus.

»Was du willst.«

»Versuchst du, dich wieder mit Dom zu versöhnen? Er vermisst dich, und du vermisst ihn, das geht jetzt schon lange genug so. Wir müssen beide nach vorne sehen.«

»Ich kann es ihm nicht verzeihen, und ich kann es nicht vergessen – das werde ich nie«, sagte sie in verbittertem Ton.

»Ich sag ja nicht, dass du das tun musst. Aber lass die Vergangenheit endlich hinter dir.«

Lucy und ich halfen Margaret und Philip aus dem Bus, dann gingen wir auf das Freizeitzentrum zu. Die Taschen mit den Schwimmsachen baumelten an unseren Hüften.

Ich hatte mich den ganzen Vormittag darauf gefreut, Philip zu erzählen, dass ich mich auch weiterhin um ihn kümmern würde, und ich plante, mit ihm in den Whirlpool zu steigen und es ihm zu sagen. Und wenn es da nicht klappte, würde ich einfach mit ihm ins Café gehen und ihm da die frohe Botschaft verkünden. Die Erfahrung riet mir, nicht allzu viel zu erwarten, aber ganz sicher würde ihn das aus seiner Lethargie holen.

Er hatte nicht ansatzweise reagiert, als ich ihm von unserem Ausflug erzählt hatte, und jetzt, da wir die Eintrittskarten kauften und weitergingen in die heißen, hell erleuchteten Umkleideräume, verhielt er sich nach wie vor absolut passiv. Warme Luft und der Geruch nach Chlor und feuchten Klamotten schlugen uns entgegen. Irgendwo föhnte sich jemand die Haare mit einem ultralauten Föhn. Lucy führte uns weiter in eine große Umkleide, in der sich bereits zwei oder drei andere Pflegekräfte wie wir befanden. Wissend lächelten wir einander zu. Zwei ältere Damen wurden zum Schwimmen umgezogen, ebenso Margaret und ein Mädchen im Teeniealter, das in einem Hightech-Rollstuhl saß. Mir wurde bewusst, dass ich mit Philip in eine andere Umkleide würde gehen müssen. Zu solchen Gelegenheiten war ein gemischtes Umkleiden von Männern und Frauen zwar erlaubt, doch dachte ich mir, ich sollte es Philip und allen anderen auch ersparen, dass sie vor Scham rot anliefen.

Ich zwängte mich hinter vorgehaltenem Handtuch in meinen Badeanzug, und während ich Philips coole neue Badehose rausholte und sie ihm anzog, redete ich ohne Punkt und Komma.

»Fabelhaft!«, sagte ich. »Dreh dich mal.«

Philip aber starrte immer noch ausdruckslos vor sich hin

und wirkte völlig unbeteiligt. Die riesige Wunde auf seiner Stirn leuchtete jetzt gelb und lila.

»Also, dann gehen wir das alles mal ganz langsam an«, redete ich weiter. »Vielleicht schauen wir uns heute auch nur die Umkleiden an und sehen mal, wie das alles so läuft hier. Vielleicht laufen wir heute nur einmal um das Schwimmbecken herum, dann kannst du mal sehen, wie du dich damit fühlst. Wenn du reinwillst ins Wasser, kannst du das natürlich gerne tun, und wenn nicht, auch gut. Wir bleiben im Nichtschwimmerbereich. Vielleicht planschen wir einfach ein bisschen und trinken dann eine schöne Tasse Tee.«

Lucy hatte aus einer begrenzten Auswahl an passenden Badehosen in Philips Größe eine in einem leuchtenden Türkis mit einem orangen Surfboardmotiv unten an einem Bein mitgebracht. Ich war total aufgeregt und nervös, und am liebsten hätte ich laut losgelacht, als ich ihn jetzt so vor mir stehen sah, mit hängenden Schultern, der Mund offen, der Blick auf nichts Bestimmtes gerichtet, und das in seiner Schwimmhose, deren unterschwellige Aussage im Grunde lautete: »Ich geh jetzt an den Strand, Kumpel. Cool!«

Als wir endlich so weit waren, ergriff ich seine Hand, und er schlurfte neben mir her. Lucy und Margaret warteten schon auf uns, und Lucy und ich lächelten uns gegenseitig tapfer zu. Dann sagte sie: »Okay, los geht's.«

Vorsichtig schritten wir über die feuchten, geriffelten Fliesen. Ich hatte Angst, Philip könnte ausrutschen, daher klammerte ich mich an seinem Arm fest und führte ihn so vorsichtig wie möglich. Schließlich lag der Poolbereich direkt vor uns. Um dorthin zu gelangen, mussten wir noch durch so ein flaches Becken voll Wasser steigen, damit die Füße sauber waren. Lucy und Margaret gingen voraus und warteten dann auf der anderen Seite auf uns. Ich wollte ihnen schon folgen, als Philip plötzlich wie angewurzelt stehen blieb. Er hob die Hände an die Brust und ballte sie zu zwei festen Fäusten, dann vergrub er das Kinn darin.

»Komm schon, Philip. Mach doch nicht schon vor der ersten Hürde schlapp!«, rief Lucy ihm fröhlich zu. Margaret schüttelte den Kopf und schnaufte ungeduldig. Für sie war das hier das Highlight der Woche, und Philip hielt uns jetzt unnötig auf.

»Geh schon mal weiter, Luce«, sagte ich. »Wir lassen uns ein bisschen Zeit.«

Sie nickte und ging mit Margaret schon mal ins Becken. Ich stellte mich vor Philip hin und stieg in das fünf Zentimeter tiefe, eiskalte Wasser, das uns noch vom Schwimmparadies trennte. Ich drehte mich um, hielt seine Hände fest und zog ihn dann rückwärts gehend hinter mir her.

»Komm schon. Es sind nur zwei Schritte, dann kannst du das Schwimmbecken wenigstens schon mal sehen, auch wenn du nicht reingehen willst. Dann können wir eine Runde drehen.«

Mir wurde langsam kalt. Von irgendwoher wehte eiskalte Winterluft heran, und als ich an mir runterschaute, da stellte ich fest, dass meine dellige Haut schon leicht violett verfärbt war. Philip aber weigerte sich beharrlich, auch nur einen Schritt weiterzugehen, daher nahm ich ihn an einer Hand und versuchte ihn reinzulocken.

»Komm schon, du schaffst das. Es ist wirklich nicht schwer.«

Immer noch nichts. Ich ließ seine Hand los und watete allein durch das Becken. »Folge mir«, sagte ich. »Wenn du erst mal drinnen bist, bist du auch gleich wieder draußen.«

Ich stand jetzt auf der anderen Seite und starrte zu ihm rüber. Nichts. »Oooh! Da ist ja der Whirlpool!«, rief ich, weil ich die Hoffnung nicht aufgab. Er war direkt neben mir. »Komm, gönnen wir uns das und setzen uns da rein. Ich muss dir nämlich was erzählen. Ich habe richtig gute Neuigkeiten, aber ich kann es dir nicht sagen, wenn du nicht hier rüberkommst.«

Mittlerweile war ich am Bibbern, daher schlang ich mir die Arme fest um die Brust. Ich deutete auf den Whirlpool. »Sieh mal! Sollen wir da reingehen? Du musst nicht ins Becken gehen, wenn du nicht willst.«

Meine Schultern sackten nach unten, weil ich mich allmählich geschlagen gab. Das hier war wieder wie an jenem ersten Tag, als ich Philip badete – nur dass Rob nicht hier war, um mir zu helfen. Leider sah der Whirlpool eher schmuddelig und wenig einladend aus.

Während ich ein Auge auf Philip hatte, ging ich rüber und hielt die Hand rein. »Ah, ist das schön warm. Bitte, komm doch rein. Ich muss wirklich dringend mit dir reden.« Während ich mit der Hand durch das lauwarme, blubbernde Wasser fuhr, hatte ich weniger das Gefühl von einem luxuriösen Spa, sondern musste eher an Pilzinfektionen und andere Krankheiten denken, die sich bei der Hitze verbreiteten. Ich dachte an die abgestorbenen Hautschuppen, Zehennägel und Haare, die das Filtersystem verstopften, und musste mich erst mal auf den Rand setzen, um mich zu sammeln.

Als ich das tat, drehte Philip sich plötzlich um und fing an, in Richtung der Umkleiden davonzulaufen.

»Na schön«, sagte ich total deprimiert zu mir selbst. »Dann ziehen wir uns eben wieder an und gehen heim.« Ich warf einen Blick zu Lucy und musste lächeln. Margaret lag auf dem Rücken, während Lucy sie stützte, und ihre beiden Körper trieben in absolut wunderbarer, unangestrengter Harmonie nebeneinander. Margaret hatte die Augen geschlossen, und es war nicht zu übersehen, dass der Geist dieser armen, gebrochenen Frau ausnahmsweise mal völlig ruhig und mit sich im Reinen war.

Lucy begegnete meinem Blick. Ich wollte die beiden nicht stören, deshalb zuckte ich nur mit den Schultern und formte mit den Lippen: »Wir sehen uns im Café!«

Sie machte ein betrübtes, bedauerndes Gesicht und nickte.

Weil kein Mensch da war, ging ich mit Philip wieder in die große Umkleidekabine. Ich sammelte unsere Klamotten ein, und während ich sie rübertrug, ließ ich meine Strumpfhose und meinen Rock in eine Pfütze auf dem Fliesenboden fallen. »Scheiße!«, entfuhr es mir, als ich sie triefend wieder aufhob.

Ich zog Philip um und mühte mich damit ab, die nassen Strümpfe über meine nassen Füße zu ziehen. Als wir beide fast fertig waren, beschloss ich, dass der richtige Zeitpunkt wohl nie kommen würde, daher konnte ich ihm genauso gut auch jetzt gleich von den guten Neuigkeiten erzählen. Im Café wäre es sicherlich zu laut, da wäre er viel zu abgelenkt, während hier nur wir beide waren. Ich war zwar nicht ganz überzeugt, aber vielleicht konnte ich den Tag so doch noch retten.

Also setzte ich Philip auf eine Bank, ging in die Knie und machte mich daran, ihm vorsichtig die Socken über die Füße zu streifen. Dann blickte ich zu ihm auf und sagte: »Weißt du noch, dass ich meinte, ich hätte gute Neuigkeiten? Es sind die besten Neuigkeiten, die ich das ganze Jahr hatte.«

Ausdruckslos starrte er mich an.

»Du weißt doch noch, wie Denise dir erklärte, ich könnte mich nicht länger um dich kümmern und dass Scott das jetzt übernehmen würde?«

Er gab mir keinerlei Zeichen, dass er verstand, wovon ich hier sprach.

»Komm schon«, sagte ich. »Ich weiß, dass du dich an den Abend erinnerst – ich werde ihn auf jeden Fall nicht so schnell vergessen.«

Philip ließ den Kopf sinken und sah runter auf seine Knie.

Ich machte die Klettverschlüsse an seinen Schuhen zu, dann setzte ich mich neben ihn auf die Bank und griff nach seiner Hand. »Tja, die gute Nachricht ist, dass der ganze Plan über den Haufen geworfen wurde. Denise geht eine Weile weg, und Rob übernimmt die Leitung. Er meint, dass ich weiter mit dir arbeiten kann. Es ist nicht nötig, dass Scott das übernimmt. Du und ich, wir machen einfach weiter wie bisher … Freust du dich denn …? Ich nämlich schon …«

»Hier, Pussi«, sagte Philip abwesend und schaute in die andere Richtung.

Ich hätte es ja besser wissen müssen, aber trotzdem war ich enttäuscht, dass er so gar keine Reaktion zeigte. Doch ich gab die Hoffnung nicht auf und versuchte es erneut: »Scott wird nicht die Verantwortung für dich übernehmen. Ich werde mich weiter um dich kümmern, ich, Rachel.«

Schweigend saßen wir einen Augenblick da, während ich fieberhaft nach einer Lösung suchte, wie ich vielleicht zu ihm durchdringen konnte. Dann sagte Philip plötzlich: »Auf die musst du achtgeben.« Er sprach mit seltsam boshafter Stimme, wie ich es bei ihm noch nie erlebt hatte. »Auf die musst du echt aufpassen. Die bringt Ärger.«

Und auch wenn ich ihr nie begegnet war, wusste ich, dass das seine Mutter war, die hier aus ihm sprach. Es war Muriel. Die liebevolle, ergebene, verbitterte und misstrauische Muriel, die keinem über den Weg traute, der sich um ihren Sohn kümmern wollte, und die nicht glaubte, dass er irgendetwas alleine hinkriegen konnte, weshalb sie ihn weggesperrt hatte.

»Die muss man einsperren, jawohl«, fuhr er in unfreundlichem Ton fort. Das hier war Muriels Vermächtnis. Sie war immer noch präsent, eine ständige Stimme in seinem Kopf.

Ich berührte ihn am Arm. »Oh, Philip … nicht. Bitte nicht.«

Er klatschte dreimal laut in die Hände und schüttelte den Kopf. Er war ganz aufgewühlt und außer sich. »Die gehört eingesperrt!«, rief er wieder ganz laut und riss das Kinn hoch.

»Hör auf«, sagte ich ganz sanft. Ich konnte es nicht mehr ertragen. »Sieh mich an. Sieh Rachel an!« Ich stellte mich mit dem Gesicht ganz dicht vor seinem hin. »Scott macht das nicht mehr, und auch nicht Denise. Ich bin's, *Rachel!* Sieh mich an. Sieh Rachel an.«

Es war sinnlos. Er nannte mich ja sowieso nie beim Namen. Er streckte den Kopf nach oben und schaute zur Decke, dabei klatschte er wieder in die Hände. Es gelang mir einfach nicht, zu ihm durchzudringen.

Mir war kalt, und ich war aufgebracht und wollte nur noch raus hier. »Komm schon, gehen wir.« Ich stand auf und versuchte, ihn am Arm mitzuziehen, aber er starrte nur geradeaus an die Wand und versteifte sich. Dann schloss er die Augen und fing wieder an, den Kopf zu schütteln, daher nahm ich seine riesigen Hände. »Steh auf, bitte!«, sagte ich. Aber wie es aussah, hatte ich seine Hände zu fest gepackt, und als ich ihn jetzt von der Bank hochziehen wollte, geriet er in Panik und wollte sich mit einer wilden Bewegung losreißen. Ich aber ließ nicht los und versuchte ihn weiter hochzuzerren. Wir mussten aussehen wie zwei wild gewordene Schulmädchen, die auf dem Spielplatz rauften. »Steh auf!«, sagte ich wieder. »Warum willst du denn nicht aufstehen?«

Da kam Lucy in die Umkleide. »Was ist denn hier los? Was tust du da?«, wollte sie wissen. Sie stellte sich neben Philip und legte den Arm um ihn. Erst in dem Moment wurde mir klar, dass ich weinte.

Ein riesiger Schluchzer entrang sich meiner Brust, dann sagte ich: »Tut mir leid«, und lief davon.

Ich floh in eine der Toiletten und schloss die Tür hinter mir ab. Als ich mich am Klorollenspender zu schaffen machte, musste ich feststellen, dass er klemmte, und ich hatte nur ein kleines Stück Papier abgerissen. Damit konnte ich mir ja noch nicht mal die Nase schnäuzen. Ich lehnte mich zurück und legte den Kopf an die Wand und tat einen tiefen, zittrigen Atemzug.

Wieder zurück in der Clifton Avenue verhielt Lucy sich immer noch ein wenig abweisend mir gegenüber. Ich hatte ja versucht, ihr zu erklären, was da mit Philip vorgefallen war, doch sie hatte offenbar das Gefühl, ich hätte eine Grenze überschritten. Ich machte für uns alle eine Suppe zu Mittag warm, und gemeinsam setzten wir uns in den Speiseraum und aßen schweigend. Lediglich das Klirren der Löffel am Rand der schlichten chinesischen Suppenschälchen war zu hören.

Später ging ich ins Büro; es war wieder der Tag, da die

Folgerezeptformulare für den Allgemeinarzt ausgefüllt werden mussten. Ich war dankbar, mich durch diese Aufgabe ablenken zu können, außerdem verging so die Zeit viel schneller.

Um zwei Uhr tauchte ganz unerwartet Rob auf. Ich war derart erfreut, ihn zu sehen, und war endlos erleichtert. Am liebsten hätte ich ihm von der Sache mit Philip erzählt, damit er mich trösten und den Arm um mich legen konnte. Aber das war natürlich undenkbar. Nach allem, was neulich Abend zwischen uns passiert war, war es eigentlich kein Wunder, dass wir uns in der Gegenwart des anderen nicht sonderlich wohlfühlten. Daher ertappte ich mich dabei, wie ich mir wünschte, die Schicht möge bald vorüber sein, damit ich einfach gehen und die Kinder abholen konnte. Alec kam dieses Wochenende heim, und ich konnte es kaum erwarten, ihn zu sehen.

Ich stand da und sah nach, was in unserem Medikamentenschrank allmählich knapp wurde, als plötzlich das Telefon klingelte. Ich ging ran, und eine weibliche Stimme sagte: »Oh, hallo, könnte ich bitte mit Rob sprechen?«

»Ja«, sagte ich. »Ich sehe nach, ob ich ihn finde. Wer ist bitte dran?«

»Mein Name ist Megan.«

»Ach so, ja.« Ich gab mir alle Mühe, entspannt zu klingen. »Ich gehe und suche ihn. Ich denke, er ist oben, daher kann es ein paar Minuten dauern.«

»Kein Problem, danke. Sind Sie Rachel?«

»Ja, ja, die bin ich.«

»Oh, ich freue mich schon sehr, Sie kennenzulernen. Ich habe viel von Ihnen gehört. Rob sagt, Sie waren einfach wunderbar.«

»Oh, das ist mir neu. Ja … also. Ich sehe zu, dass ich ihn finde.«

In dem Moment kam Rob reinspaziert. Ich hielt ihm den Hörer hin und sagte so beiläufig wie möglich: »Megan ist dran.«

»Oh, okay.« Er nahm ihn entgegen. Mir schien es einerseits übertrieben, gleich das Zimmer zu verlassen, andererseits war es mir aber auch peinlich, wenn ich blieb.

Rob wirkte ebenfalls verlegen und nervös. »Hi«, sagte er. »Warum rufst du mich nicht auf dem Handy an?«

Während sie sich eine Weile unterhielten, versuchte ich mich auf den Medikamentenvorrat zu konzentrieren. Wie es aussah, planten sie ein Wochenende irgendwo, und sie rief jetzt an, um noch mal die letzten Vorbereitungen zu besprechen. Zum Glück dauerte das Gespräch nicht allzu lange.

»Tut mir leid«, meinte Rob, als er den Hörer auflegte. »Aus irgendeinem Grund konnte sie mich auf dem Handy nicht erreichen.«

»Kein Problem«, erwiderte ich.

»Ich hab mir dieses Wochenende freigenommen, Vince springt für mich ein. Wir wollen mal raus. Nur nach Windsor, aber ein Kumpel hat ein Hotel am Fluss empfohlen, und die hatten gerade ein Angebot, also … schien es uns eine gute Idee, nach allem, was so passiert ist. Ein bisschen Abstand gewinnen, mal was anderes sehen, ein kleiner Tapetenwechsel.«

»Tja, das hast du dir auf jeden Fall verdient«, sagte ich so freundlich wie möglich.

»Ich bin nur gekommen, um nachzusehen, dass auch alles in Ordnung ist hier. Ich will loskommen, bevor der Verkehr zu schlimm wird.«

»Gute Idee.« Ich vergrub das Gesicht in meinen Notizen, doch er wollte einfach nicht still sein. Offenbar wollte er mir unbedingt eine Erklärung liefern.

»Ich denke, so ist es das Beste. Du hattest schon recht. Jetzt ist nicht der richtige Zeitpunkt, um …«

Ich hatte das Gefühl, gleich würde ich wieder losflennen. Warum konnte er denn nicht endlich den Mund halten? »Ich weiß«, sagte ich. »Schon gut. Ich hoffe, ihr habt ein wunderbares Wochenende. Verlier keinen Gedanken an all das hier.«

»Danke, Rachel. Danke, dass du so … verständnisvoll bist.«

Ich hielt gerade eine große Flasche Hustensaft in der zitternden Hand, und es fehlte echt nicht viel, und ich hätte sie ihm an den Kopf geworfen.

Als ich bei der Schule ankam, war Dom bereits dort und verabschiedete sich von Alec, während er ihm seine Reisetasche aushändigte. Ich hätte meinen Sohn um ein Haar erdrückt, als ich ihn umarmte, und während ich die Kinder ins Auto schob, war ich erleichtert, dass Freitag war und sie bei mir waren.

Dom zögerte. »Hör mal, ich hab Alecs Tasche ein bisschen überstürzt packen müssen. Vielleicht habe ich das ein oder andere vergessen.«

Der Frust und die Enttäuschung des Tages hatten dazu geführt, dass ich leicht reizbar war und mich schnell angegriffen fühlte und auch ganz allgemein recht unleidlich war. »Dom, er kommt schon klar!«, pflaumte ich ihn an.

»Ich kann ihm immer noch morgen, wenn wir den Hund holen, was vorbeibringen, sollte er was brauchen.«

Ach so, ja klar. Die Sache mit dem verdammten Hund hatte ich ja völlig vergessen. »Was sollte er denn bitte brauchen, das ich nicht auch zu Hause hätte für ihn?«, fragte ich entnervt.

»Na ja, vielleicht ein Handtuch und ein paar Sachen zum Waschen.«

»Ich bitte dich, verarsch mich bloß nicht. Ich hab einen ganzen Schrank voll Handtücher, und das weißt du sehr genau.«

»Na gut! Ich will ja nur sichergehen, dass er alles hat, was er braucht.«

»Ja, aber damit implizierst du doch, dass du es mir nicht zutraust, mich ordentlich um ihn zu kümmern. Dabei hab ich das elf Jahre lang recht gut hingekriegt.« Ich wollte Dom schon sagen, er solle mich einfach in Ruhe lassen und mich nicht so respektlos behandeln, als ich bemerkte, wie Alec uns mit sorgenvoller Miene anstarrte. Ich seufzte. Verdammt, konnte dieser Tag eigentlich noch schlimmer werden?

»Tut mir leid, Dom«, sagte ich. »War ein langer Tag. Ich geb dir Bescheid, ob er noch irgendwas braucht. Wegen dem Hund ruf ich dich morgen Früh an. Danke, dass du seine Tasche mitgebracht hast.«

Dom bedachte mich mit einem nervigen »Das-will-ich-doch-meinen«-Nicken und winkte den Kindern zum Abschied zu.

Es war dunkel und goss wieder mal wie aus Kübeln, als ich von der Schule losfuhr. Dabei musste ich mich beim Linksabbiegen auch noch an einer riesigen Mülltonne vorbeizwängen, die an der Ecke stand, was mich zusätzlich nervös machte. Ich war gezwungen, den Wagen auf die Gegenfahrbahn zu lenken, und der Fahrer, der uns in dem Moment entgegenkam, wirkte ziemlich aufgebracht.

Mein Wochenende mit Alec hatte also begonnen, daher gab ich mir alle Mühe, trotz des Regens und des Verkehrs und des fürchterlichen Tages in bessere Stimmung zu kommen. Ich verteilte Jaffa Cakes, die es bei uns immer nur freitags gab. Luke zerkaute die immer geräuschvoll, und Jess leckte sie gierig ab, während Alec sie erst an den Rändern anknabberte, um dann den Teil mit dem Orangengelée separat zu essen.

»Und, gibt es irgendwas Neues?«, fragte ich in die Runde, bemüht, möglichst gut gelaunt zu klingen.

»Ich hatte fünfundsechzig Prozent richtig im Test für Allgemeinwissen!«, rief Luke.

»Das ist ausgezeichnet, mein Liebling. Gut gemacht. War Mrs. John stolz auf dich?«

»Nicht ganz.«

»Warum denn nicht?«

»Der Durchschnitt lag bei achtzig.«

»Oh … tja. Solange du dein Bestes gegeben hast«, erwiderte ich lahm, und Alec kicherte.

»Wie steht es mit dir? Wie war deine Woche?«

»Nicht schlecht.« Alec seufzte, und ich fragte mich, ob ich da wohl ein kleines bisschen Erleichterung raushörte. »Oh, ich weiß, was ich dir erzählen wollte«, sagte er da und richtete sich auf.

»Was denn?«

»Mrs. Graves verlässt uns vielleicht.«

»Oh, ich liebe Mrs. Graves. Warum denn?«

»Tja, sie hat nichts gesagt, aber wir sind uns ziemlich sicher, dass sie schwanger ist, weil sie schon seit Anfang dieses Jahres nicht mehr in der Schulkantine isst, und morgens sitzt sie immer nur mit dem Kopf auf dem Pult da und futtert Ingwerkekse.«

»Tja, stimmt, das klingt fast so, als könntest du recht haben. Entweder ist sie schwanger, oder sie leidet an einer Depression, weil sie euch unterrichten muss.«

»Oder sie steht einfach auf Ingwerkekse!«, rief Jess dazwischen. »Warum ist einem schlecht, wenn man ein Kind kriegt? Warum wird einem denn schlecht wegen so einem winzig kleinen Baby?«

»Oh, ich weiß es nicht.« Ich suchte fieberhaft nach einer einfachen Erklärung, die Jess zumindest für die Fahrt nach Hause zufriedenstellen würde. »Ich glaube, der Körper muss sich an die ganzen Veränderungen gewöhnen, die da vor sich gehen.«

»Was denn zum Beispiel?«

»Nun, der Bauch der Mutter wächst, und innen füllt er sich mit Blut an, damit es das Baby gemütlich hat und es sicher ist und geborgen, während es heranwächst und ...«

»Blut! Wie kann das denn gemütlich sein, wenn da Blut ist? Blut!? Igitt!«

»Na ja, das Gewebe innen im Bauch ...«

»Gewebe?!«, mischte sich jetzt auch Luke mit ein.

Alec warf mir einen verschwörerischen Blick zu, der besagte: Vergib ihnen, sie sind noch jung und wissen nicht, was sie tun. »Außerdem bereiten die Brüste der Mutter sich darauf vor, Milch zu produzieren«, sagte er.

Luke und Jess lachten beide schallend los bei dieser Vorstellung und weil Alec das Thema Brüste so bemüht sachlich vorbrachte.

»Die haben doch immer Milch drin, oder, Mum?«, wollte Luke wissen.

»Nein! Natürlich nicht. Ich hab doch jetzt keine Milch da drin, oder?«

»Hast du nicht?«

»Nein!«

»Was ist denn dann drin?«

Jetzt war es an Alec, laut loszuprusten. »Die Frauen haben da nur Milch drin, wenn sie ein Baby füttern müssen. Ansonsten bestehen sie einfach nur aus Blutgefäßen und Muskeln und Fett.«

»Fettbrüste!«, flüsterte Jess Luke ins Ohr und dachte, Alec und ich würden das nicht hören. Die zwei begannen vor Vergnügen zu beben, eine Freude, die nur das Verbotene auslösen kann.

Alec und ich lächelten einander zu, und ich wollte schon wieder von vorne beginnen und erklären, woher die morgendliche Übelkeit kam, als plötzlich mein Handy klingelte. Ich hatte es in der Jackentasche, deshalb drehte ich mich zu Alec herum und bat ihn, es rauszuholen und ranzugehen.

»Hallo, bei Rachel am Apparat«, sagte er derart entschlossen, dass ich ganz schön verblüfft war. Der Junge wird echt langsam erwachsen, dachte ich traurig, während er weitersprach. »Oh, hallo, ich bin Alec, ihr Sohn. Tut mir leid, aber sie sitzt im Moment hinterm Steuer. Kann sie Sie zurückrufen?«

»Wer ist es?«, wollte ich wissen. »Sag, wir sind in zehn Minuten daheim.«

»Ach so, ja.« Alec fuchtelte mit der Hand in meine Richtung, um mich zum Schweigen zu bringen. »Tja, warten Sie kurz, ich bitte sie, rechts ranzufahren.« Er sah mich an. »Es ist Lucy von der Arbeit. Sie meint, sie müsse dringend mit dir reden.«

Rasch steuerte ich den Wagen rüber an eine Bushaltestelle, hielt an und nahm das Telefon zur Hand.

»Lucy, hi. Was ist denn los?«

»Oh, Rachel, tut mir ja so leid. Es geht um Philip.«

»Was denn? Was ist passiert?« Mir wurde übel.

»Er ist verhaftet worden.«

»Was! Warum das denn?«

»Ist eine lange Geschichte. Wir sind alle draußen im Park, und die Polizei droht, ihn aufs Revier mitzunehmen, aber er will sich nicht von der Stelle rühren. Ich hab gesagt, dass ich dir Bescheid gebe. Du musst sofort kommen.«

»Wo im Park?«

»Wir sind direkt beim Parkplatz am Südtor. Nach allem, was heute passiert ist, dachte ich, ich gehe mit ihm spazieren, doch dann haben wir uns verloren. Es tut mir so leid, Rachel. Es tut mir echt so was von leid.«

Ich wendete den Wagen und fuhr zurück auf die Hauptstraße. Der Verkehr war jetzt katastrophal. Für eine Fahrt, die normalerweise fünfzehn Minuten gedauert hätte, brauchte man jetzt garantiert mindestens eine halbe Stunde, und die ganze Zeit rasten meine Gedanken, und Lucy rief wieder an und sprach mit Alec und wollte wissen, wo wir gerade waren.

Als wir beim Parkplatz eintrafen, war es eiskalt und längst dunkel, und mein erster Gedanke galt jener Nacht, in der Alec verschwunden war. Es warteten drei Einsatzfahrzeuge der Polizei und ein Van, und gerade riegelte jemand die Gegend mit Absperrband ab. Die Polizeifahrzeuge hatten allesamt die Scheinwerfer an, deshalb spiegelte sich ein Meer an künstlichem Licht auf dem feuchten Kies und in den Schlammpfützen. Und mittendrin stand Philip, Kopf und

Hals nach hinten gestreckt, das Gesicht in den schwarzen Nachthimmel gerichtet, während seine Hände vorne den Bund seiner Hose umklammert hielten und den Stoff kneteten, als handelte es sich um einen Rosenkranz. Wie ein Betrunkener, der gleich stürzen würde, wankte er bedrohlich vor und zurück.

Lucy kam auf uns zugerannt, um uns zu begrüßen, und sprach bereits eindringlich auf mich ein, noch während ich den Wagen parkte und die Tür öffnete. »Oh, zum Glück bist du hier. Ich wusste einfach nicht, was ich tun soll. Ich habe Rob angerufen, aber ich glaube, der ist nicht da. Die Polizei versteht nicht. Sie wollen mir nicht zuhören.«

»Was ist passiert? Was um Himmels willen ist denn passiert?« Ich stieg aus und marschierte los in Richtung Philip. Die Kinder ahnten wohl, dass es besser war, sich im Hintergrund zu halten. Lucy neben mir redete aufgeregt auf mich ein.

»Ich dachte, ein Spaziergang würde ihm guttun, damit er mal ein bisschen abgelenkt ist, aber dann war er plötzlich weg, ich weiß auch nicht, wie das passieren konnte. In der einen Sekunde war er noch neben mir, und in der nächsten … jedenfalls hat er diesen beiden jungen Mädchen einen Riesenschrecken eingejagt …«

»Er hat ihnen einen Schrecken eingejagt? Was meinst du damit, er hat ihnen einen Schrecken eingejagt?«

Lucy umklammerte meinen Arm, damit ich stehen blieb. Sie holte tief Luft. »Sie sagen, Philip hätte sich vor ihnen entblößt.«

Ungläubig starrte ich sie an, in der Hoffnung, eine weitere Erklärung zu erhalten. Ich hatte immer noch Mühe zu verarbeiten, was sie da genau gesagt hatte, als plötzlich ein stämmiger, wichtigtuerischer Polizeibeamter auf uns zugeeilt kam. Ich weiß noch, wie ich in diesem Moment dachte: »Sie sind Polizist, Sie sollten keinen Spaß an so was haben.«

»Mrs. Bidewell? Sie sind also verantwortlich für diesen Gentleman hier, wie ich höre. Wir hoffen sehr, dass Sie uns helfen können. Mr. Johnston muss mit uns aufs Revier kommen. Gegen ihn werden schwere Vorwürfe erhoben, das müssen wir so schnell wie möglich klären. Leider wirkt er ziemlich verängstigt, jemand muss ihn beruhigen und ihm die Situation erklären.«

Rasch verschaffte ich mir einen Überblick über die Lage hier. Ich sah zwei junge Mädchen, nicht älter als zwölf oder dreizehn, die an der Kühlerhaube eines der Polizeifahrzeuge lehnten. Sie hatten sich Polizeidecken um die Schultern geschlungen, und ihre kleinen Gesichter waren tränenüberströmt, sie sahen geschockt aus. Neben ihnen standen zwei ernste, aufgewühlt wirkende Männer, vermutlich die Väter der beiden.

»Na schön«, sagte ich zu dem Polizeibeamten. »Ich glaube nicht eine Sekunde, dass Philip irgendwas getan haben könnte, was sich nicht rational erklären ließe. Ich bin überzeugt, dass wir das schnell und ohne viel Aufhebens geklärt haben.« Während ich sprach, zitterte meine Stimme, und ich fragte mich panisch, wie ich am besten an ihn ranging. Das Einzige, woran ich die ganze Zeit denken musste, war jene Nacht und wie er in seinem Zimmer in der Clifton Avenue wieder und wieder den Kopf gegen den Türstock geknallt hatte. Wie schwer es war, zu ihm durchzudringen. Wie sehr er sich seither von allem zurückgezogen hatte, in seiner Angst und seinem Schmerz.

»Nun, wir müssen ihn aufs Revier bringen und seine Aussage zu Papier bringen. Im Moment weigert er sich noch mitzukommen, und sollte sich daran nichts ändern, werden wir …«

»Ich sehe zu, was ich tun kann«, fiel ich ihm ins Wort.

Als ich rüberging zu der Stelle, wo Philip stand, sah ich eine ältere Frau, die sich mit einem Polizeibeamten unterhielt. Zu ihren Füßen saß ein schrecklicher Jack Russell Terrier, der nicht aufhören wollte mit seinem Gekläffe, als ich an ihnen vorbeiging. Er riss an der Leine und bleckte die Zähne in meine Richtung. Um dem Tier auszuweichen, verließ ich den Weg, trat dabei aber blöderweise in eine nasse, dunkle Pfütze. Das eisige Wasser lief mir oben in den Schuh und durchnässte meine Socken. Mir wurde mit jedem Schritt mieser zumute, je mehr ich mich Philip näherte.

»Philip?«, sagte ich. »Ich bin's.« Ich trat vor, um ihm die Hand auf die Schulter zu legen. »Ich bin's, Rachel.« Ich muss ja zugeben, ein kleiner Teil von mir hatte tatsächlich ein bisschen Angst. Ich hatte Angst, ich könnte es hier mit dem wütenden Philip zu tun haben, den ich im Schwimmbad erlebt hatte, oder mit dem, der seinen Kopf gegen den Türrahmen donnerte. Ich hatte Angst, er könnte zuschlagen. Nicht um mir wehzutun. Nur als Reaktion auf seine Verwirrung und Panik. Daher stand ich ganz still da, die Hand auf seiner Schulter, und hoffte, dass allein meine Anwesenheit schon beruhigend auf ihn wirkte.

Ich warf einen Blick zurück auf die Szene hinter mir. Ein weiteres Polizeifahrzeug war eingetroffen. Ein weiblicher Constable unterhielt sich mit dem stämmigen Beamten. Ich konnte hören, wie er was von wegen »potenziell gewalttätig und geistig ziemlich verwirrt« faselte und Phrasen wie »höchste Sorgfalt« und »Vorsicht ist geboten« von sich gab, als wären wir hier in einer schlechten Seifenoper. Und dabei kläffte dieser grässliche Jack Russell ununterbrochen.

Ich holte tief Luft. »Philip …? Was auch immer geschehen ist, wir kriegen das wieder hin«, sagte ich. »Aber jetzt musst du erst mal mitkommen. Wir trinken eine schöne Tasse Tee und bringen alles wieder in Ordnung.«

Zu meiner Erleichterung wandte er mir den störrischen Dickschädel zu. Er sah mir in die Augen, und sofort spürte ich, wie sich etwas in ihm entspannte. Es war so, als würde er mich nach all der Zeit endlich wahrnehmen. Ich ergriff seine Hand.

»Was würde Muriel jetzt sagen, wenn sie hier wäre? Sie würde wohl sagen: ›Komm schon, Philip, bringen wir dich nach Hause‹, nicht wahr? Sie wüsste genau, was zu tun ist, sie würde nicht zulassen, dass man dir wehtut. Aber ich auch nicht, das verspreche ich dir.«

Jetzt drehte er sich ganz langsam um und ging auf die Polizisten zu. Trotz des verängstigten Ausdrucks in seinen Augen nickte er mir kurz zu und versuchte zu lächeln. Sein Blick war tränennass, und er flüsterte: »Gleich gibt's Ärger, gleich gibt's Ärger, meine liebe Rachel.« Und mit diesen Worten legte er mir seine Hand auf den Scheitel. Dann schlurften wir ein paar Schritte vorwärts, und die eben eingetroffene Polizistin trat mit ausgestreckten Armen auf uns zu.

»Hallo, Mr. Johnston, mein Name ist PC Craig … Val«, sagte sie freundlich. Ich spürte eine immense Erleichterung. »Und Sie sind sicher Rachel, seine Pflegerin.«

»Ja«, erwiderte ich dankbar.

»Schön, Sie beide kennenzulernen«, sagte sie und tätschelte aufmunternd meinen Ellbogen. »Nun denn, wollen wir mal sehen, ob wir die Sache in Ordnung bringen können.«

»Hören Sie, Val«, sagte ich, »ich hatte noch keine Zeit, mir ein genaues Bild zu machen von dem, was passiert ist, aber was auch immer es war, Sie sollten wissen, dass Philip unter einer akuten Lernschwäche leidet. Da ist es ein Leichtes, sein Verhalten falsch einzuschätzen, und seine Körpergröße kann einen schon ganz schön einschüchtern. Ich denke, wenn wir uns erst mal alle beruhigt haben, findet sich sicher eine ganz einfache Erklärung für das, was vorgefallen ist.«

»Ja. Davon bin ich überzeugt. Sie haben nichts zu befürchten, Mr. Johnston. Wir regeln das schon für Sie. Das ist wirklich keine Nacht, um draußen in der Kälte rumzustehen! Wir sollten alle gehen und uns aufwärmen. Ich weiß ja nicht, wie es Ihnen geht, aber ich brauch was Heißes zu trinken.«

»Siehst du, Philip?«, sagte ich. »Alles wird gut.«

Und nachdem Val ihm die Hand auf die andere Schulter gelegt hatte, steuerten wir auf den Wagen zu, wobei Val beruhigend auf uns einredete. »Das war's. Jetzt kommen Sie, bringen wir Sie ins Warme ... Was für eine Nacht ... Ich bin mir sicher, dass Sie niemandem etwas Böses wollten ... Ich wette, Sie mögen Frauen, nicht wahr, Philip? Ein großer Kerl wie Sie? Ist ja nichts Falsches daran, einen Blick zu wagen auf zwei hübsche Mädchen, oder? Sie wären ja kein Mensch, wenn nicht, stimmt doch?«

Philip blieb wie angewurzelt stehen und wandte den Kopf von mir ab. Uns beide verließ die Kraft. Der kleine Hund kläffte und kläffte und kläffte, und ich brachte Philip nicht mehr dazu, auch nur einen Zentimeter weiterzugehen.

»Ich muss mit Ihnen reden«, wandte ich mich mit schriller Stimme an die Polizeibeamtin. »Sie müssen mir zuhören. Philip hätte niemals ...« Ich warf Val einen flehentlichen Blick zu, doch sie kehrte uns den Rücken zu und meinte, sie müsse ihre Vorgesetzten kontaktieren, wie man hier am besten vorging.

Sie rannte zurück zu ihrem Wagen und ließ Philip und mich alleine mitten auf dem dunklen, eisigen Parkplatz stehen, ohne Hoffnung und völlig hilflos. In dem Moment sah ich, wie Robs alter Audi mit nur einem funktionierenden Scheinwerfer auf den Parkplatz bog. Er stieg aus und sah sich um. Er wetzte an der Polizei vorbei auf uns zu, und als er das tat, sah ich, dass die Türen zu meinem Auto aufgingen und die Kinder alle rausrutschten.

Als er in Hörweite war, rief ich ihm zu: »Steck die Kinder wieder ins Auto. Bitte! Sag ihnen, sie sollen da drinnen warten.«

Der Hund machte einen derartigen Radau, dass Rob verständnislos den Kopf schüttelte und noch näher kam. »Was? Was ist los?«, rief er besorgt. »Was kann ich tun?«

»Steck die Kinder wieder ins Auto! Ich kann ihm nicht helfen, Rob. Ich bring ihn nicht dazu, sich zu bewegen. Ich weiß nicht, was ich tun soll.« Und während die Panik in meiner Stimme anschwoll, schien der Hund sich noch mehr ins Zeug zu legen, und Philip fing an, den Kopf hin und her zu werfen. Eins der Mädchen hatte jetzt geräuschvoll zu flennen begonnen, und ganz in der Nähe war das Jaulen einer weiteren Polizeisirene zu hören. Jetzt stieß Philip auch noch ein spitzes Schreien aus, möglicherweise, um diesen ganzen Lärm auszublenden.

Rob sprang vor und legte Philip die Hände auf die Schultern. »Kumpel!«, sprach er ihn an und legte ihm die Hand unters Kinn. »Was ist los, mein Großer? Kommst du mit und erzählst mir alles?«

Philip wurde ganz still, und sein Blick wanderte langsam

nach oben, bis er Rob direkt in die Augen sah. Zu jedermanns Erleichterung hörte der Hund endlich auf zu bellen. Wir drehten uns um, weil wir wissen wollten, was ihn zum Schweigen gebracht hatte, und da saß Luke auf dem Hintern im Dreck, während der Hund auf seinem Schoß herumhopste und ihm das Gesicht leckte, dankbar, dass er ihn am Bauch kraulte. Dann sagte er: »Du bist aber ein lieber Junge. Ein lieber guter Junge. Wie heißt du? Hm?«

»Sieh mal, Philip. Das ist Luke«, sagte ich. »Luke, mein Sohn. Der, den du noch nicht kennst.«

Luke blickte auf und winkte fröhlich zu uns rüber. Die Besitzerin des Hundes indessen sah entsetzt zu, wie Luke Jaffa Cakes an ihren Liebling verfütterte, damit er still war. Zum Glück hatte sie so viel Verstand, nichts zu sagen. Philip rührte sich immer noch nicht, weshalb wir alle mit angehaltenem Atem abwarteten, in der Hoffnung, es möge endlich was passieren auf dem jetzt totenstillen Parkplatz.

»Mummy? Kommst du jetzt zurück ins Auto? Bitte!« Das war Jess, die sich seitlich an Alec festklammerte und ziemlich verängstigt wirkte. Ich wollte gerade den Mund aufmachen und antworten, sie solle zurück in den Wagen steigen und dort auf mich warten. In dem Moment sagte Alec ganz ruhig: »Hallo, Philip. Das hier ist Jess – die kleinste von uns. Jess?« Alec ging runter in die Hocke und sah Jess ins Gesicht. »Das ist Philip. Der, von dem ich dir erzählt habe. Sag ihm, dass wir Match-Attax-Karten im Auto haben. Die liebt er, stimmt's, Philip? Supi dupi?« Er stand wieder auf. »Ich hab den kompletten Man-U-Satz. Willst du kommen und ihn dir ansehen?«

Alec streckte Philip die Hand entgegen. »Komm schon«, sagte er. »Wir sind alle hier. Mum und Rob … und Luke und Jess. Wir kriegen das schon hin, versprochen, Philip. Ich gebe dir mein großes Indianerehrenwort.«

Philip sah mich an, sein Gesichtsausdruck verunsichert und verängstigt. Das war eindeutig der alte Philip, der bereit war zu kooperieren, allerdings auch so verwirrt und eingeschüchtert, dass er wie gelähmt war. Er stand wie angewurzelt da und zitterte. Ich wurde überwältigt von Mitleid und Zuneigung für ihn und musste fast lachen, weil wir uns hier alle um ihn scharten und ihn anflehten, endlich mitzugehen. Dieser Riese von einem Mann und ich, Jiminy Grille, wie ich neben ihm stand und ihn bedrängte, sich endlich zu rühren, genau wie an meinem ersten Tag in der Clifton Avenue, als ich ihn dazu bringen wollte, in die Wanne zu steigen, und dann um mit ihm das erste Mal spazieren zu gehen und ihm das erste Mal seine verdammten Zähne zu putzen.

»Komm schon, Philip«, versuchte ich es erneut. »Ich bring das für dich in Ordnung. Ich sorge dafür, dass alles wieder gut wird. Du musst mir vertrauen … Wem denn sonst, wenn nicht mir?« Und als ich ihm erneut die Hand entgegenstreckte, überkamen mich schließlich doch noch Verzweiflung und leichte Panik, und ich fing an, mit leiser, zittriger Stimme zu singen: *»When you're smiling … Keep on smiling …«*

Rob stutzte, und die Kinder sahen mich entgeistert an, als hätte ich jetzt völlig den Verstand verloren. Doch ich starrte weiter nur auf Philip. *»… the whole world smiles with you.«* Überrascht zog er die Brauen hoch, dann trat auf sein Gesicht ein Ausdruck, dass er das Lied wiedererkannte, und schließlich schaute er mich dankbar an. Endlich schienen seine Schultern lockerer zu werden, und dann trat er zögernd einen kleinen Schritt auf Alec, Rob und mich zu und nahm meine Hand.

»Danke für alles«, sagte ich nervös. »Ich bin Ihnen echt so dankbar. Ich denke wirklich, dass das die beste Lösung ist.«

Ich stand im grellen Schein der Lichter im Büro in der Clifton Avenue. Der stämmige Polizist, Inspektor Gregory, hatte sich bereit erklärt, die Verhöre zumindest für den Anfang hierherzuverlegen, nachdem ihm klar geworden war, dass es niemandem etwas brachte, wenn man Philip aufs Polizeirevier schleifte. Trotzdem schien es sich nicht vermeiden zu lassen, dass man Philip zur Verantwortung zog.

Rob war in der Küche, und ich konnte hören, wie er klapperte und rumlärmte, während er Tee zubereitete. Er versuchte wohl, seine Nervosität in den Griff zu kriegen, ehe er sich erneut der Polizei stellen musste, jetzt in seiner Funktion als Leiter der Clifton Avenue. Die Kinder hatten Hunger und waren müde, ich hatte sie in den Aufenthaltsraum geschickt, um mit einer völlig niedergeschlagenen Lucy fernzusehen.

Philip hielt einen Satz Manchester United Match-Attax-Karten in der Hand, sah aber alles andere als friedlich aus. Während der Inspektor sich meinen Bericht anhörte, zuckte sein banger Blick immer wieder zu Philip.

»Er ist schlichtweg nicht dazu in der Lage, eine Aussage zu machen«, sagte ich. »Er besitzt nicht die Fähigkeit, in Worte zu fassen, was geschehen ist – was auch immer das war. Können wir uns gemeinsam mit den Mädchen unterhalten?« Andere Polizeibeamte waren mit den Mädchen und ihren Vätern nebenan im Besprechungszimmer. »Mir ist ja klar, dass das gegen die Vorschriften geht«, fuhr ich fort, »doch ich wüsste nicht, wie Sie das unter den gegebenen Umständen bewerkstelligen sollten.«

»Nein …« Inspektor Gregory schüttelte den Kopf. »Allerdings haben wir auch unsere Vorschriften, wenn wir es mit einem Verdächtigen zu tun haben, der aufgrund mangelnder verbaler Fähigkeiten nicht in der Lage ist, uns eine vollständige Aussage zu liefern. Und die sehen nun mal unter anderem vor, dass der Verdächtige mit aufs Präsidium kommt.«

»Aber was sagt Ihnen denn Ihr eigenes Urteilsvermögen? Wenn es sich hier tatsächlich nur um ein Missverständnis handelt, und davon gehe ich aus, dann ist es doch wohl das Beste, nicht unnötig jedermanns Zeit zu verschwenden.«

»Ja, aber die Sache ist die … Ich habe mit den Mädchen gesprochen, und ich habe mit den Vätern geredet. Ich befürchte, es besteht kein Zweifel daran, dass Mr. Johnston sich den beiden mit voller Absicht gezeigt hat.«

»Warum?«, hakte ich nach. »Warum sagen Sie das?«

Er sah in sein Notizbuch. »Nun, wenn man sich die Ereignisse des Nachmittags so ansieht, dann hat Ihre Kollegin Lucy Cook mit Philip offenbar einen Spaziergang gemacht. Dabei begegneten sie Mrs. Betty Wright, die gerade ihren Jack Russell Terrier Ricky frei laufen ließ. Mr. Johnston bekam es mit der Angst zu tun und fing an zu schreien.« Er blätterte um auf die nächste Seite. »Mrs. Wright fühlte sich durch sein Verhalten angegriffen – sie war sich seiner besonderen Bedürfnisse nicht bewusst –, daher blieb Lucy bei ihr, um sie zu beruhigen. Als sie sich dann nach ihm umdrehte, war Philip Johnston verschwunden. Lucy suchte etwa fünfzehn bis zwanzig Minuten lang nach ihm – von etwa vier Uhr zehn bis vier Uhr dreißig –, fand ihn aber erst, als sie die Mädchen schreien hörte. Mrs. Wright hatte bei der Suche geholfen und riet den Mädchen, die Polizei zu rufen und ihren Eltern Bescheid zu geben.« Wieder blätterte er um. »Die Mädchen geben an, sie hätten an der Mauer beim Südtor gelehnt und sich unterhalten. Sie behaupten, sie wären erschrocken, als die riesige Gestalt von Philip Johnston auf sie zugelaufen kam, und er hätte sich direkt vor ihnen aufgebaut und seine Hose runtergelassen.«

»Nur seine Hose?«, fragte ich.

»Ja, nur seine Hose.«

»Er hat also gar nicht wirklich seine Genitalien entblößt, wie mehrfach angedeutet wurde.«

»Offenbar nicht.«

»Nun, das ist ja wohl was anderes, nicht wahr? Das ist ja sicher was völlig anderes, oder etwa nicht?«

»Ich denke nicht, dass die beiden Mädchen da drüben oder ihre Väter einen großen Unterschied machen zwischen beidem, und ich finde, das kann man ihnen nicht verdenken. Sie etwa, Mrs. Bidewell?«

»Philip!«, sagte ich. »Komm her. Steh auf und komm her.«

Philip wirkte nervös und unsicher, tat aber, wie ihm geheißen. Er erhob sich, kam rübergeschlurft und stellte sich neben mich. Dabei hielt er die ganze Zeit seine Hose am Bund umklammert.

»Lass deine Hose los«, befahl ich. »Los!«

Er wirkte verwirrt, ließ aber den Stoffzipfel los, den er festgehalten hatte. Kaum hatte er dies getan, rutschte ihm die Hose auch schon langsam runter bis zu den Knöcheln und entblößte seine dürren, gefleckten Beine, die beigen Socken und eine saubere weiße Unterhose.

Sofort, ohne den Blick von dem Polizeibeamten abzuwenden, bückte er sich und zog die Hose wieder hoch.

Rob war im Türrahmen erschienen und stand jetzt mit einem Tablett voller Tassen da. »Oh, Philip«, sagte er ganz sanft. Dann drehten sich alle zu mir und sahen mich an.

»Philip ist noch nicht allzu lange bei uns«, sagte ich. »Er kam in die Clifton Avenue … Ach, kann ich das nicht auch den Mädchen und ihren Vätern erzählen?« Der Inspektor nickte knapp, offenbar erleichtert, den Raum verlassen und seine Gedanken sammeln zu können, und holte sie rein.

Als wir alle versammelt waren, lächelte ich nervös, in der Hoffnung, so die Spannung im Raum ein wenig zu lockern. Die Mädchen wirkten erschöpft und die Väter unruhig. Ich fing an: »Philip kam zu uns in die Clifton Avenue, nachdem seine Mutter gestorben war. Das war vor wenigen Monaten, und in der kurzen Zeit hat er riesige Fortschritte gemacht. Nicht wahr?«

Ich sah Philip an, der wieder mal den Kopf schüttelte, gequält lächelte und ein Geräusch machte wie ein Minion.

»Oberste Priorität hatte unter anderem, dass Philip ein paar Pfunde abnimmt. Wie Sie selbst sehen, ist er ein großer Kerl, aber als er zu uns kam, war noch viel mehr an ihm dran. Tja, jetzt hat er ein paar Kilo verloren, seit er hier ist, aber er ist nicht so glücklich damit, neue Klamotten zu tragen. Ich schätze, die Kleidung, die er bereits besessen hat, erinnert ihn an seine Mum, und, na ja, wir alle fühlen uns doch in alten Klamotten viel wohler, oder nicht?«

Alle nickten zustimmend.

»Vor nicht allzu langer Zeit habe ich ihm einen Gürtel gekauft. Wo ist der, Philip? Dieser neue blaue Gürtel, den ich dir gekauft habe. Wenn du den getragen hättest, wäre das alles nicht passiert.«

Philip sah runter auf seinen Hosenbund und dann wieder zurück zu mir.

»Er hatte nie die Absicht, euch zu erschrecken«, sagte ich, wobei ich jetzt das erste Mal direkt die Mädchen anschaute.

»Er hätte euch niemals absichtlich einen Schrecken eingejagt. So etwas würde er einfach nicht tun.«

Die beiden Väter warfen sich betretene Blicke zu, und einen kurzen, schrecklichen Moment lang dachte ich schon, sie wären nicht so recht überzeugt. Doch zum Glück waren sie anständige, vernünftige Leute und schienen zu begreifen, was hier geschehen war.

Inspektor Gregory wirkte erleichtert und nur allzu bereit, sich wieder wichtig zu machen. Er warf mit allerhand Begriffen aus dem Polizeijargon um sich, den Papierkram betreffend, und faselte was von wegen Einfühlungsvermögen und Mitleid in der Praxis und dass man jeden Fall »den ganz individuellen Umständen entsprechend« beurteilen müsse. Ich hätte ihn umarmen können.

Während alle ihre Mützen und Hüte aufsetzten und in ihre Jacken und Mäntel schlüpften, um zu gehen, streckte Alec den Kopf zur Tür rein, um auf den neusten Stand gebracht zu werden. Luke und Jess kamen hinter ihm hergelaufen.

»Es hat sich alles geklärt«, sagte der Inspektor. »Ein Missverständnis. Du hast das toll gemacht, Alec. Ehrlich, ich denke, wenn du nicht gewesen wärst, würden wir jetzt immer noch da draußen rumstehen.« Ich war sehr stolz, hatte aber zugleich das Gefühl, als wären wir hier im Epilog einer Krimiserie aus den Sechzigern.

Alecs Ohren liefen knallrot an vor Stolz, und Rob meinte: »Er hat schon recht, weißt du. Du warst großartig. Alec Bidewell war die Rettung. Du solltest in den Schlagzeilen stehen.« Dann hob er Jess hoch und sagte: »Kommt mit, ihr Racker. Bringen wir euch zum Auto.« Ich hielt Luke seine Jacke hin, damit er mit den Armen reinschlüpfen konnte.

»Und du! Luke, der Hundeflüsterer!«, sagte Rob. »Diese Jaffa Cakes, das war einfach ein super Einfall.«

»Wenn ihr je einen Platz bei uns in der Truppe braucht ...«, sagte der Inspektor, indem er alle drei Kinder anschaute. Luke sah schüchtern zu ihm hoch und war offensichtlich hocherfreut. Alec hingegen sah aus, als wäre ihm das alles peinlich. Jess aber schaute einfach nur entsetzt drein. »Was für eine Familie!«, fuhr er kopfschüttelnd fort, und als er dann ging, klopfte er Rob anerkennend auf die Schulter.

Rob und ich wechselten einen peinlich berührten Blick.

Als wir rausgingen zum Wagen, raunte ich ihm zu: »Tut mir leid, das eben. Ich befürchte, er dachte, du wärst ihr Dad.«

Ehe er etwas erwidern konnte, klingelte Robs Telefon. Er zog es aus der Tasche, und ich konnte auf dem Display den Namen »Megan« erkennen. Er sackte ein wenig in sich zusammen. Sein Gesicht verdüsterte sich, und mit einem Mal wirkte er erschöpft. Er drückte den Anruf weg, dann sagte er matt: »Um ehrlich zu sein, Rachel, im Moment gibt es nichts, was ich mir mehr wünschen würde.«

Ich wusste nicht, was ich sagen sollte. Ich konnte kaum glauben, dass ich ihn richtig verstanden hatte. Er fuhr fort: »Kannst du jemanden organisieren, der auf die Kinder aufpasst? Ich muss mit dir reden.«

»Ja – ich denke schon. Ich rufe meine Schwiegermutter an. Ich brauche nur eine Stunde, um die Kinder bettgehfertig zu machen und sie schlafen zu legen ...«

»Okay – treffen wir uns um neun Uhr dreißig wieder hier. Ich fahre jetzt erst mal nach Hause. Nach Windsor fahre ich nicht zurück. Ich ...«

In dem Moment kam Alec reingeschossen, sodass Rob

und ich aufschreckten. »Kann ich Dad anrufen, wenn wir zu Hause sind? Ich will ihm von der ganzen Sache hier erzählen.«

»Klar.« Ich legte den Arm um ihn und blickte zu Rob. »Wir sehen uns später!«, sagte ich. »Also! Dann gehen wir mal und schauen nach, ob Philip es geschafft hat, was zu essen zu kriegen, ohne dass er halb Nordlondon in Angst und Schrecken versetzt.«

Um zwanzig nach neun stieg ich ins Auto und fuhr wieder in Richtung Clifton Avenue. Ich hatte mir nicht die Mühe gemacht, mich umzuziehen, geschweige denn zu duschen – dafür war keine Zeit gewesen. Verständlicherweise hatte es eine Weile gedauert, bis die Kinder zur Ruhe gekommen waren, und ich wollte Mary nicht mit ihnen allein lassen, während sie noch wild rumtobten. Es regnete schon wieder, als ich von zu Hause losfuhr, und die Scheibenwischer erzeugten ein rhythmisches Quietschen und Klopfen, während ich halbherzig einer Radiosendung über Fledermäuse lauschte. Meine Augen taten mir weh und fühlten sich trocken an im grellen Licht der entgegenkommenden Scheinwerfer. Und meine Handflächen prickelten vor Hitze und Vorfreude, während ich angestrengt versuchte, mir keine allzu großen Erwartungen wegen des bevorstehenden Treffens zu machen.

Ein Teil von mir machte sich natürlich doch Hoffnungen, dass das, was Rob mir zu sagen hatte, etwas Gutes sein könnte. Und er war nicht in Windsor. Doch andererseits kannte ich Rob inzwischen auch recht gut, ich wusste, dass er anständig war und verlässlich und dass er das Gefühl haben würde, er würde es mir schulden, mich auf dem Laufenden zu halten, mich persönlich darüber zu informieren, dass er schon am morgigen Tag zusammen mit Megan nach Australien gehen würde und ob ich wohl ein liebevolles Zuhause für seine Katze finden könnte.

Kurz bevor ich die Clifton Avenue erreichte, hielt ich an einer roten Ampel an und warf einen raschen Blick in den Spiegel. Ich sah müde aus und hatte kleine, gerötete Augen, aber mein Gesicht wirkte recht entspannt. Es gelang mir doch tatsächlich, meine Nervosität zu verbergen, obwohl es mir beinahe den Magen umdrehte vor Aufregung. Meine Klamotten waren immer noch leicht feucht von vorhin auf dem Parkplatz, weshalb ich mich unwohl fühlte und meine Haut ein bisschen klamm war.

Ich fuhr auf den Parkplatz, wo Rob bereits auf mich wartete. Er kam durch den Regen zu mir rübergelaufen, und ich kurbelte das Fenster herunter.

»Sollen wir einfach ins The George hier gleich um die Ecke gehen?«, fragte er, wobei er die Schultern hochzog und das Gesicht verzog wegen des Regens.

»Ja, gut«, sagte ich, und schon fuhren wir hintereinander los die zwei Minuten bis zum Pub. Als wir dort ankamen, regnete es derart stark, dass ich vorsichtig in Richtung Eingang sprang, um die ganzen Pfützen auf dem völlig zerfurchten Parkplatz zu umgehen.

Wir stürzten in den Pub rein, die Türen hinter uns fielen schwer ins Schloss. Ich war noch nie hier gewesen, es war ziemlich voll und laut, und das Licht war recht grell. Eine Reihe von Spielautomaten wetteiferte darum, welcher von ihnen das lauteste, blechernste Geräusch produzieren konnte, und in der Ecke lief auf einer riesigen Leinwand ein Spiel zwischen Chelsea und Queens Park Rangers. Eine ganze Gruppe verschwitzter Gäste jubelte und ächzte im Chor, während ich den klebrigen Teppich in Richtung Bar überquerte. Der Junge hinterm Tresen achtete nicht auf uns und brüllte stattdessen: »Komm schon, Mann! Geh da rein!«

Hilflos sah ich Rob an, der zu meiner Erleichterung mit dem Kopf in Richtung Tür deutete und meinte, wir sollten uns lieber wieder verkrümeln.

Ich ging also zurück zum Auto und stieg ein, und Rob setzte sich auf den Beifahrersitz.

»Tut mir leid«, sagte er. »War nicht eben der genialste Einfall.«

»Ist schon gut, ehrlich«, erwiderte ich, doch meine Stimme klang abgespannt und enttäuscht.

»Wir könnten es im The Ram versuchen, oder möchtest du vielleicht lieber was essen?«, fragte er so lieb und einfühlsam, dass es mich fast schon wütend machte.

»Hör zu, meine Schwiegermutter ist bei den Kindern, ich hab sie ganz kurzfristig kommen lassen, und ich will daher nicht allzu lange wegbleiben. Kannst du mir nicht einfach sagen, was du mir zu sagen hast, gleich jetzt und hier?«

Rob wirkte überrascht, zuckte aber mit den Schultern und murmelte: »Klar. Sicher.«

Und dann senkte sich ein eisiges Schweigen über uns, und ich dachte trotzig: Ich werde es dir jetzt bestimmt nicht leichtmachen. Dann fuhr ich mit der Hand über den Staub auf dem Armaturenbrett vor mir und rieb die Handflächen aneinander. Überall lagen Eintrittskarten für das Parkhaus, Süßigkeitenverpackungen, 3D-Brillen aus dem Kino und Kekskrümel herum. Dom war richtig gut darin gewesen, das Auto sauber zu halten, innen wie außen, doch seit er weg war, war das hier die reinste Müllhalde. Mit einem Mal war mir das peinlich, ich schämte mich, dass es hier so aussah.

Nervös ließ ich den Blick zu Rob flackern, der mich ernst ansah. Er tat einen langen, tiefen Atemzug und griff nach meiner Hand. Betreten starrte ich auf seine Fingerknöchel, während das Blut mir in den Ohren rauschte und mir ein heißer, prickelnder Schauer über den Rücken rieselte.

»Megan hat Geldsorgen«, sagte er schließlich. »Megan hatte schon immer Probleme mit dem Geld, doch dieses Mal scheint es recht ernst zu sein. Keine Ahnung, was sie mit der Kohle anstellt, die ich ihr immer schicke. Deshalb ist sie ohne Will hierhergeflogen – sie wollte ein paar Sachen klären.«

»Und, ist ihr das gelungen?«, fragte ich mit einem erstickten Flüstern.

Er zuckte die Schulter. »Wer weiß. Ich glaube, sie dachte, wenn sie einfach abhaut und wieder hier lebt, dann Will nachholt und bei mir einzieht, würde sie kein Geld für Miete und für Rechnungen und für die sonstigen Lebenshaltungskosten benötigen. Außerdem würde ich schon für einen Babysitter bezahlen, damit sie sich einen Job suchen und ein bisschen was ansparen kann. Ich weiß wirklich nicht, ob sie sich tatsächlich eingeredet hat, wir könnten eine gemeinsame Zukunft haben, oder ob sie sich einfach dachte, ich Trottel würde ihr über den kurzfristigen finanziellen Engpass hinweghelfen.«

Er fing an, abwesend an einem Stück Kunstleder herumzuzupfen, das sich am Handschuhfach gelöst hatte.

»Megan ist witzig, man hat Spaß mit ihr«, fuhr er fort. »Sie ist toll und lustig, echt lustig. Immer die Erste an der Bar, und immer vorne mit dabei, wenn es ums Feiern geht. Sie hat so unglaublich viel Energie!« Er lächelte liebevoll bei dem Gedanken an sie. Betreten zog ich die Hand weg. »Jedenfalls hat sie immer weit über ihre Mittel gelebt. Sie konnte sich stets auf ihren Charme oder Freunde oder ihre Eltern verlassen oder dass sich einfach eine neue Situation ergibt und alles wieder gut wird. Sie zog ungefähr eine Woche, nachdem wir uns das erste Mal begegneten, bei mir ein, und wenn ich jetzt so zurückschaue, denke ich, dass es die kostenlose Unterkunft und Verpflegung war, die für sie mindestens genauso attraktiv waren wie ich selbst. Doch jetzt hat sie Will, da kann sie einfach nicht mehr so der Freigeist sein wie früher. Ich schätze, das war für sie ein kleiner Schock.«

»Ist sie denn eine gute Mutter?«, fragte ich.

»Ja. Sie ist eine sehr gute Mutter. Zum Glück. Da gibt es nichts zu bemängeln. Sie ist bloß ein bisschen unzuverlässig.«

Rob hatte gegen die regennasse Windschutzscheibe gestarrt, doch jetzt rührte er sich und sah mir direkt ins Gesicht. »Das Witzige ist, wenn sie mit diesem Vorschlag noch vor ein paar Monaten angekommen wäre, wäre ich vermutlich einverstanden gewesen, auch wenn mir klar gewesen wäre, dass das der direkte Weg ins Verderben ist. Ich hätte alles getan, nur um Will zurückzubekommen, dazu hätte ich ihn sogar zu einem Leben in einem unglücklichen Zuhause verdammt, bis Megan dann wahrscheinlich sechs Monate später beschlossen hätte, wieder abzuhauen.«

»Und jetzt?« Ich wandte den Blick ab. Weil ich nämlich eh überzeugt war, dass ich einen Herzinfarkt kriegen würde, ehe Rob darauf antworten konnte.

»Und jetzt will ich mit dir zusammen sein. Ist das nicht offensichtlich?« Er lachte und hatte ein ungläubiges Grinsen auf seinem hübschen Gesicht.

Ich schüttelte den Kopf. »Nein, für mich nicht.«

»Rachel, ich fühle mich wie ein neuer Mensch. Als wäre

Megan das letzte Überbleibsel eines völlig sinnlosen, selbstsüchtigen Lebens. Oh Mann, in deiner Gegenwart fühle ich mich endlich wie ein Erwachsener. Ich fühle mich, als wäre ich ein so viel besserer Mensch. Ich bin jetzt schon Mitte vierzig, ich trage neuerdings große Verantwortung – ist wirklich an der Zeit, dass ich erwachsen werde.«

»Das klingt mir aber nicht sehr romantisch!«, erwiderte ich verwirrt.

»Tut es nicht? Echt? Für mich schon. Ich warte schon eine Ewigkeit auf jemanden wie dich, damit endlich alles einen Sinn ergibt. Damit ich mich nicht mehr so fühle, als irrte ich ohne Ziel durchs Leben. Ich habe nämlich das Gefühl, dass sich jetzt endlich alles fügt; Will ist glücklich, ich bin über Megan hinweg, und in der Arbeit läuft es auch großartig. Das ist ein tolles Gefühl. Und ich denke, das ist alles unglaublich romantisch.«

»Ich habe drei Kinder, und du hast einen Sohn?«

»Du hast drei großartige Kinder – na und? Und weißt du, Will hat sich in Melbourne mittlerweile richtig gut eingelebt. Seine Großeltern sind da und lieben ihn über alles. Sie haben angeboten, ihn und Megan bei sich wohnen zu lassen – ich denke, das ist es, wovor sie davongelaufen ist. Doch auch sie muss endlich erwachsen werden. Natürlich hätte ich gern, dass er hier bei mir ist. Ich wollte nichts lieber als das, aber mir ist auch klar geworden, dass ich das nicht um jeden Preis will. Zumal ich jetzt weiß, dass er glücklich ist, dort wo er ist.«

»Ich finde nicht, dass du Will aufgeben solltest für etwas, das zwischen dir und mir vielleicht sein könnte.« Ich konnte selbst nicht glauben, was ich da sagte. Warum war ich bloß so starrsinnig?

»Das tu ich ja nicht! Und ich bin ja auch durchaus darauf vorbereitet, dass es im Sande verläuft – nicht zuletzt, weil ich immer knapp bei Kasse sein werde, weil alles für Will und die Flüge nach Australien draufgeht. Nicht zuletzt, weil du drei Kinder hast und dein Leben deshalb etwas komplizierter ist. Nicht zuletzt, weil wir zusammenarbeiten werden, was ja bekanntermaßen das zuverlässigste Rezept für eine Totalkatastrophe ist. Aber können wir dem Ganzen nicht wenigstens eine Chance geben?«

»Aber was, wenn Will …«

»Red nicht mehr von Will! Gott! Kapierst du denn nicht, was ich dir hier sagen will? Jetzt sag mir verdammt noch mal endlich, ob ich mich hier gerade völlig lächerlich gemacht habe!«

Langsam und zittrig ließ ich den Atem entweichen und lächelte. »Möglich«, sagte ich, indem ich mich wieder ihm zuwandte. »Möglich.« Ich beugte mich vor und umschloss sein Gesicht mit den Händen. Dann legte ich meine Stirn an seine. »Wer weiß. Wenn die Dinge einem vorkommen, als wären sie zu gut, um wahr zu sein, dann ist das meiner Erfahrung nach in der Regel auch so.« Und dann küsste ich ihn, und er erwiderte meinen Kuss. Das schien eine halbe Ewigkeit so zu gehen.

»Kann ich *jetzt* mit zu dir nach Hause?«

»Ja«, sagte ich. »Natürlich.«

Damit keine Missverständnisse aufkommen, es gelang Mary recht gut, nicht allzu schockiert zu wirken, als ich etwas später mit einem recht verlegen dreinschauenden Rob im Schlepptau durch die Tür kam. Sie begrüßte ihn mit einem höflichen Hallo und stellte sich vor als »Großmutter der

Kinder«, was in meinen Ohren unnötig kompliziert klang. Ich begleitete sie zur Tür, wo sie mir zum Abschied einen Kuss gab. Mir war klar, dass sie nicht ganz glücklich war, aber trotzdem flüsterte sie mir ins Ohr: »Er scheint sehr nett zu sein.«

»Das ist er«, versicherte ich ihr und sah dann zu, wie sie in ihr kleines Auto stieg und davonfuhr.

Als ich wieder zurück ins Zimmer kam, schlug ich vor, ich könnte uns Rührei machen, und Rob erklärte sich einverstanden unter der Bedingung, dass er auch ein Glas Weißwein bekam, mit dem er es runterspülen konnte. Zum Glück hatte ich noch eine Flasche im Kühlschrank – und ich muss sagen, ich war sehr versucht, sie in einem Zug zu leeren, um meine Nerven ein wenig zu beruhigen.

Im grellen Schein des Lichts in meiner kleinen Küche war die Nähe, die wir im Auto gespürt hatten, wie verflogen, und als Rob sich umsah und die Pinnwand mit den ganzen Sachen aus der Schule betrachtete, senkte sich ein betretenes Schweigen über uns. »›Ausflug der 4. Klasse zum Shakespeare-Musical: Einverständniserklärung‹«, las er laut vor. »›Eltern-Quizabend – Regeln für die teilnehmenden Teams‹ … ›Auszeichnung für gutes Betragen im Unterricht und für ihre Hilfsbereitschaft an Jess Bidewell‹ … ›Anforderungen an das Ismaeliten-Kostüm‹ … das ist echt eine andere Welt.« Machte er sich lustig über mich?

»Tja, das ist meine Welt«, sagte ich, bemüht unbekümmert.

Ich schenkte uns zwei Gläser Wein ein, und während ich Rob seins reichte, sah ich, wie sein Blick kurz zu meiner zitternden Hand flackerte – und sofort wurde das Begehren überlagert von blanker Furcht. Ich war mit Dom zusammen gewesen, seit ich neunzehn war. Ich wusste nicht mehr, wie man reagieren oder sich verhalten sollte, und hatte Angst, Rob könnte mich irgendwie linkisch finden oder zu begierig oder einfach nur ungeschickt, wenn ich eigentlich zärtlich und leidenschaftlich und ein bisschen verdorben sein wollte. Er griff nach meiner Hand und hielt sie fest, damit ich mich beruhigte. Dann nahm er mir die Gläser ab, stellte sie langsam auf dem Küchentresen ab und küsste mich.

Ich würde ja gerne behaupten, dass das, was dann folgte, die wunderbarste Erfahrung war, die ich je gemacht hatte und die ich je machen würde. Denn auch wenn es gut war – wirklich richtig gut –, waren die Zeiten vorbei, da man die Dessous über den Boden verteilte, während der Liebhaber einen zum Bett trug. Stattdessen lag die Formunterwäsche in einem unattraktiven Haufen irgendwo in der Ecke, zusammen mit meiner Strumpfhose. Wir waren im Wohnzimmer geblieben, da ich mir Sorgen machte, wir könnten die Kinder wecken. Daher behielt ich auch ständig ein Auge auf die Tür, wo ich doch eigentlich von Leidenschaft hätte überwältigt sein müssen. Ich erwartete nämlich, dass Luke oder Jess jeden Moment hereinkommen und die unvermeidliche Frage stellen würde: »Wer ist dieser Mann, und wieso hat er keine Hose an?« Einmal riss ich mich sogar von Rob los, um zur Tür zu springen und meine Handtasche davorzustellen, damit keiner von ihnen hier reinkam. Das große Licht brannte, und ich schämte mich meines Körpers, daher schnappte ich mir auf dem Weg zur Tür ein Kissen vom Sofa, um meinen Hintern zu verbergen, und auf dem Rückweg hielt ich es mir vorne vor den Bauch.

Rob lachte laut los, als ich zurückgelaufen kam. Ich sah wohl aus, als würde ich eine Art neckischen Fächertanz im

Stil der Dreißigerjahre aufführen, nur dass ich dafür ein altes, leicht abgenutztes Kissen von Ikea nahm.

»Komm her, Süße!«, rief Rob schließlich, und als ich wieder bei ihm war, stand er immer noch lachend auf. Er zog sich in einer einzigen fließenden Bewegung das weiße T-Shirt über den Kopf und sah mich dann an, das Haar ganz strubbelig, die Augen groß – und diese eine Geste war so unheimlich sexy, so was hatte ich in meinem Leben noch nicht gesehen.

»Du bist echt ein niedlicher kleiner Köter«, sagte ich lachend. »So hübsch wie ein Fuchs.«

»Ich bin so gefährlich wie eine Klapperschlange«, knurrte er. »Und so scharf wie eine Hyäne.«

Früh am nächsten Morgen brach er auf und hinterließ mein Wohnzimmer in einem Zustand, dass es aussah, als hätte ich ein ganzes Rugbyteam beglückt. Wir verabschiedeten uns grinsend voneinander – verlegen, aber ziemlich stolz auf uns selbst.

Doch jetzt hatte uns das wahre Leben wieder, und es war an der Zeit, das Frühstück für die Kinder vorzubereiten.

Kapitel 10

Rache serviert man am besten nie

»Na schön! ›Geben Sie den Inhalt des Beutels in warmes Wasser und baden Sie die Füße mindestens zwanzig genussvolle Minuten lang darin. Die üppigen, entspannenden Aromen von Ylang-Ylang und Jasmin werden blabla und blabla, bis die Haut wieder ganz weich ist.‹«

Ich kniete am Boden und las die Rückseite eines Fußmassagesets vor, das ich bei Boots für Philip gekauft hatte. Er saß in einem Sessel und hatte die Füße in einer Schüssel mit leicht abgekühltem heißem Wasser. Seine Hose hatte ich hochgestülpt, und er sah aus, als käme er gerade eben zurück vom Strand von Clacton. Sechs weitere Bewohner waren mit uns im Zimmer und sahen sich irgendein Reportagemagazin an. Rob hatte sich in einen Sessel gelümmelt und leerte eine Tasse Kaffee.

»Na schön! Zwanzig Minuten für normale Leute, das wären dann drei Tage für dich, Kumpel. Behalt sie einfach da drinnen, und beweg sie ein bisschen hin und her. In einer halben Stunde machen wir dann das Peeling, und dann massieren wir diese Creme ein und sehen dann, ob wir mit der Schere was bewirken können.«

Die von ihrem Kampf mit Philip immer noch gezeichnete Fußpflegerin Leslie-Ann war so freundlich gewesen, wenigstens einen Anruf von mir entgegenzunehmen, um mir einen Schlachtplan für Philips Füße zu unterbreiten, den wir zu Hause durchführen konnten. Unsere Hoffnung war es, er könnte sich daran gewöhnen, dass ein anderer Mensch seine Füße berührt, und irgendwann könnten wir dann wieder ins Krankenhaus gehen, um die Hilfe eines Experten in Anspruch zu nehmen, oder jemanden dazu bringen, in die Clifton Avenue zu kommen. Leslie-Ann hatte sich sogar bereit erklärt, das persönlich zu übernehmen. Ich versicherte ihr, dass sie damit meinen Glauben an die Menschheit in null Komma nichts wiederhergestellt hatte.

»Sind Sie seine Kontaktperson da«, hatte sie gefragt, als ich anrief, »nur für den Fall, dass mir noch etwas anderes einfällt?«

»Ja«, sagte ich. »Ich bin für Philip zuständig, daher läuft alles, was ihn betrifft, über mich.«

Philip hielt die Füße ganz eisern still in dem immer schmutziger werdenden, lauwarmen Wasser. Schließlich holte ich den rechten Fuß raus und legte ihn auf das Handtuch in meinem Schoß. Ich rieb ihn trocken und sah dann zu ihm hoch.

»So, und wenn du mir jetzt einen Tritt ins Gesicht verpasst, dann trete ich zurück. Ist das klar?« Er aber starrte nur auf den Fernseher und riss ein paarmal willkürlich den Kopf zurück. Ich seufzte und tätschelte ihm das Knie, wobei ich ihm ins Gesicht sah. Dann drehte ich mich zu Rob um und schüttelte traurig den Kopf. Rob stand auf, durchquerte den Raum und drückte mir im Vorbeigehen die Schulter.

»Das braucht Zeit«, sagte er. »Gib ihm einfach etwas Zeit.«

Nach gefühlten Jahren, die ich ständig müde durch die Welt gesteuert war, war es jetzt so, als hätte ich genügend Energie, um einen Panzer zu lenken. Ich fing an, das Haus in Ordnung zu bringen, mich um die ganzen kleinen Sachen zu kümmern wie tropfende Wasserhähne, den verwilderten Garten, zerbrochene Bilderrahmen, den wackeligen Klositz, der schon fast runterrutschte und einen quer durchs Badezimmer beförderte, jedes Mal, wenn man sich zum Pinkeln draufsetzte; die noch nicht aufgehängten Bilder, den fehlenden Griff der Grillpfanne, die Steckdose, die im Wohnzimmer gefährlich aus der Wand raushing. Ich hatte nicht das Gefühl, Rob den Kindern jetzt schon offiziell als »meinen Freund« vorstellen zu müssen. Das, was zwischen uns war, war wunderschön, aber es fühlte sich auch an wie etwas Eigenständiges, Besonderes, etwas, das nur mir allein gehörte. Die einzigen Leute, die davon wussten, waren Mary und Lucy, und vorerst sollte es in meinen Augen auch so bleiben.

»Weißt du«, sagte er eines Tages, als wir um zehn nach eins am Nachmittag zusammen im Bett lagen. Die Kinder waren bei Dom, alles war wunderbar ruhig und friedlich. »Je länger das hier geht, desto größer wird meine Angst, dass irgendwann der Zeitpunkt kommt, da ich mich zwischen dir und Will entscheiden muss.«

Ich spürte, wie mir das Herz schwer wurde. Ich wollte das nicht. Denn was mich an ihm am meisten anzog, war seine praktische, unabhängige Art, dass er so geradlinig war, aber auch witzig. Dom war immer ein bisschen empfindlich gewesen und neurotisch, sodass es sich für mich ein bisschen so anfühlte, als hätte ich Woody Allen für Huckleberry Finn verlassen. Folglich verbrachte ich meine Tage in dem berauschenden Gefühl, in flüssigem Honig zu schwimmen.

»Na, du musst dich aber nicht entscheiden«, sagte ich. »Zumindest noch nicht heute. Ist doch viel zu früh. Doch falls du zu dem Entschluss kommst, dass du lieber bei deinem Sohn bist, dann bin ich die Erste, die das versteht.«

»Was, wenn Dom plötzlich beschließt, nach Mexiko auszuwandern?«

»Das würde er nie tun, und überhaupt würde ich ihn daran hindern, das Land zu verlassen.« Darüber wollte ich nun echt nicht sprechen.

»Ja, aber stell dir vor, Alec zieht ans andere Ende der Welt. Würdest du ihm folgen?«

»Ich würde ihm bis zum Jupiter folgen«, erwiderte ich gereizt, »und Luke und Jess ebenfalls.« Es herrschte betretenes Schweigen, während Rob dies verdaute.

Er aber ließ nicht locker: »Ich glaube, das Problem bei Dom und Megan ist, dass sie zu der Art von Menschen gehören, die es gewöhnt sind, ihren Willen durchzusetzen. Vielleicht wurde ihnen das als Kind schon so eingeimpft, oder sie sind einfach mit der Neigung geboren, sich nicht abbringen zu lassen, bis alles so läuft, wie sie sich das vorstellen.«

Ich richtete mich auf und fing an, nach meinem Oberteil zu suchen. Ich gab mir alle Mühe, sachlich zu klingen: »Ich glaube, Dom denkt, er tut das absolut Richtige für Alec – deshalb lässt er sich nicht von dem abbringen, was er tut.« Ich wusste, dass ich mich störrisch verhielt, aber ich hatte einfach hier liegen und dösen wollen.

»Ja, aber gerade du musst doch verstehen, dass Megan …«

Mit einem Mal war ich richtig wütend. »Nein, ich verstehe nicht! Deine Situation ist komplett anders! Alec ist elf, Will ist fünf. Ich war mit Dom zwanzig Jahre lang zusammen, du warst mit Megan noch nicht mal fünf Minuten liiert! Ich will nicht, dass wir uns beide als Opfer sehen. Ich will nicht, dass die einzige Gemeinsamkeit zwischen uns die Tatsache ist, dass wir beide beschissene Expartner haben, die sich um unsere Söhne kümmern. Ich will nicht, dass uns dieses Elend verbindet und sonst nichts!«

Rob war bestürzt, und mir ging es genauso. »Ich doch auch nicht! Ich wollte nur …«

»Dann hör endlich auf damit!« Ich war aufgestanden und gerade dabei, meine Klamotten anzuziehen. »Warten wir doch ab, wie sich alles entwickelt. Ich gebe mir alle Mühe zu akzeptieren, dass Alec für sich entschieden hat, bei seinem Vater und Deborah und ihrem dämlichen Hund leben zu wollen, und du tust so, als ließe mich das vollkommen kalt, als hätte ich das alles einfach so geschluckt. Tja, aber so ist das nicht! Ich vermisse Alec an jedem einzelnen Tag, den er nicht bei mir ist, und ich fühle mich, als hätte ich versagt, weil ich so blöd war, ihn gehen zu lassen! Also glaub bloß nicht, dass du genau weißt, wie ich mich wegen Alec fühle – oder wegen Dom, wo wir schon dabei wären –, dann tu ich auch nicht so, als wüsste ich, wie es dir mit Will geht!«

»Na schön. Okay. Tut mir leid.«

Ich drehte mich um und verschwand in die Küche, wo ich mich ans Ausräumen der Spülmaschine machte. Dieser verdammte Dom!, dachte ich. Er war ständig präsent, mit seiner ach so perfekten Deborah und meinem perfekten, süßen Alec, der nur alle zwei Wochen für zwei Nächte in seinem eigenen Bett schlief.

Schließlich streckte Rob den Kopf zur Tür rein. Er war vollständig bekleidet. »Willst du, dass ich gehe?«

»Ja«, sagte ich. »Tut mir leid.«

»Wie du willst.«

Als ich die Haustür mit einem Klicken ins Schloss fallen hörte, saß ich gerade am Küchentisch. Ich kam mir total bescheuert vor und hatte Angst, ich könnte innerhalb von nur fünf Minuten alles ruiniert haben.

Luke und Jess kamen an diesem Sonntagabend zurück, nachdem sie den ganzen langen Tag bei einem Fußballturnier in Orpington verbracht hatten. Alec hatte mit der B-Mannschaft der Schule gespielt. Es war kalt und nass gewesen, seine Mannschaft hatte haushoch verloren, und ich schätze, dass alle es bedauerten, überhaupt mitgekommen zu sein, da ihnen nicht klar gewesen war, dass es den ganzen Tag dauern würde. Dom begleitete die Kinder noch nicht mal bis zur Tür, sondern ließ sie bloß aussteigen, hupte dann einmal und fuhr davon.

Ich hatte Rob nicht angerufen. Es war ja nicht so, dass ich nicht wollte, ich konnte mir bloß selbst nicht erklären, weshalb ich den Selbstzerstörungsknopf gedrückt hatte.

Die Kinder waren müde und sagten nicht viel, daher badete ich sie rasch und steckte sie dann früher als sonst ins Bett. Ich sah mir einen uninteressanten, aber auch recht ekligen Thriller auf ITV an und war gegen neun Uhr dreißig gerade am Bügeln, als es an der Tür klingelte. Mein Herz tat einen Satz, da mir klar war, dass das Rob sein musste. Ich war bereit, mich zu entschuldigen und alles zu sagen, was er hören wollte, nur um alles wieder ins rechte Lot zu rücken. Warum nur hatte ich gedacht, ich könnte nicht mit ihm reden?

Ehe ich zur Tür ging, warf ich noch einen kurzen Blick auf mein Spiegelbild und fuhr mir mit den Fingern durchs zerzauste Haar. Gott sei Dank war er vorbeigekommen. Ich war ja so dankbar.

Doch als ich die Tür öffnete, stand da nicht Rob, sondern Deborah. Ihr Haar war ebenfalls total unordentlich, und sie hatte ganz offensichtlich geweint. Sie lehnte an der Wand, so als hätte sie keine Kraft mehr, um sich auf den Beinen zu halten. Sie machte sogar einen leicht angetrunkenen Eindruck.

»Was willst du?«, fragte ich tonlos.

»Kann ich mit dir reden?«, fragte sie mit unsicherer Stimme. »Ich muss wirklich dringend mit dir sprechen.«

Ich trat einen Schritt zurück und hielt ihr die Tür auf.

Sie folgte mir ins Wohnzimmer, und ich sagte keinen Ton, stand einfach nur da und wartete darauf, dass sie zu reden anfing. Deborah begann nervös die Hände zu kneten und sah auf den Boden, als wüsste sie nicht, wo sie anfangen sollte.

»Das alles tut mir so leid, Rachel. Ehrlich. Aber Dom und ich haben uns ziemlich heftig gestritten. Wir hatten einen schrecklichen Tag, und wir müssen irgendwie eine Lösung finden, aber wir können nicht reden, weil Alec da ist. Alec ist *immer* da, daher können wir nie irgendwas zu Ende besprechen.« Jetzt rannen ihr die Tränen über die Wangen, und sie wirkte völlig verzweifelt.

»Was ist passiert?«

Sie nahm sich zusammen und holte tief Luft. »Ich bin neunundzwanzig, Rachel. Ich mag Kinder, sehr sogar. Aber ich bin noch nicht bereit, selber welche zu haben. Ich hab noch ein paar Jahre Zeit, und im Moment liebe ich meinen Job und die Leute, mit denen ich zusammenarbeite und die Reisen und … alles.«

Sie atmete noch einmal tief durch, dann fuhr sie sich aufgewühlt mit den Händen übers Gesicht. Dieser Teil ihres Vortrags war eindeutig einstudiert.

»Als ich mich damit einverstanden erklärte, Alec könnte bei uns wohnen, da dachte ich wirklich, wir würden das hinkriegen. Ich gebe ja zu, dass ich so meine Bedenken hatte, aber ich wusste, wie viel es Dom bedeutet, und ich wollte es für ihn tun, und Alec ist ja auch so ein tolles Kind. So unglaublich lieb …« Wieder versagte ihr die Stimme. »Nichts von alledem ist seine Schuld.«

Sie warf mir einen flehentlichen Blick zu, als hätte sie gern gehabt, dass ich ihren Vortrag für sie zu Ende bringe.

»An jenem Abend, als er dich wegen deines Geburtstags besucht hat, da war mir klar, dass ich ihn hätte fahren sollen. Aber ich hatte in der Arbeit einen Termin. Dom wollte nicht aus dem Büro weg, um Alec zu fahren, daher dachte ich mir: Und warum sollte ich es dann tun? Wir wollten uns ja eigentlich abwechseln beim Abholen, doch je länger das so geht, desto mehr sieht es danach aus, als würde ich das alles erledigen, weil Dom seine Arbeit ja ach so heilig ist, während ihm mein Job total egal zu sein scheint. Mein Boss hat sich vor einigen Wochen bereit erklärt, mich auf einer flexibleren Basis arbeiten zu lassen, damit ich das mit Alec und der Schule hinkriege. Doch was hat es für einen Sinn, zu Hause zu arbeiten, wenn man alles Wichtige versäumt, weil man vor einer Grundschule in Queens Park im Verkehr feststeckt?«

Offensichtlich wich sie jetzt vom vorgegebenen Skript ab und kümmerte sich nicht länger darum, was sie sagte. Tja, jetzt kam sie da nicht mehr raus …

»Mir würde es ja nichts ausmachen, aber Dom meinte mal, dass es gerade mein Ehrgeiz und meine Energie seien, die ihn an mir so faszinierten, und trotzdem will er jetzt, dass ich das alles aufgebe. Ich wollte mir Hilfe holen – meine Mum hat sogar angeboten, dafür aufzukommen! –, doch davon wollte Dom nichts hören. Er sagt, wir hätten uns verpflichtet, uns um Alec zu kümmern, und daran müssten wir uns jetzt auch halten. Dass wir ihn, wenn wir ihn von einer Fremden abholen ließen, genauso gut auch wieder nach Hause zu dir schicken könnten!«

Es entstand eine Pause. Ihr lief die Nase, und sie musste sich den Rotz mit dem Handrücken abwischen, weil sie kein Taschentuch hatte. Daher ging ich rasch in die untere Toilette und kehrte mit einer Klopapierrolle zurück, die ich ihr hinhielt. Sie sah mich dankbar an, schnäuzte sich die Nase und fuhr dann gleich wieder fort. Sie hatte nichts mehr zu verlieren; der Damm war gebrochen.

»Ich liebe deine Kinder, Rachel, das tue ich wirklich, aber es sind nicht meine! Für mich ist es nichts Besonderes, wenn sie etwas malen oder einen Ball schießen. Ich finde nicht jedes Wort, das sie sagen, amüsant oder außergewöhnlich. Und weißt du, das wirklich Verrückte ist ja, dass Dom all die Dinge, von denen er anfangs, als wir uns kennenlernten, am meisten beeindruckt war, jetzt nur allzu bereitwillig opfern würde, einfach so!« Sie schnippte zornig mit den Fingern. »Wir haben unsere Freiheit aufgegeben. Wir können nicht mehr ausgehen, wir können nur noch im Schlafzimmer Sex haben, und das auch nur, wenn wir uns ganz sicher sind, dass Alec schläft. Selbst an den Wochenenden, die wir eigentlich ganz für uns hätten, denkt Dom nur an Alec, und wenn er sich nicht gerade Sorgen wegen Alec macht, dann macht er sich Sorgen um dich!«

Ich sah sie ungläubig an.

»Oh ja, um *dich!*« Hasserfüllt und mit bebenden Lippen

sah sie mich an. »Die perfekte Rachel; Inbegriff aller mütterlichen Tugenden. ›Rachel liest Jess vor dem Einschlafen immer was vor. Rachel lässt Luke immer zu sich ins Bett, wenn er schlecht geträumt hat. Rachel lässt die Kinder keine Limo trinken, Rachel lässt sie nicht länger als dreißig Minuten vor den Computer. Rachel kümmert sich um Behinderte.‹ Manchmal würde ich am liebsten sagen: ›Na, wenn sie so verdammt perfekt ist, warum hast du sie dann verlassen? So toll kann sie dann doch gar nicht sein?‹«

»Das bin ich auch nicht, das kann ich dir versichern«, unterbrach ich sie, doch sie kam jetzt erst so richtig in Fahrt.

»Als wir zusammenkamen«, fuhr sie fort, »fand er alle meine Freunde so unheimlich jung und inspirierend, aber jetzt langweilen sie ihn nur noch, deshalb laden wir nie jemanden zu uns ein. Wir haben ein Esszimmer, nutzen es aber nie! Und klar hat er jetzt eine Ausrede: ›Wir können niemanden einladen, wegen Alec. Alec muss seine Hausaufgaben machen. Alec muss für seine Prüfungen lernen.‹«

Sie wurde immer ungehaltener, und ihre Stimme hatte sich eine Oktave hochgeschraubt und klang ziemlich weinerlich.

»Und jetzt … jetzt haben wir auch noch einen verdammten Hund! Der mir das ganze Haus vollpisst und vollkackt. Er hat alles angenagt – ALLES! –, und Dom und Alec finden das einfach nur ulkig! Jetzt können wir überhaupt nicht mehr wegfahren, nicht mal an unseren Wochenenden. Ich sag dir eins, das hat mir so richtig den Rest gegeben. Ich liebe Dom, das tue ich wirklich, und ich dachte, ich würde alles für ihn tun, solange wir zusammen sind. Aber jetzt? Jetzt durchforste ich das Internet nach hundefreundlichen Hotels. Meine Eltern wollen ihn nicht nehmen. Warum, glaubst du, hatten wir nie einen Hund, als ich noch ein Kind war und mir so sehr einen wünschte? Weil mein Vater Hunde hasst. Er hält sie für Parasiten! Mit Alec sind wir ja eh schon recht gebunden, aber jetzt haben wir auch noch einen scheiß Hund! Und was noch viel schlimmer ist, er hat doch tatsächlich den Nerv, so zu tun, als hätte er das alles für mich getan! Ich hab kaum mehr Kontakt zu meinen Arbeitskollegen, ich hab kaum mehr Kontakt zu meinen Freunden. Ich bin neunundzwanzig Jahre alt, und ich habe einen elfjährigen Stiefsohn, der zu Hause auf mich wartet, damit ich mich um ihn kümmere, für ihn koche, der seine Klamotten überall auf dem Boden herumliegen lässt. Und der nie die Klospülung betätigt! Ich liebe ihn, wirklich. Aber wenn er weiter bei uns wohnen bleibt, dann mag ich ihn bald nicht mehr so, und vielleicht liebe ich dann nicht mal mehr Dom. Bloß haben Dom und ich viel zu viele Leute viel zu sehr verletzt, um jetzt zuzulassen, dass es uns entgleitet. Du denkst, Dom ist ein entschlossener Mensch? Tja, das bin ich auch, ich kann sehr stur sein, ich werde das Leben, das wir uns für uns vorgestellt haben, nicht so schnell aufgeben!«

Sie ließ sich aufs Sofa fallen. »Und mein ganzer Kopf ist voller Läuse.« Allmählich ging ihr die Puste aus.

Ich atmete ruhig durch. War ich hier vielleicht die Kummerkastentante? Es war mir doch egal, was für Spannungen es in ihrer neuen Beziehung gab, mir war nur klar, dass Alec zurückkommen musste, und das hier war meine Chance. »Nun, warum lasst ihr Alec dann nicht nach Hause kommen?«, sagte ich schlicht.

Sie hatte wieder zu weinen begonnen. »Das ist es ja, was ich will, Rachel. Es tut mir so leid, aber ich denke, das ist der einzige Weg.«

»Was sagt Dom dazu?«

»Ich hab ihm gesagt, dass ich zu dir fahre, aber ich befürchte, er dachte, ich bluffe nur.«

Ich trat ans Telefon.

»Dom, ich bin's«, sagte ich, ehe er etwas sagen konnte. »Deborah ist hier. Ich finde, wir sollten uns unterhalten.«

Dom kam mit Alec vorbei. Es war schon spät, daher schickte ich Alec kurzerhand ins Bett. Er wirkte verwirrt und besorgt – er war nicht dumm, er wusste ganz genau, was hier los war. Ich strich ihm über den Kopf und sagte: »Mach dir keine Gedanken. Ich komm noch mal hoch zu dir, bevor du schläfst.« Er sah mich dankbar an und blieb eine Minute im Türrahmen stehen, ehe er die Treppe hoch verschwand.

Dom sah erschöpft und abgeschlagen aus. Deborah konnte nicht aufhören zu schniefen. So völlig ohne Make-up sah sie ziemlich verletzlich und zutiefst unglücklich aus. Sobald man Kinder hatte, wurde man wahnsinnig schnell erwachsen; in den letzten zehn Jahren hatte ich sehr viel über mich und meine Grenzen und meine Stärken gelernt – ein Prozess, der sich nur noch beschleunigt hatte, nachdem Dom gegangen war. Ich sah Deborah an und dachte bei mir, dass ich um nichts in der Welt noch einmal neunundzwanzig sein wollte.

Wann kommt eigentlich der Punkt im Leben, da man nicht mehr jünger aussieht, wenn man weint? Als sie jetzt versuchte, sich zusammenzunehmen, wirkte Deborah, als wäre sie höchstens sechzehn. Wenn ich heutzutage flennte, dann sah ich mindestens aus wie hundert.

»Will jemand einen Drink?«, fragte ich.

»Ich schätze, ich hatte genug«, sagte Deborah entschuldigend, und Dom sah sie so voller Zuneigung an, dass ich das Gefühl hatte, ich sollte die beiden lieber alleine lassen. Ich ging in die Küche und holte eine Flasche Wein aus dem Kühlschrank sowie drei Gläser, die nicht zueinander passten. Ich lehnte die Stirn gegen die Kühlschranktür und sagte mir im Stillen: Vermassele das jetzt bloß nicht.

Als ich zurück ins Zimmer kam, standen Dom und Deborah eng umschlungen da, während Deborah sich die Augen aus dem Kopf heulte. Sie lösten sich voneinander, als ich reinkam, und wir nahmen alle Platz, Dom und Deborah auf dem Sofa und ich auf einem harten, kerzengeraden Stuhl. Sie sahen beide so mitleiderregend aus, dass es wohl das Vernünftigste war, wenn ich das Wort übernahm.

»Klingt fast so«, sagte ich schließlich, »als wäre es an der Zeit, dass Alec nach Hause kommt.«

Eine Stunde später hatten wir uns einen Plan zurechtgelegt. Wir würden die Kinder weiterhin abwechselnd haben. Alec würde wieder nach Hause kommen und den Großteil der Zeit bei mir verbringen, würde aber immer mittwochs bei Dom und Deborah übernachten.

Lange hatte ich von diesem Augenblick geträumt, doch jetzt, da er tatsächlich gekommen war, wechselten sich Freude und Euphorie ab mit der Sorge, Alec könnte sich zurückgewiesen fühlen. Schließlich gingen wir alle drei nach oben in sein Zimmer.

Er war immer noch hellwach und spielte mit seinem Nintendo, den er sofort weglegte, als wir reinkamen. Er warf mir einen nervösen Blick zu, und ich lächelte und setzte mich neben ihn aufs Bett. Er hatte sich schon umgezogen und trug ein viel zu großes T-Shirt in Erinnerung an den Halbmarathon, den Dom vor einigen Jahren zugunsten von Herzkranken gelaufen war. Es war ein wunderschöner Tag gewesen, die Sonne hatte geschienen, Mel und Graces Ehemann hatten ebenfalls teilgenommen, und Grace hatte ein Picknick vorbereitet. Zum ersten Mal überhaupt kam mir jetzt der Gedanke, dass Dom damals schon mit Deborah geschlafen haben musste, schon vor so langer Zeit. Schuldbewusst hielten sie sich im Hintergrund, daher wandte ich mich jetzt Alec zu und lächelte noch einmal.

»Wir haben uns unterhalten«, sagte ich, »und wie es aussieht, ist es das Vernünftigste, wenn du wieder nach Hause kommst, auch wenn Dad und Deborah dich gerne bei sich haben. Ich bin natürlich mehr als glücklich darüber, aber wie sieht es bei dir aus? An den Wochenenden ändert sich nichts, aber du würdest dann zudem jeden Mittwoch bei Dad übernachten.«

»Was sagst du dazu?«, fragte er an Dom gewandt.

»Ich denke, es ist das Beste. Mum vermisst dich sehr, und ich weiß, dass sie dir ebenfalls fehlt …«

»Außerdem«, mischte ich mich ein, »arbeiten Deborah und Dad nicht Teilzeit wie ich, und sie haben auch niemanden wie Grandma, die nach der Schule aushilft.«

»Grandma?«, fragte Alec.

»Ja, sie ist unsere neue Marlene, nur dass sie Käse und Butter auf die Ofenkartoffeln tut und weiß, wie man lächelt.«

»Im Ernst?«, fragte Dom. »Mum will dir helfen?«

»Ja«, sagte ich.

»Wie cool«, meinte Alec. Dann wurden wir alle wieder still, bis er sagte: »Ich finde auch, dass es das Beste ist, Dad. Ich glaube, ich will wirklich wieder nach Hause.« Seine Wangen waren dunkelrot angelaufen, und ich machte mir schon Sorgen, er könnte zu weinen anfangen. »Es tut mir so leid«, sagte er.

»Leid!«, sagte Dom. »Es tut dir leid? Was sollte *dir* denn leidtun, Alec? Nichts von alledem ist deine Schuld! Ich wollte dich nur so sehr bei mir haben, dass ich das Ganze nicht bis zum Ende durchdacht habe. Als ich ausgezogen bin, da war mir gar nicht bewusst, wie sehr ich euch alle vermissen würde. Ich dachte zwar nicht, dass es einfach werden würde, doch wie schwer es tatsächlich für uns alle sein würde, war mir nicht annähernd klar gewesen. Also bitte, denk bloß nicht, dass du irgendwas getan hättest, das dir leidtun müsste.« Er setzte sich auf der anderen Seite neben Alec. Dann zog er seinen Kopf an seine Brust und küsste ihn. »Dir muss gar nichts leidtun, mein Sohn.«

Als ich sie so betrachtete, kam mir in den Sinn, dass das vermutlich Doms größtes Vergehen war; nicht dass er sich in ein junges Mädchen verknallt hatte, nicht dass er die Sache mit mir und unsere Ehe für beendet erklärt hatte, sondern dass er schlichtweg die Konsequenzen seines Handelns unterschätzt hatte. Wir hatten beide an Alec gezerrt, das ließ sich nicht leugnen. Ließ sich das wiedergutmachen? Ich denke schon. Würde es ihn zu einem schlechteren Menschen machen? Nein, gewiss nicht, aber er war nicht mehr der gleiche Alec wie noch vor anderthalb Jahren. Er war jetzt übertrieben ängstlich, hypernervös, wollte es allen recht machen und scheute Auseinandersetzungen. Was Luke betraf und Jess, so würden wir noch abwarten müssen.

Alec befreite seinen Kopf aus Doms Umklammerung und sah zu Deborah. »Was ist mit Rufus?«

»Wir nehmen ihn«, sagte ich. »Oder sagen wir, wir teilen ihn uns einfach.«

Alecs Augen weiteten sich.

»Grandma wird denken, dass sie gestorben und im Himmel gelandet ist! Du weißt doch, wie sehr sie Labradore liebt! Aber er darf nicht auf die Betten rauf und nicht aufs Sofa – gegen diese Regel wird nicht verstoßen.«

Inzwischen war es zehn nach elf. Als es jetzt trotz der späten Stunde an der Tür klingelte, sahen mich alle mit einem fragenden »Wer zum Teufel kann das sein?«-Ausdruck im Gesicht an. Doch ich wusste genau, wer das war. Tja, jetzt gab es wohl kein Zurück mehr, dachte ich, und bereitete mich darauf vor, der großen weiten Welt Rob vorzustellen.

In dieser Nacht gegen drei Uhr ging ich nach unten, setzte mich an den Küchentisch und fing an, einen Brief zu schreiben:

Liebe Deborah,

ich bin zu der Erkenntnis gelangt, dass es drei Arten von Ehen gibt: die richtig fabelhaften, die mittelmäßigen und die miesen. Wenn man sich in einer miesen Ehe wiederfindet, dann sollte man zusehen, dass man schleunigst da rauskommt. Denn dann ist man mit jemand anderem oder gleich ganz allein besser dran. Man hat nur ein Leben. Kinder oder nicht, man sollte einen Schlussstrich ziehen. Wenn man aber eine mittelmäßige Ehe führt, und wenn auch noch Kinder da sind, dann ist es unterm Strich vielleicht das Beste, dranzubleiben und das Beste zu hoffen. Vielleicht kriegt man selbst einfach nichts anderes als eine mittelmäßige Ehe hin, und wenn man eine mittelmäßige Ehe gegen eine andere mittelmäßige Ehe eintauscht, bricht man dabei nur ein paar Herzen, und dann wird es schwer für einen, je wieder richtig glücklich zu sein. Außerdem, wenn man nicht aufgibt, dann sorgt vielleicht allein die

Tatsache, dass man die ganze Scheiße, mit der das Leben einen so konfrontiert, gemeinsam durchsteht, dafür, dass aus einer mittelmäßigen eine fabelhafte Ehe wird, wer weiß.
Ich habe ja den Verdacht, Deborah, dass Dom ganz und gar in die Kategorie mittelmäßig fällt.
Mir ist außerdem klar geworden, dass ich dich im Grunde nicht hassen kann, weil ich in Wirklichkeit nichts über dich weiß. Es wäre alles so viel leichter, wenn ich es könnte, denn dann müsste ich nicht stattdessen den Mann hassen, den ich noch bis vor Kurzem aufrichtig geliebt habe und von dem ich dachte, er würde mich ebenfalls lieben. Wenn ich dir die Schuld an allem gebe, dann fühle ich mich nicht so bescheuert, weil ich Dom für das eine gehalten habe, wo er doch die ganze Zeit etwas vollkommen anderes war. Sosehr ich den Tag auch herbeigesehnt haben mag, an dem ich die Tür öffne und du auf Händen und Knien heulend davorkauerst und mich anflehst, dir zu helfen, so war es doch, als es wirklich passierte, eine echte Enttäuschung. Zu wissen, dass Dom alles dermaßen falsch eingeschätzt hat, lässt ihn in meiner Achtung nur noch mehr sinken. Es gab eine Zeit, da hätte ich mir gewünscht, dass du mich um Verzeihung bittest, doch insgeheim ist mir klar, dass du erst in vielen Jahren begreifen wirst, was ihr beide getan habt. Im Augenblick aber bist du einfach noch zu jung und zu unerfahren, um das zu erkennen.
Du denkst sicher, Dom ist ein ganz besonderer, wundervoller, einzigartiger Mensch, dem man mit viel Verständnis und Geduld begegnen muss. Und du denkst, du bist die Einzige, die das kann. Du denkst, ich hätte alles falsch gemacht, hätte ihn nicht verstanden. Und auch wenn dir das ganze Chaos, das du verursacht hast, leidtut, hältst du

dich selbst doch für einen anständigen Menschen und denkst, du hättest das Richtige getan. Denn du hast ja Doms arme, gequälte Seele befreit. Wenn deine Freunde es wagen, dir einen kritischen Blick zuzuwerfen oder sich nach mir zu erkundigen, dann rechtfertigst du dein Handeln vermutlich, indem du sagst: »Nun ja, er hätte seine Frau und seine Familie nie und nimmer verlassen, und ich bin wirklich die Letzte, die eine Ehe zerstört, aber er war schon seit langer Zeit unglücklich.« Genau das hat Dom nämlich allen meinen Freunden gegenüber gesagt. Mittlerweile ist er davon sogar selbst überzeugt, weil es seine Schuldgefühle mindert, und du nimmst ihm das selbstverständlich ab. Nur dass das Bullshit ist; er war gelangweilt und antriebslos und fürchtete sich vor der Midlifecrisis, doch die meiste Zeit in unserer Ehe hatte er es sehr gut und wurde geliebt und war damit zufrieden. Ich bin wirklich überzeugt davon, und ich denke, ganz tief in seinem Inneren weiß er das auch. Und dann kamst du daher. Mir ist klar, dass du denkst, du wärst die Liebe seines Lebens, doch ich komme allmählich zu dem Schluss, dass es einfach der Zeit geschuldet war und nicht der Tatsache, dass du ihn mir weggenommen hast. Wenn er gehen wollte, dann wollte er gehen, und wenn du nicht gewesen wärst, wäre eine andere gekommen, die ihm die Sache erleichtert hätte. Er brauchte nur jemanden, der sein Blut in Wallung brachte und der ihm seine ganze Aufmerksamkeit schenkte, nachdem er jahrelang nur die zweite Geige gespielt hatte neben drei Kindern. Und dieser Jemand warst eben zufällig du.

Ich schätze, du erzählst deinen Freunden ungefähr Folgendes: »Wir haben uns verliebt. Das war so ein übermächtiges Gefühl, dass wir uns nicht dagegen wehren konnten. Es war einfach zu groß, als dass einer allein damit hätte klarkommen können. Davor konnten wir einfach nicht davonlaufen.« Bla bla bla. Genau das hat er nämlich seinen Freunden erzählt. Ist dir denn nie in den Sinn gekommen, Dom und ich könnten jemals so verliebt gewesen sein? Er mag dir ja erzählt haben, dass er damals noch jung war und dass das alles viel zu lange her ist, um jetzt noch eine Rolle zu spielen. Aber so ist es nicht. Wir liebten uns nicht weniger als ihr beide euch jetzt, nur dass es zu etwas weit Größerem wurde, weil wir zusammen Kinder bekamen und gemeinsam erwachsen wurden. Aufgrund all dieser geteilten Erfahrungen dachte ich dummerweise, wir wären stark genug, das nächste Stadium zu erreichen, das, welches meine Eltern genossen, bis meine Mutter starb. Ich dachte, es wäre kein Problem, auch mal von jemand anderem zu schwärmen, weil wir ja auch nur ganz normale Menschen sind, und wir hätten diese unbedeutenden Flirts einfach nur als das gesehen, was sie waren, nämlich unbedeutend, und wir würden immer wieder nach Hause zurückkehren zum anderen. Ich bin überzeugt, dass ich Dom für selbstverständlich nahm, dass ich die Kinder an die erste Stelle stellte und mich nicht so um unsere Ehe kümmerte, wie ich das vielleicht hätte tun sollen, was ich mehr als alles andere bedaure – ich bin an der ganzen Sache gewiss nicht ganz unschuldig. Doch für mich war die Liebe nicht gestorben, der Funke war noch immer lebendig. Ich glaubte immer noch an unsere Beziehung. Wir konnten monatelang in der gleichen bequemen, langweiligen Routine nebeneinander herleben, doch wenn wir dann gemeinsam in Urlaub fuhren oder uns mal zusammen betranken, dann fiel mir plötzlich wieder ein, was es war,

weswegen ich mich damals verknallt hatte. Auch wenn ich morgens am Pool dann ein bisschen zu lange und ein bisschen zu kritisch auf sein immer dicker werdendes Bäuchlein schaute, dachte ich mir, was soll's, ich werde ja auch nicht dünner, und ich liebe jeden einzelnen Zentimeter. Doch was noch wichtiger war, ich konnte immer noch den neunzehnjährigen Jungen hinter der Fassade sehen, und so würde es immer sein. Das reichte mir.
Ich dachte immer, wir wüssten insgeheim beide, dass wir für immer aneinander gebunden sind, dass wir zu jenen Ehepaaren gehören, die von der örtlichen Zeitung interviewt werden, wenn sie ihren hundertsten Jahrestag zusammen feiern. Und auf die Frage, was denn das Geheimnis einer glücklichen Ehe sei, hätte Dom dann mit zittriger Stimme so was gesagt wie: »Tja, das Geheimnis ist, dass man den Mund aufmacht, wenn man falschliegt, und dass man die Klappe hält, wenn man recht hat.« Und ich hätte erwidert: »Und vergiss nicht, den Müll rauszubringen!«, und dann hätten wir beide gelacht und uns an den gelblichen, ledrigen Händen gefasst und uns dermaßen vom Glück gesegnet gefühlt, dass wir einander gefunden und das Leben miteinander geteilt hatten.
Ich hatte immer gehofft, dass ihr eure Beziehung ordentlich an die Wand fahren würdet, während ich jubelnd danebenstehe und zusehe. Doch was würde das jetzt noch irgendwem bringen? Zu meiner Überraschung wird mir jetzt klar, dass ich mir sogar wünsche, dass das mit Dom und dir funktioniert, denn wofür sonst sollte dieses ganze verdammte Chaos gut gewesen sein? Und außerdem will ich nicht, dass die Kinder denken, ihr Vater wäre ein absoluter Versager.

Ich dachte immer, du wärst so viel besser als ich und total eingebildet, und das konnte ich nicht ertragen. Mittlerweile aber sehe ich dein vertrauensseliges kleines Gesicht vor mir, wenn ich an dich denke, und wie sehr du Dom liebst. Was dir allerdings noch nicht klar ist, ist die Tatsache, dass eure Beziehung in ihrer Grundfeste immer vergiftet sein wird; der Schmerz und das Elend der Untreue, des Verrats und des Verlassens wird immer präsent sein, und wer kann schon so genau sagen, dass Dom nicht noch mal loszieht und das Ganze noch einmal macht? Ich mag ja die verlassene erste Ehefrau sein, aber ich werde immer als moralischer Sieger hervorgehen, weil ich nie jemanden verletzt habe, nie jemanden belogen habe und mir nie was genommen habe, was nicht mir gehört. Ich befürchte, jetzt bin ich diejenige, die sich ein bisschen zu viel einbildet.

Ich bin dir nicht böse, weil du mit Alec nicht klarkommst, und jetzt, da er wieder bei mir ist, hoffst du natürlich, dass Dom sich frei fühlt und lebendig und um Jahre jünger. Wenn er jetzt Samstagmittag auf dem Küchentisch Sex haben will, dann kann er das kriegen. Wenn er dich ganz spontan auf ein Extrem-Wassersport-Wochenende entführen will, dann kann er das tun. Er kann jetzt wieder leidenschaftlich, unberechenbar und romantisch sein, all das, was er seit Jahren aufgrund der Enge und der Anforderungen des Familienlebens nicht sein konnte. Doch was, wenn ihr beide Kinder kriegt? Dann ist der Küchentisch voller Windeln und Babykotze, und dann könnt ihr nicht so einfach wegfahren, weil deine Brüste nämlich viel zu sehr schmerzen, und außerdem, wo würdet ihr wohl den Flaschensterilisator einstecken? Und in dem Moment wirst du erkennen, was du mir angetan hast. Ihr werdet beide feststellen, dass Dom das, was er mit mir hatte, lediglich eingetauscht hat für etwas Identisches, das gleiche Spielchen, nur mit neuer Partnerin, gleicher Zirkus, nur mit neuen Clowns. Nur dass er jetzt älter ist und fetter und weniger Haare hat und zwei Hypotheken abbezahlen muss. Kriegst du dann Panik, dass er dich anschauen und denken könnte: »Warum um alles in der Welt habe ich all das durchgestanden, nur um jetzt wieder ganz am Anfang zu stehen?« Nur dass er gar nicht am Anfang steht; er ist nicht mehr der Mann, der er einmal war, wegen all der Schmerzen, die er verursacht hat. Er hat alte Freunde verloren, die ihm nicht verzeihen können, und wie ich schon sagte, ganz gleich wie gut seine Beziehung zu seinen Kindern auch sein mag, sie werden sich immer ein wenig vorsehen vor ihm. Er hat seiner Beziehung zu ihnen dauerhaft geschadet. Sie werden ihn immer lieben, ihn vergöttern, doch sie werden ihm nie ganz verzeihen oder vertrauen können. Und sie werden ihren Dad auch nie wieder für selbstverständlich nehmen, wie das eigentlich der Fall sein sollte. Glaub mir, ich will hier nicht gehässig sein, nichts von alledem, was ich hier von mir gebe, bereitet mir Vergnügen.

Du findest vielleicht, meine Kinder würden viel aushalten und wir würden uns schon alle vertragen, wenn ich endlich die Vergangenheit hinter mir lassen würde. Wir könnten alle zusammen Urlaub in Devon machen, bei der Theateraufführung in der Schule nebeneinandersitzen und zusammen Geburtstagspartys organisieren. Du und Dom, ihr haltet mich vermutlich für selbstsüchtig und stur und nachtragend, weil ich es nicht tue. Und vielleicht habt ihr damit sogar recht. Doch bis jetzt habe ich das nicht über

mich gebracht. Ich konnte euch meinen Segen nicht geben; ich konnte mich nicht mit euch an einen Tisch setzen und sagen, alles ist gut, weil es eben nicht so war. Ich konnte Alec schlecht das Gefühl geben, dass von meiner Warte aus das, was geschehen ist, in Ordnung sei. Zum einen wäre das nicht ehrlich gewesen, aber vor allem will ich nicht, dass er denkt, das, was Dom und du uns allen angetan habt, sei in Ordnung, und dann zieht er los und macht es genauso.
In Ratgebern liest man dauernd, dass ich an einer positiven Beziehung zu dir arbeiten muss zum Wohl der Kinder, und bis jetzt dachte ich immer: »Wieso sollte ich? Warum sollte ich Dom und dir diesen Gefallen tun?« Ich wollte euch beide bestrafen und euch ständig an die Verletzungen erinnern, die ihr verursacht habt. Doch mittlerweile habe ich begriffen, dass es in Wirklichkeit gar nicht um mich geht, nicht wahr? Es geht um die Kinder, und das zu tun, was fair ist, ist nicht immer zugleich auch das Richtige.
Ich halte es nicht für sehr wahrscheinlich, dass wir je Rezepte austauschen werden oder uns gegenseitig unsere Klamotten leihen, doch wenn man dem Ganzen genügend Zeit gibt, werden wir sicherlich zu einem zivilisierten Umgang miteinander finden.
Ich fühle mich jetzt wohl mit mir selbst. Und deshalb sage ich: »Viel Glück euch beiden!« Ich hab es ganz schön satt, die hintergangene Ehefrau zu spielen, das reicht jetzt.
Also richte ich meinen Blick gen Zukunft. Aber vergiss eines nicht: Wenn Alec irgendwann seinen Führerschein besteht oder selbst ein Kind kriegt, oder wenn Luke seinen ersten Tag an der Uni hat oder wenn jemand Jess das erste Mal das Herz bricht, dann werde ich trotz allem denken: Verzieh dich, Deborah, denn kein Mensch außer Dom und

mir weiß, wie es sich anfühlt, und ich werde diese Momente nicht mit ihm teilen können.

Deine Rachel

Ende der Tirade.

Heute ist ein wundervoller Tag. Ich stehe in der Küche und versuche die Grillzange sauber zu kriegen, die nach dem letzten Mal Grillen offensichtlich weggeräumt wurde, ohne dass ich sie gespült hätte – das war vor ungefähr zwei Jahren. Sie wurde in der Garage verstaut noch mit Kohleresten, Fett, Staub und etwas anderem verkrustet, das nach Mäusedreck aussieht. Ich aber finde diese Aufgabe im Augenblick recht befriedigend. Ich trage meine Haushaltshandschuhe.

Rob ist nicht da. Er ist ins Einkaufszentrum gefahren, weil er Luke versprochen hat, ihm das Salatdressing von Heinz zu besorgen. Rob mag dieses Dressing für sein Leben gern – Dom hätte es niemals im Haus geduldet –, und er hat Luke dazu gebracht, seine Leidenschaft zu teilen. Klar, dass die jetzt ausgerechnet an dem Tag ausging, an dem ich die Kinder vielleicht ausnahmsweise dazu hätte bringen können, wenigstens ein bisschen Salat zu essen.

Von meinem Standpunkt am Spülbecken aus kann ich meine Kinder beobachten. In unserem kleinen Garten steht jetzt ein ziemlich großes Trampolin. Als Alec wieder nach Hause kam, dachte ich mir einfach »Scheiß drauf!«, und dann hab ich eins gekauft – ein verfrühtes Geburtstagsgeschenk für Jess. Ich zahle es einfach über das gesamte kommende Jahr ab.

Jetzt springen Alec, Luke, Alecs Freund Thomas und Jess

auf dem durchhängenden Ding herum. Sie lachen alle wie verrückt, aber trotzdem nicht annähernd so laut wie der Mann in der Mitte, der sich weigert aufzustehen, geschweige denn seine starre Sitzposition aufzugeben. Der Mann ist Philip. Er sitzt mit ausgestreckten Beinen da, und die Kinder machen gemeinsam hohe Luftsprünge, sodass er jedes Mal ungefähr einen Meter hoch in die Luft katapultiert wird. Er juchzt vor Vergnügen und sieht zu mir rüber, um mir zuzuwinken und freudig zu rufen: »Gleich gibt's Ärger! Gleich gibt's Ärger!«

»Nicht zu hoch!«, warne ich die Kinder durch das geöffnete Fenster, weil ich ihn insgeheim schon runterfallen und sich die Rippen brechen sehe.

»Ach, komm schon, Mum«, meint Luke. »Er findet das toll!« Und das tut er, und wie. Er ist zum Sonntagsbraten gekommen wie an den meisten Wochenenden, die wir zu Hause verbringen. Manchmal kommt er sogar schon Samstagabend und bleibt dann über Nacht. Trotzdem ist er nicht mehr ganz so abhängig von mir, wie er es schon mal war. Er versteht sich ganz ausgezeichnet mit den ganzen neuen Angestellten in der Clifton Avenue und auch mit dem Großteil der Bewohner. Er hat echt riesige Fortschritte gemacht und nimmt inzwischen an einem Intensivprogramm teil, das Rob, Ruth und ich für ihn organisiert haben. Es soll ihn auf ein eigenständiges Leben vorbereiten. Ich bin so dermaßen stolz auf ihn.

Es ist warm, und Rufus ist auf dem Sofa nebenan eingenickt. Wenn Philip zu Besuch kommt, wird der Hund in ein anderes Zimmer ausquartiert, was ihm gar nicht passt. Doch sind wir gerade dabei, eine kleine Aversionstherapie durchzuführen, und ich denke, eines Tages wird Philip es schaffen, seine Gegenwart im selben Postleitzahlenbereich zu dulden. Man muss ihm nur zehn bis fünfzehn Jahre Zeit geben.

Während ich hier so stehe und aus dem Fenster sehe, wird mir klar, dass dies einer jener Augenblicke ist, da die Gedanken ausnahmsweise mal für eine Sekunde nicht rasen, da alles zum Stillstand kommt und man überwältigt wird von einem derart wohligen Gefühl, dass man es fast schmecken kann. Jeden Moment wird der Hund wieder loslegen, oder eins der Kinder segelt runter vom Trampolin, hinein in die Hecke. Ich werde mich an dieser dämlichen Grillpfanne verletzen, und die Sonne wird sich verziehen. Aber bis dahin werde ich ganz tief durchatmen, innehalten in dem, was ich tue, und den Augenblick einfach nur genießen.

Danksagung

Als Erstes möchte ich Georgia Garrett und Lissa Evans danken, dafür, dass sie darauf vertraut haben, dass ich mich hinsetze und ein Buch schreibe.

Danke auch an Louise Moore, Mari Evans und Celine Kelly von Penguin für ihre aufmunternden Worte und ihre Geduld.

Mein Dank gilt zudem der Jubilee Library in Brighton, für ein warmes, helles und ruhiges Plätzchen.

Dank geht an meine Schwester, Sarah Elton, dafür, dass sie sich die Zeit genommen hat, jeden einzelnen Entwurf zu lesen. Außerdem hat sie erkannt, dass es gelogen war, als ich sie um eine ehrliche Meinung dazu bat. Außerdem danke ich all jenen, die zugelassen haben, dass ich mich schamlos an den Ereignissen in ihrem Leben bediene.

Doch am allermeisten danke ich Andy, den Jungs und den Zwillingen, deren freudige Begeisterung das Beste an dieser ganzen Erfahrung war.

Und schließlich danke ich Jac Palmer und den Windsor-Mädels – jetzt könnt ihr endlich kommen mit eurem »Ich hab's dir doch gesagt«.

blanvalet
DAS IST MEIN VERLAG

... auch im Internet!

twitter.com/BlanvaletVerlag

facebook.com/blanvalet